W0239530

*Martin Clauß*
wurde 1967 in Esslingen am Neckar geboren. Er studierte Japanologie und Anglistik in Tübingen, Kioto und Tokio und hält seit 1996 Japanischkurse und Vorträge für Unternehmen bzw. an der Volkshochschule. Zu seinen Interessengebieten gehören japanische Mythologie und Popkultur. Schon als Kind schrieb er fantastische Literatur und veröffentlichte seitdem über hundert Erzählungen in Fanzines und bei Kleinverlagen.
Mehr über den Autor auf www.martinclauss.com

*Maho Clauß*
wurde 1974 in Niihama, Japan, geboren. Sie studierte in Kioto internationale Beziehungen und gehörte während des Studiums einer Theatergruppe an, die sich dem klassischen japanischen Nô-Theater widmete. Seit 2000 lebt sie in Deutschland. 2005 schrieb sie mit Ehemann Martin Clauß »Das große Anime Lösungsbuch«, ein Japanisch-Lehrwerk für junge Manga- und Anime-Fans. Die Büchernärrin fungiert häufig als Ideen- und Ratgeberin bei Martin Clauß' schriftstellerischen Aktivitäten.

*Bisher im Verlag Carl Ueberreuter erschienen:*
Die Saat der Yôkai

Martin & Maho Clauß

# Das Blut des Tako

UEBERREUTER

Das säurefreie und alterungsbeständige Papier EOS liefert Salzer, St. Pölten
(hergestellt aus chlorfrei gebleichtem Zellstoff aus nachhaltiger Forstwirtschaft).

ISBN 978-3-8000-5506-7
Alle Urheberrechte, insbesondere das Recht der Vervielfältigung,
Verbreitung und öffentlichen Wiedergabe in jeder Form,
einschließlich einer Verwertung in elektronischen Medien,
der reprografischen Vervielfältigung, einer digitalen Verbreitung
und der Aufnahme in Datenbanken, ausdrücklich vorbehalten.
Umschlagillustration von Jan Balaz
Umschlaggestaltung von Nele Schütz Design, München
Copyright © 2009 by Verlag Carl Ueberreuter, Wien
Gedruckt in Österreich
7 6 5 4 3 2 1

Ueberreuter im Internet: www.ueberreuter.at

Und so begann es:
Saya war zum Schlafen auf die Rückbank geklettert, durch den schmalen Spalt zwischen den Sitzlehnen, hatte zwei zerlesene Mangas und die blaue Riesenflasche mit dem schwappenden, lauwarmen Sportgetränk weggeschubst. Es war weniger ein Schlaf aus Müdigkeit, den sie halten wollte, als vielmehr einer aus Protest. Doch als sie mit angezogenen Beinen dort lag, schien der Daihatsu viel heftiger auf und ab zu schwingen, und die Luft kam ihr verbraucht vor. Im Liegen dauerte es nicht lange, bis ihr die Übelkeit vom Magen in die Kehle stieg.

Die Fünfzehnjährige richtete sich auf. Ihre Kâ-chan klammerte sich ans Steuer, als bestritte sie gerade den letzten Level eines Rennspiels, und kreiste gleichzeitig mit den Schultern, um die Verspannungen zu lösen. Ihr Gasfuß zuckte unruhig, obwohl es kaum Verkehr gab. Saya linste an ihr vorbei auf die Landstraße. Vor mehr als einer Stunde hatte ihnen fleißiges uniformiertes Tankstellenpersonal lächelnd die Windschutzscheibe poliert, und noch immer war das Glas makellos. Keine einzige Mücke hatte dort den Tod gefunden – den *durchsichtigen Tod*, wie Saya das nannte. Die Insekten zögerten noch mit ihren Ausflügen, was sie nachvollziehen konnte. Ihr selbst war heute auch nicht nach Abenteuern zumute.

Es war ein Apriltag, kühl, frisch und eintönig. Eigentlich ein Tag, der einem Lust machen sollte, etwas zu unternehmen.

Und? War ein Umzug etwa nichts?

Als Saya sah, dass die Landstraße in drei-, vierhundert Metern Entfernung auf eine kleine Kuppe zuführte, hatte sie eine Idee – mehr schon eine Eingebung. In dem Moment, in dem sie mit ihren achtzig Stundenkilometern den höchsten Punkt der Kuppe passierten, würde sie ein anderer Mensch werden. Alles, was sie bisher an sich selbst gestört hatte, würde sie einfach abwerfen, würde es im richtigen Augenblick loslassen.

Da würde eine Menge nutzloser Ballast, der sich über die Jahre in ihrem Leben angesammelt hatte, einfach in der Luft verpuffen: Sie würde sich fortan nicht mehr stundenlang in ihrem Zimmer verschanzen und sinnlos vor sich hin grübeln, sondern nach draußen gehen und etwas erleben. Sie würde keine Angst mehr haben, fremde Menschen anzusprechen, kein Herzklopfen mehr bekommen, wenn sie nervende Werbeanrufer abwimmelte, sich nie wieder hässlich und langweilig finden, würde ihre Freunde selbst suchen, anstatt sich von Menschen finden zu lassen, die sonst keine Freunde abbekamen. Sie würde nicht mehr wegen Nichtigkeiten mit ihren Eltern streiten. Und vor allem würde sie nicht mehr zwanghaft negative Kommentare abgeben, wenn andere Leute Spaß hatten.

Das meiste von dem, was Saya ausmachte, würde sich in Wohlgefallen auflösen.

Vielleicht würde sie auch gleich die guten Seiten ihres Charakters ablegen, wenn sie schon dabei war: ihre Fähigkeit, zuzuhören, oder die Gabe, wirklich ernste Dinge wirklich ernst zu nehmen. Bestimmt würde sie kurzerhand auch ihre Hobbys über Bord werfen, das Komponieren simpler Popsongs auf dem Klavier und die Angewohnheit, gute Bücher gleich noch einmal zu lesen, wenn sie auf der letzten Seite angelangt war. Doch das spielte keine Rolle.

Sie würde eine neue Saya sein und fertig.

Saya war kein seltener Name. Tausende liefen damit herum, und jede war anders, also konnte sie auch eine andere Saya sein. Jetzt war der richtige Zeitpunkt für eine Rundumerneuerung, denn dort, wo sie hinzog, kannte sie niemand außer ihren Eltern. Die würden natürlich Schwierigkeiten machen bei ihrer Verwandlung, aber damit konnte sie fertig werden. Falls sie vor anderen Leuten Dinge sagten wie »Warum bist du denn auf einmal so komisch? Das hast du doch sonst nie gemacht!«, dann könnte sie so tun, als hätten ihre Eltern sie ohnehin nie verstanden. Wer erwartete schon etwas anderes?

Okay. Abgemacht. Die alte und die neue Saya reichten sich die Hand. Die eine war einverstanden mit ihrem Tod, die andere mit ihrer Geburt.

Die Kuppe kam, und Saya war sicher, dass sie wenigstens für einen Moment ein Gefühl der Schwerelosigkeit haben würde. Der Daihatsu würde ganz gewiss nicht vom Boden abheben, aber die Federung würde sich entspannen, die Räder ins Leere sacken, es würde im Magen kribbeln und sich beinahe anfühlen wie Fliegen. In diesem Moment würde es lächerlich leicht sein, die lästigen alten Gewohnheiten aus den Fingern gleiten zu lassen. Gegenwind und Aufwind würden sie wegblasen wie die Spreu vom Weizen.

Kurz vor dem entscheidenden Punkt wechselte ihre Kâ-chan vom Gas auf die Bremse. Die Trägheit zog Saya nach vorne, der Wagen verlor an Geschwindigkeit. Sie *krochen* über die Kuppe, fußkranke Nilpferde. Ihre Mutter murmelte etwas von »vorsichtig fahren« und »schlechte Sicht auf der Straße«. Und wieder ließ sie die Schultern kreisen.

Saya kniff die Lippen zusammen. Sie fühlte sich betrogen. Um den Flug. Um ihre Verwandlung.

»Da sind sie!«, rief ihre Mutter und nahm endlich den Fuß von der Bremse, sodass das Auto gemächlich den Berg hinabrollte, beinahe als wäre ihm das Benzin ausgegangen.

Und da waren sie tatsächlich – sieben schlanke weiße Türme, das Spielzeug eines Riesenbabys. Sie waren gigantisch, hielten die Erde und das Firmament auseinander. Ihre glatte Oberfläche ließ sie kalt erscheinen, gewaltige Eiszapfen, schön und abweisend zugleich. Fast lautlos bewegten sich die Windräder an den Spitzen der Türme, viel zu langsam. Die Zeit schien von den drei Rotorblättern gebremst zu werden. Die Welt dahinter musste müde und schwerfällig sein wie ein stehendes Gewässer.

Für einen Moment erkannte sich Saya selbst in den hohen Bauwerken wieder. Blass, schlank und träge. Ja, das war *sie*. Ein schleichendes Gespenst mit dunklen, intensiven Augen in einem totenbleichen Gesicht. Das einzig Kräftige, Lebendige an ihr waren ihre Haare. Sie wuchsen wie der Teufel. Manchmal hatte sie abends beim Einschlafen Angst davor, dass ihre Haare sie bis zum nächsten Morgen überwuchert haben würden wie die Rosen das Schloss der Ibara-Hime, des Dornröschens aus dem europäischen Märchen. Saya wurde oft gefragt, ob sie krank sei. Dieselbe Frage hatte sie ihrem Arzt auch schon gestellt, der aber nichts hatte finden können. Und sie fühlte sich ja auch nicht krank. Im Gegenteil: Niemand fing sich so selten eine Erkältung ein wie sie (jedes dritte Jahr mal eine), niemand in ihrem Badminton-Klub erholte sich so schnell von Prellungen, und als letzten Sommer bei der Klassenfahrt die gesamte Klasse verdorbene Austern gefuttert hatte, war sie die Einzige gewesen, die sich nicht übergeben hatte. Sie war nur einfach ein bisschen bleich.

Wenn jemand in seinem Leben eine Menge Windkraftwerke gesehen hatte, dann war es Saya. Das Arbeitszimmer ihres Vaters war mit Postern davon tapeziert, »eine gute Sache«, wie Kâ-chan gerne betonte. »Die Fotografen werden niemals Frauen finden, die groß genug sind, um sich in Unterwäsche dagegenzulehnen«. Ihre Mutter konnte sehr witzig sein, wenn sie einmal sagte, was sie dachte.

Die langen Lulatsche mit den Propellern waren der ganze Lebensinhalt ihres Vaters. Immer wieder schaffte er es, unter einem hinterlistigen Vorwand sogar Familienausfluge zu den blassen Giganten zu lenken. Auch wenn es Saya nicht gelingen wollte, in ihrem Tô-chan, der sich nicht einmal sauber rasieren konnte, eine Koryphäe zu sehen – Yokoi Sadahiro gehörte in Japan zu den führenden Spezialisten für Windkraftwerke. Er wirkte an der Konstruktion neuer Anlagen mit, wertete ununterbrochen ihre Effizienz aus und liebte die stummen, braven Riesen einfach über alles. Was nicht heißen sollte, dass er Tomoko, seine Frau, und Saya, seine Tochter, nicht liebte. Aber für zwei durchschnittliche Frauen war es schon schwierig, es mit hundert Meter hohen, falten- und pickellosen Konkurrentinnen aufzunehmen, die ganze Fabriken zum Qualmen brachten, wenn der Wind sie nur streifte.

Die Firma Hara Wind Power hatte ihren Vater in einen Flecken namens Inogi versetzt. Der Ort war so winzig, wie er klang, ein Eintausend-Seelen-Dorf in der Präfektur Akita im abgelegenen Norden der japanischen Hauptinsel Honshû. Mindestens ein Jahr sollte ihr Vater dort bleiben. Sayas Eltern hatten in nächtelangen Gesprächen, bei denen sie manchmal unangenehm laut und hitzig wurden, den Entschluss gefasst, mit der ganzen Familie dorthin umzuziehen. Im Nachhinein war Saya fast sicher, dass sie die Entscheidung hätte umkehren können, wenn sie aus ihrem Schneckenhaus gekrochen wäre und in die Diskussion eingegriffen hätte. Obwohl sie nicht aus der Großstadt Kôbe wegwollte, hatte sie keinen Einspruch erhoben. Sie war kein Mensch, der den Lauf der Dinge bestimmen wollte. Sie schaute zu und ärgerte sich hinterher, dass die Sache nicht so lief, wie sie es sich vorgestellt hatte.

Tô-chan wohnte und arbeitete schon seit sechs Wochen hier. Die Firma hatte nicht warten können, brauchte ihn offenbar dringender, als seine Familie ihn brauchen durfte. Jeden Abend hatten Tomoko und Saya mit ihm telefoniert, hatten nur ihre Stimmen nach Inogi hinter den Zaun der Windanlagen geschickt. Nun kamen ihre Körper nach.

Bei ihrem Aufbruch am frühen Morgen war Sayas Mutter dem Umzugslaster hinterhergefahren, doch schon an der dritten Kreuzung mitten in Kôbe hatte sie ihn verloren. Wer wohl zuerst im Dorf eintraf, sie oder ihre Möbel? Es wäre schön gewesen, ihr Klavier schon im Haus stehen zu sehen, wenn sie ankam. Vor drei Tagen hatte sie zugeschaut, wie die Leute von der Spedition es verpackten, und sie vermisste es bereits.

Es hieß, kein Ort in ganz Japan habe mehr Wind als Inogi.

Saya wusste noch, was sie gedacht hatte, als sie das hörte: *Das sind ja schöne Aussichten! Ein paar Häuser, eine vermutlich völlig überalterte Dorfgemeinschaft, sieben weiße Türme – und Wind. Jeden Tag, wenn ich aus dem Haus gehe, wird er schon da sein. Vielleicht werde ich keine Freunde finden, keine Einkaufszentren, kein gemütliches Lieblingscafé, aber auf den Wind werde ich zählen können. Wehende Haare und tränende Augen, mindestens ein Jahr lang. Na super!*

Jetzt kam ihr der Satz eher wie ein leerer Slogan vor, eine Lüge, die beim ersten Blick auf die Wahrheit auffliegen musste, ein Werbegag, um hochkarätige Leute wie ihren Vater anzulocken. Die Windräder drehten sich mit der Gelassenheit eines alten Kinderkarussells. Zeitlupenhaft.

»Die rühren den Wind wie einen zähen Nudelteig«, hörte sie ihre Mutter sagen.

Saya gähnte. Von den sieben Windanlagen tanzten

zwei aus der Reihe, die übrigen standen in einer Flucht. Die Straße führte kerzengerade zwischen ihnen hindurch, und es war, als grenzten sie einen Teil der Welt vom anderen ab, so wie die orangefarbenen Torii vor den Shintô-Schreinen den weltlichen Bereich von dem heiligen trennten. Wenn man nah an ihnen vorbeifuhr, wirkten die Türme wie Säulen, die den Himmel stützten. Inogi, das auf einer Ebene lag, kam in Sicht. Es sah genauso aus wie alle anderen Dörfer, die sie heute passiert hatten.

»Weißt du«, sagte das Mädchen, »eigentlich war es nicht das Schlechteste, jeden Abend mit Tô-chan zu telefonieren.« Ihre Mutter grinste in den Rückspiegel, damit ihre Tochter es sehen konnte, und lehnte sich in ihrem Sitz zurück. Die Spannung der endlos langen Autofahrt schien von ihr abzufallen.

Saya war zu alt, um in nörgelndem Ton zu fragen, ob sie denn wirklich hier wohnen *mussten*. Die Entscheidung, aus der sie sich herausgehalten hatte, ließ sich nicht mehr rückgängig machen. Es würde schon etwas Schlimmes geschehen müssen, damit sie vorzeitig zurückkehrten. Saya müsste schwer erkranken zum Beispiel, einmal so krank werden, wie sie aussah, *windkrank* vielleicht. Oder Tô-chan machte versehentlich eines der Kraftwerke kaputt oder – sie wagte kaum daran zu denken – die hiesigen Geschäfte führten das sahnige Grüntee-Eis nicht, von dem sie und ihre Kâ-chan komplett abhängig waren.

Saya ließ das Seitenfenster herunter, streckte den Kopf hinaus und beobachtete, wie die Windanlagen hinter ihnen und über ihnen zurückblieben. Einige Wolken trieben verloren über den blauen Himmel, als hätten sie alle Zeit der Welt. Ein schneeweißer Reiher kreuzte den Fluss der Wolken.

Sie versuchte sich an eine Melodie zu erinnern, die sie letzte Woche komponiert hatte, ehe sich das Piano vor ihren Augen verpuppte. Irgendwo in der Luft lag ein sanftes Pfeifen, ein ätherisches Trillern – es hatte keine eigene Melodie, brachte aber etwas Musikalisches in ihr zum Schwingen. Gerade als sie den Kopf wieder einziehen wollte, stieg Kâ-chan unvermittelt und heftig auf die Bremse. Falls es einen schlechten Moment für eine Vollbremsung gab, das war er! Saya, die auf dem Polster kniete, statt zu sitzen, und natürlich keinen Gurt trug, wurde vorwärtsgerissen. Sie prallte mit dem rechten Wangenknochen gegen den schmalen Rahmen, orangerote Flecken explodierten vor ihren Augen, und sie glaubte ihren Schädel knacken zu hören. Es gab noch ein anderes, weitaus lauteres Geräusch, als etwas gegen die Karosserie knallte, und über alledem lag das Kreischen der Bremsen. Zwei Schreie ertönten. Der von Kâchan und der von Saya selbst, der das Lauteste war, was sie seit Langem gehört hatte.

Der Wagen stand. Saya hatte sich vor Schmerz auf dem Sitz zusammengekrümmt und hielt sich den Kopf. Das Stechen an ihrer Wange verwandelte sich in ein dumpfes Bohren. Nachdem der erste Schrecken überwunden war, kam sie zu der Auffassung, dass es ihre Zähne gewesen waren, die geknackt hatten. Beide Kiefer taten weh. Ihre Zunge fand ein scharfkantiges Splitterstück in der Nähe der Backenzähne. Saya spuckte es in ihre zitternde

Hand und blinzelte die dunklen Punkte in ihrem Blickfeld weg, bis sie wieder scharf sehen konnte. Richtig, der Splitter gehörte zu einem Zahn.

»Saya-chan«, keuchte ihre Mutter. »Alles in Ordnung?«

»Glaube schon«, murmelte das Mädchen und reichte den Zahnsplitter nach vorne. Kâ-chan beachtete ihn nicht, sah ihn vielleicht nicht einmal. Sie atmete hörbar durch, brauchte eine Ewigkeit, um ihren Gurt zu lösen, und öffnete die Tür, vorsichtig, als erwarte sie, dass jemand dicht danebenstand.

Etwas kratzte an der Wagentür.

Saya drehte sich umständlich auf dem Sitz herum und sah auf der rechten Seite aus dem Fenster. Der Wagen war knapp neben der Straße auf einem Wiesenstück zum Stehen gekommen. Es roch, als hätte es erst vor Kurzem geregnet. Auf dem Asphalt lag eine Art Rahmen aus Bambusstäben, vollkommen zerschmettert. Einer der Stäbe lehnte an der Fahrertür. Buntes Papier klebte an ihm und bewegte sich zögernd im schwachen Wind. »Was ist das?«, wollte Saya wissen. »Und wo kommt es her?«

»Vom Himmel«, beantwortete Kâ-chan die zweite Frage zuerst. »Es kam im Sturzflug auf den Wagen zugejagt. Beinahe hätte es die Windschutzscheibe getroffen.«

»Vom Himmel«, wiederholte Saya abwesend. In ihrem Mund war der Geschmack von Blut.

Ihre Mutter machte Anstalten auszusteigen, dann ließ sie es bleiben und drehte sich zu ihrer Tochter um. Ihre Haut nahm einen merkwürdigen dunkelgrauen Ton an. »Ich habe ein Gesicht gesehen, als es auf mich zukam«, wisperte sie.

»Was?«

»Ein Männergesicht. Schau nicht so entgeistert! Es war aufgemalt …«

Saya stieß die Tür auf und sprang ins Freie, eine riskante Aktion, denn immerhin machte sie einen Satz auf die Fahrbahn, ohne sich nach Autos umzusehen. Doch ihr Fahrzeug war das einzige in Sichtweite. Sie blieb mit dem Fuß an dem zerbrochenen Bambusrahmen hängen, bückte sich und griff danach. Im ersten Moment dachte sie an ein gerahmtes Bild (wahrhaftig ein *sehr* plausibler Fund an einem Ort wie diesem), dann fielen ihr die gekreuzten Verstrebungen auf und die schmutzige dünne Schnur, die daran befestigt war. Ihre Blicke folgten der Schnur. Diese hatte sich am Seitenspiegel verheddert und führte von dort aus …

Unwillkürlich schnappte Saya nach Luft. Und ebenso unbeabsichtigt nahm sie den Faden in die Hand, löste ihn vom Spiegel.

Auf der Wiese, keine dreißig Meter entfernt, stand ein Mädchen. Sie mochte in ihrem Alter sein, war gut genährt und hatte lange, schwarze Haare, die ihr in kleinen Locken über die Schultern und bis auf die Brust fielen. Zwei winzige Augen blitzten wie Striche durch eine Brille mit kleinen ovalen Gläsern. Die Beine kamen unter einem karierten Rock hervor, endeten in weißen Strümpfen und waren leicht gespreizt, die Knie angewinkelt. Ihre Haltung erinnerte an die Grundstellung irgendeiner Kampfsportart. In der Hand des Mädchens verschwand die Schnur, die Saya hielt.

Eine schwer zu fassende Zeitspanne lang sahen sie sich

an. Noch bevor Saya überhaupt begriff, was da vom Himmel auf das Auto ihrer Mutter herabgestürzt war, geschah etwas zwischen ihnen. Etwas rastete ein. Saya ruckte mit dem Kopf, wie um sich zu befreien. Wovon? Dieses Gefühl des Einrastens – es gab tatsächlich keinen Ausdruck in ihrem Wortschatz, der es besser beschrieben hätte – gehörte nicht zu den angenehmsten Empfindungen. Es erfüllte sie mit kribbelnder Angst, umso mehr, als es keinen verständlichen Grund dafür gab. Wäre ihr Gegenüber ein Junge gewesen, sie hätte es für Liebe auf den ersten Blick halten müssen, mit all den tief greifenden Umwälzungen und hässlichen Nebenwirkungen, die so etwas mit sich brachte. Insgesamt war die Liebe auf den ersten Blick eine Sache, die sie für einen Mythos hielt, wie UFOs oder Vampire, aber immerhin hätte sie dann ein Wort dafür gehabt. So hatte sie nichts als das Gefühl. Was immer es war, sie schämte sich dafür, vor ihrer Mutter, vor dem fremden Mädchen und vor sich selbst.

Der Faden schnitt in ihre Hand. Es war, als spanne etwas die Schnur für sie beide, ohne dass sie es tun mussten. Als hätten sie zufällig einen der sonst unsichtbaren Fäden in die Hände bekommen, mit denen das Schicksal die Geschicke der Menschen lenkte.

»Das ist ja ein Tako«, sagte ihre Mutter, die nun auch ausstieg. Saya hörte ihre Gelenke knacken. Kâ-chans Gelenke waren wie knirschende Steine. Manche Menschen wurden von Falten alt gemacht, von weißen Haaren oder einer gebückten Haltung. Kâ-chans Haut war glatt, die Haare tiefschwarz, die Haltung aufrecht. Doch diese schabenden Gelenke ...

Das Wort Tako bedeutete zweierlei: Oktopus und Drachen. Saya hätte es niemals zugegeben, gegenüber niemandem auf der Welt, aber eine vollkommen abgedrehte Sekunde lang dachte sie, ihre Mutter spreche von einem Oktopus. Sie starrte das Mädchen auf der Wiese an und fragte sich allen Ernstes, wie Kâ-chan das pummelige Geschöpf mit den kleinen Strichaugen für einen Kraken halten konnte.

Dann griffen die Rädchen in ihrem Kopf wieder, und ihr Missverständnis fiel in sich zusammen. An der Leine, die kühl und nahezu metallisch scharf in ihren Fingern lag, baumelten die Überreste eines zerschmetterten Drachens. Der leichte Bambusrahmen war an mehreren Stellen geborsten, und die Papierfetzen, die daran hingen, gehörten zu einem gemalten roten Männergesicht, wahrscheinlich zu dem eines berühmten Kriegers, einem beliebten Motiv auf traditionellen Drachen. Es war das Gesicht, das Kâ-chan gesehen hatte.

»... ein ganz schöner Kratzer«, drangen die Worte ihrer Mutter erneut in ihr Bewusstsein. Mit ihren schmalen Fingern strich die Frau über die Motorhaube. »Es wird besser sein, ein Foto davon zu schießen. Saya-chan, wo ist die Kamera?«

*Im Handschuhfach, wo sonst?*, antwortete Saya, aber nur geistig. Ihr Mund blieb verschlossen. Ein Teil von ihr bekam unbändige Lust, an der Leine zu zerren und das reglose Mädchen zu sich herzuziehen. Sie hatte buchstäblich das Gefühl, eine Waffe in der Hand zu halten. Als der Drang, sie zu benutzen, übermächtig wurde, ließ sie die Schnur fallen. Das Herz schlug ihr bis zum Hals.

Die Leine senkte sich viel zu langsam zu Boden, als hätte sie kein Gewicht.

Inzwischen hatte ihre Mutter die Kamera gefunden und lichtete den Kratzer in der Haube von allen Seiten ab. Beim siebten oder achten Klicken wurde es Saya peinlich, sie hob demonstrativ die Schultern und experimentierte mit einem Lächeln in Richtung des fremden Mädchens. »Hallo!«, rief sie hinüber. »Es ist nur wegen der Versicherung.«

Das Mädchen setzte sich in Bewegung. Den Blick starr in Sayas Blick eingeklinkt kam sie über die Wiese und wickelte dabei die Leine auf die Haspel. Saya fand, dass ihr Gegenüber hübscher wurde, je näher es kam. Runde Backen spannten ein Gesicht auf, das man sich gerne ein bisschen länger ansah, mit einem ausdrucksvollen, schön geschwungenen Mund zwischen niedlichen Grübchen. Die Nase war flach, aber wohlgeformt. Nicht einmal die winzigen dunklen Augen hinter den dicken Gläsern störten das Gesamtbild.

Das Mädchen grüßte Saya nicht. »Musstest du so brutal an der Leine reißen?«, fragte es stattdessen.

»Ich habe überhaupt nicht daran gezogen – kein bisschen«, behauptete Saya und war überzeugt davon, die Wahrheit zu sprechen.

»Bist du sicher?« Das Mädchen hob die rechte Hand. Ein dunkelroter Striemen verlief quer über die Handfläche. Er sah nach Schmerz aus.

Saya zuckte zusammen. »Das war ich nicht«, ging sie schnell in die Defensive. Doch ihre Sicherheit begann zu bröckeln. Zu frisch war die Erinnerung an das Gefühl der Stärke, das eben über sie gekommen war, an die verrückte Illusion, eine Waffe in der Hand zu halten. Hatte sie kurz und kraftvoll daran gezogen, ohne es überhaupt wahrzunehmen?

»Ich nehme an, du hast eine Haftpflichtversicherung«, schaltete sich Kâ-chan ein, die endlich damit aufgehört hatte, Fotos zu schießen. Saya beachtete sie nicht, sondern ging auf das Mädchen zu und ließ sich die verletzte Hand aus der Nähe zeigen, berührte sie sogar. »Was ist das für eine Schnur?«, murmelte sie, mehr an sich selbst gewandt.

»Hier!« Das Mädchen reichte ihr die Haspel. Die Leine sah vollkommen gewöhnlich aus, ein Seidenfaden, bräunlich von häufigem Gebrauch, an einigen Stellen schon etwas abgescheuert.

»Ich verstehe nicht.« Saya konnte ihr Gegenüber nur anstarren.

Langsam, ganz langsam verwandelte sich der ernste, schmerzerfüllte Ausdruck auf dem Gesicht des Mädchens in Heiterkeit. Die schönen Lippen kräuselten sich zu einem Lächeln, das nicht ohne Arroganz war, aber auch nicht ohne Wärme und Sympathie. »Reingefallen«, sagte die Fremde genüsslich. »Du bist mir auf den Leim gegangen.«

»Was meinst du damit?«

»Schau genauer hin! Das ist keine frische Verletzung. Den roten Streifen habe ich mir schon vor einer Stunde geholt. Mir dir hat das gar nichts zu tun.«

»Wie bitte?« Saya lachte. Es war ein abgehacktes, zögerndes Glucksen. Die Erleichterung brauchte länger als der Schock, um sich in ihr auszubreiten. »Da ... da fällt mir ein Stein vom Herzen!«

»Kann ich mir vorstellen.« Das pausbäckige Gesicht wurde wieder spöttischer. »Trotzdem solltest du dich nicht zu früh freuen. Was dich im Dorf erwartet, meine Liebe, ist ganz bestimmt kein Spaß ...« Am Ende des Satzes klang die Stimme des Mädchens geradezu schaurig.

Inzwischen war ihre Mutter zu ihnen getreten. »Wovon redest du?«, wollte Kâ-chan wissen.

»Du bist doch die kleine Yokoi, hab ich recht?« Das Mädchen ignorierte Sayas Mutter komplett und wandte sich nur an Saya.

Diese nickte. »Yokoi Saya«, flüsterte sie mechanisch.

»Die Tochter des Kraftwerk-Heinis?« Ehe Saya etwas erwidern konnte, fuhr das Mädchen fort: »Ich hab's mir gleich gedacht, als ich das Nummernschild sah. Es kommen nicht jeden Tag reiche Schnösel aus Kôbe hierher, weißt du?«

Kâ-chan holte tief und vernehmlich Luft. »Was bildest du dir ein?«, zischte sie. »Demolierst unser Auto, verursachst beinahe einen Unfall, und jetzt müssen wir uns auch noch von dir ...«

*Beleidigen lassen*, hätte gepasst, aber ihre Mutter unterbrach sich, und Saya sagte kopfschüttelnd an ihrer statt: »Haben wir dir irgendwas getan?«

Saya hätte nicht gedacht, dass die Frage etwas verändern würde, aber das tat sie. Das unverschämte Grinsen verschwand aus dem Gesicht des Mädchens. »Sorry«, kam die dunkle Stimme leise aus dem perfekten Mund. »Willkommen in Inogi. Mein Name ist Hitomi, Takeno

Hitomi. Ich glaube, du wirst in meine Klasse gehen, das heißt, falls du es lange genug hier aushältst. Verzeih mir meine Direktheit. Eigentlich tust du mir ziemlich leid. Ich wollte dich nur vom ersten Moment an auf das vorbereiten, was in Inogi auf dich zukommt. Du wirst sehr stark sein müssen.«

Jetzt war Saya sprachlos und Kâ-chan fragte: »Was kommt denn auf meine Tochter zu?«

Zum ersten Mal sah Hitomi Sayas Mutter an. »Ganz genau dasselbe wie auf Sie. Man wird Sie beide hier nicht mögen.«

»Man wird uns ... Aber warum denn nicht?«

Saya erwartete etwas in der Art von *»Weil Sie Fremde sind, weil sie aus der Großstadt kommen und nicht in unser Dorf passen«*, aber die Antwort lautete anders. Vollkommen anders.

»Lassen Sie es mich so formulieren, Yokoi-san«, begann Hitomi in einer gewählten Sprache, die ihre Worte nur noch höhnischer klingen ließ. »Andere Leute würden Jahre brauchen, um sich so unbeliebt zu machen, wie es Ihr Gatte in den sechs Wochen geschafft hat, in denen er in Inogi wohnt. Die meisten Menschen im Dorf wünschen ihm, dass er heute oder morgen noch von hier abberufen wird, und diejenigen, die ihm das nicht wünschen, glauben Sie mir, die wünschen ihm noch etwas viel Unangenehmeres.«

Damit ließ Hitomi die beiden stehen, las die Überreste ihres Drachens vom Boden auf, klemmte sie sich unter den Arm und schritt in aller Ruhe und erhobenen Hauptes über die Wiese davon, als hätte sie eben den

Goldschatz am Ende des Regenbogens geborgen. Saya und ihre Mutter warteten neben dem Wagen darauf, dass die Welt wieder anfing einen Sinn zu ergeben, und nur um die Zeit zu füllen, nahm die eine der anderen eine Kamera ab, auf deren Speicherchip sich nun fünfzehn Fotos von einem Kratzer befanden.

Über ihnen drehten sich mit hohlem Pfeifen sieben Windräder.

*

In einem Punkt hatte Saya sich getäuscht: Inogi sah nur aus der Ferne aus wie alle anderen Dörfer. Dass es sich bei den ersten Häusern, die sie passierten, um wenig mehr als niedrige, schmutzige Bretterbuden handelte, war noch nichts Ungewöhnliches. Ebenso normal war das künstlich begradigte Rinnsal eines Baches neben der Straße, abgetrennt durch eine unansehnliche Leitplanke voller Rostflecken. Wie üblich enthielt das Schild am Dorfeingang nicht nur den Ortsnamen in japanischer und lateinischer Schrift, sondern zeigte auch eine bunte kleine Grafik im Manga-Stil, die das Dorf symbolisieren sollte. So etwas hatte in den letzten Jahren überall Einzug gehalten. Meist verwendete man dafür Pflanzen, Tiere oder Landschaftselemente, die typisch für den Ort waren, oder man hatte gleich ein Maskottchen kreiert. Im Fall von Inogi handelte es sich um einen rechteckigen Drachen mit greller Bemalung, einen Tako, ähnlich jenem, der auf ihrer Motorhaube zerschellt war.

Offenbar war diese Hitomi nicht die Einzige hier, die

das Spiel mit dem Wind schätzte. Die Tako schienen hier eine besondere Rolle zu spielen. Eigentlich verständlich, wenn es hier wirklich so viel Wind gab. So weit, so gut.

Doch mit jedem Meter, den ihr Auto auf der schmalen Straße zurücklegte, mit jedem Haus, das hinter ihnen blieb, verstärkte sich in Saya das merkwürdige Gefühl, irgendwo auf der Welt zu sein, nur nicht in Japan.

Sie wusste nicht, ob etwas fehlte oder etwas zu viel war. Irgendetwas passte nicht hierher. Sie sprach ihre Mutter darauf an. Kâ-chan, die den Wagen mit verkniffenem Gesichtsausdruck lenkte, als würde sie auf einem Panzer in ein feindliches Lager einrücken, beugte sich vor, schickte durch die Windschutzscheibe einige Blicke nach oben und meinte dann: »Du hast recht. Das dürfte ziemlich einzigartig sein. Sie müssen alles unterirdisch verlegt haben.«

Jetzt begriff Saya. Überall in Japan verliefen elektrische Leitungen oberirdisch. Ganz gleich, ob man inmitten der Millionenmetropole Tôkyô stand oder in einem Hundert-Seelen-Kaff, überall gehörte das Chaos aus verworrenen, verknoteten Strom- und Telefonkabeln zum Alltag. Graue Masten, von denen ein unübersichtliches Durcheinander aus Leitungen zu anderen Masten führte, gespannt oder durchhängend, einzeln oder in Bündeln, manche ineinander verschlungen wie eine Reihe von Strickmaschen, bisweilen ein wahres Spinnennetz, hinter dem Häuser, Schilder oder der Himmel verschwanden – das alles war so normal, dass es einem nicht mehr auffiel. Angeblich war das hohe Erdbebenrisiko dafür verantwortlich, dass man die Leitungen nicht unterirdisch verlegen konnte, doch viele Japaner ahnten, dass es auch andere Gründe hatte: Die Regierung scheute den hohen finanziellen Aufwand und hielt lieber an dem Chaos fest, mit dem sich alle abgefunden hatten.

In Inogi fehlten Masten und Leitungen. Kein Kabel kreuzte die Straße, nirgendwo war das Knotengewirr der Drähte zu sehen.

Vermutlich hätte diese überraschende Eigenheit Inogi sehr sympathisch machen können. Der Ort wirkte dadurch aufgeräumt und übersichtlich. Aber nach dem Gespräch mit Hitomi brauchte es für Saya und ihre Mutter mehr als einen freien Blick zum Himmel, um sie mit dem Tag zu versöhnen.

Saya verspürte ein überwältigendes Bedürfnis, auf ihrem Piano zu klimpern, bis sie eine einfache Melodie und drei, vier Akkorde gefunden hatte, zu denen sich »Der Drachen stürzte wie ein Blitz, das Mädchen stand dort wie ein Witz« singen ließ. Sie konnte ganz ordentlich singen und auch hübsch laut. Was diese Hitomi über ihren Vater gesagt hatte, machte *ungefähr ziemlich genau absolut gar keinen* Sinn. Tô-chan mochte seine Schrullen haben, und wie viele intelligente Leute neigte er dazu, seine Familie zugunsten seiner Arbeit zu vernachlässigen. Er vergaß auch mal, welcher Wochentag gerade war. Aber eines war er bestimmt nicht: ein Mensch, der Streit anfing oder anderen Leuten einen Grund gab, ihn zu hassen!

Was für ein absurdes Missverständnis lief hier frei herum? In welches Fettnäpfchen hatte Tô-chan da seinen Fuß versenkt?

Oder lag das Problem gar nicht bei ihrem Vater, sondern bei dieser Hitomi? Der Gedanke fühlte sich ausnahmsweise gut an. Hatte die Jugendliche einfach dumm dahergeplappert, um ihren Frust loszuwerden? Liebeskummer, schlechte Noten, pubertäre Stimmungsschwankungen? Ein Mädchen in ihrem Alter, das abseits des Dorfes mutterseelenallein einen Drachen steigen ließ, anstatt mit ihren Freundinnen im Gamecenter am UFO-Catcher rosa Plüschtiere zu angeln, war doch nur als hochgradig dubios zu bezeichnen. Zumal es heute wirklich keinen Wind gab. Kein Wunder, dass ihr Drachen abgestürzt war.

*Hitomi-chan*, dachte Saya zynisch. *Ich glaube, bei dir sind einige Drachenschnüre gerissen ...*

»Weißt du, wo unser Haus ist?«, fragte sie, um etwas Konstruktives zu sagen.

»Zweite Abzweigung links ... das muss da vorne sein. Oh, sieht nicht nach der exklusivsten Wohngegend aus!«

Kâ-chan hatte recht. Die Brücke über den Bach war kaum breiter als ihr Auto, das Geländer verbogen, rostig und mehrfach dilettantisch überstrichen, die Brücke selbst holprig und zu den Seiten hin abfallend wie der Rücken einer Echse. Kurz dahinter stand ein kleiner Lieferwagen und blockierte den Weg. Der Motor lief, doch niemand war zu sehen.

»Hupen«, schlug Saya vor.

»Wir machen uns nicht unbeliebt«, entgegnete ihre Mutter mit gezwungener Ruhe.

»Stimmt. Diese Arbeit hat Tô-chan schon für uns erledigt.«

»Das wollen wir erst einmal sehen.«

Fünf Minuten vergingen in schmerzhaftem, ungeduldigem Schweigen. Es fehlte nicht viel und Kâ-chan hätte den Lenkradüberzug durchgescheuert. Dann drückte sie doch noch auf die Hupe. Ein Blöken ohne jedes Durchsetzungsvermögen ertönte, ein Laut, der keine Lust weckte, noch mal zu hupen. Sie öffneten die Türen und stiegen aus. Nach einer Weile kamen zwei gebeugte alte Frauen aus einem der Häuser getrippelt, blaue Gartenschlappen an den Füßen. Es war ausgeschlossen, dass der Lieferwagen ihnen gehörte.

»Guten Tag«, grüßte Sayas Mutter. »Wir würden gerne weiterfahren. Wir stehen hier schon seit ... seit einer Viertelstunde. Wissen Sie vielleicht ...«

»Das ist sehr bedauerlich«, unterbrach eine der beiden Frauen sie und verzog das Gesicht voller Mitleid.

»Das ist *wirklich, wirklich* sehr bedauerlich«, bekräftigte die andere mit weinerlicher Stimme, als hätte sie Schmerzen. »Möchten Sie nicht eine Tasse O-cha trinken?«

»Ja«, hakte die erste ein, »wir wollten gerade Tee aufbrühen.«

Saya wusste nicht, welcher Teufel sie ritt, aber ihr Mund formte die Worte: »Wir heißen Yokoi. So, das wäre gesagt. Haben Sie jetzt immer noch Tee für uns?«

Ihre Mutter warf ihr einen Blick zu, in dem die meisten Foltermethoden der Menschheitsgeschichte zuckende, dräuende Schatten zurückgelassen hatten. Doch die beiden Frauen reagierten anders als erwartet. »Selbstverständlich haben wir genügend O-cha für Sie beide.

Meine Tante baut ihn selbst an. Sie ist schon neunundneunzig, wissen Sie?«

Saya und ihre Mutter sahen sich an.

»An ihrem hundertsten Geburtstag«, sprach die Frau weiter, »werden wir einen riesengroßen Tako für sie steigen lassen. Sie sind herzlich dazu eingeladen. Aber es dauert noch vier Monate. Kommen Sie im August wieder in die Gegend?«

Und die andere fragte leutselig: »Ja, was führt Sie eigentlich in unser langweiliges Dorf? Sie sind nicht vom Lieferservice Schwarze Katze, oder?«

Saya seufzte in sich hinein. Ältere Leute liebten den Lieferservice Schwarze Katze, mehr noch, für viele war ein Leben ohne diese Firma gar nicht mehr vorstellbar. Selbst von abgelegenen Orten aus, die über kein Postamt verfügten, Pakete verschicken zu können, die garantiert am nächsten Tag ankamen, war etwas Großartiges, sozusagen der Gipfel von japanischer Technik, Wirtschaft und Kultur zusammen. Nicht umsonst verwendet man im Japanischen für Schenken und Schicken das gleiche Wort. In Sayas Verwandtschaft gab es alte Leute, die sich gegenseitig fast täglich mit Paketen voller Obst, Saft oder Sake bombardierten. Viele von ihnen sahen die Schwarze-Katze-Leute in ihren blaugrünen Uniformen häufiger als ihre nächsten Familienmitglieder.

»Wir heißen Yokoi«, wiederholte Kâ-chan, was ihre Tochter bereits gesagt hatte. Aber sie sprach etwas langsamer und deutlicher. Und sie fügte mit einem erläuternd kreisenden Zeigefinger hinzu: »Mein Mann arbeitet bei der Windkraft.«

Die beiden Frauen versteinerten. Sie schienen Saya und ihre Mutter erst anzusehen und dann durch sie hindurchzublicken. Plötzlich splitterte der Stein und sie lachten. Lachten voller Verlegenheit, kicherten, feixten, krümmten sich, als wäre ihnen seit fünfzig Jahren nichts so Witziges mehr untergekommen.

Saya wusste, wenn sie es darauf angelegt hätten, hätten sie ihren Tee bekommen, mit aller Liebe zubereitet, die besten Süßigkeiten dazu, und man hätte sie höflich bewirtet und sie nicht zum Gehen gedrängt, ehe sie nicht von sich aus aufbrachen, und es wäre so viel gelacht worden wie bei der schönsten Feier nicht. Nur, wirklich willkommen wären sie keine Sekunde lang gewesen, nicht einmal eine belanglose Konversation wäre zustande gekommen, und der kalte Schweiß hätte den beiden Gastgeberinnen die ganze Zeit über sichtbar auf der Stirn gestanden.

»Haben Sie vielen herzlichen Dank«, meinte Kâ-chan. Offenbar war in ihrem Kopf soeben der gleiche Horrorfilm abgelaufen wie in Sayas. »Leider müssen wir sofort weiter. Wenn sich nur der Fahrer von diesem Auto finden ließe ...«

Jetzt waren die Frauen die Hilfsbereitschaft in Person. Sie stolperten zwischen den beiden Fahrzeugen über die Straße und veranstalteten an der Tür des gegenüberliegenden Hauses einen Heidenlärm, bis dort ein kleiner, drahtiger Mann in Arbeitskleidung erschien. Grinsend und unter tausend Verbeugungen hüpfte er in den Lieferwagen, stieß verwegen zurück und sorgte dafür, dass der Weg frei wurde.

»Sie machen die Großmütter hier lauter als bei Daihatsu die Hupen«, stellte Saya fest, während sie ihr Auto bestiegen. »Bin ich die Einzige, der das Angst einjagt?«

Kâ-chan fuhr vorsichtig an dem Lieferwagen vorbei. Sein Fahrer war bereits wieder ausgestiegen, und der Motor lief immer noch. »Mir jagt hier alles Angst ein«, murmelte ihre Mutter, während sie in Richtung des Mannes eine Verbeugung andeutete.

»Hat Tô-chan am Telefon eigentlich irgendetwas über das Haus gesagt, in dem wir wohnen werden?«

»Warum fragst du mich? Du hast doch auch jeden Abend mit ihm palavert.«

Saya zog eine Schmollmiene. »Aber doch nur über ... über ...«

»Über dich. Über dich und deine Probleme mit der Klasse.«

»Tô-chan wollte unbedingt wissen, wie es in der Schule läuft!«

»Aber nicht, welche deiner Klassenkameraden du alle saitei findest.«

Saya schwieg einen Atemzug lang. Dann sagte sie mit einem Schuss Trotz in der Stimme: »Ich will mich ja ändern. Ich brauche nur den richtigen Moment dafür.«

»Ach! Und wann kommt der richtige Moment?«

»Heute hast du mir schon einen kaputt gemacht!«

Kâ-chan verzog nur bitter das Gesicht. Saya ärgerte sich, dass sie das gesagt hatte. Es klang sehr nach der alten Saya, nach der, die sie eigentlich an der Straßenkuppe hatte loslassen wollen. Kein bisschen von dieser hässlichen alten Saya war sie losgeworden. Nicht ihre

Freunde waren schlimm. Sie selbst war es. Saitei. Das Allerletzte.

»Das da könnte es sein.« Ihre Mutter nahm den Fuß vom Gas und zeigte auf ein zweistöckiges, dunkelbraunes Etwas, das – falls es nicht nur ein Holzlager mit aufrecht aneinandergelehnten Balken darstellte – tatsächlich an ein Wohnhaus erinnerte. Es war das letzte Haus in der Straße. Dem Erdgeschoss fehlten auf dieser Seite jegliche Fenster, dafür klebten überall die Reste abgerissener Werbeplakate. Neben einer schiefen Holztür gab es noch metallische Schiebetüren, wie man sie oft bei kleinen Ladengeschäften verwendete. Der erste Stock erstreckte sich nur über die Hälfte der Grundfläche und wurde von einem Schrägdach aus moosbewachsenen Ziegeln gekrönt. Ein einziger größerer Raum, viel mehr würde in den ersten Stock wohl nicht hineinpassen. Hier gab es zwar Fenster, doch eines davon sah irgendwie eigenartig aus, und als ihre Mutter den Wagen auf dem Stellplatz neben dem Haus parkte, erkannte Saya, dass es zerbrochen war. Ein kantiger dunkler Schatten steckte darin.

*Wie ein Flugzeug, das ins Gebäude gestürzt ist*, dachte sie und behauptete: »Das ist definitiv nicht unser Haus.«

Wortlos stellte ihre Mutter den Motor ab und öffnete die Tür, ohne auszusteigen.

»Überleg doch mal«, sagte Saya. »Wenn das hier das Haus wäre, das sie uns zur Verfügung stellen, dann hätte Tô-chan gleich auf dem Absatz kehrtgemacht. Er ist doch nicht ... irgendwer. Er lässt so etwas nicht mit sich machen.« Leider wusste sie, dass sie unrecht hatte. Tô-chan ließ eine Menge mit sich machen. Luxus bedeutete ihm gar nichts. Wenn ihn eine Arbeit fesselte, dann vergaß er das Essen und das Trinken, das Lesen der Tageszeitung und sogar ... nein ... nein, auf die Toilette war er immer gegangen. Soviel sie wusste.

»Was ist das da oben im Fenster?«, wunderte sich ihre Mutter. Beide stiegen aus dem Auto und liefen bedrückt vor dem Haus hin und her.

Ehe sie erkennen konnten, was im ersten Stock aus dem zerstörten Fenster hing, drang das schrille Geräusch eines klingelnden Telefons aus dem Inneren des Hauses. Es war ein Klang, der in eine andere Zeit gehörte. In den letzten Jahrzehnten hatte man den Telefonen dieses rasselnde Bimmeln abgewöhnt. Hier versteckte sich also noch ein unverbesserliches Exemplar dieser sonst bereits ausgestorbenen Spezies.

»Wir müssen rangehen«, sagte Kâ-chan. Sie gehörte noch zu der Generation, bei der ein läutender Fernsprecher spontane Magenschmerzen auslöste. Sie war in einer Zeit groß geworden, in der Anrufe selten und fast immer wichtig gewesen waren.

»Hast du die Schlüssel?«, wollte die Tochter wissen. Die Schlüssel waren ihnen per Einschreiben zugegangen.

»Irgendwo in meiner Tasche«, erwiderte ihre Mutter.

»Das kann dauern«, unkte Saya. Aber das Telefon klingelte unbeirrt weiter. Während Kâ-chan hektisch in der prall gefüllten Tasche wühlte, die hinter dem Fahrersitz eingekeilt war, spazierte Saya zur Haustür (des Hauses, das nicht das ihre sein durfte) und versuchte sie zu öffnen. Die Tür klemmte, war jedoch nicht verriegelt. Der Türrahmen hatte sich so hoffnungslos verzogen, dass zwar die Tür annähernd hineinpasste, aber der Riegel nicht mehr ins Schloss.

Saya quetschte sich durch die halb geöffnete Tür, streifte sich automatisch an der hohen Schwelle im Vorraum die Schuhe ab und huschte in Strümpfen durch den schmalen Flur. Zeit, sich umzusehen, hatte sie nicht, doch ihre Nase fing den Geruch von Moder auf, so intensiv, wie man ihn sonst höchstens in der Regenzeit im Juni in alten Häusern antraf.

*Das Telefon hört auf zu klingen, sobald ich den Raum betrete, in dem es steht. Nein, erst, sobald ich die Hand nach dem kiloschweren Hörer ausstrecke. Nein, sobald ich die staubige Muschel ans Ohr lege.*

Der Flur mündete in ein winziges Wohnzimmer, einen mit Tatami-Schilfmatten ausgelegten Raum, dessen einziger Tisch über und über mit technischen Zeichnungen bedeckt war, wie sie sie aus dem Arbeitszimmer ihres Vaters kannte. Also war es wohl doch ihr Haus ... Auf dem Fußboden stapelten sich Bücher und Aktenordner. Außer dem Tisch und einer winzigen Ablage, auf der zwei Ladestationen standen, gab es keine Möbel. Immer noch läutete es, aber sie konnte den Apparat nicht entdecken. Es war, als wäre es das Zimmer selbst, das klingelte.

Saya kniete nieder. Legte sich auf den Boden.

Jetzt sah sie es. Unter dem Tisch! Sie robbte einen Meter, streckte die Hand aus und pulte den Hörer vorsichtig zwischen Tischunterseite und Gabel heraus. Gab es einen hirnrissigeren Platz für ein Telefon?

Wer immer am anderen Ende war, er musste ebenso alt und geduldig sein wie dieser schwarze Apparat.

»Moshimoshi?«, hauchte Saya in die Muschel.

Die Stimme am anderen Ende war ein dünnes Kratzen, als käme sie aus der Jugendzeit des Telefons. »Moshimoshi! Spedition Nakanishi – wir behandeln Ihre Möbel so, dass Sie uns auch Ihre Kinder anvertrauen würden. Spreche ich mit Frau Yokoi?«

»Das tun Sie. Was gibt's?«

Die Männerstimme lachte kehlig. »Ich dachte mir schon, dass Sie irgendwo im neuen Haus unterwegs sind. Da findet man das Telefon nicht auf Anhieb. Ziemlich weitläufig, diese Landhäuser. Da werden Sie Ihre kleine Wohnung in Kôbe bestimmt nicht vermissen, was?«

»Wo Sie recht haben, haben Sie recht«, knirschte Saya. »Was wollen Sie?«

»Ich komme selbst vom Land, müssen Sie wissen. Das Stadtleben war nie so ganz meins. Die neue Umgebung ist bestimmt ideal für die Kleine, warten Sie's nur ab! Hübsches Ding, Ihre Tochter, aber ein bisschen verschlossen, wenn Sie verstehen, was ich meine. Ach ja ... und was ich noch sagen wollte: Es gab Probleme mit dem Möbelwagen. Ist liegen geblieben, auf der Höhe von Nagoya. Getriebeschaden. Keine Sorge, wir kriegen ihn wieder flott. Ich schätze, wir können spätestens nächste Woche bei Ihnen sein, vielleicht schon übermorgen. Sagte ich übermorgen? Ich meinte überübermorgen.«

Saya grunzte etwas Unergründliches.

»Selbstverständlich entstehen Ihnen dadurch keine zusätzlichen Kosten«, versicherte der hohle Mann am anderen Ende der Leitung.

Saya sagte etwas, das man als Verabschiedung auslegen konnte, reckte sich unter den Tisch und drückte die Gabel.

Ihre Mutter stand im Zimmer. »Wer war das?«

Sie sagte es ihr.

Ihre Mutter trug es mit Fassung. »Tô-chan hat es sechs Wochen ohne Möbel ausgehalten, dann werden wir es auch ein paar Tage schaffen.«

»Ich brauche meine Kleiderschränke«, warf Saya quengelnd ein. »Und mein Piano!«

»Dafür, dass du deinen sündhaft teuren Klavierunterricht abgebrochen hast, hängst du sehr an dem Kasten.«

Die Sache mit dem Unterricht lag sechs Jahre zurück. Tatsächlich hatten die Nachmittage voller Tonleitern ihr nicht viel gebracht. Die Handvoll Akkorde, die sie für ihre Eigenkompositionen brauchte, hatte sie selbst durch Herumprobieren gefunden. Ihre ersten Songs waren in C-Dur gewesen, und sie fand, es hatte ihnen nicht geschadet.

»Gehen wir nach oben, nach dem Fenster sehen?«, schlug sie vor. »Wenn es nicht so verrückt klingen würde, würde ich sagen, da ist ein Tako eingeschlagen.«

Sie erklommen die steile, schmale Treppe, die einem das Gefühl gab, einen geheimen Ort in einem Turm zu betreten. Die Treppe führte wie erwartet in einen einzigen Raum, mündete direkt in die Fußbodenmitte. Wenn man durch das Loch kletterte, hatte man das Zimmer um sich herum. Im Gegensatz zum Wohnzimmer im Erdgeschoss handelte es sich hier nicht um einen traditionellen Tatami-Raum. Der Fußboden bestand aus ungemütlichen, vom Schmutz der Jahrzehnte schwarz gefärbten Dielen. Auch hier gab es fast nichts, einen Fernseher, kaum größer als ein aufrecht stehendes Buch, ein abgewetztes Sitzkissen und drei leere Schachteln Men's Pocky, dünne Keksstangen, umhüllt mit überaus männlicher, weil dunkler Schokolade. Seit Tô-chan das Rauchen aufgegeben hatte, war er anfällig für süße Verlockungen.

Saya hatte mit ihrer Vermutung ins Schwarze getroffen. In dem ruinierten Fenster steckte ein Drachen, der Rahmen unbeschädigt, nur das aufgeklebte Papier an einer Stelle eingerissen. Als sie den Tako herunternahm, kam ihr irgendetwas merkwürdig vor. Mit dem Fenster stimmte etwas nicht. Sie konnte den Gedanken nicht zu Ende verfolgen, da der Drachen, den sie schon aus den zerbrochenen Verstrebungen des Fensters gelöst hatte, plötzlich hakte und sich nicht mehr weiterbewegen ließ. Sie entdeckte, dass an einer Ecke des Flugobjekts eine zusätzliche Schnur befestigt war, und darin hing ein zusammengefaltetes Blatt Papier, das sich nun am Fenster verfangen hatte.

Sie löste die Schnur von dem Papier und faltete es auf. Etwas Gutes erwartete sie nicht, und in dieser Erwartung wurde sie nicht enttäuscht.

Es war eine handgeschriebene Botschaft von nur zwei Zeilen. Saya las sie laut, aber nicht *sehr* laut.

»Wenn du ... Hund nicht bis Mittwoch, den 29. April aus Inogi verschwunden bist, werden wir dich eigenhändig rauskicken.« Der Sprachstil war grob unhöflich, die Zeichen nachlässig hingeschludert und eben noch lesbar. Bis zu dem genannten Datum fehlten noch fünf Tage.

Ihre Mutter schnappte nach Luft. »Das ist ...«

»Das ist wenigstens keine Morddrohung«, meinte Saya mit der entwaffnenden Unverblümtheit eines Teenagers. »Sie wollen Tô-chan nur kicken.« In Wirklichkeit fand sie es nicht im Geringsten amüsant, dass jemand ihrem Vater in dieser Weise drohte. Ein Hauch des Unheils schien mit dem Drachen durch das zerbrochene Fenster gedrungen zu sein und die Atmosphäre des Zimmers so zu vergiften, dass sie sich fragte, wie lange sie es hier noch aushalten würde.

Ihre Mutter zog ein zitronengelbes Mobiltelefon aus der Tasche ihres Blazers. Saya wusste, wen sie jetzt anrief.

Anzurufen versuchte.

»Tô-chan hat sein Handy abgestellt«, flüsterte ihre Mutter nach einer Weile angestrengten Lauschens, während auf ihrem noch jugendlichen Gesicht winzige Sorgenfältchen auftauchten. »Da stimmt irgendwas nicht!«

»Er ist eben in einer Besprechung.«

»Und was, wenn er nicht in einer Besprechung ist?« In den Augen ihrer Mutter blitzte eine andere, unausgesprochene Frage auf: *Was, wenn er in eine zwielichtige Angelegenheit verwickelt wurde?*

»Bleiben wir cool«, mahnte Saya.

Kâ-chan hielt das Telefon wie ein Beweisstück hoch. »In sechs Wochen kann viel geschehen sein.«

»Sechs Wochen, in denen wir jeden Abend mit ihm telefoniert haben.«

»Wir kennen dieses Dorf nicht. Wie wissen nicht, was hier gespielt wird. Dein Vater ist leicht zu beeinflussen, das weißt du. Falls hier ... Yakuza-Geschichten oder geheime Projekte laufen, könnten sie ihn zu ihrem Komplizen gemacht haben.«

Saya verdrehte die Augen. »Und dafür hassen sie ihn so, dass sie ihn wegzujagen versuchen. Komm schon – gute Verschwörungstheorien sind wenigstens in sich schlüssig.«

»Irgendwas ist hier nicht im Lot«, beharrte Kâ-chan eingeschnappt.

»Definitiv.« Saya betrachtete das Fenster, aus dem sie eben den Drachen gepflückt hatte. Auf einmal wusste sie, was sie daran gestört hatte. »Müsste dieses Fenster nicht Glasscheiben haben wie das andere auch?« Es gab nur zerbrochene Holzstreben, keine Scheibe.

»Der Tako hat das Glas zerschmettert – und die Scherben …« Der Blick ihrer Mutter wanderte zum Fußboden unter dem Fenster.

»… liegen nicht hier.« In der Tat war der Fußboden frei von Splittern.

»Sind sie vielleicht nach draußen gefallen?«

»Physikalisch unwahrscheinlich. Außerdem hätten wir drauftreten müssen. Wir sind genau unter dem Fenster vorbeigegangen.«

»Dann hat dieses Fenster also keine Scheibe … Bedeutet das etwas?«

»Ich weiß nicht.« Saya deutete auf das Handy. »Willst du die Polizei anrufen?«

»Sollten wir das?« Ihre Mutter wirkte von Neuem alarmiert.

»Vielleicht nicht. Nicht jetzt. Wahrscheinlich sollten wir uns lieber einen Getränkeautomaten suchen, einen

Tee trinken und zusehen, dass der Puls ein bisschen runterkommt.«

Ihre Mutter nickte müde. Als sie das Haus verließen, probierte sie noch einmal die Nummer ihres Mannes. Ohne Erfolg. Sie ließen den Wagen stehen und gingen zu Fuß den Weg zurück, den sie gekommen waren. Das Gefühl, hinter den Fenstern der Nachbarhäuser müssten Menschen stehen, die jeden ihrer Schritte beobachteten, gehörte wohl in die Sparte Wahnvorstellungen.

Oder?

*

Das beschädigte Fenster wies nach Norden, in die Richtung, aus der alles Unglück kam. Jetzt am frühen Abend, da die Sonne beinahe im Westen stand, gelangte auch durch das zweite, das östliche, Fenster kaum Licht ins Zimmer. Neben den leeren Keksschachteln, die Yokoi Sadahiro dort zurückgelassen hatte, lag der lädierte Drachen, seine Leine zerrissen, nein, durchgeschnitten. Dieser Tako war nicht mit dem markig dreinschauenden Gesicht eines Kriegers bemalt, vielmehr präsentierte er ein Blumenmuster: tiefblaue Schwertlilien.

In der in Japan beliebten Sprache der Blumen, in der jede Blume ihre Bedeutung hat, hatte auch die Schwertlilie ihren Platz. Sie stand für eine frohe Nachricht …

Durch das geborstene Fenster fuhr ein Lufthauch herein, wurde stärker und stärker und versetzte schließlich die alte, staubige Deckenlampe in sanfte Schwingungen.

Auch der Drachen auf dem Fußboden wurde erfasst, begann zu zucken, halb wie ein lebendiges Wesen, halb wie ein Fetzen Plastikplane auf dem Müllplatz, und plötzlich, für ein, zwei Sekunden, löste er sich von den Bodenbrettern, schwebte eine Handbreit über den Dielen, kippte dann zur Seite und fiel mit leisem Klappern zurück auf den Boden.

Noch Minuten später zuckte das kurze Stück Leine kaum merklich. Hätte sich ein Beobachter im Zimmer befunden, er hätte sich schwergetan, die Bewegungen mit dem Wind zu erklären. Weitaus mehr erinnerten sie an das krampfartige Erzittern eines verwundeten Tieres, das mit dem Tod rang …

*

»Ich hoffe, der Getränkeautomat ist uns freundlicher gesinnt.«

Erst einen halben Kilometer von ihrem neuen Domizil entfernt hatten sie so ein Gerät gefunden. Es war nicht mehr ganz taufrisch, allerdings hatten sie das auch nicht erwartet. Limonaden und Vitamingetränke waren kaum vertreten, dagegen standen die grün-gelb-braunen Plastikflaschen mit dem klassischen Iyemon-Tee in Reih und Glied wie Soldaten in Tarnkleidung. Die nach innen gewölbte Form der Flaschen war traditionellen Bambusdosen nachempfunden. Sayas Mutter warf Geld für zwei davon ein und zuckte zusammen, als die Halbliterflaschen schwer und lautstark herabplumpsten.

»Hast du eine Ahnung, in welcher Richtung Tô-chans

Büro liegt?« Saya hatte einen Schluck von dem eisgekühlten Grüntee genommen.

Die Blicke ihrer Mutter huschten die Straße hinab. »Ich glaube, ich würde es finden. Aber es ist nicht gesagt, dass er gerade an seinem Schreibtisch sitzt. Er könnte ...«

»Ich möchte das Büro sehen. Auch wenn er nicht da ist.«

Zehn Minuten später waren sie bei dem flachen, einstöckigen Gebäude angekommen, das provisorisch, aber nicht sehr alt wirkte. Auf dem Parkplatz daneben stand, wohl als Symbol der Firma, die nicht einmal mannshohe Nachbildung eines Windkraftwerks aus Kunststoff. Das vom Wetter stark in Mitleidenschaft gezogene Gebilde sah aus, als hätte man es an einem Traktor dreimal quer durch China gezogen. Das Plastik war rosa übermalt, und darunter kam an allen Ecken und Enden die ursprüngliche grüne Farbe durch.

Dass an einigen Fenstern des Gebäudes kleine bunte Drachen hingen, nahm Saya eher beiläufig wahr. Ihre Augen folgten den Schatten hinter den Scheiben. War ihr Vater darunter?

Eine Klingel fanden sie nicht, aber das war nichts Ungewöhnliches. Sie öffneten eine Schiebetür, die mit mehreren Schichten von Werbepostern beklebt war, und Sayas Mutter rief: »Verzeihung! Hallo?« Ein wenig einladender Korridor voller Kartons führte zu einer weiteren Tür, die einen Spalt offen stand, und als die beiden Frauen hindurchblickten, hatten sie ein Großraumbüro vor sich, wie man es kannte. An zwei Endlosschreibtischen aus grauem Metall saßen mit wenig Ellbogenfreiheit rund vierzig Angestellte, Männer wie Frauen. Von Zeit zu Zeit stand jemand auf, ging zum Kopierer, trug einen Teil seines Aktenstapels zu einem Kollegen oder sprach diesen mit einer kurzen Verbeugung an. Ganz am Ende des Raumes stand ein Schreibtisch quer. Dort residierte der Abteilungsleiter, und wer in seiner Nähe saß, hatte eine höhere Stellung in der Firmenhierarchie inne als die armen Teufel am anderen Ende des Raumes. Ansonsten herrschte ein Gewirr von Monitoren, Tastaturen und Telefonen, und wenn etwas von Hand geschrieben werden musste, wurde dies kurz auf den Knien erledigt, da es auf dem Schreibtisch keinen Platz dafür gab. Die Wände verbargen sich hinter Kalendern, Listen, Grafiken ... und generös vergrößerten Fotos, die zweierlei zeigten: Windkraftanlagen und Drachen.

»Da ist Tô-chan!« Ihr Vater saß zwei Stühle vom Abteilungsleiter entfernt und zeigte seinem Nebenmann gerade etwas auf dem Bildschirm. Der Ruf seiner Tochter – auch wenn dieser das Stimmengewirr kaum übertönte – ließ ihn herumfahren, als wäre er exakt auf diese Frequenz abgerichtet. Er entschuldigte sich bei seinem Gesprächspartner, sprang auf und ging, nein, rannte ihnen entgegen.

Dabei wirkte er wie immer. Nicht betrübt, nicht eingeschüchtert und auf keinen Fall fremd. Er strahlte übers ganze Gesicht und breitete die Arme aus, um die beiden an sich zu drücken. Wer Yokoi Sadahiro so sah, musste den Eindruck gewinnen, er fühle sich pudelwohl hier, habe Spaß bei der Arbeit und verstehe sich bestens mit seinen Kollegen.

*Er spielt das nicht*, wurde Saya von einer tiefen Gewissheit erfüllt, als sie seine Umarmung spürte. Die Berührung war so wie immer. Kurz, aber herzhaft. *Er ist tatsächlich so gut drauf!*

»Schön, dass ihr da seid«, freute er sich. »Warum habt ihr nicht angerufen? Habt ihr das Haus schon gesehen? Ein bisschen rustikal, was? Keine Angst, es hat einen nagelneuen Breitbandanschluss. Ein total verrücktes Dörfchen, das hier, aber sehr liebenswert.«

*Sehr liebenswert*, hallte es in Sayas Kopf wie in einem Gewölbe. Wie kam ihr Vater nur zu dieser monumentalen Fehleinschätzung? Behinderte sein breites Lachen seine Sicht, sodass er nicht bemerkte, was um ihn herum ablief?

»Dein Handy ist abgeschaltet«, sagte ihre Mutter kühl und vorsichtig, als zweifle sie noch, ob sie wirklich mit ihrem Mann sprach oder doch mit einem Marsmenschen, der seine Gestalt angenommen hatte und seine Rolle ein wenig zu gut spielte.

»Ja, richtig!« Tô-chan klatschte sich mit der Hand gegen die Stirn. »Das Handy!«

»Ist es vielleicht verboten, das Handy während der Arbeit eingeschaltet zu lassen?«

*Kein Kontakt zur Außenwelt*, dachte Saya. *Wie Kâ-chan schon sagte: Hier ist etwas faul ...*

»Verboten?« Ihr Vater lachte. Es war sein altes Lachen. Fast lautlos, aber mit überschäumender Mimik, die sein Gesicht jungenhaft erscheinen ließ. »Es ist nicht verboten. Ich habe nur ...« Und zum ersten Mal änderte sich sein Gesichtsausdruck, wurde leer, ratlos.

Auf Sayas Rücken setzte ein eisiger Schauer zu einer Schussfahrt an. Ihr Vater trug also doch eine dunkle Last mit sich herum und wusste auf die Schnelle nicht, mit welcher Farbe er sie übertünchen sollte.

Sie tat so, als würde sie es nicht bemerken. »Gibst du mir mal dein Handy?«, bat sie mit jenem Ich-bin-dein-süßes-Töchterlein-Charme, der schon ab Werk mit Unwiderstehlichkeits-Garantie versehen war. »Ich *liebe* dieses geile Teil.«

Das Modell war weinrot, hauchdünn und hatte einen drehbaren Bildschirm, auf dem man auch fernsehen konnte. In Kôbes Vorortszügen, in denen die Menschen bis zu zwei Stunden an ihren Arbeitsplatz pendelten, hatten solche Fabrikate ihren Siegeszug längst angetreten und verbreiteten sich wie ein ansteckendes Virus. Als ihr Vater ihr das Gerät stolz in die Hand legte, spürte sie sein Gewicht kaum. »Bis heute Abend darf ich's mir doch ausleihen, oder? Ich möchte ein paar Freundinnen anrufen und ein bisschen surfen.« Saya besaß zurzeit kein Handy.

»Kein Problem«, versicherte Tô-chan. »Aber nicht vergessen, hinterher die Akkus aufzuladen!«

Saya ließ das Handy in ihrer Tasche verschwinden. Dabei schaltete sie es ein, aber so, dass ihr Vater es nicht mitbekam. Schließlich musste es einen Grund dafür geben, dass er es deaktiviert hatte.

Ihre Mutter räusperte sich. »Können wir einen Augenblick reden, nur wir drei?«

Er warf einen Blick hinter sich. Ein paar der Angestellten hatten sie angestarrt, blickten jedoch sofort in eine andere Richtung, als sie dabei ertappt wurden. Tôchan bog mit den beiden um die Ecke und führte sie in ein kleines Besprechungszimmer. Prospekte, die aufgefächert auf dem runden Tisch lagen, schob er zusammen. »Drei Stühle«, lächelte er. »Perfekt.«

»Ich möchte nicht sitzen.« Ihre Mutter schloss die Tür hinter ihnen.

Nun kniff er die Augen zusammen. »Ist irgendetwas nicht in Ordnung?« Er war einen Kopf größer als seine Frau – seine Tochter glich weitaus mehr ihm als ihr. Auch er hatte eine bleiche Haut und eine schmale Gesichtsform, nur hatte er in den letzten Jahren etwas Gewicht zugelegt und das gespensterhaft Schmächtige seiner Jugend durch gesunde Schlankheit ersetzt. Dick, das wusste Saya, würde er niemals werden, so wenig wie sie selbst. Ihre Gene sahen das einfach nicht vor.

»Das ... Dorf«, begann ihre Mutter, offenbar unschlüssig, wie sie es auf den Punkt bringen sollte. »Wir sollen nicht ... Man will uns nicht hier haben.«

Die Miene von Sayas Vater wurde ein bisschen ernst, aber bei Weitem nicht so sehr, wie es die Situation Sayas Meinung nach erfordert hätte. »Wie lange seid ihr eigentlich schon in Inogi?«

»Nicht viel mehr als eine Stunde.«

»Und in der kurzen Zeit haben sie euch bereits Angst gemacht?« Jetzt lachte er schon wieder. Wäre er nicht ihr Vater gewesen, Saya hatte ihn beinahe hassen können für die penetrante Art und Weise, wie er ihr Gespräch zergrinste.

»In einem Fenster unseres Hauses steckte eine Botschaft ... an einem Drachen«, berichtete Saya. »Eine nicht sehr schöne Botschaft.« Von der Begegnung mit Hitomi schwieg sie ebenso wie von der, hm, Gastfreundschaft der beiden alten Damen.

»Der Drachen«, nickte Vater. »Korrekt. Das habe ich vergessen.«

»Du weißt schon davon?« Saya war überrascht. »Aber er hing doch noch im Fenster, als wir ... Ich dachte, er wäre erst ...«

Ihr Vater trat von einem Fuß auf den anderen. »Das stimmt. Aber er ist nicht der erste. So etwas kommt schon ab und zu mal vor.«

»Ab und zu? *Wie* ab und zu denn?«

»Tja ... jeden Tag. Um ehrlich zu sein.« Ihr Vater schnaufte kurz, dann lächelte er wieder. Diesmal war sein Lächeln nicht mehr völlig authentisch. Diesmal kostete es ihn Kraft.

»Und seit wann?« Kâ-chan war so fassungslos wie ihre Tochter.

»Seit der – Augenblick – seit der dritten Woche, glaube ich. Seither war jeden Tag nach Feierabend einer da, pünktlich wie die Abendzeitung. Ihr könnt nachzählen, wenn ihr es genau wissen wollt. Die Drachen liegen in einem Einbauschrank im Wohnzimmer. Hübsche Stücke, die meisten davon noch brauchbar. Ich trage mich mit dem Gedanken, sie zu sammeln und im Sommer an unsere Bekannten zu verschicken. Mit anderen Botschaften natürlich.« Er kicherte.

In diesem Moment begriff Saya, warum sie in dem Fenster die Scheiben vermisst hatten. Bereits die ersten

Drachen, die dort einschlugen, hatten das Glas zerbrochen, und ihr Vater hatte die Scherben beseitigt, vor Wochen schon.

»Beunruhigt es dich gar nicht, dass dir jemand Drohungen schickt?«, staunte ihre Mutter. »Jemand, der offenbar nicht einmal davor zurückschreckt, das Haus zu demolieren?«

»Ach, die paar Scheiben kosten doch nicht die Welt.«

»Was ist eigentlich los mit dir?« Aus heiterem Himmel hatte ihre Mutter die Frage gebrüllt, und ihr Vater war so heftig zusammengefahren, dass er sich die Hand an dem Tisch stieß. »Wie heißt das Theaterstück, das du uns vorspielst? Was geht hier vor?«

»Leise!« Saya flüsterte. »Die Wände sind nicht aus Stahl.«

»Ganz ruhig«, beschwichtigte auch ihr Vater und fasste seine Frau an den Händen. Er holte Luft, setzte zum Reden an, schüttelte den Kopf und begann von Neuem. So ähnlich musste es ausgesehen haben, als er ihr den Heiratsantrag gemacht hatte. »Ich verstehe ja, dass es euch verwirrt. Ihr müsst mir glauben – es ist nicht halb so schlimm, wie es aussieht. Unter den Leuten im Dorf gibt es eine Menge Aberglauben. Sobald ihr Inogi erst einmal besser kennengelernt habt, werdet ihr verstehen, warum das so ist. Es ist einfach ein ... ein besonderer Ort.«

Saya zog die Stirn kraus. »Präzisieren, bitte!«

»Saya-chan, hier geschieht etwas, was die Wissenschaft im Moment noch nicht erklären kann. Ich weiß nur, dass das Phänomen existiert, aber nicht, wie es zustande kommt. Deshalb reden wir vorerst von ...« Er hob die Schultern, wie um sich zu entschuldigen. »... von Magie. Es ist nur eine behelfsmäßige Bezeichnung, eine Variable, die wir hoffentlich irgendwann mit etwas Naturwissenschaftlichem füllen können. Was hier passiert, ist einzigartig, und das macht die Menschen ein bisschen, sagen wir, nervös. Aber wir, wir sind mittendrin in diesem Abenteuer. Und wer weiß, wenn wir Glück haben, können wir vielleicht eine Menge davon profitieren, zum Beispiel eine neue ...« Ihr Vater atmete tief durch und schien mit sich zu hadern, ob er es aussprechen sollte, »... eine neue Energiequelle erschließen.«

»Neue Energiequelle. Magie.« Saya ließ langsam den Kopf sinken. Sie stellte sich vor, wie es sich wohl auf den Aktenordnern machte: MAGIE.

Die Blicke ihres Vaters zappten zwischen ihnen beiden hin und her wie zwischen zwei Fernsehkanälen. »Tomoko, Saya-chan, es hat Untersuchungen gegeben, von fähigen Leuten. Wir haben es schwarz auf weiß: Inogi bekommt mehr Wind ab als irgendein anderer Ort in Japan, und es gibt dafür keine erschöpfende geografische oder meteorologische Erklärung! Versteht ihr das? Begreift ihr, welche Implikationen das hat, wo das hinführen kann, hinführen *muss*?« Er zitterte vor Aufregung, und seine Aussprache war feucht geworden.

Saya hob die Hände, als könne sie die Welle aus Enthusiasmus, die auf sie zuschwappte, damit aufhalten. In diesem Moment klopfte es an die Tür, die fast zeitgleich geöffnet wurde. Der Mann, der sehr präsent am Quertisch gesessen und mit Blicken voll vorgetäuschter Trägheit seine Mitarbeiter überwacht hatte, stand im Türrahmen. Sein teigiges Gesicht hatte riesige Poren, das blütenweiße Hemd war unordentlich in die Hose gestopft worden. »Yokoi-kun«, brummte er, die Anredeform verwendend, die ältere Männer gegenüber jüngeren benutzen, Vorgesetzte gegenüber Untergebenen und Erwachsene gegenüber kleinen Buben. »Du wirst an deinem Platz gebraucht.«

Vaters Verzückung fiel in sich zusammen. »Natürlich. Entschuldigen Sie vielmals.«

»Tut mir leid, dich zu stören, Yokoi-kun.« Es tat ihm nicht leid. Es war nur eine Floskel.

»Ich komme.« An seine Familie gewandt sagte ihr Vater: »Wir sehen uns beim Abendessen.« Um wie viel Uhr das stattfinden würde, durfte er in Anwesenheit seines Chefs freilich nicht sagen, schließlich entschied dieser, wann er Feierabend machen konnte.

Saya nahm ihre Mutter an der Hand, und gemeinsam verdrückten sie sich aus der Firma, holten ihren Tee hervor, der noch immer kühl war, und tranken. Saya kam es vor, als hätte der Wind etwas aufgefrischt. Und das war nicht einmal unangenehm. Er schien von weither zu kommen, und mit ein wenig Fantasie hätte man sich vorstellen können, er trüge neue Gedanken und Stimmungen herbei. Sie bemühte sich um Gelassenheit. Vielleicht war ja doch etwas dran, wenn Tô-chan so hartnäckig behauptete, der Wind von Inogi sei etwas Besonderes. So abwegig das klingen mochte – die Feststellung kam aus berufenem Munde. Saya wäre sogar bereit gewesen, den Optimismus ihres Vaters zu teilen und den Unbekannten, der ihm täglich per Drachenpost ein Drohschreiben ins Haus sandte, als harmlosen Irren einzustufen, dem der wundersame Wind eine Spur zu schnittig über den Scheitel gepustet hatte. Wenn da nur nicht diese Hitomi gewesen wäre, die die Frechheit hatte zu behaupten, ihr Vater hätte sich so unbeliebt gemacht, dass alle im Dorf ihm die Hölle an den Hals wünschten.

Hitomi.

Allein dieser Name zwang sie zum Stehenbleiben. Sie traf eine Entscheidung, mit für sie seltener Spontaneität. »Ich werde jemanden besuchen, heute Abend noch.«

»Aber wen denn?«

»Eine Freundin. Takeno Hitomi.«

»Wirklich?« Mutter sah sie entgeistert an. »Ich verstehe nicht, was du bei dieser aufgeblasenen Wichtigtuerin willst. Aber falls du wirklich gehst, frag ihre Eltern, was sie bezüglich des Kratzers in unserer Motorhaube zu tun gedenken.«

Saya nickte, obwohl sie stark vermutete, dass sie diesen Punkt über einem halben Dutzend wichtigerer Fragen vergessen würde. Gerade als sie an dem Getränkeautomaten vorbeikamen, den sie zuvor mit 300 Yen gefüttert hatten, meldete sich das Handy in ihrer Tasche mit einem süßlichen Violinen-Klingelton. Vivaldi? Sie griff nach dem Gerät und öffnete es. Gewohnheitsmäßig suchte sie auf dem Display die Nummer des Anrufers, doch ein unmissverständliches NUMMER UNTERDRÜCKT glomm ihr entgegen. Irgendwo zwischen Sayas Brust und Magen entstand ein Druck. Sie wusste nicht, ob ihr Herz schneller schlug als gewöhnlich, aber es schlug heftiger, kämpfte gegen den lähmenden Druck in ihrem Brustkorb an.

Sie stellte die Verbindung her, sagte jedoch nichts, lauschte nur.

Eine Zeit lang blieb es auf der anderen Seite still. Dann hörte sie ein Atmen. Und schließlich schnarrte eine männliche, offenbar verstellte, zwei Etagen nach unten modulierte Stimme durch den Äther: »Hallo? Hat es dir die Sprache verschlagen?«

Kâ-chan versuchte ihr Ohr ebenfalls an den Hörer zu bekommen, doch Saya wich ihr aus und hielt sie auf Distanz. Das war nicht nett, aber sie wollte ungestört sein, wollte ganz genau mitbekommen, was der andere sagte. Und *wie* er es sagte.

»Na gut, dann spielst du eben den Stummen.« Der Anrufer hustete, vielleicht eine Folge seiner überzogenen Stimmakrobatik. »Hör zu, mir ist vollkommen klar, dass ich der Grund dafür bin, wenn du dein Telefon tagelang abstellst. Aber es nützt dir nichts. Du weißt längst, worum es geht. Ich habe nichts gegen dich persönlich.« Der bösartige Tonfall strafte diese Worte Lügen. Saya schüttelte ungläubig den Kopf. »Ich will dich nur warnen. Mach dich aus dem Staub. Du mit deiner Familie. Sonst wird er dich kriegen, nächste Nacht oder die darauffolgende. Er ist hier im Dorf. Nein, er *ist* das Dorf. Er durchdringt alles. Er ist der Gott von Inogi. Was er will, geschieht. Wen er töten will, der stirbt. Ich habe dir seinen Namen schon verraten. Vielleicht denkst du, das alles ist ein Spaß. Aber ich werde dir den Namen so oft nennen, bis ein verdammter Teil von dir versteht, wie ernst die Angelegenheit ist. Dass es um Leben und Tod geht. Um das Leben von Sadahiro, um das Leben von Tomoko und um das Leben der unschuldigen kleinen Saya-chan …«

Saya musste sich beherrschen, um keinen Laut von sich zu geben. Das Mobiltelefon zuckte in ihrer Hand, schien davonspringen zu wollen wie ein Fisch, den man irrtümlicherweise für tot gehalten hatte.

Die raue Stimme fuhr fort: »Der Gott dieses Dorfes, er heißt … der blutige Drachen. Und es ist nicht einfach nur ein Name. Blutrot flattert er am Himmel, und Blut rinnt an seiner Schnur herab. Echtes Menschenblut. Hast du das gehört?«

Es klickte dumpf. Die Verbindung war unterbrochen.

Saya starrte ins Leere.

*

Hitomis Adresse stand im Telefonbuch, und davon gab es eines in dem Bretterverschlag, in dem sie nun wohnten. Natürlich hätte es sich gehört, ihren Besuch anzukündigen. Natürlich ließ sie diese Chance, höflich zu sein, mit Genugtuung vorüberziehen.

Da es in Inogi wie in den meisten japanischen Ortschaften keine Straßennamen gab und sie sich mit den Nummerierungen der Blocks noch nicht auskannte (wobei sie nicht vorhatte, so lange in dem Kaff zu bleiben, bis sich das änderte), beanspruchte ihre Suche nach dem Domizil von Familie Takeno eine halbe Ewigkeit. Dadurch hatte Saya Zeit, so mancher Frage nachzugehen – und sie unbeantwortet wieder fallen zu lassen.

Beispielsweise ob der Anrufer wohl identisch mit dem freundlichen Zeitgenossen war, der ihnen jeden Tag einen Tako vermachte. Würden die Drachen aufhören über ihrem Haus abzustürzen, nun, da sie zu dritt dort wohnten? Früher oder später mussten sie den Halunken auf frischer Tat ertappen. Kein Zweifel, die Nachbarn kannten ihn längst, aber Saya empfand nicht die geringste Lust, mit einer Schachtel süßer Reisklöße in der Hand die Nachbarschaft abzuklappern und untertänigst um die Auslieferung des Kerls zu betteln und ganz nebenbei noch darum, wie ein Mensch behandelt zu werden. Sie hatte heute mehr Demütigungen erfahren, als sie an einem Tag verkraften konnte. Wollte.

Eigentlich wollte sie nur eines: weg von hier. Mochte ihr Vater doch die Windkraftwerke von Kairo oder Nowosibirsk begutachten – wunderbar, sie würde mit von der Partie sein!

Es war schon dunkel, als sie das Haus der Takenos doch noch fand. Das Gebäude, das sie im Schein niedriger Straßenlaternen ausmachte, unterschied sich wenig von dem ihren, auch wenn es kein zerschlagenes Fenster aufweisen konnte. An der Vorderwand lehnten zwei desolate Fahrräder, eines davon mit plattem Reifen. Eine uralte Waschmaschine stand in einem Feld aus zerbrochenen Wäscheklammern, und wenn man zur Tür wollte, musste man sich unter den Wäscheleinen hindurchbücken. Männerunterwäsche der billigeren Sorte hing dort. Hitomis Familie gehörte nicht zu den Reichsten. Das gefiel ihr.

Aus dem Inneren des Hauses brüllte ein überdrehter

Showmaster durch den Fernseher seine Späße bis in den kleinen Hof, in dem Saya jetzt stand. Eine weiße Katze strich miauend um ihre Beine und schien Hunger zu haben. Saya – zu angespannt, um ans Streicheln zu denken – versuchte hinter dem Fernsehlärm menschliche Stimmen zu entdecken. Es gab keine. Nur einmal glaubte sie das Klirren von Geschirr zu hören.

Sie pochte dreimal an die Tür, langsam und kräftig.

Nach einer Weile drehte jemand den Fernseher leiser, kam zur Tür und schien dort zu warten, ob das Klopfen sich wiederholen würde oder ob er sich verhört hatte. Und dann wurde doch geöffnet. Augenblicklich roch es nach gebratenem Fisch ... oder eher nach *verbranntem* Fisch. Wie sie erwartet hatte, stand nicht Hitomi vor ihr. Es war ein Mann in mittleren Jahren, bekleidet mit einem nicht ganz sauberen blauen Trainingsanzug. Obwohl ihr keine zwingende Ähnlichkeit ins Auge sprang, konnte es sich eigentlich nur um Hitomis Vater handeln. Seine in schwarzen Zehensocken steckenden Füße balancierten auf dem Rand der Schwelle, sein Körper war vorgebeugt und eine Hand stützte sich auf den Türrahmen, während die andere den Knauf gedreht haben musste. Die Haltung sah nicht sehr bequem aus. Offenbar hielt er es für unnötig, in die heruntergetretenen Latschen zu schlüpfen, die unten auf dem engen Vorplätzchen bereitstanden, das man nur in Schuhen betreten durfte.

Saya hatte sich vorgenommen, sofort den Fuß in die Tür zu schieben, sobald sie sich öffnete. Doch jetzt war sie zu so einem derben Vorgehen nicht fähig.

»Ist Hitomi da?«, fragte sie knapp. Ihre Absicht war es,

so höflich wie sachlich zu klingen, aber sie hätte keine Wette darauf abgeschlossen, ob es wirklich so ankam.

»Wer bist du?«

»Yokoi Saya.«

»Hm. Ich kenn dich nicht.«

»Ich bin noch nicht lange in Inogi.« Nur nicht zu viel sagen.

»Gehst du in Hitomis Klasse?«

»Genau.«

»Was willst du?«

»Mit Hitomi reden.«

»Worüber?«

Ein Polizeiverhör war nichts dagegen. Dabei machte der Mann keinen bösartigen Eindruck. Es schien ihm einfach im Blut zu liegen, alles ganz genau wissen zu wollen. Wahrscheinlich hielt er das für seine heilige Pflicht als Familienoberhaupt.

»Über ihren Tako«, probierte es Saya mit dem, was ihr gerade durch den Kopf schoss. »Er ist heute zu Bruch gegangen.«

»Davon hat sie mir nichts erzählt.« Zuerst hörte es sich an, als wolle er ihr nicht glauben. Dann blinzelte er und wiederholte den Satz, diesmal mit einer anderen Betonung: »Davon hat sie *mir* nichts erzählt.« Mit einem Mal war eine Anklage gegenüber seiner Tochter daraus geworden. Er stieß sich vom Türrahmen ab und schwang zurück in die Wohnung. »Komm rein!«

Saya streifte ihre Schuhe ab, ignorierte die auf der Schwelle stehenden Gäste-Pantoffeln, da sie ihr nicht angeboten wurden, und trippelte in Strümpfen hinter dem Mann her. Weit hatten sie in dieser winzigen Wohnung nicht zu gehen. Einen Flur gab es nicht, nur ein unaufgeräumtes Wohnzimmer, von dem aus vier Türen in andere Zimmer führten, eine davon in die Küche, einen engen, schmuddeligen Raum, in dem ihr ein Stapel schmutziges Geschirr ins Auge stach, die anderen vermutlich ins Schlafzimmer und Bad. Die letzte Tür, die der Mann nun ohne anzuklopfen aufstieß, führte in Hitomis Zimmer.

In den Raum passten keine richtigen Möbel. Ein Bücherregal nahm die rechte Seite ein und quoll von Comics, Romanen und Zeitschriften über. In einer Ecke stand eine große Truhe, möglicherweise für Kleider, darauf lagen Stifte, Notizblöcke, Schulhefte, Haarspangen und ein paar Dutzend andere Gegenstände. Saya konnte weder einen PC ausmachen noch eine Stereoanlage. An der Wand hingen zwei Drachen. Der lädierte Tako, der ihr Auto getroffen hatte, war nirgends zu sehen.

Hitomi lag bäuchlings auf dem Boden und las ein Buch. In diesem Zimmer, in dieser Position wirkte sie fülliger, als Saya sie in Erinnerung gehabt hatte. Aufgeschreckt drehte Hitomi sich nun um, das Buch klappte zu.

»Wo ist dein Bushi-Drachen?«, fragte der Vater. Seine Stimme war von tiefem Ernst erfüllt, als bewege sich das Thema in puncto Wichtigkeit in einer Riege mit einem Ladendiebstahl oder einer ungewollten Schwangerschaft. Und dann setzte er noch eins drauf: »Hast du eigentlich schon wieder zugenommen? Du wirst von Tag zu Tag dicker.«

Hitomi schien ihn nicht einmal wahrzunehmen. Ihre Blicke waren auf die Besucherin geheftet.

»Yokoi?«, brachte sie hervor.

»Du kannst mich Saya nennen.« Wieder bemühte sie sich um einen höflichen Tonfall.

In Hitomis Miene mischten sich Verwirrung und Skepsis. Nach dem, was Saya wie eine kurze ... Umschaltpause vorkam, scheuchte sie ihren Vater weg, ergriff überraschend Sayas Hand, zog sie zu sich ins Zimmer und schmetterte die Tür zu, so kraftvoll, dass die Nachbarn gewiss zusammenfuhren.

»Was ist jetzt mit dem Tako?«, beharrte ihr Vater vor der Tür.

»Er geht gleich weg«, versicherte Hitomi leise. »Zuerst verdreht er die Augen, dann hebt er die Schultern, dann brummt er etwas, dann fühlt er sich in seiner Meinung bestätigt, dass alle außer ihm einen Knall haben.«

»Es tut mir leid«, fühlte sich Saya zu sagen veranlasst. »Ich hätte den Drachen nicht erwähnen sollen.«

»Kein Problem.«

»Nein, wirklich. Es ging mich nichts an.«

»Und ob es dich etwas angeht. Und außerdem muss ich mich bei dir entschuldigen.« Hitomis Züge entspannten sich zusehends, wurden geradezu freundlich, als wäre sie froh, sie zu sehen. Und wieder war es Saya, als spüre sie eine Art Verbindung zu ihrem Gegenüber, als würde jedes Mal ein sonderbarer Kontakt hergestellt, sobald sie beide sich einige Sekunden lang ansahen. Saya versuchte sich zu erinnern, wie es gewesen war, als sie ihre besten Freundinnen Rena und Ayumi kennengelernt hatte, die sie in Kôbe hatte zurücklassen müssen. Mit ihnen hatte sie letzte Woche die üblichen Versprechen ausgetauscht, weiterhin per Telefon und E-Mail in Kontakt zu bleiben und einander in den nächsten Ferien zu besuchen. Woher hatte sie nur das Gefühl, dass nichts daraus werden würde, dass Rena und Ayumi niemals einen Fuß hinter den Vorhang aus Windkraftwerken setzen würden und bereits neue beste Freundinnen gefunden hatten? Rührte dieser Eindruck vielleicht sogar daher, dass Saya eben nicht diese magische Empfindung gehabt hatte, als die beiden zum ersten Mal ihren Weg kreuzten?

Oder war das mit Hitomi etwas grundlegend anderes?

»Ich hätte ... ein paar Fragen«, begann Saya. Zu zweit in dem engen Kasten, der Hitomis Zimmer war, dicht auf dicht mit dem Miststück, das sie heute Nachmittag in indiskutabler Weise gekränkt hatte, Hitomis Blicke auf dem Gesicht, ihren Geruch in der Nase – das konnte eigentlich nur unerträglich sein. Aber das war es nicht. Es fühlte sich an, wie ... wie ...

Zwei Kinder in einem geheimen Versteck. In einem Baumhaus. Heimlich Pläne schmiedend. Kichernd. Verbündet.

War sie völlig übergeschnappt? Da konnte man es ja fast mit der Angst zu tun bekommen! Die einzige annähernd vernünftige Erklärung für das, was mit ihr geschah, war Hypnose. Saya war noch nie hypnotisiert worden und wusste nicht, wie man sich dabei fühlte.

»Ich war bei meinem Vater«, sagte sie stockend. »Er wollte nicht mit der Sprache herausrücken. Er tat so, als sei alles in bester Ordnung.«

»Tun Väter das nicht immer? Außer natürlich, es ist wirklich alles in Ordnung. *Dann* suchen sie Probleme.« Hitomi schmunzelte mysteriös.

»Womit hat er sich unbeliebt gemacht? Er hat etwas von einem Aberglauben gefaselt.«

»Aberglaube ist definitiv das falsche Wort. Du wirst es im ersten Moment nicht verstehen. Nein, nicht aufregen! Ich verrate es dir trotzdem. Es geht um den Wind ...«

»Die Kraftwerke!«, rief Saya. »Sie sind tabu für Fremde, nicht wahr? Sie gelten als göttlich und ...«

»Ganz ruhig! Wir sind keine Barbaren, die Maschinen als Götzen verehren. Mit den Kraftwerken hat es überhaupt nichts zu tun. Sie stehen nur da, weil der Wind da ist. Das Problem ist der Wind selbst. Hier in Inogi haben wir immer ausreichend davon gehabt, weißt du, seit Jahrhunderten schon. Er ist beständig, niemals zu heftig, niemals zu schwach, ganz gleich ob es regnet oder die Sonne scheint. Wir kennen keine Flaute und keinen Sturm. Die Menschen gewöhnen sich an so etwas. Hast du die Windsäcke in den Straßen gesehen? Die großen unbebauten Wiesen vor dem Dorf? Anderswo hätte man Reisfelder draus gemacht. Bei uns lässt man sie brachliegen, weil wir den Platz brauchen.«

»Aber doch wohl nicht, um Drachen steigen zu lassen?«

»Exakt. Hier dreht sich alles um den Wind. Und wenn dieser Wind plötzlich fehlt, dann macht man sich Gedanken. Unwillkürlich. Eigentlich müsste dir aufgefallen sein, dass kaum ein Lüftchen geht.«

»Soll so was nicht ab und an vorkommen?«

»Nicht in Inogi, nicht hier.«

Saya schloss die Augen und öffnete sie wieder. »Erzähl mir nicht, mein Vater hat den Wind mal eben abgestellt! Er ist Techniker, kein Gott.«

Hitomis Gesicht war sehr ernst. »Ich weiß nicht, was dein Vater getan hat, ehrlich. Aber es begann am Tag nach seiner Ankunft. Der Wind wurde schwächer, und dabei ist es seither geblieben.«

Saya lachte ironisch. Sie wollte etwas erwidern, fand aber keine Worte, um ihre Gefühle auszudrücken. Ihre Mutter würde ihr keine Silbe glauben, wenn sie ihr von diesem Gespräch erzählte. Bereits jetzt kam es ihr unwirklich vor, und es würde den letzten Bezug zur Realität verlieren, sobald sie versuchte, es mit eigenen Worten wiederzugeben.

»Wenn die alten Aufzeichnungen stimmen«, sagte Hitomi, »hat der Wind seit rund dreihundert Jahren unverändert geblasen. Jetzt kommt dein Vater nach Inogi und« – sie hob die Hand, als wolle sie etwas aufhalten – »der Wind legt sich. Ist es denn so schwer nachzuvollziehen, dass man Herrn Yokoi nicht mehr hier haben möchte? Und seine Familie auch nicht?«

»Aber das ist doch Hokuspokus! Wer kann schon sagen, ob die Aufzeichnungen nicht lügen? Irgendwann ändert sich der Wind eben, auch hier. Inogi liegt auf unserer Erde, wo es nun mal so etwas wie Wetter gibt. Habt ihr in der Schule keinen Geografieunterricht?«

Hitomi sah zu ihren beiden Drachen hinauf, als wären sie ihr peinlich. »Ich gebe zu, die Leute sind zu dieser Zeit des Jahres leicht reizbar.«

»Ist man das für gewöhnlich nicht eher in der Regenzeit, leicht reizbar?«

»Du kannst es nicht wissen – ein wichtiger Termin steht bevor, der bedeutendste Tag des ganzen Jahres. Vom ersten bis zum fünften Mai feiern wir hier das große Drachenfest, das ist eine Reihe heftiger Wettkämpfe mit dem gewaltigen Finale am fünften. Jeder Einwohner von Inogi fiebert dem ein Jahr lang entgegen. Es wäre das erste Mal in drei Jahrhunderten, dass es zum Drachenfest keinen Wind gibt.«

Saya konnte nur wieder und wieder den Kopf schütteln. Was für ein lachhaftes, sinnentleertes Gerede! Man fühlte sich an Geschichten erinnert, in denen Reisende abseits der Zivilisation von ungebildeten Wilden für Götter oder Dämonen gehalten wurden, weil ihr Auftauchen zufällig mit einer Sonnenfinsternis oder der Sichtung eines Kometen zusammenfiel.

Dann kam ihr etwas in den Sinn. »Augenblick! Da passt etwas nicht zusammen.«

Hitomi blickte sie aufmerksam an.

»Man hat uns eine Bruchbude zugewiesen, ein ... ein Loch, in dem es sich nicht menschenwürdig leben lässt. Beweist das nicht, dass man meinen Vater schon gehasst hat, ehe er eintraf? Ehe er hinterhältigerweise dafür sorgen konnte, dass euch der Wind versickert?«

Hitomis Stimme wurde scharf. »Er hatte in den ersten zwei Wochen ein besseres Haus, größer, moderner. Dann quartierte man ihn um, einer von mehreren Versuchen, ihn rauszuekeln.« Ihre Augen funkelten angriffslustig. »Übrigens können wir das Thema Wohnkomfort und Menschenwürde gerne ausdiskutieren, wenn du Wert darauf legst. Ihr habt zwei Zimmer mehr als wir. Dein Zimmer ist vermutlich größer als meins, und ein Bad habt ihr auch, wenn ich richtig informiert bin. Im Gegensatz zu uns.«

»Dann führt die Tür nebenan ...«

»Zur Toilette«, ergänzte Hitomi. »Wenn wir baden wollen, gehen wir ins öffentliche Badehaus. Wie früher. Wenn man in Kôbe wohnt, kennt man das wohl nicht mehr.«

Die Worte trieben Saya die Schamröte ins Gesicht. Ihre Blicke fraßen sich ineinander, bis Saya es nicht mehr aushielt und sich abwandte. »Sorry«, murmelte sie.

»Hast du sonst noch Fragen?« Hitomi sagte es schon wieder beinahe sanft. Es war ein Versuch, zur harmonischen Atmosphäre am Anfang ihres Gesprächs zurückzukehren, aber etwas in ihrer Stimme verriet, dass es noch dauern würde, bis der steinige Weg zurück zum freundschaftlichen Umgangston bewältigt war.

Saya hatte in der Tat eine Frage, aber sie wusste nicht, wie sie sie formulieren sollte.

»Der blutige Drachen«, sagte sie schließlich zusammenhanglos. »Was fällt dir dazu ein?«

Hitomi erschrak sichtlich. »Nicht viel.« Ehe Saya etwas einwerfen konnte, schloss sie die Pause: »Und das ist die Wahrheit. Es ist eine alte Schauergeschichte, immer gut für eine Gänsehaut oder zwei, und ich habe nie richtig hingehört. Aber wenn du unbedingt mehr erfahren willst – und ich bin sicher, es ist vergebliche Liebesmüh, dir davon abzuraten –, dann könnte ich dir ein paar Leute nennen, bei denen du dich schlaumachen kannst. Wie hast du den Begriff eigentlich so schnell aufgeschnappt?«

»Das tut nichts zur Sache. Wer sind die Leute?«

»Das tut nichts zur Sache«, entgegnete Hitomi. Dann zog sie einen Schmollmund und sprach weiter: »In Inogi leben genau vier Menschen, die sich dem Drachenbau verschrieben haben, vier Männer, um genau zu sein, alte Männer größtenteils. Du könntest sie einen nach dem anderen abklappern und würdest überrascht sein, was sie dir alles zu erzählen haben. Aber einer davon, Kuroboshi, ist ein alter Spinner und wird dich nicht weiterbringen. Den zweiten, Ioka, würde ich an deiner Stelle meiden, weil er mehr Angst in dein Leben bringen wird, als du im Moment verkraften kannst. Bleiben also noch zwei: Torayama und Abe. Ich würde zu Abe gehen, wenn ich du wäre. Torayama ist schwierig. Mit Abe kommt man schnell ins Gespräch, vorausgesetzt, man sagt nichts.« Hitomi grinste. Dann kritzelte sie eine Skizze auf die Rückseite eines Fetzens Geschenkpapier. Abes Haus lag in der Nähe der Firma von Sayas Vater.

Drachenbauer. Betreiber eines uralten Handwerks. Künstler. Saya konnte sich vorstellen, dass sie in einem Ort wie Inogi ausgesprochen einflussreiche Personen sein mussten. Schlüsselpersonen, möglicherweise wichtiger als die Menschen, die im Rathaus saßen. Unterhielt Tô-chan bereits Kontakte zu den Drachenbauern? Bezog er sie in seine Suche nach dem Geheimnis dieses Wind-Wunders ein oder verließ er sich ganz auf die Technik, von der er wusste, dass er sie beherrschte?

Sechs Wochen. Was hatte ihr Vater in den sechs Wochen unternommen, um das Rätsel zu lösen; was war ihm beim Besteigen der Kraftwerkstürme durch den Kopf gegangen; woran hatte er gedacht, wenn er nachts nicht einschlafen konnte? Hatte er es auch nur einen Augenblick lang für möglich gehalten, das Phänomen, das er lächelnd Magie nannte, könne sich, wenn alle Messungen beendet und ausgewertet, alle Berichte geschrieben waren, tatsächlich als Zauberei herausstellen?

»Es ist beruhigend, dass du blinzelst«, schreckte Hitomi sie aus ihrem Grübeln auf. »Weißt du, dass du eine Minute lang ohne einen einzigen Atemzug auskommst?«

Saya fuhr sich mit der Zunge über die Lippen. Ihr Blick fiel auf die Skizze, die Hitomi ihr in die Hand gedrückt hatte, und zerstreut steckte sie sie ein. »Ich mache mich jetzt wohl besser vom Acker. Danke, dass du mich nicht rausgeworfen hast.« Es war ihr ein Anliegen, zu lächeln, während sie sich erhob und sich dabei die Beine massierte.

»Meine Meinung hat sich nicht geändert«, bemerkte Hitomi. Echte Besorgnis lag in ihren Worten. »Es ist das Klügste für dich und deine Familie, wenn ihr Inogi verlasst. Irgendetwas ist hier durcheinandergeraten und ihr seid der Auslöser. Es mag dir so vorkommen, als sei bisher nichts Einschneidendes geschehen, aber wenn der Wind plötzlich abflaut, dann ist das für die Menschen hier genauso folgenschwer, als würde sich bei euch in Kôbe eines Tages die Sonne weigern aufzugehen und die Stadt wäre für sechs Wochen in Dunkelheit getaucht. Ich glaube, in Kôbe würde es nicht bei Getuschel und ein paar halbherzigen Drohungen bleiben. Es würde Tumulte geben. Denk daran! Es ist nur eine Frage der Zeit, bis euch hier etwas zustößt. Ihr solltet es nicht so weit kommen lassen.«

Saya, die sich schon zur Tür gedreht und die Hand auf den Knauf gelegt hatte, blieb stehen. »Gesetzt den Fall, uns würde etwas zustoßen«, sagte sie leise. »Nur einmal angenommen, jemand zündet unser Haus an oder … schlägt meinen Vater zusammen …«

»Ja?«

»Wen würdest du verdächtigen? Wer würde so etwas tun?«

»Es gibt ein paar Dutzend Leute, denen ich es zutrauen würde. Ich werde mich hüten, dir ihre Namen auf eine Liste zu schreiben.«

»Und warum?«

»Weil du jeden Einzelnen besuchen und provozieren würdest, so wie du zu mir gekommen bist. Du denkst nämlich, Angriff ist die beste Verteidigung.«

»Stimmt, ich …« Saya unterbrach sich. Dachte sie das wirklich? War sie so? Hielt sich Yokoi Saya nicht eher zurück, wenn es darum ging, Probleme in Angriff zu nehmen? War sie nicht diejenige, die sich zur Flucht wandte, sobald jemand Entscheidungen oder Taten von ihr forderte? Hatten Eltern und Freunde sie nicht schon tausendmal deswegen gerügt und aufgezogen?

*Es mag verrückt klingen, aber ich glaube, ich habe auf der Fahrt tatsächlich einen Teil der alten Saya hinter dieser Kuppe zurückgelassen.*

Sie trat aus der Enge des Zimmers hinaus in den Wohnraum. Hitomis Vater hatte den Fernseher ausgeschaltet und las scheinbar interessiert eine Sportzeitung. In Wirklichkeit schielte er aus den Augenwinkeln zu ihr herüber.

»Deine Mutter ist nicht zu Hause?«, erkundigte sich Saya, um dem beklemmenden Gespräch einen banalen Ausgang zu schenken.

»Ist sie nicht.«

Die Antwort klang so durchdringend und intensiv, dass sich Saya mit gerunzelter Stirn zu Hitomi umdrehte. Der Ausdruck auf Hitomis Gesicht drang wie ein eisiger Windstoß in ihr Innerstes. Die Miene des Mädchens war verzerrt, entstellt vor Schmerz und vor dem verzweifelten, erfolglosen Versuch, diesen Schmerz gewaltsam zu verbergen.

»Meine Mutter ist seit gut zwei Monaten nicht zu Hause«, wisperte sie, doch so leise konnte sie gar nicht flüstern, dass es in der gefrorenen Stille nicht hörbar gewesen wäre. Ihr Vater tat noch immer so, als würde er lesen, wobei die Zeitung in seinen verkrampften Händen zusehends zu einem zerknüllten Papierklumpen schrumpfte.

Jetzt gab es keinen Weg mehr zurück. Jetzt konnte Saya die Andeutung nicht mehr in der Luft hängen lassen und so tun, als würde sie sie nichts angehen. »Ist deiner Mutter etwas zugestoßen?«, fragte sie behutsam, pietätvoll, als redeten sie von einer Toten.

Hitomi deutete ein Kopfschütteln an. »Sie hat Vater verlassen. Uns verlassen. Ist einfach weggegangen.«

»Das tut mir ...« Saya stoppte die Phrase auf halbem Wege. Man kondolierte nicht zu einer Trennung. Zum x-ten Mal an diesem Abend wechselte Saya das Thema. »Darf ich wiederkommen?«

»Nein«, erwiderte Hitomi schnell. Dann schloss sie die Augen und kämpfte mit sich. »Ja, du darfst, wenn du meinst, du musst. Aber tu es nicht, hörst du?«

*

Saya hatte die Tür noch kaum geschlossen, als sie aus der Wohnung bereits die Stimme von Hitomis Vater vernahm, streng, aber mehr noch müde: »Musstest du von Mutter reden?«

»Sie hat mich gefragt.«

»Ich meine, *musstest* du die Wahrheit sagen?«

»Mir war danach. Ich wollte sie nicht belügen.«

»Was ich sagen will, ist: War es zwingend notwendig, diesem fremden Mädchen davon zu erzählen? Wir hätten das Thema umschiffen können.«

»Wir? Du hast so getan, als würdest du uns nicht einmal zuhören!«

»Ist es vielleicht verboten, die Zeitung zu lesen nach einem harten Tag? Glaubst du denn, mir fällt das alles leicht? Denkst du wirklich ...«

Saya wandte sich ab, um nicht länger mithören zu müssen. Diskussionen dieser Art, die nirgendwohin führten, sich immer nur im Kreis drehten, deprimierten sie. Jetzt wünschte sie sich, der Fernseher wäre noch eingeschaltet, vielleicht so laut, dass er das Gespräch zwischen Vater und Tochter nicht nur übertönte, sondern unmöglich machte.

Als sie an den beiden alten Fahrrädern vorbeikam

und sich fragte, wer wohl auf dem einen fahren durfte, dessen Reifen noch Luft hatten, meldete sich wieder die Konzertpassage aus ihrer Tasche – Tô-chans Handy. Vermutlich war ihr Vater endlich nach Hause gekommen und ihre Mutter wollte sie zum Abendessen rufen.

Sie drückte den Verbindungs-Button.

Stille. Dann: »Der blutige Drachen. Du hast ihn doch nicht vergessen, oder? Er bewegt sich schon. Er zuckt in der Dunkelheit, hat bereits deine Witterung aufgenommen …«

Saya wirbelte auf dem Absatz herum und rannte zurück zur Tür, hinter der Herr Takeno noch immer auf seine Tochter einredete, pochte wild dagegen. Als niemand öffnete, probierte sie den Knauf … und hatte Glück. Hitomis Vater hatte die Tür noch nicht verriegelt. Saya machte einen Schritt ins Innere, blieb an der Schwelle stehen, streckte die Hand mit dem Mobiltelefon aus.

Die beiden sahen sie entgeistert an.

»Hitomi«, flüsterte sie. »Hör dir das an! Wessen Stimme ist das?«

Noch bevor das Mädchen nach dem Handy greifen konnte, erklang das Freizeichen. Der Anrufer musste ihr Flüstern bemerkt und die Verbindung unterbrochen haben.

*

Als sie in der Bruchbude ankam, die sie niemals, niemals »Zuhause« nennen würde, trug sie den Schrecken noch an sich und sie merkte, dass sie sich vor ihren

Eltern zu verstecken versuchte wie ein verletztes Tier, das seine Wunde verbarg. Wäre sie in ihrer alten Wohnung in Kôbe gewesen, hätte sie sich eine halbe Stunde in ihrem Zimmer eingeschlossen, sich ans Piano gesetzt, zuerst die schwermütigen Stücke gespielt, dann die beschwingten, und nach dem dritten Refrain von »Sonne auf deinem Gesicht« wäre sie mit frisch gewaschener Seele und mit einem Bärenhunger wieder aufgetaucht. Hier jedoch hatte sie noch keinen Platz, und es war völlig ausgeschlossen, dass sie in dieser Baracke je einen haben würde, selbst dann nicht, wenn übermorgen – vielleicht – ihr Klavier eintraf.

Kâ-chan, die in der Küche nichts vorgefunden hatte, woraus sich ein Abendessen improvisieren ließ, hatte ihren Mut gehörig aufgeschüttelt, war hinausgegangen, hatte zwei Nebenstraßen weiter zwar keinen Supermarkt, aber einen kleinen Lebensmittelladen entdeckt und dort großzügig eingekauft. »Stellt euch vor«, schloss sie ihren Bericht, »die alte Frau hat mich mit einem Lächeln bedient. Sie muss schon über neunzig sein.«

»Du meinst Frau Kimura«, sagte Sayas Vater mit vollem Mund. »Sie ist hundertzwei. Und ziemlich verkalkt.«

»Was die freundliche Bedienung hinreichend erklärt.« Saya blickte finster in die Runde. Dann griff sie nach dem Schälchen mit dem dampfenden Reis und lud sich ein paar Scheiben Rührei darauf.

An diesem Abend wurde am Esstisch nicht viel geredet. Saya hatte den Eindruck, dass sich ihre Eltern nicht ungern in eine ausgelassene Stimmung geplappert hätten, aber von den dunklen Gewitterwolken zum Schweigen gebracht wurden, die um den Kopf ihrer Tochter zogen.

Das Handy hatte Saya ihrem Vater zurückgegeben. Na ja, sie hatte es auf den Tisch neben das eingelegte Gemüse gelegt. Sie vermutete, dass der unheimliche Anrufer sich nicht mehr melden würde, jetzt, da ihm klar sein musste, dass Saya alles daransetzen würde, seine Identität zu enthüllen. Sie klebte lange am Tisch, nicht weil großer Hunger sie zum Weiteressen bewegt hätte – sie verspürte so gut wie keinen Appetit –, sondern weil sie ihr Zimmer nicht sehen wollte und sicher war, dass ihr Zimmer *sie* nicht sehen wollte.

Schließlich ließ es sich nicht länger hinauszögern, und sie betrat den Raum wie eine unschuldig Verurteilte, die man in ihre Zelle führte. Der Raum war einfach nur ein Raum. Vier Tatamimatten groß, lackierte Holzwände, ein Fenster, ein Einbauschrank und an der Decke die Standardlampe schlechthin, vier nackte, parallel angeordnete Neonleuchten, zwischen denen eine Schnur herabhing, mit der man die Helligkeitsstufen umschalten konnte: Vier Röhren – zwei Röhren – Notbeleuchtung (das Minibirnchen) – off. Die Schnur war ausgefranst. Es roch nach Staub.

Für einen Sarg war das Zimmer eine Spur zu groß.

Das war der Befund, zu dem sie kam, als sie sich vornahm, das Positive zu sehen.

Eines wusste sie genau: Ihr Piano würde hier nicht hereinpassen. Sie würde es womöglich ins Wohnzimmer stellen müssen. Aber wie sollte sie darauf spielen und dazu singen, wenn ihre Mutter neben ihr ein Fernsehdrama verfolgte, Zeitschriften las oder das Haushaltsbuch führte?

Für solche Situationen hatte Saya einen schönen Fundus an grausamen, selbstzerstörerischen Gedanken parat. Sie grub nicht tief, nahm gleich den obersten und dachte: *Wahrscheinlich ist es besser, das Klavier kommt nie hier an.*

Da sie keine Noten schreiben konnte und alle ihre Songs aus dem Gedächtnis spielte, bedeutete dies, dass sie die Stücke verlernen würde, die einen früher, die anderen später. War es das, was man Erwachsenwerden nannte? Dass einem das Schicksal plötzlich das Klavier wegnahm, vielleicht gerade so lange, bis man die Melodien der Jugend vergessen hatte?

Die Tür des Wandschranks ließ sich öffnen, und dahinter lag ein Hohlraum, der ihr größer erschien als das Zimmer. Zwei Futon-Sets, bunt gemustert und ordentlich zusammengelegt, der Geruch muffig, ungelüftet, aber nicht ekelerregend. Saya wusste nicht, wer vorher hier gewohnt hatte, aber offenbar hatte er diese Matratzen und Decken nie oder lange nicht benutzt.

»Ich wollte sie in die Reinigung geben«, hörte sie ihren Vater hinter sich, »aber ich bin nie dazu gekommen.« Er seufzte schuldbewusst. »Verzeih mir bitte.« Er stand auf dem Flur und beobachtete wohl, wie sie und das Zimmer miteinander auskamen.

Nun, sie würden sich nicht kratzen und nicht beißen. Die Eltern würden nicht von umherfliegenden Gegenständen in ihrem verdienten Nachtschlaf gestört werden.

Kâ-chan hatte das Badewasser eingelassen, so brühend heiß wie immer oder noch heißer, und Saya, die das liebte, durfte als Erste hinein. So schloss sie noch vor ihrer Mutter Bekanntschaft, ja *Freundschaft* mit der Badewanne, die stumpf und abgenutzt, aber wesentlich tiefer und geräumiger war als die Wanne, die sie in Kôbe gehabt hatten. Anstatt sich mit angehockten Beinen wie auf Urlaub im Mutterleib zu fühlen, kam man sich hier erstaunlich befreit vor. Der schwarze Schimmel, der an der Decke pappte und alle denkbaren Formen annahm, wenn man ihn, schläfrig und von der Hitze betäubt, durch den wallenden Dampf betrachtete, störte sie wenig.

Später, im Futon, zwischen Wachen und Schlafen, schien sie der Dampf noch immer zu umhüllen und auch der amorphe Schimmel waberte an der Decke. Dass sie in ihm bald die Umrisse eines gewaltigen Drachens sah, war nach diesem Tag nicht verwunderlich.

Ehe sie einschlief, entschlüsselte sie noch ganz nebenbei mit der Leichtigkeit, die dem menschlichen Geist in den Minuten des Hinüberdämmerns eigen ist, eines von Inogis Geheimnissen. Ihr wurde klar, warum es hier keine oberirdischen Stromleitungen geben durfte. Diese Leitungen waren der Hauptgrund dafür, dass das früher bei Groß und Klein so beliebte Spiel mit den Drachen heute in Japan fast ausgestorben war. In Inogi aber konnte man in jeder Straße, vor jedem Haus, selbst in der engsten Gasse einen Drachen steigen lassen. Hier war alles auf den Wind ausgerichtet, auf ihn und seine Freunde, die Tako.

Seine Freunde?

Saya registrierte, dass sie neugierig wurde, neugierig auf weitere Geheimnisse und auf das Gespräch mit dem Drachenbauer Abe.

*

Der Mann schreckte auf.

Geräusche. Entsetzliche Geräusche, als würde das lebendige, heiße Erdinnere an der Erdkruste schaben, als würden sich brennende Ungeheuer mit unermesslicher Gewalt dagegenwerfen. Sich aufmachen, ihm den Boden unter den Füßen zu zerschmettern.

Also wieder ein Albtraum. Er saß auf dem Futon, riss mit den Händen an den Rändern der Matratze und zwang sich zum Abwarten. Es war normal, dass der Traum noch nachwirkte, dass die Ohren noch für lange Sekunden in den zerrinnenden Wahnsinn hineinhorchten, ehe sie sich den realen Klängen der Nacht zuwandten, dem harmlosen Knarren der alten Dielen, dem Trillern der ersten Vögel, dem Atmen seiner Frau, die, von seinem nächtlichen Stöhnen und Ächzen geplagt, in all den Jahren unzählige Male im Nebenzimmer geschlafen hatte und doch immer wieder an den Platz neben ihrem Mann zurückgekehrt war.

Heute wollten die Geräusche nicht verschwinden. Im Gegenteil, sie wurden lauter und lauter, klangen nach malträtiertem Holz, nach einem sich vor Schmerz windenden Haus und vor allem nach einer entsetzlichen Macht, die nur eines im Sinn hatte: auszubrechen aus ihrem Gefängnis.

Auch seine Frau, deren Schlaf in den Ehejahren immer tiefer geworden war, wohl aus Selbstschutz, warf sich hin und her, stieß gegen ihn und schien mit einem Fuß bereits auf der Schwelle zum Aufwachen zu stehen. Im Dämmerlicht des Zimmers sah er ihr verzerrtes Gesicht und ahnte, wie seines aussehen musste, wenn ihn die Träume heimsuchten.

*Diesmal ist der Traum hartnäckig*, dachte er. *Oder es ist kein Traum.*

Ein Krachen erschütterte das Haus, als würde sich ein Mammut daran reiben. Seine Frau seufzte im Schlaf. Der Mann schlug die Decke zurück, strich sich das nasse, widerspenstige Haar aus der Stirn. Dann sprang er auf die Beine. An der Wand hing in greifbarer Nähe ein Katana, ein Langschwert, wie es die Samurai getragen hatten, und er umfasste es mit seinen verschwitzten Fingern. Früher hatte er eine billige Imitation besessen, mit der man keinen Kiefernzweig hätte durchtrennen können. Vor Jahren hatte er das Spielzeug verschenkt und durch ein Katana ersetzt, das diesen Namen auch verdiente. Er zog das Schwert ein paar Fingerbreit aus der Scheide, nur um den Stahl aufblitzen zu sehen.

Wo der Ursprung der Geräusche lag, war ihm nur zu klar. Das äußerste Zimmer, hinter der Küche, in dem er einst seine Werkstatt untergebracht hatte, knarrte und rumorte, als würde ein Poltergeist dort sein Unwesen treiben.

Hoffentlich schlief auch sein Sohn heute Nacht tief und fest. Wenn er viel Sport trieb, war er zum Frühstück kaum wach zu bekommen. Das hatte er von ihm. Auch er war früher mit einem gesunden Schlaf gesegnet gewesen, was zuerst seine Eltern, später seine Frau nahezu in den Wahnsinn getrieben hatte.

Heute war er der Getriebene. Der Wahnsinnige.

Konnte es möglich sein, dass die Geräusche allesamt nur in seinem Kopf existierten? Er war am Ende des Flurs angekommen, geduckt, in der Linken die Scheide des Katanas, in der Rechten der Griff.

Die Geräusche wurden leiser, aber sie verschwanden nicht. Lange stand er reglos vor der verschlossenen und verriegelten Tür, reglos mit Ausnahme seines Zitterns. Er bebte wie ein alter Trinker. Ja, er trank, exzessiv, haltlos, bis zum Umfallen, aber er trank nicht regelmäßig, nur dann, wenn der Druck zu groß wurde, ein-, zweimal die Woche, manchmal seltener.

Die Mächte, die er dort gefangen hielt, schienen fürs Erste akzeptiert zu haben, dass sie gegen die Wände ihres Kerkers nicht ankamen. Der erste Ansturm war vorüber. Eine Stunde lang – so schätzte er, denn seine Armbanduhr lag neben dem Kopfkissen – dauerte das gedämpfte Kratzen und Flattern an, und als es verstummte, wartete er noch einmal so lange, bis er ins Schlafzimmer zurückkehrte, das Katana an seinen Platz hängte und auf den von kaltem Schweiß klammen Futon kroch.

Schlaf fand er freilich keinen mehr. Weder der Gedanke, das Rumoren könne real gewesen sein, noch die Vorstellung, es habe sich nur in seinem Geist abgespielt, ließ ihn zur Ruhe kommen. Das Letztere bedeutete, dass *er* wahnsinnig war, das Erstere, dass die Welt es war.

Nachdem er lange und hilflos an die allmählich heller

werdende Decke gestarrt hatte, bemerkte er, dass seine Frau nicht mehr schlief. Seine Hand kroch unter ihre Decke und fand ihre Schulter.

»Ich habe es auch gehört«, wisperte sie nach einer Weile. Sie sprach leise und mit der gefassten Feierlichkeit, mit der man etwas sehr Großem wie dem Tod entgegensieht.

*

In der ersten Nacht in diesem neuen alten Haus träumte Saya zunächst belanglose Dinge von ihren Freundinnen in Kôbe. Erst am Morgen, kurz vor dem Aufwachen, gesellte sich dazu ein wirres Fantasiegebilde von einer Schuluniform, die unter den Armen Flügel hatte. Es war die Sorte Träume, aus der man mit einem schiefen Grinsen erwacht.

Bei einer Maissuppe, etwas Reis und Salat hatte sie Gelegenheit, ihre verstrubbelten Gedanken zu kämmen. Ihr Vater war bereits aus dem Haus gehuscht, und ihre Mutter, die wie immer beim Zubereiten des Frühstücks genascht hatte, bis sie satt war, werkelte mit Hingabe an der Waschmaschine herum. Das Gerät stand hinter dem Haus, und an einem freundlichen Morgen wie diesem konnte man hoffen, der Rostüberzug sei rein äußerlich, gewissermaßen ein unbedeutender Schönheitsfehler.

Ja, der Morgen zeigte sich kühl und voller Sonne, und der Wind schien über Nacht weiter an Intensität zugenommen zu haben, ohne sich zum Sturm auszuwachsen. Beim Nachbarhaus löste sich ein Damenunterhemd von der Leine und spielte etwas unbeholfen Vogel, bis es vor ihrer Haustür Schlagseite bekam und abstürzte. Als Saya, die die Szene zufällig durchs Fenster verfolgt hatte, das Hemd ohne nachzudenken aufhob und an seinen Platz zurückhängte, erntete sie von der Nachbarin ein scheues, aber liebenswertes Lächeln inklusive Verbeugung. Überschwänglich erwiderte sie es. Es war ihr, als habe die Frau in dem fliegenden Wäschestück für einen flüchtigen Moment eine Art Glückssymbol entdeckt.

Einen spontanen Drachen.

Jetzt dachte sie schon wie die Einheimischen. Vielleicht hatte die Situation gestern wirklich schlimmer ausgesehen, als sie war.

Ein Gutes hatte der Umzug sowieso: längere Ferien. Die *Golden Week* stand bevor, die Woche, in der sich vier Feiertage tummelten, vom Tag der Shôwa-Ära am 29. April über den Verfassungsgedenktag bis hin zum Tag der Kinder am 5. Mai. In Japan bildete diese Woche die Hauptreisezeit, da fast alle Firmen über die Brückentage Betriebsferien hielten und es außerhalb der *Golden Week* schwierig war, eine Woche Urlaub am Stück zu bekommen. Brauchte man für diese Zeit ein Flug- oder Zugticket, musste man Monate im Voraus reservieren, viele Hotels und Onsen-Bäder waren schon seit dem Vorjahr ausgebucht. Halb Japan verreiste in dieser Woche, mehr noch als zum Bon-Fest im Sommer oder zum winterlichen Neujahr.

Heute war Samstag, der 25. April. Vor Wochen schon hatte Saya am Telefon von Tô-chan erfahren, dass in Inogi ab Montag nächster Woche die Schulpforten geschlossen sein würden. In Kôbe hätte sie erst ab Mittwoch schulfrei gehabt. Seit dem Gespräch mit Hitomi ahnte sie auch, warum sich dieses Dorf einen extra frühen Ferienbeginn gönnte. Das Drachenfest stand vor der Tür, der Höhepunkt des Jahres, und sicher konnte sich angesichts von Vorarbeiten und Vorfreude niemand mehr auf so belanglose Dinge wie Schule oder Broterwerb konzentrieren.

So gesehen war das Kaff nicht ohne.

Saya konnte sich nicht entsinnen, in ihrem Leben schon einmal mit Drachen in Berührung gekommen zu sein. In den Spielwarenläden von Kôbe suchte man die Tako vergebens. Einmal hatte sie im Fernsehen eine Kurzdoku über die Drachenfeste gesehen, die es in verschiedenen Gegenden des Landes gab, hatte ihr jedoch ungefähr so viel Aufmerksamkeit geschenkt wie einer Werbesendung für Haarwuchsmittel. Nun, da es sie in eine Hochburg der Tako-Begeisterung verschlagen hatte, würde sie sich die Festivitäten natürlich ansehen – zumal sie sich nicht recht vorstellen konnte, wie die Kiste ablief. Hitomi hatte von einem Wettkampf gesprochen. Aber wie wollte man bei einer so beschaulichen Angelegenheit einen Sieger ermitteln?

Saya betrachtete Hitomis Skizze für den Weg zu dem Drachenbauer Abe so lange, bis sie sie auswendig kannte, wählte aus der Handvoll Klamotten, die sie in ihrem Auto mitgebracht hatten, etwas nicht zu Luftiges aus und lief los. Hier brauchte man keine Busse und U-Bahnen. Sie hatte auch keine Taxis gesehen. Jede Adresse im Dorf ließ sich innerhalb von fünfzehn Minuten zu Fuß erreichen.

Sie spazierte an dem unterernährten Bach entlang, stahl sich durch schmale Gassen zwischen den Häusern, blieb an Briefkästen hängen, von denen die rote Lackierung abblätterte, und begegnete Menschen, die die Blumen gossen. Inogi war gewiss nicht der sauberste Ort auf dem Planeten, dennoch stolperte sie nirgendwo über Müllsäcke. Auch das lag zweifellos am Wind. Die steife Brise, die angeblich das ganze Jahr über herrschte, hätte die Säcke fortgerissen und den Abfall in den Straßen verteilt. Mittlerweile pfiff der Wind recht beachtlich durch die Gassen. Fast an jedem Haus begegnete sie den Koi-nobori, karpfenförmigen Windsäcken. Auch Fûrin waren allgegenwärtig, Glöckchen, die im Wind klingelten, dazu alle Arten von Windrädern, Flaggen und Bannern. Und natürlich Tako, von Miniaturdrachen bis hin zu solchen, die in ihrer Ausdehnung an große Raubvögel oder Rochen erinnerten. Da keiner von ihnen stillstand, wirkte das Ganze wie eine Invasion der Tiere. Sie schienen über die Wände zu kriechen, hinter den Fenstern zu lauern, in Netzen zu zappeln oder einfach über den Dächern zu kreisen, gewaltige dämonische Vogelwesen auf der Durchreise von einer Welt in eine andere.

Überwiegend wurde sie freundlich gegrüßt, auch wenn manche sich noch zurückhielten und einige es vorzogen, sich abzuwenden oder sich gar zu verstecken.

Das Haus des Herrn Abe war trotz der in Inogi tausendfach präsenten Drachen nicht zu verfehlen. Es war so über und über mit neuen, unbeschädigten, leuchtenden Tako bedeckt, dass man sich unwillkürlich Sorgen machte, ob das Dach den nächsten Windstoß überstehen würde. Die vorherrschende Farbe war Rot. Einige der Drachen waren an meterlangen Schnüren befestigt und schwankten in der Luft wie Schiffe auf einem rauen Meer. Das Haus selbst war von mittlerer Größe und wirkte unter seiner blühenden Pracht schlicht und unscheinbar. Selbst das Namensschild war ein Drachen von metallischem Glanz. Offenbar reichte der Wind heute noch nicht aus, um ihn in die Lüfte zu heben, denn er hing neben dem Eingang herab, wodurch die beiden Schriftzeichen des Namens Abe auf dem Kopf standen.

Es war neun Uhr, etwas früh, um einen Fremden zu besuchen, aber sie hatte Glück (was für ein Tag!). Kaum stand sie eine Minute unschlüssig vor der Tür, da öffnete diese sich und ein nicht sehr großer Mann trat mit einigen ebenso nachlässigen wie gutmütigen Verbeugungen auf sie zu. Sie schätzte ihn auf Ende fünfzig. Er hatte das Gesicht eines aufgeblasenen Frosches, schüttere, grau melierte Haare und ein dünnes Kinnbärtchen. Trotz der kühlen Witterung trug er kurze Hosen. Ein grelles Hawaiihemd spannte sich über einem der rundesten Kugelbäuche, die Saya je gesehen hatte. Wie ein Vertreter eines altehrwürdigen Kunsthandwerks mutete er nicht an. Er war so bunt wie seine Drachen und er strahlte, als hätte er eben etwas lange Vermisstes wiedergefunden.

»Haben Sie mich gesehen?«, fragte sie verdattert.

»Wer wird denn eine hübsche *chica* lange warten lassen?«, schmetterte er mit einer leicht quietschenden Stimme. Falls er ein Musikinstrument spielte, dann sicher Trompete. »Du musst Saya-chan sein, *n'est-ce pas?*«

»Hat Takeno-san mich angekündigt?« Das Satzende hatte sie nicht verstanden. Dass er sie gleich mit der Koseform anredete, war ihr nicht gerade angenehm.

»Takeno-san? Ah, du meinst Hitomi-chan, meine große Liebe!« Er stieß drei quakende Lacher aus. »Nein, nein, das Mäuschen hat es mir nicht zugepiepst. Dein lieber Tô-chan hat mir längst verraten, dass sein *little angel* bald kommt. Was einen langweiligen alten Mann wie mich natürlich hoffen ließ, dass dich der Wind recht bald in meine *direction* pusten möge ...«

Saya hatte die Vorahnung, dass es ein anstrengendes Gespräch werden würde. Sie zuckte unwillkürlich mit den Schulterblättern, als Abe seine Hand auf ihren Rücken legte und sie, ohne Zeit zu verlieren, unter einem Dutzend *Come on*'s in seine Werkstatt führte. Dort angekommen verlor das unangenehme Gefühl von vorhin seine Bedeutung. Was einen Menschen in diesem Raum erwartete, wollte erst einmal verdaut sein.

Zahllose Drachen baumelten von der Decke herab oder hingen an den Wänden. Die Größe des Zimmers war nicht abzuschätzen. Je nach Blickwinkel wirkte es so eng wie eine Kammer oder aber grenzenlos. Durch ein Oberlicht fiel Helligkeit ein. Da sich manche Drachen bedächtig drehten, änderte sich die Farbe des Raumes ständig – eine stark verlangsamte, blasse Disco. Es raschelte leise, wenn die Spielzeuge sich berührten. In einer Ecke kniete ein etwa achtjähriger Junge und kramte behutsam in einer Kiste, in der sich Haspeln befanden.

»Tako«, sprach Abe weiter, während Saya sich unter einem bussardförmigen Drachen hindurchbückte. »Das

Wort bedeutet auch Oktopus und deutet darauf hin, dass einige der älteren Drachen mit vielen *tails*, Schwänzen, ausgestattet waren, die sie wie Kraken aussehen ließen. Die allerersten Drachen dagegen waren vermutlich *des oiseaux, birds*.«

»Sie meinen Vögel?«, fragte Saya.

»Ja, Vögel.« Er blies gegen den Bussard, und Saya wich seinem Atem wie auch dem Drachen aus. »Man sagt, während der Zhou-Dynastie habe der chinesische Philosoph Lu Ban einen Vogel aus Bambus und Holz gebaut, eine Elster, um genau zu sein. Das war über fünfhundert Jahre vor Beginn der westlichen Zeitrechnung, *two thousand and five hundred years ago*. Weißt du, wie lange der Vogel in der Luft blieb?«

»Zehn Sekunden?«

»Drei Tage.« Abe lachte, zog eine Grimasse und blies noch einmal.

»Aber das ist unmöglich!«

»Bei Drachen, mein Töchterchen, ist nichts unmöglich, wie du noch sehen wirst. Heute verstehen wir sie als Spielzeuge, *toys*, aber das sind sie erst seit etwas mehr als dreihundert Jahren. Davor dienten sie jahrtausendelang anderen Zwecken. Als die ersten Drachen aus China über Korea in unser Land kamen, hatten sie noch eine religiöse Bedeutung. Die Tako trugen die Gebete der Menschen, *prayers*, zu den Göttern in den Himmel hinauf. Damals sah man die Drachen als Bindeglied zwischen *man and the gods*, zwischen Erde und Himmel.«

»Ah ja«, meinte Saya. Wohin sie sich in dem Dickicht aus Drachen auch wandte, der Drachenbauer folgte immer dicht hinter ihr. Wie ein Kopfjäger, der sich im Urwald an die Fersen seines Opfers heftet.

»Später wurden die Tako dann für militärische Zwecke benutzt. Man setzte sie ein, um Signale zu geben, *secret messages* zu senden oder von Feinden belagerte Burgen mit Lebensmitteln zu versorgen. Indem man Menschen auf den Drachen mitfliegen ließ, konnte man die Bewegungen feindlicher Truppen aus der Luft beobachten. Sogar in den beiden *World Wars* waren Drachen im Einsatz. Erstaunlich, nicht? Man sieht diesen verspielten Gesellen ihre sakrale Seite so wenig an wie ihre kriegerische. Bist du geschickt im Umgang mit den Drachen?«

Ehrlichkeit ist eine Zier. Saya wandte sich nicht zu ihm um, als sie zugab: »Ich hatte noch nie einen in der Hand.«

»Du schwindelst mich an!« Abe wirkte nicht sehr überrascht, auch wenn er so tat, als wäre er es. Vielmehr schien er es von ganzem Herzen zu genießen, das Mädchen in Verlegenheit zu bringen.

»Noch nie mit Drachen gespielt zu haben, ist in Inogi wahrscheinlich peinlicher, als noch am Daumen zu lutschen«, erwiderte Saya.

Abe lachte lauthals. Saya sah ihn die Hand heben, und offenbar löste er in dem Gewirr über ihm einen Knoten, denn im nächsten Moment stürzte haarscharf vor ihrem Gesicht ein Tako von der Decke herab, aber nur so weit, dass er in Augenhöhe vor ihr pendelte. Als sie einen Schritt zurückwich, erkannte sie die Zeichnung eines Mannes in schlichter altertümlicher Kleidung, der auf einem riesigen Drachen flog. Der Himmel war von roter Farbe. In der unteren Ecke des Bildes konnte man das Dach eines Schlosses erkennen, mit goldenen Dachziegeln, von denen einige die Form eines Delfins mit Tigerkopf hatten.

Saya kannte dieses Fabelwesen. Man nannte es Shachi.

»Im Jahre 1712 baute sich ein *thief* namens Kakinoki Kinsuke einen Tako, der so groß war, dass er sich damit in die Lüfte erheben konnte«, erklärte Abe. »Sein Vorhaben war, wie man sich bei seinem Beruf denken kann, kein erfreuliches. Er wollte auf diesem Wege die *golden scales*, die goldenen Schuppen des Shachi auf dem Dach von Schloss Nagoya stehlen. Eine interessante Anwendung für einen Drachen, *really*!«

»Ich nehme an, er war erfolgreich und wurde in Inogi zum Volkshelden erklärt.«

»*Malheureusement non*«, antwortete Abe, und Enttäuschung zeichnete sich auf seinem Froschgesicht ab. »Er wurde festgenommen und zusammen mit seiner ganzen Familie in siedendem Fett frittiert.«

»Das ist ja ekelhaft«, japste Saya. Es war, als steige ihr der Geruch alten Speiseöls in die Nase. Bestimmt würde sie einige Tage lang nichts Frittiertes mehr hinunterbekommen. Eigentlich hatte sie vorgehabt, Abe nach dem blutigen Drachen zu befragen, aber ihre Zunge wollte nicht so, wie Saya wollte.

Inzwischen waren sie bei dem Jungen angekommen, der noch immer in der Kiste kramte und sich offenbar nicht entscheiden konnte. Der Drachenbauer bückte sich, nahm eine blaue Haspel heraus und drückte sie dem Kind in die Hand. »Hier! Die schenke ich dir.«

Der Junge bedankte sich mit aufgeregten Verbeugungen und verschwand unter dem Rascheln der Drachen nach draußen.

»Ich bin viel herumgekommen«, sprach Abe weiter. »In Europa, Amerika und Asien. Auf meinen Reisen habe ich viele Sprachen gelernt, viele leckere Speisen probiert, viele schöne Frauen ... hm ... gesehen und viele prachtvolle Drachen fliegen lassen. Soll ich dir etwas verraten? In allen diesen Dingen ist Japan die Nummer eins. Wir haben das beste Essen, die schönsten Drachen und natürlich«, er grinste sie an, »die anmutigsten Frauen.«

»Wirklich?«, sagte Saya genervt.

»*Of course!* Aber die Sache mit den Sprachen ist interessant. Jede Sprache hat ein ganz anderes Wort für die Drachen. Das englische *kite* wurde ursprünglich für eine Raubvogelart benutzt – den Roten Milan. Das spanische Wort *cometa* bedeutet Komet, der französische Begriff *cerf-volant* heißt fliegender Hirsch und ist auch das Wort für den Hirschkäfer. Besonders aufschlussreich ist der Begriff, der aus dem Ursprungsland des Drachens kommt, aus China. Die Chinesen bezeichnen den Drachen nämlich als *fēngzheng*. Weißt du, was das bedeutet?«

»Keine Ahnung. Äh, schlingernde Frühlingsrolle?« Saya erschien es mehr als legitim, in seiner Gegenwart schlechte Witze zu machen.

Abe schüttete sich aus vor Lachen. Er breitete die Arme aus, und das bunte Drachenmeer wurde in wogende Bewegung versetzt. Saya mochte das nicht. Ihr wurde schwindelig davon, und die Situation löste einen Anflug von Klaustrophobie bei ihr aus. Sie konnte sich nicht erinnern, je zuvor Probleme mit engen Räumen gehabt zu haben, und dieser Raum war nicht einmal eng.

»*Fēngzheng* bedeutet Windzither«, japste Abe. »Die chinesische Zither ist ein altes Saiteninstrument. Die Chinesen versahen ihre Drachen mit Saiten oder Pfeifen, sodass sie beim Fliegen einen ziemlichen Lärm verursachten.«

»Keine schöne Vorstellung«, sagte Saya.

»Wir in Japan haben diese Tradition übrigens übernommen und statten unsere Tako ebenfalls mit Pfeifen aus«, ergänzte Abe. »Bei unseren Festen geht es daher auch recht geräuschvoll zu.«

»Eine schöne Vorstellung«, sagte Saya.

»Ja, es ist ein Heidenspaß. Um noch mal zum vorigen Thema zurückzukommen – aus fremden Sprachen kann man eine Menge lernen. Stell dir vor, in der deutschen Sprache heißen Drachen Drachen.«

»Drachen?«

»Ja, Drachen.«

»Sehr faszinierend.« Allmählich regte sich in ihr das dringende Bedürfnis, diesen Ort wieder zu verlassen. Abes Ausführungen mochten lehrreich sein, aber wenn sie noch länger durch dieses bunte Gewoge ging, bekam sie früher oder später einen Schreikrampf. Zumal der Mann ihr ständig näher auf den Pelz rückte. Die Tako erschienen ihr mehr und mehr wie exotische Urwaldvögel, die ein besessener und rücksichtsloser Sammler eingefangen und in einen viel zu engen Käfig gesperrt hatte. Sie hatte den Eindruck, einige von ihnen würden sich bewegen, ohne dass sie angestoßen wurden, von sich aus. Außerdem war ihr die Farbenpracht zu rotlastig. Immerzu wurde sie an den blutigen Drachen erinnert. Falls irgendwo über ihr in diesem Durcheinander aus – wie vielen? – Drachen einer hing, dessen Papiersegel in Blut getaucht war und von dem jetzt gleich ein dicker Tropfen des Lebenssafts auf sie herabfallen würde, hätte sie keine Chance, ihn in der Masse auszumachen.

»Ich wollte Sie nicht lange aufhalten«, hörte sie sich sagen. »Eigentlich müsste ich längst …«

»Darf ich indiskret sein?«, fragte Abe, als sie nicht weitersprach. »Was genau führt dich zu mir, *chez moi?*«

Sie wandte sich um, aber er war nicht mehr hinter ihr. Das Muster seines Hawaiihemds löste sich aus einem Gewirr von Farben rechts von ihr. Für einen Moment schien der Handwerker vollständig mit seinen Schöpfungen verschmolzen zu sein. Saya biss die Zähne zusammen. So ähnlich stellte sie sich einen Drogenrausch vor.

Wo war die Tür?

»Mir ist nicht gut«, ächzte sie.

»Das ist das Licht. Es scheint zu rotieren. Manche vertragen das nicht. Wenn du mir deine Hand gibst, bringe ich dich sofort *outside.*« Seine dicken Finger ergriffen ihre Hand. Es war eine sehr verbindliche Berührung, ein kräftiger Händedruck wie unter Menschen, die sich gut kannten. »Trotzdem würde ich gerne wissen, weshalb du hier bist.«

»Ich wollte nur …« Wieder unterbrach sie sich. Der blutige Drachen. Die Drohung. Das Schauermärchen. Wenn jemand die Geschichte kannte und mit Begeisterung vortragen konnte, dann dieser Mann. Wenn sie nicht ihn fragte, wen dann?

Plötzlich ließ Abe ihre Hand los. »Jetzt verstehe ich!«, stieß er hervor. »Ich alter Trottel! Du hast doch schon gesagt, dass du noch nie einen Tako hattest. Natürlich möchtest du bei mir einen kaufen, aber du weißt nicht, worauf es bei den Drachen ankommt und welcher für dich geeignet ist, und es ist dir peinlich, mich zu fragen. *That's what it is about, right?*«

Saya schüttelte leicht den Kopf, aber ihr Mund blieb stumm. Nun erkannte sie die Tür vor sich und eilte darauf zu, versuchte sie aufzustoßen, doch sie bewegte sich nicht. Sie probierte es mit Ziehen, aber auch jetzt blieb ihr der Ausgang verschlossen. Sie war in dem Laden eingesperrt! Hinter ihr rauschten die Drachen, aufgeregt, wie es schien, und es war ihr, als dringe ein hohles Pfeifen an ihre Ohren. Vielleicht war jedes einzelne dieser grellbunten Gebilde ein blutiger Drachen, vielleicht lebten sie auf irgendeine Weise, und blutiger Drachen war eine Umschreibung für eine blutsaugende Vogel- oder Fledermausart aus dem malaysischen Regenwald, wie fliegender Hund oder ...

»Wenn du hinauswillst, musst du den Griff drehen«, riet Abe. »In jedem Fall bitte ich dich, hör auf, so an der Tür zu reißen. Ich weiß nicht, wie lange das Schloss das aushält.«

Saya drehte den Griff, der etwas klemmte, nach links. Die Tür öffnete sich anstandslos nach außen.

Sie stolperte ins Freie. Atmete die frische Luft ein.

Täuschte sie sich oder war der Wind noch stärker geworden? Die Drachen auf dem Dach des Hauses flatterten jetzt heftig, und einige von ihnen standen wie angenagelt am Himmel. Das Namensschild, das eben noch lustlos an zwei kurzen Schnurstücken gehangen hatte, fing an, sich in die Luft zu erheben.

»*What a beautiful day*«, schwärmte Abe hinter ihr. »Hier, mein Töchterchen, ein kleines Geschenk für das Mädchen aus der Ferne. Ein Tako ist wie ein Haustier, wenn man richtig mit ihm umgeht. Oder mehr als das: ein Freund.«

In beiden Händen hielt er einen – wie sollte es auch anders sein? – überwiegend roten Drachen, auf dem nichts als ein schwungvolles schwarzes Schriftzeichen prangte. Es war das Zeichen für Tako, das sich aus den Bestandteilen für Wind und Tuch zusammensetzte. Saya hatte schon viele dieser beschrifteten Drachen gesehen, aber noch nie einen, der mit diesem Zeichen versehen war. Ein wenig kam es ihr wie ein Scherz vor.

»Ist der wirklich für mich?«

»Und ob! Drachenbauer Abe macht gerne Geschenke. Frag die anderen – fast jeder hier hat ungefragt irgendetwas von mir bekommen, vor allem die Frauen.« Er brach in ein unanständiges, quiekendes Lachen aus, bei dem man sich am liebsten weggedreht hätte.

Widerwillig nahm Saya das Präsent an. Der Drachen war federleicht und schien sich an sie zu schmiegen. Korrektur: Er wurde vom Wind in ihre Richtung gedrückt. Mehr war es nicht, mehr konnte es nicht sein.

»Alles, was du im Laden gesehen hast, habe ich selbst gefertigt«, verkündete Abe. »Vom Bambusskelett bis zur

Bemalung. In der linken unteren Ecke findest du mein Siegel.«

Tatsächlich war ein Namensstempel zu erkennen.

»Viel Erfolg beim Steigenlassen!«

Saya nickte und ging mit schnellen Schritten davon. Dabei glaubte sie seine Blicke im Rücken zu spüren. Sie hatte den Drachenbauer besucht, einen Drachen bekommen und die wichtige Frage nicht gestellt.

Sollte sie sich jetzt freuen?

*

Ein Tako mit der Aufschrift Tako«, bemerkte ihre Mutter, als sie mit dem Drachen unter dem Arm nach Hause zurückkehrte. »Sehr originell.«

»Nicht wahr?«

Auf dem Heimweg (Heim? Welches Heim?) hatte der Drachen sich in ihrem Griff so unruhig gebärdet, dass sie beinahe die Kontrolle über ihn verloren hätte. Der Wind von Inogi war in der Tat nicht von schlechten Eltern, und die Drachen von Inogi schienen geradezu danach zu lechzen, sich ihm entgegenzuwerfen und sich von ihm fortreißen zu lassen. Saya hätte es nicht einmal unter Folter zugegeben, aber sie fühlte sich wahrhaftig, als hätte ihr jemand einen kleinen Welpen geschenkt, der noch nicht an die Leine gewöhnt war. Es war ein echtes Stück Arbeit, ihn nach Hause zu zerren.

Den Welpen.

Den Drachen.

Erst im Haus offenbarte der Tako seine harmlose

Spielzeugnatur. Sie brauchte ihn nur in ihrem Zimmer auf den Fußboden zu legen, und er verwandelte sich in ein lebloses Etwas, wartete geduldig darauf, zum Staubfänger zu werden.

Während sie ihn betrachtete, kam ihr ein beunruhigender Gedanke. Tô-chan hatte doch von den Tako gesprochen, die er seit Wochen in einem der Wandschränke sammelte – den Drachen, die ihm Tag für Tag Drohungen ins Haus brachten.

Saya durchsuchte die Schränke und fand umgehend den Stapel bunter Spielzeuge. Einen nach dem anderen prüfte sie. Die meisten waren intakt.

Was sie vermutet hatte, bestätigte sich. Bei den meisten Drachen war Rot die vorherrschende Farbe, und jeder einzelne trug das Siegel des Drachenbauers Abe ...

Eine Ahnung beschlich sie. Eine Ahnung, als ob alles, was an diesem Tag positiv oder glücklich aussah, in Wirklichkeit nur Tarnung sei.

Die Leute mochten wegen des zurückkehrenden Windes ganz gut drauf sein, aber das änderte nichts:

Inogi war eine Falle.

Und Saya saß mit ihrer Familie mittendrin.

*

»Wäre es zu viel verlangt, dich um ein paar Besorgungen zu bitten?«, fragte ihre Mutter.

Saya, die auf dem Fußboden saß und gedankenverloren auf die ausgebreiteten Drachen starrte, schnellte hoch. »Besorgungen?«, keuchte sie. »Wenn es keine Tako sind ...«

»Scherzkeks.« Kâ-chan überreichte ihr eine ihrer gefürchteten Listen, bei denen auf einem kleinen Notizzettel in mikroskopisch kleiner Schrift mehr Lebensmittel vermerkt waren, als in einen Küchenschrank passten.

»Okay.« Wenn sie ehrlich war, hätte sie in diesem Moment alles getan, um dem Haus den Rücken zu kehren. Wie Ungeziefer hatten sich die Drachen in den Schränken eingenistet, einer pro Tag, und ihr Vater hatte nichts dagegen unternommen.

Saya war schon an der Tür, als ihr etwas einfiel. Sie rannte ins Badezimmer, wo in einem himmelblauen Plastikkorb die schmutzige Wäsche vom Vortag lag. Die Hälfte davon hatte ihre Mutter bereits gewaschen, den Rest würde sie sich wohl vornehmen, während sie einkaufte. Saya atmete auf – das beigefarbene Kleid, das sie gestern getragen hatte, lag ganz oben im Korb. Falls ihre Erinnerung sie nicht trog ...

Ja, da war es! In das einzige Täschchen passten gerade einmal zwei Finger hinein und damit ertastete sie etwas Spitzes, wie einen Stachel.

Das Stück Zahn, das bei Kâ-chans Vollbremsung abgesplittert war.

Sie hatte noch keine Gelegenheit gehabt nachzudenken, ob sie einen Zahnarzt aufsuchen sollte. Vermutlich gab es hier im Dorf ohnehin keinen, und Schmerzen hatte der kleine Unfall nur in den ersten Minuten verursacht. Trotzdem – vielleicht war es möglich, den Splitter wieder anzukleben. Es war zweifellos klüger, ihn vorerst aufzubewahren. Sie ging in ihr Zimmer, kramte ein Schmuckdöschen aus ihrem Gepäck, in dem sie zwei

Paar Ohrstecker und einen Ring aufbewahrte, und legte das Stück Zahn dazu.

Dann machte sie sich auf den Weg zum Laden der 102-jährigen Frau Kimura, in dem ihre Mutter bereits gestern eingekauft hatte. Das Geschäft war noch dunkler, als sie es sich vorgestellt hatte. Bei der Hälfte der in den staubigen Regalen lagernden Lebensmittel war das Verfalldatum überschritten. Die Greisin kauerte zwergenhaft und buckelig ganz hinten in einem zum Laden hin offenen Zimmerchen und starrte aus nächster Nähe auf das riesige, gestochen scharfe Bild eines ultramodernen Plasma-TVs. Der Ton war für die schwachen Ohren der Alten hochgedreht, und bei den lauten Klangeffekten der Werbesendungen hatte Saya das Gefühl, ein Jet stürze ins Haus. Das Mädchen besah sich in Ruhe die Auslagen, und da Frau Kimura kein einziges Mal in ihre Richtung blickte, fiel es Saya leicht, den Laden zu verlassen, ohne etwas gekauft zu haben. Es würde in Inogi doch wohl ein Geschäft geben, in dem sie frischere Waren erwerben konnte ...

Nach einem Spaziergang von zehn Minuten, bei dem sie jene Ecken des Dorfes kennenlernte, die sie bislang noch nicht gesehen hatte, fand sie einen netten, hellen Laden. An der Kasse füllte ein Mann mittleren Alters Listen auf Endlospapier aus, die über den Ladentisch herabhingen, und rief ihr ein freundliches »Hereinspaziert« entgegen. Der Gruß wurde eine Sekunde später mechanisch von einer jüngeren männlichen Stimme hinter einem der Regale wiederholt. Da war wohl jemand mit Einräumen beschäftigt.

Ein ganz normales Geschäft, wie man es überall im Land antreffen konnte und das nahezu alles führte, was Kâ-chan notiert hatte.

Bei den Getränken traf sie den Mann, den sie zuvor nur gehört hatte. Eigentlich war er noch ein Junge, vielleicht in ihrem Alter. Mit der Feinfühligkeit eines Uhrmachers platzierte er die Flaschen so im Regal, dass nicht der Hauch eines Klirrens zu hören war. Er hatte mittellanges, an den Spitzen blondiertes Haar, und als er zu ihr hochblinzelte, präsentierte er ein Gesicht, das auf den ersten Blick Durchschnitt war. Glatte Haarsträhnen fielen ihm fast bis zur Nase und verschleierten seine Augen, als wäre er in Trauer. Eine Ahnung beschlich sie, dass diese Augen ihn aus dem Mittelmaß herausreißen würden, falls er aufhörte, sie zu verbergen. Möglicherweise war es auch sein ungewöhnliches Outfit, das sein Gesicht so belanglos erscheinen ließ. Er trug nämlich eine khakifarbene Jacke und Hose, beide bedeckt von zahllosen Reißverschlüssen. Die Täschchen, die sich dahinter verbargen, beulten sich sichtbar aus, und man konnte gar nicht anders, als sich zu fragen, was er alles für Schätze darin verbarg. Das Outfit verlieh ihm die Aura eines Abenteurers. Buschmesser? Hier! Serum gegen Schlangenbisse? Sofort!

Für einen Augenblick erwartete sie, dass er sie ansprach, doch er tat es nicht und warum auch! Ein Mädchen musste ein bisschen mehr sein als nur neu, um von einem Jungen angesprochen zu werden. Offenbar war Saya nur neu.

Leicht betrübt marschierte sie zur Kasse, wo der Mann

dienstbeflissen seine Listen wegräumte, damit sie ihre Einkäufe ablegen konnte.

»Sie müssen die kleine Yokoi sein«, lächelte er. »Schön, Sie zu sehen. Ein herrlicher Tag, was?«

»Hübsch windig«, stimmte Saya zu. »Geradezu herzerfrischend.«

Der Mann strahlte. »Sie sind wie wir«, lobte er. »Sie werden sich schnell einleben.«

»Ganz bestimmt«, sagte sie, ohne es auch nur im Entferntesten zu meinen. Als sie mit drei gefüllten Taschen hinausging, schnappte sie eine Spiegelung in der Glastür auf und hatte den Eindruck, der Junge hinten im Laden erhebe sich so lautlos, wie er arbeitete, und blicke ihr über die Regale nach. Es war nicht Stolz, der sie davon abhielt, sich umzuwenden und sich zu vergewissern. Es war die Furcht, sich getäuscht zu haben.

Draußen flatterten Banner im Wind. Die Kunststoffgriffe der Taschen schnitten tief in ihre Handflächen, und sie war erleichtert, als ihr Haus in Sicht kam. Neben der Tür stellte sie die Einkäufe erst einmal ab und wollte in die Diele treten.

Kaum hatte sie die Haustür geöffnet, stieß sie einen Schrei aus. Auf der Schwelle lauerte etwas Lebendiges und fiel sie an!

Sie duckte sich, versuchte unter den Monstern wegzutauchen, doch der Angriff kam nicht. Saya wich zwei Schritte zurück. Aus weit aufgerissenen Augen musterte sie die beiden Objekte, die sie für Ungeheuer gehalten hatte. Es waren zwei Tako, die jemand auf der Schwelle abgelegt haben musste, einer davon feuerrot, der andere dunkelblau mit roter Aufschrift. In dem Moment, in dem sie die Tür öffnete, war ein Windstoß in das Innere des Hauses gefegt und hatte die Drachen veranlasst, aufzufliegen und einen Satz in ihre Richtung zu machen. Wie das physikalisch möglich sein sollte, war ihr schleierhaft.

Die Drachen waren wieder zu Boden gesunken, aber sie schwankten noch hin und her, übellaunig wie zwei Wachhunde, die nicht im Sinn hatten, sie passieren zu lassen. Es war bizarr, aber Saya fürchtete sich tatsächlich vor ihnen, auch wenn sie nun deutlich erkannte, was sie waren und was nicht: Drachen, keine Monster. Alle paar Sekunden lebte der Wind auf, und jedes Mal erhob sich der rote Tako dabei um ein paar Zentimeter vom Boden. Er schien der Aggressivere der beiden zu sein.

*Ich muss die Tür hinter mir schließen. Das ist alles. Sobald ich den Luftzug abschneide, sind sie tote Dinge.* Aber das bedeutete, sich mit ihnen in den engen Vorraum zu sperren.

*Okay, Saya, jetzt mal ganz locker bleiben. Du kannst das Haus verlassen, aber so ein Hasenfuß bist du doch nicht wirklich, oder?*

Mit gezwungener Bedächtigkeit schloss sie die Tür. Die Drachen schliefen ein.

»Saya-chan! Habe ich dich schreien hören?« Ihre Mutter kam durch den Korridor, mit der gemäßigten Eile einer erwachsenen Frau, die nicht gleich in Panik gerät.

Saya hatte inzwischen die Schuhe ausgezogen und war über die Drachen hinweggestiegen. Sie winkte ab. Noch immer hatte sie nicht den Nerv, sie anzufassen und zur Seite zu schieben, und sie achtete darauf, sie nicht mit den Füßen zu berühren. Es kam ihr vor, als hätte sie das Muster dieser beiden Drachen schon einmal gesehen. Beide trugen Abes Stempel. Kannte sie sie aus seinem Laden?

»Wir haben einen Gast«, erklärte Mutter.

Es war kein Wunder, dass Saya sofort an Abe dachte. Und der Gedanke gefiel ihr überhaupt nicht. Musste der geschwätzige Schürzenjäger ihr bis hierher nachlaufen? Glaubte er wirklich, mit seinen Spielzeugen Frauen beeindrucken zu können, die seine Töchter, nein, seine Enkelinnen sein konnten? Falls er sich einbildete, sie würde sich für ihn interessieren, wenn er sie mit seinen läppischen Drachengeschenken überhäufte, musste sie ihn enttäuschen – die Tako hatten ihr die Laune gründlich verdorben. Außerdem hatte sie bereits einen ganzen Schrank voll mit seinen Werken, ohne darum gebeten zu haben!

Doch auf dem kahlen Boden des unmöblierten Wohnzimmers saß vor einem Tässchen Tee nicht der kugelbäuchige Drachenbauer Abe, sondern ein Mädchen.

Hitomi.

Aber natürlich! Saya schüttelte den Kopf über ihre Zerstreutheit. Die beiden Tako in der Diele hatte sie gestern Abend an der Wand von Hitomis Zimmer bemerkt.

»Hallo«, brachte Hitomi hervor. »Ich störe doch nicht, oder?«

»Absolut nicht.« Und das war die Wahrheit. Saya war nicht nur erleichtert, dass sich Abe nicht bei ihnen breitgemacht hatte – sie freute sich, das Mädchen zu sehen. Wieder überkam sie das Gefühl der Zusammengehörigkeit.

»Warst du schon bei Abe?«, wollte Hitomi wissen.

Saya setzte sich ihr gegenüber. »Ja, gleich heute Morgen, aber die Frage, wegen der ich hingegangen bin, bin ich nicht losgeworden.«

Hitomi schmunzelte. »Das kann ich mir vorstellen. Du solltest es immer mal wieder versuchen. Wenn du beim fünften Besuch zu Wort kommst, ist das ein gutes Ergebnis.«

»Eigentlich wollte ich es bei diesem einen Mal belassen. Dieser Mann ist mir etwas zu ...«

»Aufdringlich? Mach dir keine Sorgen – der meint das nicht so. Abe kommt an keiner Frau vorbei. Er flirtet mit jedem weiblichen Wesen zwischen null und unendlich.«

»Sicher nicht mit der alten Frau Kimura ...«

Es war als Scherz gemeint, doch Hitomi hob die Augenbrauen. »Oh, du solltest die beiden mal erleben! Sie frisst ihm aus der Hand.«

Jetzt musste sogar Saya lachen. »Es ist schön, jemandem zum Reden zu haben. Jetzt bin ich noch nicht einmal einen Tag hier und mir wächst schon alles über den Kopf.«

»Da hätte ich vielleicht etwas für dich.« Hitomi deutete mit dem Kopf in Richtung Diele. »Du bist sicher über die beiden Tako gestolpert. Wenn du nichts anderes vorhast, können wir sie mal steigen lassen. Du hast bestimmt nicht viel Erfahrung damit.«

»Gar keine«, beichtete Saya. »Ich weiß nicht einmal, ob ich das überhaupt auf die Reihe bekomme.«

»Wie ich mir gedacht habe. Du wirst dich wundern,

wie leicht es ist. Vor allem hilft es, Stress abzubauen. Ohne die Drachen hätte ich schon lange einen Knacks.«

Saya nahm sich Zeit, um nachzudenken. »Warum nicht?«, meinte sie nach einer Weile. »Wenn es nicht klappt, schaue ich dir eben zu. Aber du brauchst mir deinen nicht zu leihen. Ich habe meinen eigenen.«

Hitomi war nicht erstaunt. »Von Abe. Ich bin schon gespannt, wie er aussieht.«

»Rot«, sagte Saya.

»So weit hätte ich es noch erraten können.«

Saya holte den Drachen aus ihrem Zimmer.

»Ein Tako namens Tako.« Hitomi zog eine Grimasse. »Das ist, als würdest du deine Katze Katze nennen. Wir haben eine, aber sie heißt Schneeflocke.«

Saya fiel etwas ein. Kleine Kinder verfuhren bei ihren Stofftieren manchmal so, nannten ihren Stoffhasen Hase. Wollte Abe mit seinem eigenartigen Geschenk genau das ausdrücken? Dass sie im Hinblick auf Drachen ein kleines Kind war, das erst anfing diese Welt kennenzulernen?

Eine witzige Vorstellung. Vielleicht war der Drachenbauer ja doch nicht so übel. Dass die Tako, die ihnen mit den Drohungen ins Haus geflattert waren, alle aus seiner Werkstatt stammten, musste nichts zu bedeuten haben. Seine Drachen waren einfach überall, und falls er hinter den Drohungen steckte, würde er den Drachen dann sein Siegel aufdrücken?

»Gestern hast du gesagt, es gebe noch drei andere Drachenbauer in Inogi«, erinnerte sich Saya. »Im Vergleich zu Abe müssen sie aber ziemlich unbeliebt sein.«

»Unbeliebt ist nicht das richtige Wort. Abe hat einfach einen enormen Ausstoß. Torayama baut höchstens einen Drachen pro Monat, Kuroboshis Gebilde fliegen nicht, und Ioka ...«

»Ja?«

»Ioka hat vor elf Jahren die Produktion komplett eingestellt.«

»Er muss schon sehr alt sein.«

»O nein. Ioka ist der Jüngste von ihnen. Er ist jetzt gerade mal Mitte vierzig.«

»Dann hat er umgesattelt«, vermutete Saya. Sie registrierte, dass Hitomi nicht über ihn reden wollte, sich geradezu wand, wenn die Sprache auf Ioka kam. Was hatte sie gestern über ihn gesagt? Irgendetwas über Angst, die er in ihr wecken würde. Zu viel Angst. »Willst du mir nicht verraten, was für ein Geheimnis dieser Mann hat?«

»Er hat kein Geheimnis«, behauptete Hitomi. »Er hat seine Sinne nicht mehr beieinander, das ist alles.«

»Er ist ... geisteskrank?«

Hitomi zuckte die Schultern. »Ein Tipp von mir: Wenn du unbedingt noch mit anderen Drachenbauern palavern willst, dann rede meinetwegen mit Torayama, aber nicht mit Ioka.«

»Torayama hat also keinen Sprung in der Schüssel.«

»Einen Sprung in der Schüssel hat Torayama schon«, schmunzelte Hitomi. »Aber wenn du mit ihm geredet hast, wirst du nachts trotzdem noch ruhig schlafen können. Du wirst dir vorkommen wie ein unwürdiges Insekt, dem man einen Riesengefallen tut, wenn man es zertritt, okay, das wirst du, aber du wirst nachts nicht schweißgebadet aus Albträumen erwachen.«

»Du hast eine eindrucksvolle Art, Dinge zu formulieren.«

»Ich lese viel.«

»Ich auch.«

»Mein Vater sagt, das Lesen ist schuld, dass ich so dick bin.«

»Du bist nicht dick. Ich wäre froh, wenn ich deine süßen Pölsterchen hätte.« Saya haderte kurz mit sich, ob sie es aussprechen sollte, dann sagte sie: »Dass dein Vater dich vor fremden Leuten beleidigt, ist saitei.«

»Er weiß nicht, dass er mich beleidigt. Das ist gar nicht seine Absicht. Er denkt, es sei seine Aufgabe, alle Menschen auf ihre Fehler hinzuweisen.«

»Hat er selbst keine Fehler?«

»Er kommt nicht dazu, sie zu suchen. Die Welt um ihn ist so voll von Mängeln und Makeln, zum Beispiel von Leuten, die zu dick sind ...«

»Was hat er gegen diese Leute?«

»Er liebt es, die Dinge zu kontrollieren. Und er denkt, dicke Leute hätten sich nicht unter Kontrolle. Im Grunde hat er ja recht.«

»Er hat *nicht* recht!« Saya wusste nichts über Hitomis Mutter, aber allmählich bekam sie eine Ahnung davon, warum sie die Familie verlassen hatte. Wo sie sich wohl aufhielt? Hitomi fragte sich das vielleicht auch. Saya versuchte sich vorzustellen, wie sie empfinden würde, wenn einer ihrer Elternteile von heute auf morgen einfach verschwände.

»Gehen wir«, brach Hitomi das Gespräch ab. »Lassen wir unsere Drachen steigen.«

*

Saya hätte nicht gedacht, dass sie sich mit dem Tako auf dem Arm so albern vorkommen würde.

Albern kam sie sich nicht etwa deshalb vor, weil sie als Fünfzehnjährige ein Kinderspielzeug mit sich herumtrug – inzwischen hatte sie akzeptiert, dass der Drachen ein Stück Kulturgut darstellte und auch Erwachsene damit gesehen werden durften. Nein, was ihr zusetzte, war der absolut beschämende Umstand, dass sie seiner einfach nicht richtig Herr wurde! Obwohl sie ihn, die Zähne zusammengebissen, mit beiden Händen festhielt, versuchte er seitlich auszubrechen, ihr zu entwischen oder ihren Weg zu bestimmen. Immer wieder musste sie sich ins Gedächtnis rufen, dass für diese Kapriolen nicht der Drachen selbst verantwortlich war, sondern schlicht und ergreifend der starke Wind.

Hitomis Gesicht leuchtete vor stummer Belustigung.

Sie ließen die Häuser hinter sich und erreichten den kilometerbreiten Wiesengürtel, der das ganze Dorf umschloss. Wenn sie geglaubt hatte, nur Hitomi wäre an diesem späten Vormittag auf die Idee gekommen, Drachen steigen zu lassen, hatte sie sich getäuscht. Überall standen Menschen, hielten auf Bauchhöhe etwas fest und blickten zu den kleinen bunten Flecken hoch, die am Himmel manchmal wie Fledermäuse flatterten, dann wieder im Sturzflug herabstachen wie hungrige

Raubvögel und bisweilen einfach dort klebten, als wären sie farbige Löcher im blauen Himmelszelt.

Hitomi hatte mit geübtem Blick einen Platz entdeckt, auf dem sie unbehelligt üben konnten.

»So«, sagte Saya, als sie mit ihrem ruhelosen Tako-Tako auf der Wiese stand, sehr breitbeinig und auf das Schlimmste gefasst, wie jemand, der sich einer Herde wilder Büffel entgegenstellt. »Und jetzt erklärst du mir, was ich machen muss.«

»Da ist nichts zu erklären. In deinem Inneren kannst du es schon. Du musst nur deinem Instinkt nachgeben.«

»Sehr witzig!«

»Ich meine es ernst. Würdest du wollen, dass dir jemand erklärt, wie man küsst?«

»Ich würde wollen, dass mir jemand erklärt, wie ich nahe genug an einen Jungen rankomme, um meinem Instinkt nachzugeben.« Sie ließ eine Pause, damit Hitomi lachen konnte, was diese auch tat. »Komm schon, Hitomi-chan, du hast bestimmt noch in die Windeln gemacht, da hast du schon Drachen steigen lassen.«

»Sie mussten im Kreißsaal das Fenster zumachen, sonst hätte mich der Tako weggezogen, mit dem ich auf die Welt kam.«

Saya hielt den Drachen in der Rechten und die Haspel in der Linken. Der Tako zerrte an der Leine. Sie ließ ihn los, er machte einen Satz weg von ihr und riss ihr die Spindel aus der Hand. Des Gegenzugs beraubt, sank der Drachen zwei Meter weiter zu Boden.

Hitomi zog eine übertrieben strenge Miene. »Das ist kein Schoßhündchen.« Sie hob ihren Drachen in die

Luft, spannte die Leine, und er stieg auf, zuerst nervös in schnellen Zickzackbewegungen, dann zusehends ruhiger und stabiler. Das Mädchen gab ihm mehr Leine und er hangelte sich daran empor. »Ein Tako ist eine widersprüchliche Kreatur«, referierte Hitomi. »Er hat eine wilde Seele und verlangt nach Freiheit und Abenteuer. Wenn ihm der Duft des Windes in die Nase steigt, ist er nicht mehr zu halten. Aber sobald du ihn freilässt, verliert er seine Kraft, torkelt und fällt vom Himmel. Du musst ihn versklaven, darfst nicht zu sanft mit ihm umspringen. Je enger du seine Fesseln anziehst, desto heftiger wird sein Verlangen nach Freiheit.«

»So gesehen ist der Tako ein Masochist«, bemerkte Saya mit einem unsicheren Grinsen.

»Dann müssen wir Bewohner von Inogi durch die Bank sadistisch veranlagt sein.«

Saya schluckte. »Sehr beruhigend.« Sie wechselte das Thema. »Ich dachte immer, man muss rennen, um einen Drachen in die Luft zu bekommen.«

»Nicht bei dem Wind, den wir haben. Es ist wie Zauberei.«

*Magie. Der magische Wind von Inogi.*

Sie las ihren Drachen auf und warf ihn in die Luft wie einen Vogel. Zu ihrem großen Erstaunen ließ er sich die Behandlung gefallen, zerrte an der Rolle, wartete auf den Gegenzug, benutzte ihn wie eine Leiter und kletterte in raschem Zickzack vier, fünf Meter empor.

»Nur Mut!«, forderte Hitomi. »Versuch ihn so hoch zu bekommen wie meinen.«

»Und wenn sich die Leinen verheddern?«

»Kein Problem. Das ist eine prima Übung für den Wettkampf.«

Saya konzentrierte sich so sehr auf den Drachen, dass sie Hitomis Worte nur hörte, aber nicht verarbeitete. Sie lauschte in sich hinein und versuchte herauszufinden, was sie empfand, wie sie zurechtkam. Da war eine Menge Verkrampfung, aber auch eine gewisse Begeisterung.

Jetzt erst registrierte sie, dass Hitomi etwas gesagt hatte, was sich in ihrem Kopf auf merkwürdige Weise verhakte und sich weigerte, von dem seichten Fluss ihrer Gedanken weggespült zu werden. Sie ließ sich den schwer verdaulichen Satz von ihrem Kurzzeitgedächtnis noch einmal vorsprechen.

*... eine prima Übung für den Wettkampf ...*

»Wettkampf? Du meinst das Drachenfest nächste Woche? Wie kommst du auf die abwegige Idee, dass ich daran teilnehmen werde?«

Hitomi spulte ihre Haspel in aller Ruhe weiter ab. »Ist es wirklich so abwegig? Warum solltest du nicht mitmischen? Wäre das kein idealer Start für dein Leben in Inogi?«

Von einem idealen Start konnte wohl keine Rede sein, nach diesen verhunzten zwei halben Tagen. »Ich kann das doch überhaupt nicht!«

»Komisch«, meinte Hitomi. »Von hier sieht es so aus, als würde dein Tako am Himmel schweben ...«

*Zufall*, wollte Saya erwidern. Doch seltsamerweise schien es tatsächlich, als habe sie Talent dafür. Sie bewegte die Fadenrolle nach rechts und links und der Drachen tanzte beinahe anmutig am Himmel. Klar, bei diesem Wind war es ein Kinderspiel – trotzdem kam es ihr vor, als würden ihre Hände genau wissen, was sie zu tun hatten. Und ihr Körper schien das Gewicht exakt im richtigen Moment zu verlagern.

»Die Anmeldefrist ist bestimmt längst abgelaufen«, wandte sie vorsichtig ein.

»Wer am Morgen des Ersten Mai bis zehn Uhr zum Festplatz kommt, darf mitmachen.«

Saya schüttelte lächelnd den Kopf. »Vielleicht nächstes Jahr, okay?«

Jetzt schwieg Hitomi. Sie wirkte eingeschnappt. Ihr Drachen kam ins Schlingern und schien ausbrechen zu wollen. Lag es an seiner Höhe oder an Hitomis Konzentration? Was erwartete sie eigentlich von ihr? Der Wettkampf begann in sechs Tagen. Was konnte man in dieser kurzen Zeit groß lernen! Es stand doch jetzt schon fest: Am Ende würden alle nur über sie lachen.

»Wie du willst«, brummte Hitomi. »Ich dachte, du wärst meine ...«

*Was* Saya hätte sein sollen, ließ das Mädchen offen.

Saya war nicht unglücklich darüber, dass sie Hitomi mit ihrer Absage so verletzt hatte. Es bewies, wie viel sie ihr bedeutete. In der kurzen Zeit, ohne dass etwas Besonderes zwischen ihnen vorgefallen wäre, ohne dass sie viel voneinander wussten, waren sie tatsächlich zu Freundinnen geworden. Das Leben war verrückt.

Und es war noch viel verrückter ... denn eigentlich waren sie schon ab der ersten Sekunde, in der sie sich ansahen, Freundinnen gewesen. Fest miteinander verbunden. Füreinander bestimmt.

Freundschaft auf den ersten Blick.

*Ich hoffe nicht, dass ich gestern zum anderen Ufer gewechselt habe.* Saya konnte sich den Gedanken nicht verkneifen. Dabei wusste sie genau, dass es damit nichts zu tun hatte. Sie war nicht verknallt und nicht verliebt in Hitomi und schon gar nicht – igitt! – scharf auf sie. Sie war ihre Freundin.

»Ich begreife nicht«, begann Hitomi nach einer langen Zeit, in der beide dem Tanz ihrer Drachen zusahen, »warum du nicht auch ein bisschen Dampf ablassen möchtest. So ein leidenschaftlicher Kampf ist der beste Frustkiller, den es gibt! Und wenn du es nur schaffst, einen einzigen Gegner vom Himmel zu holen, irgendeinen ausgefransten alten Fetzen, glaub mir, es würde dir guttun.«

Wovon redete das Mädchen? »Vom Himmel holen? Muss ich das jetzt verstehen?«

Hitomi starrte sie an. Ihre Schnur ruckte. »Du weißt gar nicht, was für ein Kampf das ist?«

Saya zuckte die Schultern. »Woher sollte ich?«

»Hast du noch nie etwas von Kampfdrachen gehört?«

»Gehört schon, aber …«

»Pass auf – das oberste Stück Leine wird mit Reisstärke und Glasstaub präpariert. Dann versucht man, mit seinem Tako so unter den des Gegners zu gelangen, dass man mit dem Glasstaub an seiner Leine reibt, bis sie zerreißt. Wenn der Drachen des Gegners anfängt zu trudeln, weil ihm der Zug fehlt, das ist ein Gefühl, sage ich dir! Hier …«

Hitomi ließ ihre Spindel los. Im ersten Augenblick

schien sich ihr Tako ungerührt in der Luft zu halten, als brauche er sie gar nicht. Dann flatterte er, sackte ab, pendelte ein paarmal vor und zurück wie ein herabfallendes Blatt im Herbst, bekam immer mehr Schlagseite und stürzte in einer flachen Kurve auf die Wiese. In mehr als fünfzig Meter Entfernung schlug er ins Gras ein, unweit eines hageren Mannes, der ebenfalls einen Drachen steigen ließ und nun zu den beiden Mädchen herübersah.

*Kampfdrachen*, hallte es in Saya nach. Auf keinen Fall würde sie dabei mitmachen, nicht dieses und nicht nächstes Jahr! Falls es ihr als Fremde tatsächlich gelang, einige der Einheimischen zu besiegen, würde das nur böses Blut geben.

Blut.

Der blutige Drachen.

Leinen, an denen scharfkantiger Glasstaub klebte.

Der rote Striemen auf Hitomis Hand fiel ihr ein. Konnte eine normale Leine so etwas verursachen?

Ihr Tako, der in schwindelerregender Höhe alleine seine kantigen kleinen Kreise zog, kam ihr auf einmal bedrohlich vor. Gefährlich. Vielleicht weil Hitomis Drachen nicht mehr an seiner Seite schwebte. Das Schriftzeichen, für das sie sich so schämte, war zu einem schwarzen Punkt geschmolzen, wie ein Auge, das auf sie herabsah. Er schien jetzt nur darauf zu warten, sich auf sie zu stürzen, und mit jedem Meter, den sie ihn höher steigen ließ, wuchs seine Macht.

»Es gibt …« Ihre Stimme war belegt und sie hustete. »Es gibt sicher viele Verletzte bei den Wettkämpfen.«

Hitomi lächelte sie warmherzig an. »Heute kommt das kaum mehr vor. Früher war das natürlich anders, weil man früher messerscharfe Haken an den Leinen befestigte. Damals kam es auch zu Todesfällen.«

Saya begann ihren Drachen einzuholen. Es schien, als stemme er sich mit aller Kraft dagegen, kämpfe verbissen um seine Freiheit.

Seine Illusion von Freiheit.

Und wie stand es mit ihr, die sie am anderen Ende der Leine zog? War sie wirklich frei? Oder führte der Drachen sie von seiner Seite aus, ohne es sie merken zu lassen?

*

Ihre Mägen knurrten, und Hitomi zeigte ihr eine Garküche, in der man für einen lächerlichen Preis dampfend heiße Gyôza-Teigtaschen vorgesetzt bekam und einen gebratenen Reis, der in einer jahrzehntealten, völlig verkohlten Pfanne einen unwiderstehlichen Geschmack erhielt. An einer langen, nicht übermäßig sauberen Theke standen acht im Boden verschraubte Drehstühle, und das war es auch schon. Um die Mittagszeit bildete sich eine Warteschlange, in die sich auch die beiden Mädchen einreihten. Die Hälfte der Gäste trug Drachen bei sich, und natürlich wurde über nichts anderes geredet als über das bevorstehende Fest. Übermorgen, am Montag, wollte man mit den Vorbereitungen beginnen, die Wettkampfarena abgrenzen, Unebenheiten auf der Wiese ausgleichen, Buden und Tribünen aufbauen und dergleichen mehr. Dreimal wurde Saya gefragt, ob sie denn teilnehmen würde, zweimal antwortete sie mit »Leider nicht« und einmal mit »Nein«.

Immerhin, das Essen war vorzüglich, versöhnte sie mit der Welt und brachte sie so weit, dass sie sich bereit erklärte, auch noch einen Teil des Nachmittags mit Tako-age, dem Drachensteigenlassen zu verbringen. Natürlich nur Hitomi zuliebe, die noch üben wollte und die offenbar außer Saya niemanden hatte, der ihr dabei Gesellschaft leistete.

Die freien Felder rund um Inogi füllten sich weiter mit Menschen, und der Himmel verwandelte sich mehr und mehr in einen bunten Flickenteppich. Mehr als nur eine Handvoll der Drachen waren mit Flöten aus Bambusrohr ausgestattet, an denen sich die Luft mit hohlem Pfeifen spaltete. Musik konnte man den Klang, den sie erzeugten, kaum nennen. Eher fühlte man sich an die Schreie angreifender Raubvögel erinnert. Nachdem sie eine Weile nur zugesehen hatte, griff irgendwann auch Saya zu ihrem Drachen, und diesmal erschien er ihr noch vertrauter, noch leichter zu beherrschen. Selbst als die Tako zweier junger Männer bedenklich nahe an den ihren kamen, brach ihr nicht der Schweiß aus. Konzentriert und geschickt zog sie ihren Tako tiefer und führte ihn auf ein Stück Himmel, auf dem er mehr Auslauf hatte.

Die Stimmung war hervorragend. Überall sah man frohe Gesichter. Freundliche Zurufe, Lachen und Applaus klangen über die flachen Wiesen. Auch Saya gelang es, die ungewohnte Weite und Offenheit zu genießen. Hier hatten die Drachen die Landschaft geprägt, hatten dafür gesorgt, dass Bäume gefällt und Hügel eingeebnet wurden.

Lediglich die Windkraftwerke im Westen der Stadt ragten empor und begrenzten den Lebensraum der Flattertiere.

Lebensraum. Tiere. In welchen Begriffen sie dachte!

Zuweilen drehte der Wind, und für eine Sekunde änderte sich das Flötenspiel der Drachen, wurde zu einem nahezu elektronischen Pfeifton, der ihr durch Mark und Bein ging. Er glich dem akustischen Symbol für ein Wort, das nicht gesendet werden durfte. Es stand auch für Leere, für eine Fehlfunktion.

*Was passiert*, schien das Geräusch zu warnen, *wenn etwas schiefläuft?*

Was, wenn der Wind, der seit gestern Abend wieder aufgefrischt hatte, sich erneut abschwächte ... oder während des Drachenfestes ganz ausblieb? Eine Wiese, bedeckt mit toten roten Drachen, dazwischen reihenweise Menschen. Finster dreinschauende Menschen? Würde die tausend Köpfe starke Einwohnerschaft von Inogi im Falle einer ernsthaften Flaute eine Hexenjagd auf Saya und ihre Familie lostreten, auf deren Höhepunkt sie alle drei gelyncht wurden?

Die Ausgelassenheit des Augenblicks war ihr zu wenig, um sich hier sicher zu fühlen. Im Gegenteil – je mehr Licht sie sah, desto mehr fürchtete sie den Schatten.

Eigentlich war diese Einstellung typisch für sie, ganz und gar Saya. Negativ, kompliziert, pessimistisch. Also hatte sie doch nichts von sich abgeworfen, als sie gestern ins Dorf kam – vielleicht hatte es dafür einfach zu wenig Wind gegeben.

Sie war auf dem besten Weg, sich inmitten der heiteren Atmosphäre in eine kohlrabenschwarze Stimmung hineinzusteigern, als ein Wagen die Straße entlangkam, den sie kannte. Er fuhr Schrittgeschwindigkeit, und sein Fahrer streckte den Kopf durchs heruntergekurbelte Fenster, um jemanden zu suchen.

Sie.

»Tô-chan! Was machst *du* hier?« Die Haspel in der Hand, den Drachen noch am Himmel lief sie zum Auto ihres Vaters hinüber, das inzwischen am Straßenrand angehalten hatte.

»Hey«, rief dieser voller Anerkennung und sprang mit geradezu jugendlichem Elan aus dem Fahrzeug. »Du hast den Dreh raus!«

»War nicht so schwierig«, entgegnete sie. »Warum bist du hier?«

»Du hast dich den ganzen Mittag nicht zu Hause blicken lassen«, sagte ihr Vater ohne jeglichen Vorwurf in der Stimme. »Ich wollte dich informieren. Es wurde ziemlich kurzfristig entschieden. Heute Abend um 18 Uhr steigt im Rathaus eine kleine Willkommensparty für uns, und es wäre toll, wenn du dabei wärst.«

Saya sah zu ihrem Drachen hinauf.

Jetzt plötzlich eine Willkommensparty. Das wurde ja immer schöner!

Absurder.

Es war fünf Uhr, als Saya sich von Hitomi verabschiedete. Das Tako-age war ihr nicht langweilig geworden, aber vom ständigen Hinaufschauen tat ihr das Genick weh. Ihr Drachen schien sich mit aller Kraft dagegen zu wehren, herabgezerrt zu werden, und vielleicht war das der wichtigste und beunruhigendste Unterschied zu einem Haustier: Ein Tako wurde nicht müde. Nie.

Zu Hause hatte sie die Qual der Wahl zwischen zwei nicht sehr festlichen, also unpassenden Kleidern. Die wirklich eleganten Sachen lagen im Möbelwagen und würden angeblich faltenfrei ankommen. Falls sie jemals kamen. Saya entschied sich für ein orangefarbenes Kleid, in dem sie auf der Party wahrscheinlich auffallen würde wie ein Kanarienvogel zwischen Spatzen. Überhaupt versprach sie sich weniger als nichts von der Feier. Ein Haufen wichtiger Leute (sozusagen die oberen zehn von tausend) würde mit ihr belanglose Gespräche führen, und am Ende würden sie alle höflich lächelnd zu dem Schluss kommen, dass Drachen flogen und Wind wehte und dass sich die Yokois rundum glücklich schätzen durften, in einem Dorf zu Gast zu sein, das so über alle Maßen besonders war, auch wenn sie, was man sehr bedauerte, in einem abbruchreifen Haus wohnen mussten.

Als sie im Wagen ihres Vaters zu dem winzigen zweistöckigen Gebäude fuhren, das die Frechheit besaß, sich Rathaus nennen zu lassen, fragte sie ihn nach seinem Handy. Sie fragte nur, um nachzusehen, ob er es schon wieder ausgeschaltet hatte. Er hatte.

Also hatte ihr Vater offenbar wieder Drohanrufe erhalten. Drachen war allerdings keiner durch das Fenster im ersten Stock gekommen. Die Rückkehr des Windes hatte einige der offenen Feindseligkeiten beendet, andere nicht. Die Drohung, ihren Vater gewaltsam aus dem Dorf zu vertreiben, hatte sich in Wohlgefallen aufgelöst, die Warnung, der blutige Drachen würde sie umbringen, war anscheinend erneuert worden.

In einem nicht sehr geräumigen Konferenzzimmer bauten zwei Frauen gerade ein nicht sehr umfangreiches Sushi-Büfett auf, als sie eintrafen. Fünf Männer unterschiedlichen Alters unterhielten sich in einer Ecke miteinander und spritzten auseinander wie ertappte Kinder, als die Familie den Raum betrat. Sie trugen offizielle dunkelblaue Anzüge, verbeugten sich nacheinander und nannten zuerst ihre Funktionen, dann ihre Namen. Saya erhielt Komplimente für ihr grelles Kleid, ihre Jugend, ihren kompetenten Herrn Vater und – sie hatte es schon befürchtet – ihr Talent beim Tako-age, das man heute Nachmittag beobachtet hatte (wann arbeiteten diese Leute eigentlich?).

Ein kleiner Mann mit abstehenden Ohren grinste sie an. »Sie werden doch beim Wettkampf antreten?«

»Dieses Jahr noch nicht.«

Er schüttelte den Kopf, als habe sie ihn nicht verstanden. »Sie werden doch beim Wettkampf mitmachen?«

»Tut mir leid, dieses Jahr ist es dafür noch zu früh.«

»Ich meine den Drachenwettkampf. Sie nehmen doch teil?«

Saya hielt es für besser, das Thema zu wechseln, ehe ihr Verstand Schaden nahm. Sie erkundigte sich nach den Besonderheiten des Sushi-Angebots, und der Mann erzählte ihr von dem kalten Wasser der Nordwestküste und den fettreichen Fischen, die es hervorbrachte. Er tat es eher widerwillig, schien nicht zu verstehen, warum sie nicht über Drachen sprechen konnten.

Zehn Minuten nach ihnen betrat noch eine Frau den Raum. Die Männer machten den Eindruck, sehnsüchtig auf ihr Erscheinen gewartet zu haben, scharten sich lachend um sie und vernachlässigten sogar die Yokois. Saya betrachtete die Frau. Sie war schlank und klein, trug ein weißes Kleid mit einem verspielten Rüschensaum und mochte Mitte dreißig sein, strahlte aber eine jugendliche, fast kindliche Frische aus. Ihr langes, rotbraun gefärbtes Haar umrahmte ein weiches Gesicht, das man nur schön nennen konnte. Das zurückhaltende Lächeln auf ihren perfekt geschwungenen Lippen harmonierte mit ihrem scheuen Blick. Sie schien die Aufmerksamkeit zu genießen, die ihr zuteilwurde, und sich gleichzeitig dafür zu schämen, dass sie es tat.

Nach einer endlos anmutenden Zeitspanne wurden sie einander vorgestellt. Und Saya merkte auch, warum das so war. Tô-chan kannte sie bereits. Sie begrüßte ihn mit einem bezaubernden Lächeln und reichte ihm zur Verbeugung auch noch die Hand. Der Name der Fremden wurde als »Kasumi« angegeben. Das war ein Vorname. Ungewöhnlich, dass man eine erwachsene Frau nicht mit ihrem Familiennamen vorstellte.

Die Miene von Sayas Mutter versteinerte, als sie die beiden zusammen lachen sah.

»Kennst du diese Kasumi schon länger?«, fragte Saya ihren Vater kurz darauf freundlich, ehe Kâ-chan es unfreundlich tun musste.

Tô-chan schien nachzurechnen. »Seit fünf Wochen.

Etwa.« Das war nicht wenig, gemessen an der kurzen Zeitspanne, die er hier erst verbracht hatte.

»Arbeitet sie in deiner Firma?«

»In der Firma? Nicht direkt.«

Sayas Mutter funkelte ihn streng an. »Nicht direkt?« Sie sagte es viel zu laut, und Kasumi, die in einer anderen Ecke des Raumes mit drei der Rathaus-Leute herumstand, sah zu ihnen herüber, sodass sie das Gespräch abbrachen.

Einer der Männer hatte eine Rede vorbereitet. Er machte gar nicht den Versuch, sie improvisiert oder lebendig klingen zu lassen, sondern las sie von einem mehrfach gefalteten Zettel ab, ohne ein einziges Mal davon aufzusehen. Wobei der steife, hakelnde Vortrag sicher nicht abfällig gemeint, sondern dem Umstand zuzuschreiben war, dass er Schwierigkeiten mit seiner eigenen Handschrift hatte.

Im Anschluss an die völlig austauschbare Rede, die ihren Vater lobte und der Familie einen angenehmen Aufenthalt wünschte, wurde das Büfett eröffnet. Doch als sie zugreifen wollten, hinderte man sie daran. Einen Moment noch, hieß es. Erst noch schnell ein Foto.

Hatte Saya im ersten Moment vermutet, sie und ihre Eltern sollten abgelichtet werden, sah sie sich getäuscht. Kasumi warf sich neben dem kunstvoll arrangierten Sushi in Pose und wurde mit einem Monstrum von einer Spiegelreflexkamera ein Dutzend Mal fotografiert. Danach stellte sie sich als Letzte in die Reihe der Wartenden, und sie durften sich bedienen.

Saya war befremdet, ihr Vater verlegen, ihre Mutter stocksauer. Alle drei hatten sie nicht viel Appetit.

Offenbar hatte ihr Vater ihrer Mutter am Telefon nichts von Kasumi erzählt, was diese jetzt so interpretierte, dass er sie vor ihr verborgen hatte. Aber andererseits: Weshalb hätte er über sie sprechen sollen?

Die Stimmung auf der Party entwickelte sich nicht optimal. Eifersucht war eines von Kâ-chans Lastern, und die Situation forderte Eifersucht förmlich heraus. Warum war Kasumi an diesem Abend überhaupt anwesend? Wieso erklärte ihnen niemand dieses wichtige Detail?

Saya kombinierte. Es gab zwei Möglichkeiten.

Erstens: Kasumi arbeitete im Rathaus und gehörte einfach dazu.

Zweitens: Sie machte sich gut neben dem Sushi. Klick!

Dass es eine dritte Möglichkeit gab, wollte Saya zunächst nicht in Erwägung ziehen. Tô-chan ging nicht fremd, darauf hätte sie ihren Kopf verwettet.

Aber.

Es gab ein Aber.

Vor fünf Wochen hatte er sie kennengelernt. Vor fünf Wochen hatte er noch nicht auf der Abschussliste gestanden, hatte noch in einem besseren Haus logiert und keine Drohungen erhalten. Vor fünf Wochen war Yokoi Sadahiro eine Koryphäe gewesen, die sich dankenswerterweise der Windkraftanlagen annahm. Vor fünf Wochen hatte er sich noch alleine hier aufgehalten.

Konnte es sein, dass Inogi, dieses alte Dorf, das so viel auf Traditionen gab, einem absonderlichen Aberglauben anhing und gerade abgelegen genug war, um sich nicht darum zu scheren, was im Rest des Landes als richtig oder falsch galt – konnte es möglich sein, dass dieses

Dorf dem großen Fachmann aus dem fernen Kôbe als kleine Ehrerbietung und persönliche Aufmunterung ein Geschenk von einer Art machte, das in den letzten hundert Jahren etwas aus der Mode gekommen war?

Ein Geschenk namens Kasumi?

Von der Party bekam Saya kaum mehr etwas mit. Je länger sie nachdachte, desto plausibler wurde die schlimme Vorstellung. Bis heute durften erfolgreiche Geschäftsreisende großer Firmen Besuche in Nachtbars und Sexklubs auf die Spesenrechnung setzen. Wenn ihr Verdacht sich als richtig herausstellte, dann würde die Ehe ihrer Eltern für die Dauer ihres Aufenthalts in Inogi auf des Messers Schneide stehen. Das galt auch dann, wenn ihr Vater sein Geschenk nur schüchtern anlächelte und nicht einmal im Traum daran dachte, die Verpackung zu entfernen ...

Zum Glück zog man die Feier nicht unnötig in die Länge und entließ die Familie gnädig nach dem Essen.

Auf dem Heimweg redete Kâ-chan kein Wort mit Sayas Vater. Saya fühlte sich müde und wie erschlagen.

Morgen war Sonntag. Ihr Vater würde zu Hause sein. Falls ihre Eltern sich in der Nacht nicht aussprachen, würde es ein Sonntag wie in der Hölle werden.

*

Der Junge saß seit einer Stunde im dunklen Zimmer auf seinem Bett. Er hatte herausgefunden, dass die Geräusche leise und verstohlen begannen, lange bevor sie den Lautstärkepegel erreichten, der seinen Vater weckte und dazu veranlasste, im Haus umherzugehen. Zumindest hatte es sich letzte Nacht so verhalten. Falls es heute genauso ablaufen würde, wollte er nicht untätig liegen bleiben. Diesmal nicht.

In ihrem Haus gab es ein Zimmer, das stets verschlossen gehalten wurde. Seit seinem vierten Lebensjahr war das so, denn seit dieser Zeit baute sein Vater Ioka Sôyô keine Drachen mehr. An die Zeit davor konnte der Junge sich nur nebelhaft erinnern. In Träumen sah er seinen Vater manchmal in diesem Zimmer – seiner Werkstatt – sitzen, Bambusgestelle zusammenstecken oder Seidensegel zuschneiden. In jedem dieser Träume schlich sich etwas Unwirkliches in die Szene, etwa dass den Tako Schnäbel wuchsen wie Vögeln. So hatte er beim Aufwachen das Gefühl, niemals einen klaren Blick auf seine Erinnerungen werfen zu können.

Als der Junge älter wurde, wurden die Träume weniger und der Raum verlor an Schrecken. Mittlerweile wähnte er sich alt genug, um zu begreifen, dass dem verschlossenen Zimmer nichts Unheimliches oder gar Übernatürliches anhaftete. Sein Vater sperrte dort seine Vergangenheit ein, nicht mehr und nicht weniger. Aus Gründen, über die der Drachenbauer sich weigerte zu reden, wollte er damit nicht mehr konfrontiert werden. Trotzdem – und das war vielleicht das Merkwürdigste an der Sache – zeigte er kein Interesse, in eine andere Stadt oder wenigstens in ein anderes Haus umzuziehen.

Es war ... ja, es war beinahe, als fühle er sich verpflichtet, den Raum persönlich zu bewachen. Mit dem eigenen Leben dafür zu bürgen, dass die *Dinge*, die er dort eingesperrt hatte, niemals freikamen.

Nach einigen Jahren psychischer Verwirrung und Arbeitslosigkeit, an die der Junge sich in allen bitteren Details erinnern konnte, stabilisierte sich der Zustand seines Vaters und er fand eine neue Arbeit bei der hiesigen Niederlassung des Windkraftkonzerns Hara Wind Power. Abgesehen davon, dass noch ab und an über seinen *Wahnsinn* getuschelt wurde – und das nicht immer hinter vorgehaltener Hand –, führte die Familie ein normales Leben, und der Junge konnte die Schule besuchen, ohne gemobbt zu werden.

Erst seit einigen Wochen ging es seinem Vater wieder schlechter. Da waren seine heiseren Schreie in der Nacht, kaum menschlich zu nennende Schreie, seine unregelmäßigen Schritte im Haus, das Klacken der Tür, wenn er nach draußen ging, um sich zu beruhigen, und … das Weinen seiner Mutter.

Die Veränderung hatte begonnen, als dieser Mann nach Inogi kam: Yokoi Sadahiro.

Und dann, letzte Nacht, war es plötzlich anders gewesen als zuvor. Nicht sein Vater drehte durch, sondern das Haus. Aus dem verschlossenen Zimmer drangen Geräusche. *Jetzt hat es mich auch erwischt*, war der erste Gedanke des Jungen gewesen. *Jetzt verlangen die Gene ihren Tribut.*

Es war nicht leicht, im Bett liegen zu bleiben, während sein Vater durch den Flur zum tobenden Zimmer ging. Aber er konnte nicht aufstehen, ohne mit sich selbst im Reinen zu sein. Ohne innerlich eine Erklärung für das gefunden zu haben, was in seinem Leben vorging.

Die Erklärung, bei der er am Morgen anlangte, als die Geräusche längst verstummt waren, lautete: *Es ist keine Krankheit, die ich mit ihm teile – ich nehme lediglich wahr, was er auch wahrnimmt. Was unbestreitbar existiert.*

Hier im Haus, wenige Meter von seinem Zimmer entfernt, in der ehemaligen Werkstatt des Drachenbauers Ioka, spukte es. Merkwürdigerweise versetzte ihn diese Feststellung beinahe in Euphorie. Sein Vater war keine Sekunde seines Lebens wahnsinnig gewesen – die Scham, die eine Kindheit und Jugend lang auf seinen Schultern gelastet hatte, verschwand.

Seine Begeisterung war so groß, dass sie ihm den Mut verlieh, sich den Geistern zu stellen. Dieser Mut war seine erste Waffe im Kampf gegen sie. Und die zweite ebenso wichtige Waffe besaß er auch schon.

In seinem Schreibtisch, an der Unterseite der mittleren Schublade, klebte ein Schlüssel. Es war der Schlüssel zu dem verschlossenen Zimmer. Natürlich handelte es sich nicht um das Original. Dieses verwahrte sein Vater in seiner Brieftasche. Vor drei Jahren war es dem Jungen bei einer Klassenfahrt nach Tôkyô gelungen, eine Kopie anfertigen zu lassen. Hier im Dorf, wo jeder ihn kannte, hätte er sie unmöglich herstellen lassen können. Da sein Vater während der Klassenfahrt beruflich stark eingespannt war, bestand Hoffnung, dass er es nicht bemerken würde, wenn der Schlüssel für zwei Tage verschwand. Und der Junge hatte Glück. Es gelang ihm, das Original in die Brieftasche seines Vaters zurückzuschmuggeln, ohne dass dieser von der Sache Wind bekam.

In den drei Jahren, die seither vergangen waren, hätte

er tausendfach Gelegenheit gehabt, die Werkstatttür zu öffnen. Doch der Junge respektierte den Wunsch seines Vaters. Unbewusst musste er wohl schon immer gespürt haben, dass der Raum eine reale Gefahr barg.

Seine Uhr zeigte halb zwei Uhr nachts, als das Rascheln und Rumoren einsetzte. So leise war es, dass er es nur hörte, weil er seine Tür einen Spalt geöffnet hielt und seit Stunden angestrengt in die Dunkelheit lauschte. Wonach klangen die Geräusche? Nach dem Rauschen der Bäume. Nach Papier, das unter einem Windstoß aufflog. Nach flatternden Vögeln in einem Käfig. Nach alldem und doch ganz anders.

Der Junge war kein Dummkopf. Er konnte eins und eins zusammenzählen. In der ehemaligen Werkstatt mussten sich noch immer Drachen befinden. Und die Drachen erwachten – auf welche Weise auch immer – in dieser Nacht zum Leben, wie sie es schon in der letzten Nacht getan hatten. Und vielleicht früher einmal. Ganz früher.

Als Vater angeblich den Verstand verloren hatte.

Der Junge wusste, was das bedeutete. Wenn er die Gespenster, die Geisterdrachen sah und anderen davon zu berichten versuchte, würde er für geisteskrank erklärt werden wie sein Vater. Was immer ihm hinter der Werkstatttür begegnete, er musste es für sich behalten, wie furchtbar oder erstaunlich es auch sein mochte ...

Mut und Angst schließen einander nicht aus. Er zitterte vor Angst, als er, von Mut getrieben, aus dem Bett stieg. Im Gegensatz zu seinen Eltern schlief er in einem westlichen Bett – sein Zimmer mit dem modernen

Schreibtisch, dem Drehstuhl und den Iron-Man-Postern an der Wand hatte nichts Japanisches mehr an sich. Die meisten Räume des Hauses waren im amerikanischen Stil eingerichtet, auch wenn sich ein Amerikaner bei der Enge der Zimmer vermutlich wie zu Besuch in einem Puppenhaus gefühlt hätte.

Der Junge kramte in seiner auf den Stuhl geworfenen Jacke, fischte ein Taschenmesser aus einer der Taschen, klappte die größte der Klingen auf und prüfte mit dem Fingernagel ihre Schärfe. Mit der Linken packte er den Baseballschläger, der jetzt, in der Zeit vor dem Drachenfest, nur ungenutzt in der Ecke lehnte und Staub ansetzte.

Er verließ sein Zimmer barfuß und auf Zehenspitzen, versuchte sich von den Geräuschen leiten zu lassen, obwohl er natürlich wusste, wohin sie ihn führen würden. Der Flur lag in Finsternis. Selbst seine an die Dunkelheit gewöhnten Augen konnten nur wenige Konturen ausmachen. Zu seiner Rechten zeichnete sich in einer Nische ein Kasten ab. Das Klavier. Lag sein Vater wach? Würde er aufschrecken, wenn sich der Schlüssel im Schloss drehte? Würde sich das Schloss überhaupt auf Anhieb öffnen lassen? Nach allem, was er wusste, war es elf Jahre lang nicht mehr bewegt worden. Würde sein Vater herbeieilen und ihn davon abhalten, zu tun, was er tun musste? Oder würden es ... die Schreie des Jungen sein, die ihn alarmierten?

Er nahm sich vor, nicht zu schreien. Er wollte sehen, was in dem Zimmer war, wollte es so lange betrachten, wie es ihm beliebte. Er hatte ein Recht darauf, nicht gestört zu werden. Elf Jahre lang hatte er brav und geduldig gewartet, Tür an Tür mit dem Geheimnis.

Die Tür vor ihm war ein schwarzes Etwas. Ein Teil der Finsternis. Wenn er blinzelte, schien sie sich für einen Sekundenbruchteil wie ein graues Nachbild abzuheben, dann verschmolz sie wieder mit der Dunkelheit. Hinter der Tür klopfte es. Es war kein menschliches Klopfen, sondern das eines Vogelschnabels. Natürlich auch das eines Tako, der mit seinen Knochen aus Bambus über die Tür schrappt. Dann wieder das Geräusch des Aufflatterns, dazu ein leises hohles Pfeifen. Das Pfeifen der Flöten, die man an den Drachen befestigte.

In der Hand, die das aufgeklappte Messer hielt, lag auch der Schlüssel. Der Junge ertastete die Tür, spürte das Scharren dahinter, schauderte und stocherte mit dem Schlüssel viel zu hastig nach dem Schloss. Er fand es, und das Schloss schluckte den Schlüssel ohne jedes Klemmen oder Haken, als verzehre es sich danach. Der Junge, der mit Widerstand gerechnet hatte, stieß mit dem Taschenmesser gegen das Holz, das Messer glitt ihm aus der Hand und fiel mit dem Griff voran auf seinen nackten rechten Fuß. Der kalte Stahl der Klinge berührte seine Zehen.

Ein gedämpfter Laut sickerte ihm durch die Lippen. Er konnte gar nicht anders, als sich vorzustellen, was geschehen wäre, wenn das Messer sich im Fallen nur ein wenig gedreht hätte ...

Hätte er damit nicht schon seinen innerlichen Schwur gebrochen, unter keinen Umständen zu schreien? Als er das Messer aufhob, schien es ihm, als wäre sein Mut im Gegensatz zu der stabilen Klinge in hundert Scherben zersplittert, die er in der Dunkelheit unmöglich alle finden konnte.

Noch war der Schlüssel nicht umgedreht.

Er hielt den Schlüssel fest und dieser ließ es sich gefallen. Kein Zauber, kein Geist drehte daran. Doch das Reiben und Schwirren auf der anderen Seite wurde stärker. Der Junge wusste, dass seine Gegenwart bemerkt worden war.

*Meinetwegen*, pochte es in ihm. *Ich will es sehen. Jetzt!*

Und er drehte den Schlüssel um.

Als er die Tür vorsichtig aufdrückte, verstummte das Flattern und Pfeifen. Der Raum war ein wenig heller als der Flur, und das, obwohl sein Vater das einzige Fenster von außen mit Brettern vernagelt hatte. Offenbar drangen zwischen den Latten schmale Streifen Licht von der Straßenlaterne herein. Staubgeruch wehte ihm durch die nun halb geöffnete Tür entgegen. Die Wände, an denen er Drachen vermutet hatte, waren leer. Sie waren von zahllosen Kratzern bedeckt, die Tapeten hingen in Fetzen herab, und an einigen Stellen hatte sogar das darunter liegende Holz tiefe Schrammen abbekommen. Die Tako, die er erwartet hatte, fehlten nicht. Allerdings waren sie über den Boden verstreut, schlichte Konstrukte, in dunklen Farben gehalten, monochrom, ungemustert, mit kurzen Schwänzchen an den Ecken. Für einen Augenblick verharrten sie reglos, und alles war ein riesiges kurioses Missverständnis, ein dummer Irrtum, ein Wachtraum, eine fixe Idee, die sich durch eine Verkettung von Zufällen und falschen Schlussfolgerungen aufgebläht hatte, bis sie real erschienen war.

Beinahe hätte er lachen mögen, lauthals, so laut, dass er seinen Vater damit weckte. *Es ist zu witzig*, hätte er dem sich die Augen reibenden Ioka Sôyô entgegengeprustet, *hier liegen deine alten Drachen, Tô-chan, unter Staub begraben, und durch irgendein Loch in der Wand, stell dir vor, schlüpfen ab und zu Vögel herein, machen die Tapeten kaputt und treiben uns beinahe in den ...*

Der Augenblick währte nur kurz. Und er enthüllte nicht etwa die Illusion, sondern war selbst eine. Ein Trugbild von Sicherheit und Erleichterung.

Hier kamen keine Vögel herein. Und auf den Drachen lag kein einziges Staubkorn.

Wie auf ein geheimes Zeichen hin flatterten die Tako auf.

Der Junge vergaß alle Schwüre, die er in seinem Leben geleistet hatte, und schrie.

Die Drachen kamen wie eine Wolke auf ihn zu. Vielleicht waren es zwanzig, vielleicht mehr. Sie passten nicht in das Zimmer, füllten es mit ihrem Geflatter bis zum letzten Winkel aus und drängten ins Freie, durch die Tür. Sie lösten sich nicht voneinander, *konnten* sich nicht lösen. Ihre Leinen hatten sich ineinander verfangen und verknotet. Ein einziges großes Monstrum war entstanden, eine Hydra mit zwei Dutzend Köpfen. Obwohl es im Haus keinen fühlbaren Wind gab, waren sie lebendig und schnell.

Wild.

Einer der Tako flatterte auf den Jungen zu, dieser duckte sich, um ihn passieren zu lassen, doch der Drachen kam nicht weit. Nur ein Meter Leine trennte ihn vom nächsten, und das Gewirr aus ziellos umhertanzenden Tako kam nicht durch die Tür, zumindest nicht beim ersten Versuch. Der Junge zweifelte nicht daran, dass das Ungeheuer beim zweiten oder dritten Ansturm mehr Glück haben würde.

Im Zurücktaumeln riss er das Messer hoch. Er wusste nicht, was es ausrichtete, *ob* es etwas ausrichtete. Falls es ratschend ein Loch in die Drachenhaut schnitt, ging das Geräusch in dem Flappen der fliegenden Monster unter. Der Tako, der es ein Stück zur Tür hinaus geschafft hatte, stürzte zu Boden und streifte sein Gesicht. Das Spielzeug fühlte sich ekelhaft warm an, als wäre es tatsächlich aus Fleisch und Blut.

Er spürte ein leichtes Kratzen an der Stirn. Verfügten die Biester über Krallen? Zähne? Der Baseballschläger fiel ihm ein. Er legte seine ganze Kraft in den ersten Schlag. Den vordersten Tako streifte er nur, doch einen zweiten, der eben aus dem Raum drängte, traf er frontal und schlug ihn nieder. Einige andere, die eng mit ihm verknüpft waren, stürzten ebenfalls zu Boden, fingen sich wieder und drängten nun noch schneller in Richtung Tür, wobei sie ihren lädierten Genossen mitzerrten.

Was wollten die Drachen? Einfach nur raus aus ihrem Gefängnis? Oder zürnten sie den Menschen, die sie eingesperrt hatten?

Der Junge konnte sich nicht entscheiden, ob er den Kampf aufnehmen und die Tür unter Einsatz seines Lebens bewachen sollte (warum hatte er sie dann nicht gleich verschlossen gehalten?) oder ob es besser war, den

Tako einfach Platz zu machen und sie ziehen zu lassen. Hatte er in den Stunden, die er wach im Bett gelegen hatte, nicht genügend Zeit gehabt, diese wichtige Frage zu erörtern? Warum war sie ihm nicht eingefallen?

Im Haus polterte etwas, eine Tür knallte, Schritte dröhnten und der Schatten eines Mannes kam humpelnd auf ihn zu. Er hatte ein langes, schlankes Schwert in der Hand. Übergroß erschien es dem Jungen, wie eine Lanze beinahe, und wenn ein Lichtstreifen darauffiel, war es wie eine kleine Explosion aus kaltem blauem Licht.

»Es tut mir leid!«, brüllte der Junge. Als ob das jetzt von Belang gewesen wäre ...

»Zur Seite!«, dröhnte die Stimme seines Vaters.

»Nein! Nicht! Nicht das Schwert!« Warum schrie er das? Irgendeinen Grund schien er dafür zu haben. Fürchtete er sich, von der Schwertklinge getroffen zu werden? Nein, das war es nicht. Aber er kreischte schon wieder: »Nicht mit dem Schwert! Bitte, bitte nicht mit dem Schwert!« Warum, verdammt noch mal, sagte er das? Der Grund lag tief in ihm vergraben, doch in seiner Panik konnte er ihn nicht entschlüsseln. Aber es war ein guter Grund, das spürte er.

Sein Vater war jetzt bei ihm, stieß ihn weg, doch es gab nicht viel Platz, nur einen halben Meter bis zur Wand, gegen die er nun schmerzhaft krachte. Umso schmerzhafter, da sein Vater es war, der ihm die Schmerzen zufügte. Für einen Moment schien es nur um sie beide zu gehen, um einen alten Streit zwischen Vater und Sohn, dann schossen zwei der Drachen durch die Tür, stürzten sich auf den Mann mit dem Schwert, und es konnte kein Zweifel mehr bestehen, wer die Situation dominierte: ein Monster aus zum Leben erwachten Drachen. Ein *kite king*.

Wieso fiel ihm plötzlich dieser Name ein? Er war sicher, ihn nie zuvor gehört zu haben.

Die beiden Tako attackierten seinen Vater mit schnellen, ruckartigen Flugbewegungen und zielten dabei vor allem auf seine Schläfen, seine Ohren, seine Augen. Das Gesicht des Drachenbauers, auf dem ein gehetzter Ausdruck lag, war jetzt dem Jungen zugewandt. Er hielt sich mit der freien Hand die Bestien vom Leib, dann wurde die Dunkelheit vom Aufblitzen einer Klinge geteilt. Das von unten nach oben gezogene Samuraischwert traf einen der beiden Angreifer und hieb ihn in Fetzen. Als die Waffe wieder abwärtsfuhr, durchtrennte sie die Leine des zweiten. Während die Überreste des ersten zu Boden tanzten, gewann der befreite Tako wieder an Höhe und schoss wie eine überdimensionale Fledermaus knapp unter der Decke durch den Flur.

Der Junge wusste jetzt, warum er seinen Vater vom Einsatz des Schwerts hatte abhalten wollen. Wenn die Klinge die Fäden kappte, mit denen die Drachen aneinandergefesselt waren, entließ sein Vater die einzelnen Drachen in die Freiheit. Falls sie ihrer überhaupt Herr werden konnten, dann mit dem Baseballschläger. Und vielleicht mit dem Messer, wenn sie es geschickt einsetzten, um die Segel zu zerschneiden, ohne die Leinen zu verletzen.

Zeit, um diese Taktik durchzusprechen, war nicht vorhanden. Die Tako verloren nach und nach die anfängliche chaotische Wildheit und erkämpften sich den Weg durch die Tür. Ein ganzer Schwall von ihnen ergoss sich pfeifend in den dunklen Korridor, schwarze Rechtecke vor schwarzem Hintergrund, im einen Moment noch vage zu erkennen, im nächsten schon vollkommen unsichtbar.

Der Junge streckte seinem Vater das Messer entgegen. Dieser schien in einer unkontrollierbaren Bewegung hineinzulaufen, es dann zu erkennen und danach zu greifen. Offenbar hatte auch der Drachenbauer realisiert, dass er mit dem Schwert nicht weit kam. Dennoch hielt er dessen Griff fest umklammert. Wer hätte sich in dieser Lage schon von einer Waffe getrennt, die über Leben und Tod entscheiden konnte?

Mit einem Aufschrei griff der Vater in die Klinge des Messers und schaffte es dennoch, die kleine Waffe an sich zu nehmen. Der Junge sah glänzendes Blut auf der Hand des Vaters. Der Hass auf die ganze verfluchte Situation, in der nichts so ablief, wie es geplant war, floss in die Hände des Jungen, die jetzt beide den Schläger hielten. »Weg!«, heulte er und drosch auf den Drachenschwarm ein.

Bambus barst, Segel zerriss. Knochen und Haut. Das gesamte schaurige Konglomerat wurde zu Boden geschmettert. Einige Drachen erhoben sich sofort wieder, andere taumelten, höchstens einer schien vernichtet, ein zuckendes Gebilde aus Splittern und Lappen. Der Junge wirbelte den Schläger in einem vertikalen Kreis herum. Häufiger, als er die Gegner traf, stieß er damit gegen Decke oder Fußboden. Sein Vater lehnte hinter ihm an der Wand, die Augen geweitet, die Haare schweißnass, das Schwert in der erhobenen Rechten, das Messer in der zitternden, blutüberströmten Linken. Er brabbelte etwas vor sich hin, was sein Sohn nicht verstand und was wohl auch nicht für ihn gedacht war.

Immer schneller jagten die Drachen heran, attackierten den Kopf des Jungen. Je mehr Tako in Trümmern lagen, desto beweglicher wurde das Gesamtgebilde, da immer weniger verschiedene Wesen sich gegeneinander anstemmten. Der rotierende Schläger schmetterte Drachen um Drachen zu Boden, doch ein Ende der Angriffe war nicht in Sicht.

Und plötzlich änderten die Tako ihre Strategie.

Sie stellten ihre Attacken ein, sammelten sich und warteten im Zimmer wie eine Wand. Es war ein Bild des Wahnsinns. Ein riesiges Spinnennetz, in dem die zerstörten Exemplare, gefangenen und halb verdauten Fliegen gleich, baumelten und mehrere dunkle, kantige Spinnen auf neue Beute lauerten.

Die unversehrten Drachen schwebten leicht pendelnd in der Luft. Die Flöten an ihnen waren verstummt. Dafür gaben die Fäden zwischen ihnen sirrende, sphärische Klänge von sich, wenn sie sich spannten.

Die Augen des Jungen schmerzten vom verbissenen Starren in die Dunkelheit. Der Schläger in seinen Händen vollführte noch einige sinnlose Drehungen, dann stützte sich der Junge darauf wie ein alter Mann auf einen Stock.

Es war klar, dass es in diesem Moment nur *eine* richtige Verhaltensweise gab: die Tür zuknallen und blitzschnell den Schlüssel umdrehen.

Der Junge wusste, dass es keine Alternative dazu gab, und dennoch handelte er nicht nach diesem Wissen.

Er hatte die Hälfte der Bestien vernichtet und wollte auch noch den Rest auslöschen. Solange diese Ungeheuer in diesem Zimmer lebten, würde er keine Ruhe finden, mochte die Tür durch noch so viele Schlösser und Riegel gesichert sein. *Er* hatte die Tür geöffnet und *er* musste die Konsequenzen tragen. Zu Ende bringen, was er begonnen hatte, sich und seinem Vater zuliebe.

Er machte zwei Schritte in den Raum hinein. Falls sein Vater etwas rief, um ihn abzuhalten, hörte er es nicht.

Der Junge betrachtete das bizarre Kunstwerk. Dieses trügerisch ruhige Etwas. Dieses lauernde Netz. Diese falsche Wand.

Und plötzlich, als er nahe genug herangegangen war, kippte die Wand.

Er riss den Schläger hoch, doch die Drachen attackierten ihn nicht mehr. Sie schwirrten seitlich von ihm davon, spannten das Fadengewirr, soweit es möglich war, und begruben ihn unter der Wand aus Drachenschnüren.

Es überraschte ihn nicht. Er hatte es vorhergesehen. Was ihn fassungslos machte, war die Tatsache, dass er mit offenen Augen in die Falle gelaufen war, aus einem dummen, absurden Trotz heraus.

Seine Waffe nützte ihm nichts mehr. Als das Netz ihn einhüllte, war der Schläger nur noch um Zentimeter zu bewegen. Und das Messer hatte sein Vater.

Sein Vater. Der Junge betete, dass er ihn retten würde. Und gleichzeitig betete er, dass sein Vater gerade das nicht tun würde. Dass er dort draußen bleiben, Messer und Schwert fallen lassen und die Tür verriegeln würde. Konnte sein Vater sein Leben nicht führen wie bisher? Als Wahnsinniger, der eine lächerliche, unbedeutende Tür des Hauses verschlossen hielt? Der Sohn verschwunden? Kein Problem. Jeder Sohn würde sich früher oder später aus einem solchen Elternhaus davonmachen. Inogi war ein putziger Flecken. Vielleicht würde die Polizei nicht einmal das Haus durchsuchen. *Sie haben keinen Schlüssel zur Hand, Herr Ioka? Nein, nein, die Tür kann ruhig verschlossen bleiben. Machen Sie sich keine Umstände. Tja, diese Fünfzehnjährigen. Ein schwieriges Alter. Melden Sie es uns, wenn er reumütig nach Hause zurückgekrochen kommt, ja?*

Der Junge kämpfte verzweifelt, krallte seine Hände in die Maschen des Netzes, zerrte an den Schnüren, die so unglaublich reißfest waren, versuchte sie zwischen den Zähnen zu zermalmen. Aber er handelte mechanisch, bekam seine eigenen Befreiungsversuche kaum mit. Die ganzen schrecklichen Sekunden hindurch spähte er in den Flur hinaus, versuchte zu erkennen, was sein Vater tat. Da waren nur schimmernde Reflexe auf den Klingen.

Dann kamen die Reflexe näher.

»Nein«, würgte der Junge, als der blitzende Stahl auf ihn zuschoss.

Die Klinge prallte neben ihm auf das Holz des Fußbodens. Der Junge wagte sich nicht zu bewegen. Ein Tako, den der Schwerthieb befreit hatte, stieg auf, wurde von einem Messerstich durchbohrt, taumelte weiter und wurde im Flug von der Schwertklinge zerfetzt.

Es hagelte nun Schläge und Stiche. Der Junge spürte, wie der Zug nachließ, der seine Beine an den Boden heftete, doch sein Oberkörper war unverändert im Netz des Monstrums gefangen.

*Kite king.*

Jetzt fiel ihm auch ein, woher der Begriff kam. Neulich war er in einem aus dem Englischen übersetzten Roman dem Wort *rat king* begegnet. So nannte man einen Wurf Ratten, deren Schwänze sich so sehr verheddert hatten, dass sie sich ein ganzes Leben lang nicht mehr voneinander lösen konnten. In der japanischen Sprache gab es dafür kein Wort.

Stumm hieb sein Vater auf das Ungeheuer ein, und dem Jungen war es schleierhaft, wie er so kraftvoll zuschlagen und dabei sicher sein konnte, ihn nicht zu verletzen. Irgendwann konnte er es nicht mehr ertragen, er hob die Hand, um die Hiebe abzuwehren, und …

Der Schmerz in seinem Unterarm und der Aufschrei seines Vaters schienen zeitgleich zu beginnen, doch während der Schrei endete, fraß sich der Schmerz immer heftiger in seinen Arm.

Kräftige Hände packten den Jungen an den Füßen, zogen ihn ein Stück.

Der Hagel der Schwerthiebe setzte erneut ein.

Der Junge krümmte sich in der Ecke des Raumes zusammen. Er wollte aufstehen und Seite an Seite mit seinem Vater kämpfen, aber etwas sagte ihm, dass es nicht gut sei. Der Mann hatte die Oberhand gewonnen. Nun musste er seine Schlacht alleine zu einem Ende bringen.

Nach einer Weile endeten die Schläge; die letzten Fäden, die sich noch über den Körper des Jungen spannten, ließen sich leicht abnehmen, und er war unter einer Schicht aus Tuchfetzen und Bambussplittern begraben.

Er lag in dem Haufen aus Vernichtung wie in einem Grab, und sein Vater stand davor, zwei blutige Klingen in den Händen, blutig nicht von den Gegnern, die er niedergemacht hatte, sondern von seinem eigenen Blut und dem seines Sohnes.

*

Am nächsten Morgen wurde Saya vom Telefon geweckt. Sie ließ es klingeln in der Hoffnung, ihr Vater oder ihre Mutter würde rangehen. Als das Klingeln nicht aufhörte, kroch sie aus dem Bett und stolperte in Richtung Wohnzimmer. Das Tako-age, das sie gestern kaum als sportliche Betätigung empfunden hatte, machte sich heute in ihren Muskeln und Sehnen bemerkbar.

»Moshimoshi?«

»Moshimoshi. Hier Spedition Nakanishi – wir behandeln Ihre Möbel so, dass Sie uns auch Ihre Kinder anvertrauen würden.«

»Was wollen Sie?« Saya rieb sich die Augen und reckte sich.

»Ihnen mitteilen, dass es leider weitere Verzögerungen geben wird. Wir können Ihre Möbel heute bedauerlicherweise nicht liefern.«

Saya blinzelte. »Das hatten Sie auch nicht angekündigt. Es hieß, sie würden frühestens morgen kommen.«

»Nein. Vorgestern sagte ich zu Ihnen: frühestens überübermorgen.«

»Genau. Das ist morgen.«

Stille am anderen Ende. Man konnte hören, wie jemand hinter zugehaltenem Mikrofon mit jemandem sprach. Dann: »Hören Sie? Sie haben recht, aber morgen können wir sie auch nicht liefern. Der Defekt am Wagen ist schlimmer als erwartet.«

»Können Sie die Möbel nicht auf einen anderen Wagen verladen?«

»Das ist schwierig.«

»Was heißt schwierig? Geht es oder geht es nicht?«

»Es ist schwierig.«

Saya seufzte. »Wann kommen die Möbel?«

»Ich schätze, überübermorgen, von heute aus gerechnet.«

»Also Mittwoch.«

»Donnerstag.«

»Das ist aber ...«

»Entschuldigen Sie vielmals die Unannehmlichkeiten und danke, dass Sie sich für die Spedition Nakanishi entschieden haben.«

Es klickte in der Leitung.

»Ich träume wohl noch«, nuschelte Saya im Selbstgespräch. Am gestrigen Abend hatte sie lange nicht einschlafen können. Sie hatte sich nach ihrem Piano gesehnt, hatte auf ihrer Bettdecke Klavier gespielt und war dabei immer trauriger geworden. Am besten, sie vergrub sich gleich wieder in ihrem Futon.

Es war sieben Uhr. Dass ihre Eltern nicht ans Telefon gegangen waren, musste bedeuten, dass sie tief schliefen. Also hatten sie gestern Abend auch lange wach gelegen. Vielleicht hatten sie ihre Probleme ausdiskutiert, wie man es von erwachsenen Menschen erwartete. Eventuell hatten sie sich auch mit ein paar Zärtlichkeiten ihrer gegenseitigen Zuneigung versichert. Die Vorstellung, dass ihre Eltern Liebe machten, kam ihr ungefähr so bizarr vor wie der Gedanke, ihr linker kleiner Finger würde ohne ihr Wissen einen Bestseller schreiben, aber ihr war klar, dass man bei einem verheirateten Paar mit solchen Dingen rechnen musste.

Sie war im Begriff, das noch immer trostlose Wohnzimmer zu verlassen, als das Telefon erneut losschrillte. Das war doch wohl die Höhe! Sie fuhr herum, schnappte sich den Hörer und rief: »Überübermorgen ist Mittwoch!«

»Moshimoshi? Bin ich richtig bei Yokoi?«

Die Stimme war männlich, aber nicht die des Möbelfritzen. »Entschuldigung«, brummte Saya. »Ich bin die Tochter. Wen möchten Sie sprechen?«

»Herrn Yokoi Sadahiro bitte. Ich habe ihn auf dem Handy zu erreichen versucht, aber es ist ausgeschaltet.« In der Stimme lag etwas so Drängendes, dass Saya darauf verzichtete, nach dem Namen des Anrufers zu fragen. Sie legte den Hörer neben den altertümlichen Apparat und hüpfte barfuß zum Schlafzimmer. Sie musste beinahe die Tür einschlagen, ehe ihr Vater herauskam. Selten hatte sie ihn so ... versifft gesehen. Aus seinen Augen bröselte es, wenn er blinzelte.

Sie nahm ihn an der Hand wie ein kleines Kind und zerrte ihn zum Telefon. Drückte ihm den Hörer in die Hand. Trat einen Schritt zurück. Beobachtete.

Eine halbe Minute später war ihr Vater hellwach. Er warf den Hörer auf die Gabel, verschwand im Schlafzimmer und kam fünf Minuten später mit falsch zugeknöpftem Hemd, aber komplett angezogen heraus. »Ein ... Störfall in einem der Kraftwerke«, murmelte er.

Das Wort klang komisch. Störfall. Sie musste sich ins Gedächtnis rufen, dass Tô-chans Kraftwerke keine Atomkerne spalteten, sondern sich geduldig von einem Windhauch liebkosen ließen. Welche Gefahren konnten schon in einem Störfall liegen? Dass die Rotorblätter den Wind nicht mehr fein genug mahlten?

In derselben Sekunde, in der ihr Vater zur Haustür hinausging, bimmelte das Telefon zum rekordverdächtigen dritten Mal. Ihre Mutter war auf dem Weg ins Wohnzimmer und Saya hielt sie nicht auf. Sicher war das jetzt eine von Kâ-chans Freundinnen aus Kôbe, die testen wollte, ob Mutter ihre Tugend des Frühaufstehens auch in der verschlafenen Provinz beibehielt.

Doch Kâ-chan meldete sich nur, lauschte kurz und hielt ihr dann den Hörer hin. »Für dich. Es ist Hitomi-chan.«

Saya meldete sich perplex. Schlief in diesem Kaff am Sonntag niemand aus?

»Pass auf, Saya-chan«, sagte das Mädchen, das sie inzwischen ganz vorne in der Schublade FREUNDINNEN führte, »ich habe eben mit Torayama-san telefoniert, du weißt schon, der Drachenbauer. Er ist bereit, dir ein paar Minuten seiner – Zitat – unsagbar kostbaren Zeit zu schenken. Aber du musst Punkt 7.30 Uhr bei ihm sein.«

»Du hast einen … Termin für mich vereinbart? Ohne mich zu fragen?«

»Ich verstehe vollkommen, wenn du genervt bist. Aber Torayama ist ein viel beschäftigter Mann und das Drachenfest steht vor der Tür. Ich glaube nicht, dass du ab morgen noch eine Chance gehabt hättest.«

»Dann bedanke ich mich artig«, sagte Saya.

»Keine Ursache. Du kannst mir ja heute Nachmittag berichten, wie es gelaufen ist.«

»Heute Nachmittag …«

»Wir lassen doch wieder zusammen Drachen steigen oder hast du etwas anderes vor?«

Nein, natürlich hatte sie nichts anderes vor. Sie kam sich einfach nur überrumpelt vor, das war alles.

*

Torayamas Villa lag am Rande des Dorfes, und es schien, als habe er das Grundstück so ausgewählt, dass es möglichst weit von seinem Kollegen oder Konkurrenten Abe entfernt war. In einem sehenswerten Landschaftsgarten verbarg sich das Haus hinter kunstvoll zugeschnittenen Kiefern, deren kräftige Nadeln in frischem Grün himmelwärts wiesen. Links neben dem Haus gab es mehrere Zierkirschbäume. Jetzt, am Ende der Kirschblüte, hatten sich nur noch wenige der blassrosa Blütenblätter auf den Bäumen gehalten, doch unterhalb der ausladenden Äste war das Gras von einem zarten hellen Teppich bedeckt. Auf naturbelassenen Steinen ging man durch den Garten, überquerte den Ausläufer eines kleinen Teichs und wurde von einem Schwarm wimmelnder Koi-Karpfen begrüßt. Die Tiere gehörten der Rasse der Taishô-Sanke an, dreifarbige Fische mit roten und schwarzen Flecken auf weißem Grund. Japanischer konnte ein Karpfen nicht sein. Die Zeichnung erinnerte an die traditionellen Tuschebilder – schwarze Tusche auf weißem Papier, dazu der rote Namensstempel des Künstlers. Wer vermochte schon zu sagen, ob nicht die gesamte Kunst der Tuschemalerei auf die Zeichnung dieser Tiere zurückging? Persönlich mochte Saya auch die seltenen weißen Karpfen, die man Hikari nannte – Licht. Torayama-san schien für sie allerdings nichts übrigzuhaben.

Sie blickte auf ihre Uhr. 7.36 Uhr.

Das Haus des Drachenbauers atmete Reichtum. Am deutlichsten sah man das an dem verschwenderischen Dach, einem Nebeneinander und Übereinander geschwungener Grate, bedeckt von silbern glänzenden Ziegeln und verziert mit Endziegeln, die fantastische Tiere mit aufgesperrten Mäulern darstellten – ein lebendiges, wuchtiges und prunkvolles Dach wie das eines Tempels, in absichtlichem Gegensatz zu dem schlichten Haus darunter mit den weißen Wänden, die von kerzengeraden schwarzen Balken in gleichmäßige Rechtecke geteilt wurden. Die Außenwände waren nichts als Schiebetüren und konnten komplett geöffnet werden, sodass sich die Zimmer dahinter in Terrassen verwandelten und in den Garten hinausreichten. Man hatte das Gefühl, dass jede einzelne Kiefernnadel, jedes zu Boden gefallene Kirschblütenblatt sich so exakt am richtigen Platz befand wie jeder einzelne Dachziegel. Wer einen solchen Ort betrat, fragte sich unwillkürlich, welchen Anteil die Natur an dieser gruseligen Perfektion hatte und welchen Beitrag der Mensch dazu leistete.

Vor allem – und das beeindruckte sie am meisten – gab es nirgendwo einen Drachen, ein Banner oder ein Windrad. Es hätte ebenso gut das Domizil eines Unternehmers oder Bankers sein können.

Villen wie diese hatten keine Türglocke. Man klopfte auch nicht an, man stieß einen Ruf aus, mit dem man sich entschuldigte, dass man rief. Das tat Saya, aber scheu und mit belegter Stimme. Sie war sich ihrer Verspätung bewusst.

Es dauerte dann auch eine halbe Minute, bis eine Männerstimme antwortete, sie solle doch nach Hause gehen. Oder hereinkommen, wenn sie unbedingt müsse. In jedem Falle solle sie aufhören im Garten herumzubrüllen.

Eine Tür war nicht in Sicht, und das ergab auch einen Sinn, denn im Grunde bestand das Haus rundherum nur aus Türen. Geschlossenen Türen. Sie streifte die Schuhe ab, stieg in Strümpfen auf die umlaufende Veranda aus lackiertem Holz, näherte sich einer der Wände, hinter der sie den Ursprung der Stimme vermutete, und schob sie leise nach links. Der Raum dahinter war leer bis auf ein Holztischchen. Darauf standen einige Teeschalen aus Ton, klumpig, schief und von einem erdigen Braun, über das eine dicke schimmelgrüne Masse geflossen und dann erstarrt zu sein schien. Als Kind hatte Saya diese Art Keramik hässlich gefunden und ihren Puppen Tee aus zart bemalten englischen Porzellantassen serviert, doch mit den Jahren hatte sie die Schönheit in dieser rauen, spontanen Keramik zu sehen begonnen, in diesen pockennarbigen Schalen und Tellern, die aussahen, als wären sie Jahrtausende in ätzendem Schlamm vergraben gewesen.

»Bleib, wo du bist«, drang eine Stimme durch die Wand aus dickem Papier. »Aber gedulde dich. Ich komme zu dir.«

Saya zog die Schiebetür hinter sich zu und kniete sich neben den Tisch auf die Schilfmatten. Wartete. Nach einer Weile setzte sie sich seitlich hin, wartete, noch später streckte sie ihre Beine aus, wartete, und schließlich wechselte sie in den bequemeren Schneidersitz.

Und wartete.

Das Haus lag in tiefer Stille. Es hörte sich nicht so an, als arbeite Torayama nebenan oder tue überhaupt irgendetwas. Saß er nur da wie sie und ließ die Zeit verstreichen, um sie in gebührender Weise zu bestrafen?

Sechs Minuten hatte sie sich verspätet. Sie ließ ihre Uhr kaum mehr aus den Augen. Inzwischen waren die Zeiger auf 8.05 Uhr gerückt. Sie wartete seit einer halben Stunde.

Um Viertel nach acht, das beschloss sie, würde sie nach Hause gehen. Was zu viel war, war zu viel. Sie schuldete diesem Mann nichts. Wenn er es darauf anlegte, sie zu erniedrigen, würde sie nicht mitspielen. Sie würde sich beim Rausgehen ein wenig ärgern und dann für alle Zeit vergessen, dass es ihn gab. Torayama, wer war das noch gleich? Abes Drachen sollten hoch, hoch, hochleben!

Zum x-ten Mal betrachtete sie die Keramik, um sich die Zeit zu vertreiben. Und dabei merkte sie, dass sie nicht mehr alleine war. Eine Reflexion huschte über die grün glänzende Oberfläche der Schalen. Wie von einem Peitschenschlag getroffen, drehte Saya den Kopf, dann den Oberkörper. Da war nichts. Die Wände hatten sich nicht geöffnet, nach wie vor hielt sie sich alleine hier auf.

Langsam atmete sie aus, um sich zu beruhigen. Wenn sie genau überlegte, konnte da gar niemand sein. Was sich auf der Schale gespiegelt hatte, war kein Schatten gewesen, sondern ein Licht. Hatte sich ein Sonnenstrahl hereinverirrt?

Der Raum hatte keine Fenster und keine Lampe. Dennoch lag er nicht in Dunkelheit. Die Papierwände ließen genügend Helligkeit herein.

Saya erhob sich und ging umher, auch um sich die Füße zu vertreten. In fünf Minuten würde sie das Haus ohnehin verlassen.

Erneut sah sie, wie in ihrem Augenwinkel etwas flackerte. Über die Keramik glitt. Saya vollführte eine langsame Drehung. Ihr Blick blieb an einem weißen Flimmern hängen.

Sie kniff die Augen zusammen.

Ein weißer Schatten bewegte sich über die Tatamimatte, eine Art Licht, aber ein milchiges, zähes, das aussah, als würde es fließen und als könne man es anfassen, wenn man verrückt genug war, es zu versuchen.

Saya wich zurück, bis sie das Holz eines Rahmens im Rücken spürte. Es beruhigte sie gar nicht, dass sie nur hinter sich greifen und die Tür öffnen musste oder sich, falls sie in echte Gefahr geriet, notfalls sogar mit einem kräftigen Sprung durch das Papier der Wand katapultieren konnte.

Was war das für ein Ding? Irgendein physikalisches Phänomen? Der Anblick des kriechenden Lichts lähmte sie.

Es kam hinter dem Tisch hervor und floss in ihre Richtung. Weich und schlammig bewegte sich der Brei aus Licht vorwärts. Sie sah jetzt, dass er nicht überall weiß war. Zum Teil wies er eine Art Maserung auf, violett und gelb, das Muster eines Kimonos. Aus diesem Kimono ragte ein weißes Oval wie ein Gesicht, dazu zwei weiße Hände.

Wäre da nicht dieses Zähflüssige, Greifbare gewesen, hätte man es für eine verzerrte Projektion halten müssen.

Saya wusste nicht, ob es ihr heiß wurde oder kalt, aber mit ihrem Körper stimmte irgendetwas nicht. Ihre Gedanken schienen ebenso langsam zu fließen wie das unbeschreibliche Objekt auf dem Boden. Komischerweise gab es einen einzigen klaren Gedanken in ihrem Kopf. Er hieß: *Das ist kein Gespenst.*

Obwohl sie natürlich noch nie einen Geist gesehen hatte und nicht damit rechnete, jemals das Vergnügen zu haben, meinte sie zu wissen, dass er so nicht aussehen konnte. Aber wenn es kein Gespenst war und keine Projektion, was war es dann?

Sie presste sich gegen die Wand. Das Papier stand kurz davor, zu zerreißen. Plötzlich – die Entscheidung kam für sie selbst überraschend – löste sie sich von der Wand und warf sich zur Seite. Sie lief auf die andere Wand zu, griff nach dem Rahmen, riss die Schiebetür auf, dass es krachte, und taumelte nicht ins Freie, sondern in einen Gang und anschließend durch eine offen stehende Tür in den angrenzenden Raum. Warum floh sie tiefer ins Haus hinein anstatt nach draußen? Vielleicht, weil sie einen Menschen sehen wollte, weil sie die Bestätigung brauchte, dass hier jemand lebte, und weil sie hoffte, dann eine Erklärung zu bekommen. Das schien ihr allemal besser, als panisch nach Hause zu rennen.

Der Raum ähnelte dem anderen, war vielleicht ein wenig dunkler. Auf eine der Wände war eine Berglandschaft gemalt, und es gab einen kleinen buddhistischen Hausaltar mit den Schälchen für Reis- und Sake-Opfer. In der Mitte des Zimmers war eine Bambusmatte ausgebreitet, darauf stand ein dunkles Tablett und darauf wiederum die Utensilien, die man für eine Teezeremonie benötigte, die hölzerne Teedose, der Bambusbesen zum Aufschäumen des Pulvertees und die Teekanne. Die Person, die vor dem Tablett kniete, hielt eine in ein Tuch eingewickelte Schale mit dampfendem Tee in der Hand und sah so konzentriert in den Tee hinein, als könne sie dort die Antwort auf alle Fragen erkennen, die das menschliche Leben aufwarf.

»Ich …« Saya hatte keinen blassen Schimmer, wie sie sich mitteilen sollte. Wie konnte sie wiedergeben, was sie im Nebenzimmer beobachtet hatte?

Die Frau, die sie mitten in ihrem Ritual unterbrochen hatte, war ausgesprochen füllig und trug einen violetten Kimono mit gelben Wildrosen darauf. Violett und gelb – die Farben, die die Erscheinung gehabt hatte! Ihr Gesicht war hell, nicht so weiß wie das einer Geisha, aber ohne Zweifel gepudert. Saya blieb die Luft weg. Diese Ähnlichkeit!

Und dann, als die Frau den Kopf vollständig hob und sie mit dem verschleierten Blick eines Menschen ansah, den man aus einer Trance geweckt hat, fiel es ihr auf.

Diese Frau war keine Japanerin.

Es war eine Gaijin, eine Ausländerin.

Sie hatte rotbraune Haare, tausend Falten um die kleinen blauen Augen herum, herabhängende Backen, einen schmalen, grell geschminkten Mund und eine gewaltige Habichtsnase. Ihre erstaunte Miene ging in einen freundlichen, beinahe mitfühlenden Ausdruck über, und sie erhob sich – oder versuchte es zumindest, denn offenbar waren ihre Beine eingeschlafen, und sie trat von einem Fuß auf den anderen.

Obwohl der Anblick dieser Frau nichts Übernatürliches an sich hatte, wirkte er auf seine Weise ebenso schockierend auf Saya wie das, was ihr im Nebenzimmer begegnet war, ja, gewissermaßen *überschrieb* dieser neuerliche Schrecken den letzten und ließ ihn etwas in den Hintergrund rücken.

»Guten Tag«, sagte die als Japanerin verkleidete Ausländerin. »Mein Name Sakura. Hier herzlich willkommen ich heiße Ihnen. Sie warten zu Herrn Torayama?«

»M-hm«, brachte Saya hervor. »Sakura-san«, wisperte sie vor sich hin. Sakura bedeutete Kirschblüte und war als Frauenname in früherer Zeit einmal beliebt gewesen. »Sind Sie, verzeihen Sie, aber Sie sind Herrn Torayamas Ehefrau, nicht wahr?« Sie hatte keine Ahnung, warum sie so etwas fragte. Wissen wollte sie es nicht. Sie war ziemlich durcheinander. Erst ein Gespenst aus schlammigem Licht, dann eine Ausländerin bei einer Teezeremonie. Schwer zu sagen, was davon skurriler anmutete.

»Ehefrau?« Sakura lachte und zeigte mit dem Finger zuerst auf ihre Brust, wie die Ausländer es taten, dann auf ihre Nase, wie es hierzulande üblich war. »Hauserin.«

»Haushälterin.«

»Ja. Haushälterin.« Sakura strahlte. »Sie dürfen entschuldigen mein Japanisch.«

»Nein, nein, Sie sprechen unsere Sprache ausgezeichnet!« Sayas Gedanken wirbelten durcheinander. Es war völlig unmöglich, der Frau klarzumachen, was sie gesehen hatte. Es würde eine Stunde dauern, und jede Minute davon würde sie sich übergeschnappter fühlen als zuvor. »Ich muss schnell Torayama-Sensei sprechen«, bat sie. »Es ist sehr dringend. Bitte sagen Sie mir, in welchem Zimmer ich ihn finden kann.«

Etwas in dem Blick ihres Gegenübers veränderte sich und Saya wandte sich um. Hinter ihr stand ein hagerer alter Mann, den offenbar ihre lauten Stimmen hergeführt hatten.

»Du findest mich hier«, meinte er mit einer Gelassenheit, in der genüssliche Arroganz mitschwang. »Warum lehrt man die jungen Leute heutzutage in der Schule nicht mehr zu warten ...« Der Drachenbauer war groß und knochig, die Haltung aufrecht, das Gesicht schmal, mit scharfen Wangenknochen und viel zu langen, viel zu weißen dritten Zähnen. Sein Kopf endete kantig in einem Bürstenschnitt erstaunlich dichter, voller Haare, seine Augenbrauen erinnerten an kleine, wilde Büschel einer silbernen Grasart. Die Mundwinkel waren nach unten gezogen, vermutlich von der Bitterkeit eines Lebens unter Banausen. Er trug einen dunkelblauen Männerkimono, dem man die hohe Qualität ansah. Wahrscheinlich hatte dieses Kleidungsstück so viel gekostet wie Sayas gesamte Garderobe.

»Sensei«, setzte sie an. »Es gibt etwas Wichtiges, das ich Ihnen ...«

»Du hast Glück, dass ich Zeit für dich habe«, unterbrach er sie ungerührt. »Ein wenig Zeit. Oder sagen wir besser: wenig Zeit. Gehen wir hinüber ...«

»Sensei, während ich wartete, geschah etwas ganz ...«

»Du nennst das also warten?«

Saya stieß hörbar den Atem aus und schüttelte den Kopf. »Würden Sie mich bitte ausreden lassen?«

In seinen Augen blitzte es. »Wozu? Du bist neu hier, du hast ein paar Fragen, ich kenne sie schon, ich gebe dir Antworten, du bist zufrieden, ich nicht, denn ich werde von meiner Arbeit abgehalten, aber ich sehe darüber hinweg, weil die Gesellschaft das von einem Meister wie mir erwartet, wir gehen auseinander, sehen uns nie wieder, fertig.«

*Abe-Sensei*, dachte Saya. *Ich liebe dich.*

»Ich ... habe im Nebenzimmer ein Gespenst gesehen!« Unter normalen Umständen hätte sie es niemals so direkt formuliert, aber manchmal konnte Direktheit eine Waffe sein.

»Du nimmst Drogen.« Er wirkte unbeeindruckt, hob nicht einmal die Augenbrauen. »Du kommst aus der Großstadt, da ist das wohl keine Seltenheit.«

»Ich nehme keine Drogen!«

»Du begreifst nicht. Ich bin nicht dein Vater. Es interessiert mich nicht, womit du dich zugrunde richtest. Ich baue Drachen, verstehst du? Es ist sinnlos, dich zu verteidigen.«

»Ich nehme keine ...«

»Möchtest du über Drachen reden oder über Gespenster?«

Saya schnappte nach Luft. Sie legte sich die Hände auf die Stirn und spürte, wie sie zitterten. Wenn sie mit den Fingerspitzen gegen ihre Kopfhaut drückte, war es beinahe, als könne sie ihrem Gehirn eine Vibrationsmassage verpassen. Es machte sie etwas ruhiger. »Reden wir über Tako«, knurrte sie.

»Tako«, wiederholte er, und es klang tadelnd, als hätte sie das Wort falsch ausgesprochen. Sie folgte dem hochnäsigen Alten, der sich mit raschen Schritten in Bewegung gesetzt hatte. Den Raum, in dem sie die Erscheinung gesehen hatte – hatte sie wirklich? –, ließen sie links liegen und erreichten ein drittes Zimmer, das sich von den anderen kaum unterschied. Hier allerdings gab es einen Tako, einen einzigen. Er hing in einer Nische und sah schlicht, aber vornehm aus. Nicht rechteckig war er, wie Abes Drachen, sondern von der sechseckigen Form, die in der nahe gelegenen Präfektur Niigata verbreitet war. Rokkaku nannte man diese Modelle, das wusste sogar sie. Das Segel dieses Tako war nicht aus Papier wie bei Abes Drachen, sondern aus feinster Seide. Auf dem blütenweißen Hintergrund schwamm eine schwarze Tuscheschildkröte, in der Ecke schimmerte blutrot das Siegel des Künstlers. Weiß mit Schwarz und Rot – die Farben der Koi im Teich.

Wortlos wies Torayama sie an, sich auf einem der zwei Sitzkissen niederzulassen. Sie gehorchte.

»Was«, fragte er, als er sich ebenfalls gesetzt hatte, »ist ein Tako?«

*Das fragt er mich?*, wunderte sich Saya, aber vermutlich war es ein Test, in dem sie beweisen musste, dass sie ein Grundwissen mitbrachte. Ohne dieses Grundwissen würde er das Gespräch wohl von vornherein verweigern.

»Die Tako waren nicht immer Spielzeuge«, beeilte sie sich zu sagen. »Früher hat man sie in Kriegen eingesetzt und noch früher ...«

Er wischte mit der knochigen Hand durch die Luft, als könne er ihr damit den Atem abschneiden. »Du hast die Frage nicht verstanden!«

»Nicht?«

»Ich benötige kein stümperhaftes Referat über die Historie der Drachen. Womit ein einfältiger Bastler namens Abe kleinen Mädchen zu imponieren versucht, ist nicht von Belang. Ich wiederhole die Frage: Was *ist* ein Tako?«

»Was ist ein Tako?« Saya sah zu Boden, horchte in sich

hinein, spürte Trotz aufsteigen und öffnete ihm das Tor. »Muss ich das wissen?«

Seine Blicke fixierten sie. »Aber diese Frage ist der Kernpunkt, nicht wahr? Der Kern deines Besuchs – der Kern deiner Furcht.«

Seine Worte verunsicherten sie. Was wollte er hören? Sie gab sich Mühe, eine Antwort auf die Frage zu finden, und als ihr nichts Geistreiches einfiel, sprach sie einfach aus, was ihr in den Sinn kam: »Ein Drachen ist ein Gefangener. Und ... wir sind die Gefangenen der Drachen.«

»Nicht schlecht für den Anfang«, sagte er. Saya erschrak. Hatte er sie wirklich gelobt?

»Die Drachen sind Tänzer«, fügte sie hinzu, angespornt von dem Hauch von Anerkennung, der sich auf seinem verkniffenen, selbstgefälligen Gesicht abzeichnete. »Sie spielen mit dem Wind, essen und trinken ihn und ...«

»Ausgemachter Blödsinn!«, fuhr er sie an und schlug mit der Hand auf den Boden. »Was für ein poetisches Geschwätz ist das? Siehst du irgendwo einen Mund? Womit sollten sie den Wind essen, ohne Mund?«

Saya wurde kleiner. »Ich meinte es mehr im übertragenen Sinne ...«

»Dummes Zeug! Du kannst nichts übertragen, was nicht zusammenpasst. Dann war deine erste Antwort also doch nur ein Zufallstreffer. Ich dachte es mir schon – sie war klüger als du selbst.«

In diesem Moment trat die Frau, die sich Sakura nannte, ins Zimmer. Obwohl sie gebeugt ging und die Trippelschritte einer Japanerin zu imitieren versuchte, wirkte sie riesig und gewaltig mit dem winzigen Tablett in der Hand, grotesk wie ein Einrad fahrender Zirkusbär. Sie brachte ihnen Tee, und ihre enormen Pranken schienen Mühe zu haben, die kleinen Tassen nicht zu zerdrücken. Saya tat die Frau ein wenig leid. Es war unübersehbar, welche Mühe sie sich gab, japanisch zu sein, doch es wollte einfach nicht klappen. *Sie müsste schon sterben und wiedergeboren werden*, schoss es ihr durch den Kopf.

»Ich bin ein unwissendes Mädchen aus der Stadt«, meinte Saya verschnupft. »Verraten doch Sie mir, was ein Tako wirklich ist. Sie werden es doch wissen.«

»Sicher«, entgegnete er nicht weniger verstimmt. »Aber die Frage ist doch, ob du die Antwort verstehen wirst.«

»Lassen Sie's drauf ankommen!«

»Ein Tako«, erklärte er, »ist ein Ding aus Haut und Knochen, aber nicht aus Fleisch und Blut.«

Saya wartete, bis Sakura das Zimmer verließ. Sie hatte vermutet, Torayama würde noch einen Nachsatz hinzufügen, doch er schien fertig zu sein. Stille füllte den Raum. Er hatte recht gehabt. Sie verstand nicht, was er meinte.

»Haut und Knochen«, echote sie.

»Sieh dir den Tako an, der an der Wand hängt«, forderte er sie auf. »Aber fass ihn nicht an, wenn es sich vermeiden lässt.«

Sie ging zu dem Drachen hinüber. Die Bambusstäbe schimmerten durch die Seide, und ihr fiel ein, was sie irgendwann einmal aufgeschnappt hatte: Das Gestänge der Drachen nannte man Hone, Knochen, die Bespannung hieß Kawa, Haut. Also bestand der Tako gewissermaßen aus Haut und Knochen.

Diese Namensgebung behagte ihr überhaupt nicht. Konnte man das nicht Holz und Stoff nennen? Unwillkürlich entstand vor ihr das Bild eines Tako, der aus echten Knochen und echter Haut zusammengesetzt war. Und aus diesem Bild erwuchs etwas noch Schrecklicheres: die Vorstellung eines Drachens, bei dem Adern die Haut durchzogen. Kam es zu einem Kampf zwischen zwei dieser Tako, würden diese sich unweigerlich Verletzungen zufügen. Blut würde fließen.

Der blutige Drachen.

»Deine Freundin hat mir am Telefon verraten, welche Frage dich umtreibt«, sagte Torayama hinter ihr. »Es ist der blutige Drachen, nicht wahr?«

Saya schnellte herum. »Was wissen Sie darüber?«

»Einiges«, erwiderte der Drachenbauer ruhig. »Und ich habe dir bereits mitgeteilt, was ich weiß. Vielleicht hast du nicht recht hingehört. Das hält man in deinem Alter wohl nicht für nötig.«

Saya machte einen Schritt in seine Richtung. Es schien ihr, als bewege sich der Tako hinter ihr, aber das war unwahrscheinlich, denn außer dem schwachen Luftzug, der durch die Ritzen zwischen den Wänden drang, gab es hier keinen Wind. Was hatte Torayama ihr mitgeteilt? Meinte er seine Antwort auf die Frage, was ein Tako war?

Ein Ding aus Haut und Knochen, aber nicht aus Fleisch und Blut.

Nicht aus Fleisch und Blut.

Kein Blut.

Bedeutete das etwa …

»Wollen Sie damit sagen, der blutige Drachen existiert nicht?«

»Das habe ich nicht behauptet.«

»Aber Sie sagten, ein Tako ist kein Ding aus Fleisch und Blut!«

»Das sagte ich.«

Wieder hörte sie ein leises Flattern und fing in den Augenwinkeln eine Bewegung auf. Was war das? Kehrte die Spukgestalt zurück? Oder zuckte wirklich der Tako an der Wand?

Plötzlich begriff sie, was er gemeint hatte. »Sie sagen, der blutige Drachen existiert, aber er ist kein Drachen, weil Drachen nicht aus Fleisch und Blut sind.«

»Man nennt das einen Dreisatz«, bemerkte er höhnisch und nippte an seinem Tee.

»Aber was ist der blutige Drachen dann? Ein …« Ihr Herz wechselte den Rhythmus. »Ein Mensch?«

»Dein Tee wird kalt.«

Noch einmal drehte sie sich zu dem Drachen an der Wand um. Jetzt konnte sie deutlich erkennen, dass er sich bewegte. Er schien zu versuchen, sich von seinem Haken zu lösen. Irritiert trat Saya einen Schritt zur Seite, vielleicht um Torayama einen Blick zu gewähren, vielleicht um nicht in der Flugbahn des Drachens zu stehen, falls dieser unvermittelt losschwirrte.

Saya stieß einen Schrei aus. Der Tako ruckte zweimal heftig nach oben. Beim zweiten Versuch war er frei. Langsam sank er zu Boden, doch gleichzeitig zuckte eine Schnur in ihre Richtung, wickelte sich um ihr rechtes

Handgelenk, und noch ehe der Drachen die Schilfmatten berührte, spannte sich die Leine und er stieg wieder auf. Wie ein großer Vogel, der sich in ein Zimmer verirrt hatte, flatterte er unter der hohen Decke umher, vier, fünf Sekunden nur, ehe der Zug der Leine wieder nachließ und er leblos niedersank. Das Sechseck aus Bambus und weißer Seide landete an der Seite des Drachenbauers, die Schnur legte sich quer über seine Beine.

»Ich sagte doch, du sollst den Tako nicht an...« Dann verstummte er, schluckte ein paarmal, zupfte an der Leine und raunte schließlich: »Das war ... erstaunlich.«

*Das war nicht erstaunlich*, dachte Saya. *Das war Zauberei. Magie.*

Plötzlich antwortete er: »Magie ist ein großes Wort. Bleiben wir doch vorerst bei *erstaunlich*.« Saya begriff, dass sie die letzten Sätze nicht nur gedacht hatte. »Es ist der Wind«, fuhr der Alte fort. »Er sucht sich seinen eigenen Weg, und Wände können ihn nicht aufhalten.«

»Der Wind von Inogi ist etwas Besonderes«, leierte Saya. »Blablabla und bla.«

»Das ist er«, nickte Torayama. »Du wirst an den Wettkämpfen teilnehmen, nicht wahr?«

»Tut mir leid«, entgegnete sie. »Auf diesen Spaß kann ich verzichten.«

Der Drachenbauer sah sie lange und intensiv an. Er schien nachzudenken. »Abe hat ihr einen Drachen geschenkt«, murmelte er kaum hörbar. »Sie übt fleißig damit, aber sie hat keine Chance, bis ins Finale vorzurücken.«

Da waren sie ausnahmsweise mal einer Meinung. Die

Aussicht, gegen dieses drachenbesessene Dorf auch nur die Vorrunde zu überstehen, selbst wenn sie es ernsthaft versuchen sollte, war zappenduster.

»Ich werde ihr einen Drachen bauen«, hörte sie Torayama brummeln. »Wir werden sehen, ob sie sich damit nicht tapfer schlägt …«

»Einen Drachen?«

Er zuckte mit den Schultern, und in seinen strengen, überheblichen Augen glitzerte etwas, das beinahe an Humor grenzte. »Das ist mein Beruf.«

»Aber ich brauche keinen.«

»Weißt du, was für eine Ehre es ist, mit einem Torayama-Drachen anzutreten?«

O ja, das konnte sie sich vorstellen. Aber trotzdem …

»Der Drachen wird am frühen Morgen des Ersten Mai fertig sein«, erklärte er beinahe sanft. »Falls du es schaffen solltest, rechtzeitig aufzustehen, kannst du ihn zuerst sehen und ausprobieren und *dann* entscheiden, ob du dich für die Wettkämpfe anmeldest.«

Saya wusste nicht, was sie sagen sollte. »Meinetwegen«, flüsterte sie. Sie wollte nicht unfair sein. Schließlich hatte sie Abes Drachen auch angenommen, und das, obwohl der alte Schürzenjäger versucht hatte sie zu begrapschen. Sollte sie nicht glücklich sein über den unerwartet günstigen Verlauf, den ihr Besuch bei dieser verkniffenen Backpflaume Torayama nahm? Wettkampf hin, Wettkampf her, der Drachen wurde ihr angeboten, ohne dass Bedingungen daran geknüpft waren. Und auch wenn sie es sich nicht eingestehen wollte – Torayamas edler Sechseck-Drachen aus Seide gefiel ihr. Ganz bestimmt würde *er* ihr nicht das Zeichen für Tako auf den Tako malen. So etwas Billiges tat er nicht.

»Gut.« Sein Gesicht schnappte wieder zurück in seine selbstherrliche Ausgangsstellung. »Dann sollte ich an die Arbeit gehen und du mich nicht länger aufhalten. Es war inspirierend, mit dir zu plaudern, aber man darf von einer Muse nicht zu viel erwarten.«

»Der blutige Drachen ist also ein Mensch?«, fragte sie noch einmal, während sie sich von ihm nach draußen drängen ließ. »Und Sie können mir nicht sagen, wer es ist?«

»Ich habe nichts dergleichen behauptet«, antwortete Torayama.

»Gibt es jemanden, der mir mehr über den blutigen Drachen erzählen kann?«

Sie ahnte die Antwort schon, ehe er sie aussprach.

»Du könntest es bei Ioka versuchen.« Er schob sie hinaus und begann die Schiebetür zuzuziehen. »Wenn du starke Nerven hast.« Klack. Rahmen stieß gegen Rahmen. Die Papierwand hatte aufgehört, eine Reihe von Türen zu sein, und war wieder eine Wand.

*

Tô-chan kauerte im leeren Wohnzimmer in einer Ecke wie ein Hund, den jemand dort vergessen hatte. Als seine Tochter ihn auf das ansprach, was am Morgen als Störfall im Kraftwerk bezeichnet worden war, stand er auf und ging wortlos in ein anderes Zimmer.

Das war nicht der Vater, den sie kannte.

»Eigentlich«, rief sie, während sie ihm hinterherlief, »könntest du mich mal auf eine kleine Besichtigungstour mitnehmen. Früher hast du das immer getan.«

Unruhig erwiderte er: »Die Kraftwerke hier sehen aus wie alle anderen.«

»Bis auf die Monster, die ihr darin züchtet«, bemerkte sie wie beiläufig.

Sein Kopf ruckte herum, er blinzelte sie aus den Schatten des Raumes an, als blicke er in einen Scheinwerfer. »Welche Monster?«

»Monster, die den Wind trinken und groß und stark davon werden, bis sie eines Tages das Dorf auffressen. Ich kann dir nicht sagen, wie sie aussehen, weil sie nicht rauskommen und ich nicht rein, aber wenn ich dich einmal begleiten dürfte, dann ...«

Er sackte in sich zusammen. »Ein Scherz«, schnaufte er und schien regelrecht erleichtert zu sein, erleichtert, aber mitgenommen. »Ein Scherz. Ich ... *kann* heute nicht darüber lachen.«

»Was ist passiert?«

»Nichts. Heute ist nicht mein Tag.«

»Komisch.« Jetzt wurde Sayas Stimme lauernd. »Dabei lief es gestern noch so gut. Zur Party kam sogar die süße, süße Kasumi.«

Im Gesicht ihres Vaters zuckte es.

Sie wäre nicht Saya gewesen, wären ihr nicht noch mehr Fragen und Anspielungen eingefallen, mit denen sie Tô-chan quälen konnte, doch sie ertrug nicht, wie er sich vor ihren Augen in einen sich krümmenden Wurm verwandelte. Also ließ sie ihn mit sich alleine.

Sie schnappte sich ihren Babydrachen und rannte hinaus auf die Wiesen wie ein Kind, das sich nach Stunden des Stillsitzens endlich austoben darf.

Es war unglaublich – der Tako rutschte ihr aus der Hand und stieg in den Himmel hinauf. Er tat es mit dem Tempo und der Zielstrebigkeit eines Steins, den man ins Meer wirft. Wenn der Himmel das Meer war, dann war die Oberfläche der Welt vielleicht nur die Decke einer Höhle, an der Saya auf und ab kroch wie eine Stubenfliege an der Zimmerdecke. Und der Drachen – was war er? Ein Späher, der sicherstellte, dass da oben, da unten alles in Ordnung war, dass ihr keine Gefahr drohte, wenn sie sich endlich entschloss, sich abzustoßen und in den Himmel hinauf-, hinunterzuspringen?

Der Tako machte alles unwichtig, was vorgefallen war. Er schien ihr zeigen zu wollen, worauf es ankam. Auf den Sprung in den Himmel, auf den Mut, auf die Entscheidung. Und er schien sie davon überzeugen zu wollen, dass man alles loslassen konnte, wenn man nur das eine, das Wesentliche, festhielt.

Wer war sie? Steckte ihre Seele in Saya, dem Mädchen auf der Erde, das die Leine hielt, oder in dem Drachen, der am Himmelsmeer kreiste? War der Tako ihr Spielzeug oder betrachtete nicht vielmehr er sie aus der Höhe und setzte all seine Geschicklichkeit dazu ein, sie zum Sprung zu bewegen?

»Er spielt mit mir«, flüsterte Saya.

»Ja, das tun sie wirklich.«

Saya erschrak, als die Worte ganz nahe bei ihr aufklangen. Die Stimme gehörte nicht Hitomi, von der sie erwartet hatte, dass sie sie früher oder später hier draußen aufstöbern würde, sondern einem jungen Mann.

Der Junge, den sie gestern beim Einräumen der Regale gesehen hatte, stand nur drei Schritte von ihr entfernt, und sie hatte ihn nicht bemerkt. Er grinste sie an. Wieder fielen ihm die Haare ins Gesicht und wieder trug er die khakifarbenen Klamotten mit den zahlreichen Taschen. In der Linken hielt er einen Tako.

»Hast du dich angeschlichen?«, fragte sie leicht perplex.

Sein Grinsen wurde breiter. »Ich glaube, ich hätte mit einem Mähdrescher anrücken können. Ich habe einmal Hallo *gesagt*, einmal Hallo *gerufen* und einmal Hallo *gebrüllt*. Aber du bist ganz hoch geflogen, geistig, meine ich. Also zum vierten Mal: Hallo. Haben wir uns nicht im Laden meines Onkels gesehen? Ich heiße Kaito.«

*Yes*, dachte sie. *Es reicht also doch, neu zu sein, um angesprochen zu werden.*

»Ich bin Saya.« *Schön, dass du dich an mich erinnerst.*

»Dein Vater ist der Experte aus Kôbe, richtig?«

»Ist das jetzt gut oder schlecht?«

Er tat so, als würde er ernst werden. »Unentschieden.«

Ja. Das war es. Unentschieden. Sie war die Tochter des Fachmanns und die Tochter des Windkaputtmachers. Des Stars und des Sündenbocks.

Sie betrachtete Kaito. Hier draußen sah er entschieden besser aus als zwischen den Regalen, und da hatte er nicht schlecht ausgesehen. Sein Blick war geradezu verwegen, als fühle er sich hier in seinem Element. Na klar, er stammte aus Inogi, und die Leute aus diesem

Dorf waren nur glücklich, wenn sie einen Drachen in der Hand hielten.

»Darf ich mal sehen?« Sie deutete auf seinen Tako. Ihr eigener Drachen stand nahezu bewegungslos am Himmel wie ein gut erzogener Hund, dem man den Sitz-Befehl erteilt hatte.

Kaitos Tako sah anders aus als alle, die ihr bisher untergekommen waren. Zwar hatte er eine rechteckige Form wie Abes Drachen, aber ihm fehlten die lebensfrohen, bunten Motive. Sein Segel – seine Haut – war nichts als ein dunkelblaues, fast schwarzes Stück Stoff. Auch Siegel konnte sie keines ausmachen. Dafür gab es an den vier Ecken winzige Schwänzchen.

»Ein seltenes Modell«, mimte sie die Kennerin. »Abe und Torayama bauen so etwas nicht. Also Kuroboshi oder ... Ioka?«

»Natürlich Ioka«, entgegnete der Junge. »Wer würde schon einen Drachen kaufen, der nicht fliegt?«

»Ioka? Wirklich? Jemand hat mir gesagt, er stellt seit Jahren keine mehr her.«

»Das ist richtig. Das Ding hier hat schon fünfzehn Jahre auf dem Buckel. So viel wie ich.«

»Dann hat er diesen Tako gebaut, als er noch nicht ...« Saya wusste nicht, wie sie es ausdrücken sollte.

Kaito nickte stumm.

Sie war beeindruckt. Fünfzehn Jahre. »Wir sind alle gleich alt«, stellte sie lachend fest. »Du, dein Drachen und ich.«

Wieder nickte Kaito. »Ich freue mich auf den Wettkampf. Du auch?«

»Ich …« Sie sah zur Seite, konzentrierte sich und erwiderte: »Ich mache nicht mit.«

»Warum denn nicht?« Er wirkte verblüfft und warf ihr unter seinem Schleier aus Haaren unruhige, prüfende Blicke zu. »Bist du … krank? Du siehst blass aus!«

Da war sie, die Frage, die sie am meisten hasste. Und ausgerechnet er hatte sie ausgesprochen. »Ich bin nicht krank«, sagte sie eisig. »Ich bin schlank und habe bleiche Haut.«

»Du bist zu wenig an der frischen Luft.«

Jetzt reichte es aber! Er klang ja schon fast wie ihre Mutter. Sie sog den Atem ein, dass es sich anhörte, als würde man tropfnasses Gemüse in siedendes Fett werfen.

»Nicht aufregen. Wenn du Lust hast, können wir gemeinsam trainieren. Das Tako-age scheint dir gutzutun.«

Frische Luft – trainieren – Tako-age – ja, Kaito war ein Kind von Inogi. Aber das, fand Saya, war das einzig Unangenehme, was es über ihn zu sagen gab. Er warf seinen Drachen in die Luft wie ein Papierflugzeug, und der Drachen mochte es, bekam sofort Auftrieb, begann diesen schwänzelnden Balztanz, mit dem die Tako dem Wind zu gefallen versuchen, und erklomm ein bisschen tapsig, ein bisschen anmutig Stufe um Stufe der unsichtbaren Himmelsleiter. Mit einer dreisten Mischung aus Mann-bin-ich-gut und Ich-glaub's-nicht registrierte sie, dass ihr eigener Tako deutlich schneller aufgestiegen war. War womöglich etwas dran an der Behauptung, sie habe Talent für diesen Sport? Aber was konnte man schon groß tun, außer im richtigen Moment ein wenig an der Leine zu ziehen? Machte nicht ohnehin alles der Wind? Konnte man ein Talent haben, den Wind richtig wehen zu lassen?

»Kannst du kämpfen?«, wollte Kaito wissen, und als sie mit der Antwort zögerte, wies er sie an: »Versuch mal unter meinen Drachen zu kommen. Es geht ganz einfach: Du läufst ein paar Schritte nach vorne, damit die Leine locker wird, und dein Tako sackt ab. Dabei pendelt er hin und her. Sobald du die Leine erneut spannst, steigt er wieder auf. Wenn du im richtigen Moment ziehst, kannst du die Richtung bestimmen, in die er fliegen soll.«

Saya versuchte es, nur um ihm zu beweisen, dass sie es nicht konnte, doch das ging schief. Es war lächerlich simpel! Sie schätzte die Höhe der beiden Kontrahenten ab, als hätte sie ihr Leben lang nichts anderes getan, und indem sie, den Blick an die Drachen geheftet, um Kaito herumtanzte, brachte sie die Leinen dazu, sich zu kreuzen, sich aneinanderzureiben und ...

»Oh«, machte Saya, als sie mit dem Rücken gegen seine Schulter stieß.

»Hier auch oh«, erwiderte er. »Wenn die Leinen präpariert wären, würde mein Drachen jetzt den Heimweg antreten. Du hast den Dreh wirklich raus! Wie lange trainierst du schon?«

»Seit gestern.« Sie lachte ungläubig über das, was da am Himmel zwischen ihnen – nein, nur zwischen ihren Drachen – passierte. Ihr Tako hatte den seinen mit der Leine umwickelt und schien ihn nicht mehr hergeben zu wollen. »Vielleicht habe ich eine besonders gute Trainerin.«

»Und wer soll das sein?«

»Takeno Hitomi.«

»Ah, jetzt verstehe ich. Hitomi-chan ist wirklich nicht von schlechten Eltern. Hat sie dir gesagt, dass sie letztes Jahr den dritten Platz belegt hat? Ich sollte mir auch ein paar Privatstunden von ihr geben lassen.«

»Du kannst ja mit mir üben«, sagte ein eifersüchtiges Mädchen, das wohl sie selbst sein musste.

»Das wäre perfekt. Hey, Vorsicht!«

Sein Tako, ein hilfloser Gefangener ihres Drachens, fing an zu schlingern und verlor rapide an Höhe. Jetzt, wo sich die Leine einmal herumgewickelt hatte, konnte sie ihn nicht mehr freigeben. Gemeinsam stürzten die beiden Tako vom Himmel, langsam, verspielt, in einem aberwitzigen Tanz, aber unaufhaltsam. Gut zwanzig Meter entfernt gingen sie zu Boden, der ihre sanft und elegant, seiner heftig und ... schmerzhaft.

Gemeinsam rannten sie zur Absturzstelle wie zwei spielende Kinder, und das Entwirren der Leinen war Saya durch und durch peinlich. Kaitos Drachen hatte eine kleine Schramme abbekommen, was ihm Sorgenfalten auf die Stirn zwang. Ganz klar – ein Tako aus der Werkstatt des wahnsinnigen Ioka musste eine Rarität sein.

Die Wiese hatte sich wieder gefüllt, und immer wieder kamen Menschen auf der Suche nach einem freien Fleckchen Himmel in ihre Richtung. Einer davon war Hitomi, und als diese ihr zuwinkte, stellte Saya mit Befremden fest, dass sie sich diesmal nicht aufrichtig freute, das Mädchen zu sehen. Und das, obwohl da wieder dieses eigenartige Gefühl war, etwas zwischen ihnen würde einrasten, ein unsichtbares Band würde geknüpft.

War Kaito schuld daran?

Als Hitomi näher kam, merkte Saya, dass ihr Lächeln ihr heute nicht gefiel.

So etwas Verrücktes! Es war ein freundliches, vertrautes, sympathisches und dazu noch hübsches Lächeln, und der strengste Lächeln-Kritiker hätte fünf Sterne dafür vergeben, aber Saya mochte es nicht. Nicht mehr.

Befürchtete sie, dass Hitomi mit diesem Lächeln Kaito einwickelte, so wie sie, Saya, seinen Drachen eingewickelt hatte?

Möglich. Aber das war nicht alles. Saya bildete sich ein, das Lächeln zu kennen. Von woanders.

Und das war nun wirklich der Gipfel des Absurden.

Saya bekam kaum mit, wie die beiden sich begrüßten. Sie starrte nur auf Hitomis Lippen. Wie durch eine Wand hindurch bekam sie mit, dass Kaito Hitomi Komplimente dafür machte, dass sie Saya so meisterhaft trainiert hatte. Oder machte er damit Saya Komplimente? Es war alles so verwirrend!

Hitomi berührte Kaitos Drachen. »Das ist ja ein echtes Museumsstück«, sagte sie beeindruckt.

»Tja.« Kaito tänzelte herum, wie es Jungen in seinem Alter manchmal taten, wenn sie gelobt wurden.

Hitomi nahm den unscheinbaren blauen Drachen in die Hand und testete ihn gegen den Wind. »Ich wusste gar nicht, dass dein Vater noch welche aufbewahrt. Man hat ja schon lange keinen mehr gesehen. Bist du letztes Jahr nicht mit einem Drachen von Abe angetreten?«

»Doch«, erwiderte Kaito. »Aber diesmal ...«

»Stopp«, unterbrach Saya ihn. Ihr wurde heiß und sie stierte den Jungen an. »Dein ... Vater?«

Kaito lächelte vage. »Ja, mein Vater. Ioka Sôyô, der Drachenbauer, der übergeschnappt ist. Keine Sorge, die wenigsten Arten von Wahnsinn sind erblich.«

Jetzt fehlten ihr die Worte.

»Du wusstest es nicht?«, fragte Hitomi. »Keiner außer dem großen Meister Ioka ist so von den Drachen beherrscht, dass er seinem Sohn einen solchen Namen geben würde.«

»Welchen Namen?« Dann ging ihr ein Licht auf. Kaito – das war kein japanischer Name, sondern die japanische Aussprache des englischen Wortes *kite*. Der Junge vor ihr hieß schlicht und einfach »Drachen«. Saya dachte angestrengt nach. Sie hatte doch hoffentlich nichts Abfälliges über Ioka gesagt, hatte nicht das Gesicht verzogen, als sie ihn erwähnte? Wenn sie sich irgendeinen Fauxpas geleistet und Kaito verletzt hatte, dann ...

Hitomi und Kaito entließen ihre Drachen in die Luft, und Saya schloss sich ihnen an, ohne bei der Sache zu sein. Während ihr Tako seine Kreise am babyblauen Himmel zog, kreisten ihre Gedanken um die Situation. Noch hätte sie nicht einmal ihrem Spiegelbild gegenüber zugegeben, dass sie diesen Jungen mochte, aber sie hegte den dringenden Verdacht, dass sie schon bald bereit sein würde, es sich am Ende einer durchwachten Nacht einzugestehen. Es gefiel ihr, wie er sich bewegte, wie er redete und wie er sie ansah. Kaito hatte etwas, das ihr Halt gab in diesem durchgeknallten Dorf. Als sie ihn im

Laden seines Onkels zum ersten Mal gesehen hatte, war nichts von der Sorte geschehen, was zwischen Hitomi und ihr bei jedem Treffen ablief. Dennoch hatte sie von diesem ersten Moment an etwas für ihn empfunden.

Und ausgerechnet sein Vater sollte der Mann sein, von dem Hitomi gesagt hatte, er könne mehr Angst in ihr Leben bringen, als sie verkraften würde? Angst – warum, wovor?

Saya wusste nicht mehr, wie sie sich Kaito gegenüber verhalten sollte. Er gefiel ihr, und das machte ihr Leben schon kompliziert genug. Dass er auch noch der Sohn eines geisteskranken Buhmanns sein musste, war entschieden zu viel.

Andererseits: Hitomi war die Tochter eines unerträglichen Miesepeters, und sie, Saya, hatte einen Daddy, der binnen weniger Wochen mit links ein ganzes Dorf gegen sich aufgebracht hatte.

Sie hatten alle irgendwie ... schwierige Väter.

Problemeltern.

Wollte sie nach ihrem Vater beurteilt werden? Oder danach, was die Leute von ihm dachten?

No, thanks.

Umso weniger, als nicht ihr Tô-chan das eigentliche Problem war, sondern die rettungslos abergläubische Einwohnerschaft von Inogi.

Was, wenn Ioka ebenso wenig ein Geistesgestörter war, wie ihr Vater den Wind abgedreht hatte? Wenn er einfach anders war als alle anderen und deswegen ...

Ihre Gedankenkette riss ab, als das Mädchen neben ihr einen gellenden Schrei ausstieß. Hitomi krümmte sich zusammen, die Haspel glitt ihr aus der Hand, wurde von ihrem Tako nach oben gerissen, wickelte sich rasend schnell ab und fiel ins Gras. Kaito hatte seinen Drachen ebenfalls losgelassen und eilte Hitomi zu Hilfe.

»Es ... geht schon wieder«, keuchte sie. Sie hielt sich die rechte Hand, die zu einer Faust geschlossen war. Ihr Gesicht war hinter den herabhängenden Haaren verborgen, aber bestimmt war es schmerzverzerrt. Hitomi ließ zu, dass Kaito sie stützte.

Ihre Tako gingen rings um sie zu Boden, der von Kaito zuerst, dann Hitomis, und als letzter landete Sayas kindischer roter Tako-Tako. Ja, es war kein Absturz wie bei den anderen, sondern eine Landung so sacht wie bei einem ferngesteuerten Modellflugzeug, weit von ihnen entfernt in einer Gruppe nicht mehr ganz junger Männer, die den schönen windigen Nachmittag ebenfalls nutzten, um *na-was-schon* zu tun.

Die Männer sahen herüber, und einer von ihnen lachte wie ein kläffender Hund.

»Was ist passiert?« Saya schielte nach der verletzten Hand ihrer Freundin. Der rote Striemen kam ihr in den Sinn, den Hitomi ihr bei ihrer Ankunft gezeigt hatte.

Erst als Kaito mit sorgenvoller Miene ihre Finger einen nach dem anderen öffnete, erhaschte Saya einen Blick auf die Handfläche. Neben den ersten Striemen hatte sich ein zweiter gesellt, nahezu parallel dazu, etwas länger und breiter noch und von einem schreienden, blutigen Rot.

In Sayas Kehle bildete sich ein Kloß.

»Wie konnte das passieren?«, hörte sie Kaito fragen.

»Sie hat sich mit der Schnur verletzt«, beantwortete Saya die Frage, die Kaito gar nicht an sie gerichtet hatte. War es nicht offensichtlich?

Der Junge legte den Kopf schief. »Ich weiß nicht. Sie stand einfach nur da, ihr Drachen flog ruhig, und plötzlich ...«

Saya verstand nichts von diesem Sport und von seinen Risiken. Aber Kaito schien recht zu haben. Dass die Leine dem Mädchen unvermittelt eine solche Verletzung zufügte, war seltsam.

Wieder musste sie an den blutigen Drachen denken. Sie wusste nicht, wer oder was sich hinter dem Begriff verbarg, aber hier waren sie beim Drachensteigen und es floss Blut. Hitomi sah noch immer nach unten. Als Saya ihr das rabenschwarze Lockenhaar zur Seite schob, um ihr Gesicht zu betrachten, traf sie ein Blick aus Hitomis Augen, mit dem sie nicht gerechnet hatte.

Ein feindlicher, grimmiger Blick.

Ein Blick, der Saya (und Saya allein) die Schuld an dem gab, was vorgefallen war.

Erschrocken zog sie ihre Hand zurück, die Locken bildeten wieder einen undurchdringlichen Vorhang und verdeckten das anklagende Gesicht. Es dauerte einige Sekunden, bis Hitomi sich aufrichtete. Ihre Miene hatte sich etwas entspannt, wirkte noch immer kritisch, aber nicht mehr hasserfüllt. Vor allem sah sie müde aus.

»Ich möchte nach Hause«, brachte sie hervor.

»Wir begleiten dich«, entschied Kaito, ganz Gentleman. Wenigstens hatte er »wir« gesagt.

*

D*er blutige Drachen bin ich*, stand in großen schwarzen Lettern auf Sayas weißem, ratlosem Geist geschrieben. *Ich und niemand anderes. Jetzt ist es raus. Hitomi verletzt sich mit der Drachenleine nur, wenn ich in der Nähe bin. Die alten Schauergeschichten erzählen von mir.*

Sie glaubte selber nicht, was sie sich da einredete. Es war zu abwegig. Trotzdem konnte sie nicht aufhören, es zu denken.

Sie brachten Hitomi nach Hause, verarzteten unter den gestrengen Blicken ihres Vaters die lädierte Hand und erfuhren von ihm, dass sie sich deshalb verletzt hatte, weil sie zu dick war, weil die Drachenleinen nicht mehr die Qualität von früher hatten, weil die Regierung den Bürgern zu hohe Steuern aufbürdete und weil weder Hitomi noch ihre Mutter noch sonst irgendjemand auf ihn hören wollte. Aber das hätten sie nun davon. Sie hätten nur auf ihn zu hören brauchen. Er habe es ja immer gesagt.

Was Takeno-san seiner Tochter denn geraten hätte, wollte Kaito wissen.

Sich nicht zu verletzen, erwiderte er.

»Werden Sie beim Drachenwettkampf auch antreten, Herr Takeno?«, versuchte Saya dem Gespräch einen Stoß in eine konstruktive Richtung zu verpassen.

Hitomis Vater machte eine theatralische Geste mit den Händen. »Dabei sein, wenn tausend grölende Guck-in-die-Lufts sich gegenseitig auf die Zehen treten? Hast du diesen Wichtigtuer Abe gesehen? Wenn du mich fragst, sollte der erst einmal was gegen seinen Bauch unternehmen! Ein ästhetischer Anblick ist das nicht. Da bleibe ich lieber zu Hause und kümmere mich um den Haushalt.«

*Und um das Fernsehprogramm*, dachte Saya schmunzelnd. »Vielleicht sagt Ihnen Torayama-Sensei besser zu«, platzte sie heraus. »Der ist schlank wie ein Weidenzweig.«

»Torayama?« Takeno spuckte den Namen förmlich aus. »Dieser hochnäsige Geldsack? Unsereins müsste ein halbes Leben lang sparen, um sich einen seiner komischen überschätzten Tako leisten zu können.«

Saya überlegte, ob sie es sagen sollte, doch ehe ihr Hirn die Entscheidung getroffen hatte, plapperte ihr Mund es schon aus: »Im Moment baut Torayama-Sensei einen Drachen für mich.«

Hitomi, die eben noch mit verklärter Miene Kaitos Pflege genossen hatte, starrte sie an. »Das ist nicht dein Ernst!«

»Doch. Er hat versprochen, ihn bis Wettkampfbeginn fertig zu haben.«

Herr Takeno musterte sie wie eine Außerirdische. »Ihr müsst im Geld schwimmen ...«

»Wir sind nicht reich«, entgegnete Saya schnell. »So wie Torayama-Sensei es sagte, hörte es sich so an, als würde er mir ... den Drachen ... ich meine ... Ich habe es so verstanden, als ob ...« Sie unterbrach sich. Klangen ihre Worte für die anderen auch so ... naiv?

»Vergiss es«, meinte Hitomi. »Torayama hat in seinem Leben noch nie jemandem etwas geschenkt, schon gar nicht einen seiner legendären Tako. Unter 400 000 Yen macht er's nicht.«

»Aber das ist ein komplettes Monatsgehalt meines Vaters!«, rutschte es ihr heraus.

»Sieh mal an«, murmelte Takeno. »Bei der Windkraft verdient man gar nicht schlecht ...«

Hitomi zuckte die Schultern und Kaito sah Saya mitleidig an. Ob sein Mitleid ihrer Situation galt oder ihrer Dummheit, wollte sie gar nicht wissen. Augenblicklich wurde ihr klar, dass sie den Bau des Drachens stoppen musste! Tô-chan war nicht geizig, aber er würde nie und nimmer ein Monatsgehalt für einen Tako ausgeben. Umso weniger, als er einen Schrank voller Abe-Drachen zu Hause hatte.

Sie schluckte. »Ich muss zu Torayama.« Ein Telefonanruf genügte nicht – sie musste schon persönlich bei ihm erscheinen. Er würde gar nicht glücklich über ihren plötzlichen Entschluss sein. Bestimmt hatte er schon mit der Arbeit begonnen und würde ihr dafür eine astronomische Summe in Rechnung stellen. »Kaito-kun«, wandte sie sich an den Jungen, der sich entschieden zu fürsorglich um Hitomis kleinen Kratzer kümmerte. »Wenn es dir nichts ausmacht, würdest du mich zu Torayama-Sensei begleiten? Bitte!«

Es war nicht nur der Zorn des Drachenbauers, den sie fürchtete. Da gab es noch die Spukerscheinung, den weißen Lichtbrei, der Torayamas Haushälterin Sakura auf befremdende Weise ähnelte. Sie konnte ihm nicht davon erzählen, aber falls sie dem Phänomen wieder begegnete, wollte sie jemanden an ihrer Seite wissen, der ihr bestätigte, dass das Ding tatsächlich existierte.

Kaito hatte nichts dagegen, mit ihr zu gehen. Ein

merkwürdiges Gefühl beschlich Saya, als sie Hitomi zurückließen. Hatte sie sich in ihr getäuscht? War ihr das Mädchen nur deshalb als Freundin erschienen, weil sie verzweifelt eine suchte? Brauchte? Sie konnte kaum glauben, dass sie erst zwei Tage hier war. In dieser kurzen Zeit war so viel geschehen, und das wenigste davon ergab einen Sinn.

Während sie und Kaito nebeneinander hergingen, probierten sie ein paar Konversationsthemen aus und scheiterten mit allen. Keinem von ihnen fiel etwas Geistreiches ein. Also beschloss Saya, das Gespräch in ernstere Bahnen zu lenken.

»Kennst du eine Frau, die sich Kasumi nennt?«, fragte sie.

»Kasumi?« Er blieb stehen. »Du meinst aber nicht …«

»Ja?«

»Du meinst nicht *die* Kasumi, oder?«

»Vermutlich meine ich *die* Kasumi, doch.« Was für ein Dialog war das?

Er schien nachzudenken, dann ging er schweigend weiter und stoppte nach hundert Metern erneut. Mit unübersehbarem Zögern öffnete er den Reißverschluss an einer seiner zahllosen Jackentaschen und beförderte ein mehrfach gefaltetes Stück Papier zutage. Ohne es zu entfalten, reichte er es ihr. Es war Hochglanzpapier, ein kleiner Flyer, der aussah, als hätte er schon längere Zeit in der Tasche verbracht.

»Die kulturelle und sportliche Attraktion in der Region«, las Saya. »Das Drachenkampffest in Inogi. Wollen Sie sich dieses Spektakel wirklich entgehen lassen?« Auf dem Foto unter dem Text war eine ausnehmend hübsche Frau abgebildet, die in lässiger Pose mit nackten Füßen auf einer Wiese stand. Sie hielt sich einen bunten Tako aus Abes Werkstatt vor die Brust und einen von Torayamas kunstvoll-schlichten Meisterwerken vor die Hüfte. Kleidung war keine zu sehen, und das Foto erzeugte ganz absichtlich den Eindruck, sie sei hinter den Drachen splitternackt.

Was sie doch hoffentlich nicht war …

Werbung, die mit kaum verhüllten Damen arbeitete, war keine Seltenheit. Dennoch haftete dem Prospekt etwas Irritierendes an, vielleicht weil Saya alles, aber auch wirklich alles kannte, was darauf abgebildet war: die weitläufige Wiese, auf der sie vor einer halben Stunde selbst gestanden hatte, die charakteristischen beiden Drachen und das Modell. Es war Kasumi. Jene Kasumi, die sie gestern auf der Party kennengelernt hatte. Um es mit Kaitos Worten zu sagen: *die* Kasumi.

Der Junge räusperte sich. »Ich habe den Zettel nur für den Fall aufgehoben, dass ich einem Fremden begegne.«

»Klar«, lachte Saya.

»Ein bisschen We-Werbung für unser Kaff wäre doch nicht schlecht, oder?«

Seit wann stotterte er? »Schon gut.« Saya gab ihm den Prospekt zurück. Sie konnte nur hoffen, dass ihre Mutter den Flyer nicht zu Gesicht bekam. Es wurde einen Sturm im Wohnzimmer geben, gegen den der Zauberwind von Inogi ein laues Lüftchen war. Als Kaito weiterging, kam es ihr so vor, als wollte er ihr noch etwas sagen, aber er rückte nicht mit der Sprache heraus. Vielleicht suchte er nur nach weiteren Rechtfertigungen für das unerhörte Verbrechen, einen Werbezettel mit einer halb nackten Frau wie einen geheimen Schatz mit sich herumzutragen. Saya störte das überhaupt nicht. Ein Schnuller hätte sie gestört. Eine lebendige Kröte. Und ein Kondom, vielleicht.

»Was arbeitet eigentlich dein Vater«, wechselte sie das Thema, »seit er keine Drachen mehr baut?«

»Er ist jetzt bei Hara Wind Power.«

Saya strahlte. »Ein Kollege meines Vaters!«, freute sie sich. »Davon hatte ich keine Ahnung.« Allmählich näherten sie sich der Gegend, in der Torayamas Villa stand. Aber sie fand, dass noch genügend Zeit für eine wichtige Frage blieb. »Weißt du etwas über den Störfall heute morgen?«

»Störfall? Noch nichts davon gehört.«

*Hoppla*, dachte Saya. Dann fiel ihr ein, dass Ioka sicher ein einfacher Angestellter war und sonntags wegen einer kleinen Störung nicht eigens behelligt wurde. Bei ihrem Tô-chan lag der Fall anders.

»Durftest du die Kraftwerke schon mal besichtigen?«, wollte sie wissen.

»Natürlich. Ich war zigmal drin.«

»Auch in den letzten sechs Wochen, seit mein Vater im Dorf ist?«

Kaito rieb sich die Stirn. »Ich glaube nicht, nein.«

»Ich würde zu gerne mal einen Blick hineinwerfen, aber mein Vater ziert sich.«

Der herrliche Garten rund um Torayamas Prunkvilla kam in Sicht. Kaitos Schritte verlangsamten sich und sie passte sich ihm an.

»Es gibt eine Möglichkeit«, eröffnete er ihr, als sie den Landschaftsgarten erreicht hatten.

»Wirklich?«

»Du musst aber schwören, niemandem etwas von meinem Geheimnis zu verraten.«

Saya musste schmunzeln. »Das ist ja wie in einem Abenteuerroman. Ich schwöre bei all den riesigen Blasebalgen, die Inogi wegzupusten versuchen.«

Kaito öffnete den Reißverschluss einer Brusttasche. Diesmal jedoch griff er nicht selbst hinein. »Bitte«, lud er sie ein. »Du darfst es herausholen.«

»Du züchtest da drin keine Skorpione, oder?« Ohne seine Antwort abzuwarten, fasste sie in die winzige Tasche. Ihre Fingerspitzen berührten ein kleines Stück Metall. Es war ein Schlüssel, ein gewöhnlicher Sicherheitsschlüssel. Sie drehte ihn in der Hand.

»Eine Kopie vom Master Key«, erklärte Kaito. »Damit lassen sich alle Türen in den Kraftwerken öffnen.«

»Warum hast du so was?«

»Ich weiß nicht«, erwiderte er, und sie hatte den Eindruck, dass er die Wahrheit sprach. *Jungen*, gab sie sich die Erklärung selbst, *tun das einfach, weil sie es können. Sie beweisen sich damit etwas.*

»Ich bin nicht sicher, ob ich einbrechen möchte«, sagte sie zaghaft.

»Wir machen nichts kaputt. Es ist ja nicht so, als würden wir uns in eine Waffenfabrik einschleichen. Falls sie uns erwischen, halten sie uns eben eine Strafpredigt.«

»Oder verbieten uns die Teilnahme am Drachenfest.«

»So eine grausame Strafe würde hier niemand verhängen. Außerdem lassen wir uns nicht erwischen. Wir gehen heute Nacht, lange nach Einbruch der Dunkelheit. Was ist, bist du dabei?«

»Nein«, antwortete sie und dann: »Einverstanden.«

Denn das war ein Date. Das erste Date mit Kaito, in den zu verlieben sie sich zwar erst in ein paar Tagen gestatten würde, aber man durfte ja wohl die Vorfreude genießen, oder? Und der Inhalt des Dates würde nicht darin bestehen, nachmittags in einem überfüllten Café mit röchelnden Trinkhalmen in Eisbechern zu stochern, sondern darin, sich Zutritt zu einem verbotenen Ort zu verschaffen. Mitten in der Nacht. Zu zweit.

Wow!

Ihr Herz ratterte, als hätte jemand daran die Schneller-Vorlauf-Taste gedrückt.

Ja, die Zeit verging tatsächlich wie im Flug. War die Sonne nicht ein ganzes Stück vorgerückt, seit sie Hitomis Haus verlassen hatten? Wozu waren sie überhaupt hier? Richtig, sie wollte, sie *musste* Torayama sprechen. Die Sache mit dem Drachen rückgängig machen. Irgendwie erschien ihr das jetzt leichter als vorher.

»Was für ein Verhältnis hat deine Familie zu Torayama?«, fragte Saya, während sie über die Steine durch den Park balancierten. »Abe scheint er nicht zu mögen.«

»Torayama mag niemanden. Aber wir sind nicht verfeindet, wenn du das meinst. Als mein Vater jung war, ging er für zwei Jahre zu Torayama in die Lehre. Ich weiß nicht, ob es dir bewusst ist, aber dieser alte Knabe ist der beste Drachenbauer Japans, vielleicht der ganzen Welt.

Er versteht nicht nur die Technik, er versteht auch die Seele der Tako.«

»Drachen haben eine Seele?«

Kaito lächelte sie geheimnisvoll an. »Vielleicht *sind* sie Seelen. Unsere Seelen.«

Im ersten Moment glaubte Saya, er habe einfach nur etwas Poetisches sagen wollen, um ihr zu imponieren. Aber dann ließ sie der Gedanke nicht mehr los. Diese fliegenden Geschöpfe, frei und doch nicht frei, die am Himmel ihre Tänze aufführten, vielleicht für die Menschen unter ihnen ebenso wie für Götter, die von oben auf sie herabsahen – war das nicht eine wunderbare Erklärung dafür, was eine Seele überhaupt war? Eine Tänzerin zwischen zwei Welten, des Fliegens mächtig und dennoch an die Erde gefesselt?

Wenn die Tako Seelen waren, dann waren die Drachenbauer keine Handwerker, sondern ... Seelenschöpfer. Übermenschliche Wesen. Halbgötter.

Sie hatte den Teich überquert, diesmal ohne die Karpfen eines Blickes zu würdigen, stand nun vor dem Haus, wollte rufen. Und konnte es nicht. Ihre Zunge war wie gelähmt.

Kaitos Worte hatten bewirkt, dass sie die Situation aus einer völlig anderen Perspektive wahrnahm, aus einer Blickrichtung, von der sie nicht einmal geahnt hatte, dass sie existierte. Der Drachen, an dem Torayama arbeitete, *ihr* Drachen, erschien ihr plötzlich wie ein ungeborenes Kind, ein Fötus, der wachsen und leben wollte. Jetzt machte sie sich noch Sorgen darüber, wie sie den Tako bezahlen sollte. Aber wer vermochte schon zu sagen, wie sie sich fühlen würde, wenn sie Torayama dazu brachte, die Arbeit daran abzubrechen? Unter keinen Umständen wollte sie auf den Drachen verzichten, den er für sie erschuf. Es würde sein, als verzichte man auf eine Seele.

»Ich kann es nicht«, wisperte sie. »Ich kann es nicht.«

Kaito stellte keine Fragen, obwohl er verdutzt aussah.

»Gehen wir«, bat Saya. »Entschuldige, dass du den Weg umsonst machen musstest.«

*Was darf eine Seele kosten? Ist sie gratis wie Abes Drachen oder kaum erschwinglich wie die von Torayama?*

Alle anderen Fragen, die in ihr waren, verschwanden für kurze Zeit neben dieser einen großen Frage. Was Kasumi mit ihrem Vater zu tun hatte, wer Tô-chan mit Anrufen und Drachen bedrohte, was für eine Erscheinung ihr in Torayamas Haus begegnet war, warum Ioka vor elf Jahren die Drachenproduktion eingestellt hatte, woher Inogis magischer Wind rührte, wie die blutigen Striemen auf Hitomis Hand kamen, warum das Mädchen sie einmal voller Zuneigung, einmal voller Hass anblickte, wer oder was der blutige Drachen war – alle diese Fragen schienen klein und unbedeutend vor der großen Frage, die Torayama ihr heute morgen gestellt hatte:

*Was ist ein Tako?*

*

Der Nachmittag lief mit rasender Geschwindigkeit an ihr vorüber. Jemand schien der Uhr einen Schubs gegeben zu haben, und das Abendessen folgte auf das Mittagessen, ohne dass ihr Magen Zeit gehabt hätte, Hunger zu entwickeln. Vielleicht lag es daran, dass sie die zweite Tageshälfte in ihrem Zimmer verbrachte und einen Roman las, um etwas herunterzukommen und Abstand zu gewinnen.

Die Nacht brach herein, ehe sie darauf vorbereitet war. Mit Kaito hatte sie einen Treffpunkt am Dorfrand verabredet. Um elf Uhr wollten sie beide dort sein, und elf Uhr war heute nur einen winzigen Sprung von neun Uhr entfernt.

Als sie auf Kaitos Angebot eingegangen war, hatte sie nicht darüber nachgedacht, was sie zu ihrer nächtlichen Exkursion anziehen würde. Das orangefarbene Kleid von gestern Abend stand nicht zur Diskussion. Ein Outfit war angesagt, das möglichst nahe an die Kluft der Ninja herankam, der historischen Spione Japans. Eine dunkelblaue Jeans hatte sie und eine schwarze Bluse lieh sie sich, natürlich ungefragt, aus Kâ-chans Kleiderschrank. Darin kam sie sich dreißig Jahre älter vor – keine ideale Voraussetzung für ein Date.

Um halb elf gingen ihre Eltern schlafen, kurz darauf schlüpfte sie zur Tür hinaus. Inogi lag im Dunkeln und unter einer Decke aus feinem Nebel. Eine zerbrechliche Mondsichel hing am Himmel und weigerte sich, brauchbares Licht zu spenden. Die einzige Hilfe waren die sehr sporadisch aufgestellten Straßenlaternen, doch wenn man sich genau in der Mitte zwischen zwei von ihnen aufhielt, war es, als stände man in einem finsteren Tunnel. Die Windräder, Banner, Flaggen und Drachen an den Häusern entfalteten einen schaurigen Reiz, denn überall flatterten sie wie aufgescheuchte Nachtvögel und die Schatten führten ein Eigenleben.

Echte Vögel schien es nicht zu geben. Saya war das zuvor nicht aufgefallen, aber sie konnte sich nicht entsinnen, in Inogi auf Vögel getroffen zu sein – der einzelne Reiher, den sie bei ihrer Ankunft weit außerhalb des Dorfes und hoch am Himmel gesehen hatte, war der letzte lebendige Himmelsreisende in ihrem Blickfeld gewesen. Danach hatten die Tako das luftige Revier übernommen.

Unten die Menschen, oben die Drachen.

Unten die Körper, oben die Seelen?

Saya suchte nach Kaito, als er sie auch schon an der Schulter berührte. »Einen wunderschönen guten Abend«, wisperte er grinsend. »Du bist wirklich gekommen.«

»Hast du daran gezweifelt?«

»Ja«, sagte er.

Sie verstand warum. Weil sie vor Torayamas Haus ihre Meinung geändert hatte, für ihn unverständlicherweise. Bestimmt hielt er sie für wankelmütig.

Als sie seine Silhouette von Kopf bis Fuß beguckte – und das ließ sie sich nicht nehmen –, entdeckte sie einen unruhigen Schemen, der ihm über die Schulter ragte.

»Ist das dein Tako?«

»M-hm.«

»Darf ich fragen, warum du ihn mitgebracht hast?«

»Nein.«

Saya lachte, sie liefen los, huschten über die Wiese, und es machte Spaß. In Kôbe war sie öfters nachts unterwegs gewesen, aber hier draußen war es vollkommen anders als in der Stadt. Es fühlte sich schon nach etwas Verbotenem an, lange bevor sie überhaupt in die Nähe der Kraftwerke kamen. Sie rannte durch die Nacht, alleine mit einem Jungen, den sie so gut wie nicht kannte, der aber unerhört süß und – das Sahnehäubchen – der Sohn eines Wahnsinnigen war. Einmal glaubte sie, vor dem schmalen Mond einen Tako vorübergleiten zu sehen, und als sie es ihrem Begleiter sagte, nickte er: »Ein paar Unverbesserliche können nicht einmal nachts damit aufhören. Aber im Umkreis der Kraftwerke haben wir unsere Ruhe.«

Die blassen Riesen tauchten aus der Dunkelheit auf wie Fabelwesen. Sie schienen auf ihre winzigen Besucher zu warten, die rotierenden Köpfe herabgeneigt, ein wenig neugierig, ein wenig hochmütig. Die gewaltigen Kräne im Hafen von Kôbe hatten Saya schon immer an urzeitliche Riesenechsen erinnert, auch wenn sie für diesen Vergleich von ihren Freundinnen nur belächelt worden war. Diese Kraftwerke hatten eher etwas von übergroß gewachsenen Pusteblumen. Und wenn man etwas so Kleines, Niedliches wie eine Pusteblume zweihundertfach vergrößert, dann wirkt das monströser, krankhafter, bedrohlicher als alles andere.

Die Kraftwerke standen auf einem rechteckigen Fundament aus Beton. Darüber hatte sich eine dünne Erdschicht gelegt, aus der vereinzelt Grasbüschel wuchsen. Ein Scheinwerfer übergoss jeden der Türme von unten her mit kaltem Licht, und der Nebel verwandelte die wirbelnden Rotoren in verschwommene weiße Strudel.

Die beiden hielten auf das mittlere der sieben Kraftwerke zu. Vier Metallstufen führten zu einer ovalen Stahltür hinauf. Dort klebte ein Warnhinweis mit einem Herz, aus dem eine Stromleitung führte. Als Kind hatte Saya sich unter diesem Symbol die abenteuerlichsten und gruseligsten Sachen vorgestellt. Heute wusste sie, dass es ein »no pacemaker«-Zeichen war: Menschen mit Herzschrittmachern wurden angewiesen, diesen Ort wegen der störenden elektromagnetischen Felder nicht zu betreten.

Sie ließ Kaito den Vortritt. Das Schloss klemmte ein wenig, und in den Sekunden, in denen der Junge mit dem Schlüssel hantierte, sah Saya sich nach allen Seiten um – ein sinnloses Unterfangen, denn sobald man auf der Treppe stand, wurde man von dem grellen Scheinwerfer so geblendet, dass die leere, weite Nacht um sie herum sich in eine schwarze Wand verwandelte. Saya ging die letzten Stufen rückwärts hinauf und erschrak, als sie gegen Kaito stieß.

»Angst?«, wollte er wissen.

»So was fragt man nicht.«

Die Tür öffnete sich quietschend und auf denkbar unbequeme Weise nach außen, und beim Öffnen fielen sie beinahe von der Treppe. Im Inneren des Turms brannte ein gelbliches Notlicht. Sie kannte das alles aus anderen Kraftwerken dieser Art. Eine Leiter führte senkrecht hinauf zur ersten Zwischenebene, und parallel dazu verlief ein Bündel Stromkabel. Meistens gab es vier bis sechs dieser aus Metallgittern gefertigten Zwischenebenen – alles in allem nichts für Menschen, die unter Höhenangst litten. Auch wenn die Ebenen verhinderten, dass man hinabstürzte, blieb das Erklimmen der Leiter eine riskante Angelegenheit. Das Innere des Turms war ebenso weiß wie das Äußere. Als Kaito den rot glimmenden Lichtschalter betätigte, flammten vertikal angebrachte Neonleuchten auf und füllten die Röhre mit frostigem Krankenhauslicht.

Saya zog die Tür hinter sich zu. Sie waren beide vertraut mit Kraftwerken wie diesem. Aber konnte man damit überhaupt vertraut werden? Von innen war es, als hätte man ein Loch in einen Gletscher gebohrt. Leiter und Wände fühlten sich immer eisig an, ganz gleich welche Temperatur draußen herrschte, und wenn man auf einer der Zwischenebenen stand, hatte man jedes Mal das Gefühl, nicht mehr zurückzukönnen, weil die Leiter unter einem wegbrechen würde.

»Hier scheint es keine Störung zu geben«, meinte Kaito.

Saya zuckte die Achseln. »Gehen wir hoch.«

Er schob sich den Drachen, der sich immer wieder lockerte, auf den Rücken, griff nach der Leiter und begann zu klettern. Saya sah ihm nach, wartete. Es war ihr, als würden die Wände sich bewegen, aber das ging ihr immer so. Kaito hatte die erste Zwischenebene erreicht und winkte ihr zu.

»Keine Monster da oben?«, rief sie. Als Antwort lachte er nur.

Langsam erklomm sie die Leiter. Jede Sprosse nahm sie bewusst wahr, sie konzentrierte sich voll auf das, was sie tat. Ein Turm war ein Tunnel, der in den Himmel führte, und in Inogi war der Himmel nicht mehr das, als was sie ihn zu kennen geglaubt hatte. Hier gehörte die Luft nicht den Vögeln, sondern den Drachen. Vögel duldeten es im Allgemeinen, wenn Menschen in ihr Reich vordrangen. Wie stand es mit den Tako? Waren sie auch so nachsichtig?

Im Turm herrschte ein dunkles Brummen, die tiefe Stimme des Kraftwerks, das Summen des Generators, reflektiert von den kahlen Metallwänden. Die Luft roch schwach nach Ozon.

Ein Windkraftwerk hatte keine Fenster, nicht einmal winzige Luken. Sie hatte nie verstanden, warum das so sein musste. Was immer draußen geschah, man bekam nichts davon mit. Am meisten hatte sie sich in diesen Türmen immer vor Erdbeben gefürchtet, obwohl es hieß, dass man in jedem gewöhnlichen Wohnhaus gefährdeter war als in dieser robusten Stahlkonstruktion. Als 1995 das Jahrtausenderdbeben ihre Heimatstadt Kôbe erschüttert hatte, war sie zehn Monate alt gewesen. Bei ihr zu Hause hatte das Beben nur die Fenster zertrümmert und Möbel umgestoßen; ein paar Blocks weiter jedoch waren aus zehnstöckigen Wohnhäusern ganze Stockwerke verschwunden, die Wände einfach nach außen weggebrochen. Sie hatte keine konkrete Erinnerung an die Katastrophe, doch manchmal, wenn sie morgens langsam aus dem Schlaf erwachte, glaubte sie die Erschütterung zu spüren, die Schreie zu hören, den stumpfen Geruch von Staub und Feuer in der Nase zu haben.

Sie schwang sich zu Kaito auf die Zwischenebene. Er

hatte das Grinsen eines großen Kindes auf dem Gesicht, das etwas besonders Verwegenes tut. Ihr Herz klopfte vom Aufstieg, aber vielleicht nicht nur davon. Er stand direkt vor ihr, zum Greifen nahe. Für einen Moment war sie versucht, die Augen zu schließen und sich einfach in seine Richtung kippen zu lassen, damit er sie auffing und festhielt.

Sie wusste nicht, was sie denken sollte. Es ging alles so schnell. Zu schnell. Und doch nicht schnell genug. Die Zukunft, in der sie sich finden würden, schien unerreichbar weit entfernt. Saya blinzelte und hatte für einen Augenblick die Illusion, sie hätten es schon getan, hätten sich schon umarmt – vielleicht geküsst – und wären in dieser Sekunde bereits ein Paar. Aber sie standen sich noch immer reglos gegenüber, und in der kalten weißen Welt des Windkraftwerks war ganz und gar nichts zwischen ihnen passiert.

»Wenn es dir nichts ausmacht«, sagte er, »würde ich gerne mit dir bis zum Ende gehen.«

»Wa… was?«

»Ganz nach oben, in die Gondel, dahin, wo der Generator ist.«

Sie schluckte. Lächelte. »Ach so. Okay. Ich bin dabei.«

Auf ihrer Stirn sammelten sich ein paar Schweißtropfen, die sie mit zitternder Hand wegwischte. Zwei- oder dreimal hatte sie ihr Vater in anderen Kraftwerken bis in die Gondel hinauf mitgenommen. Er hätte es gewiss öfter getan, hätte sie auch nur den Ansatz von Interesse gezeigt, doch es war kein besonders aufregender Ort, ein länglicher, niedriger Raum voller Metall. Fette schwarze

Gummischläuche mit einem Regenbogen von Kabeln hingen von der Decke herab, und man sah den Kasten, in dem das Getriebe lief, aber es drehte sich nichts, und man hätte auf Anhieb nicht sagen können, ob der Rotor draußen sich überhaupt bewegte.

Sie kletterten weiter. Fünf Plattformen gab es. Auf jeder davon legten sie eine flüchtige Pause ein, und jedes Mal glaubte sie Kaito ein Stück näher zu kommen. Schließlich lag die Gondel über ihnen, das Gemurmel des Generators war zu einem dumpfen Dauerschrei geworden. Auch hier fand sich das bizarre Herz-mit-Kabel-Symbol. Natürlich saß kein Herzschrittmacher in ihrer Brust, aber es fühlte sich so an, als hätte sie einen. Von alleine konnte ihr Herz dieses Tempo doch wohl nicht entwickeln!

»Kaito-kun«, sagte sie. »Warum sind wir beide heute Nacht hier?«

Es war eine harmlose Frage, und doch kam es ihr so vor, als rangiere sie in einer Riege mit Liebeserklärungen und Heiratsanträgen.

Er antwortete, wie es sich gehörte. »Wegen des Störfalls, dachte ich. Weil du das Kraftwerk sehen wolltest. Weil ich den Schlüssel habe.«

»Und weil es eine schöne Nacht ist«, probierte sie es. Gott, wie infiziert musste sie sein, um so etwas tatsächlich auszusprechen!

»Ich habe schon schönere Nächte erlebt«, bemerkte er.

Saya erstarrte. Jetzt hatte er die Stimmung in Schutt und Asche gelegt. Er schien es zu spüren, denn er brabbelte etwas von »neblig und kalt« vor sich hin.

Und dann, gerade als sie sich abwenden wollte, machte er einen Schritt auf sie zu und nahm sie in den Arm.

Eine Million winziger Scherben, die sein Holzhammerhieb in alle Richtungen geschmettert hatte, setzten sich wieder zusammen. Saya erwiderte die Umarmung, spürte ein wenig von seinem Körper, ein wenig von seiner Wärme und sehr viel von den zahllosen Gegenständen, die er in den Taschen seiner Kleidung aufbewahrte. Sie schmiegte sich an ihn und korrigierte ihre Position so lange, bis ihr Kopf endlich einen Platz gefunden hatte, an dem nur Schulter war, kein Krimskrams. Eine Hand berührte den Drachen auf seinem Rücken. Es war schwierig, etwas zu spüren, das wirklich zu Kaito gehörte. Zu früh lösten sie sich voneinander, doch die kurze Zeitspanne hatte gereicht, um den Turm in einen Märchenpalast zu verwandeln. Dem kühlen weißen Glanz haftete jetzt etwas Vornehmes an. Weiß war nun plötzlich zur Farbe der dahinziehenden Wolken geworden, des glitzernden Schnees. Saya strich Kaito sanft über die Wange. Sie war fasziniert, wie weiß ihre Hand in diesem Licht auf seiner dunklen Haut aussah.

Vermutlich hatte sie die ganze Zeit über nicht geatmet, denn nun musste sie tief Luft holen. Hatten sie sich geküsst? Nein, nicht, soweit sie sich entsinnen konnte. Es war alles so diffus. Aber umarmt hatten sie sich doch, oder? Ja, hatten sie, unbedingt!

Und was sollte sie jetzt sagen?

Würden sie jetzt noch hinaufsteigen? Oder hinunter?

Wie würde es jetzt weitergehen? Was würde als Nächstes passieren? Und was als Übernächstes? Und wie sollten sie nach diesen Augenblicken wieder in ihre Welt da draußen passen, in ihre Familien, in ihren Alltag? Sie waren doch viel zu groß geworden für alles, was sie kannten!

Sämtliche Gedanken, die für die Dauer der Umarmung aus ihrem Kopf verbannt worden waren, stürmten jetzt wieder auf sie ein. Zu viele, um ihrer Herr zu werden.

Und dann, wie ein Retter in dem Durcheinander, tauchte ein einziger, wichtiger Gedanke auf:

War es die alte Saya, die Kaito umarmt hatte, oder die neue? Die schwierige Saya aus Kôbe oder die frische Inogi-Saya, die am Tag ihrer Anreise zumindest den Versuch unternommen hatte, alles abzuwerfen, was dunkel und schwer an ihr hing?

Auf diese Frage gab es eine schlichte, aber aufrichtige Antwort: Für Kaito gab es keine neue und keine alte Saya. Für ihn gab es nur die eine, die er eben gespürt hatte.

Falls ihm das Gefühl, sie im Arm zu halten, gefallen und ihn ihr Zittern nicht gestört hatte, dann waren ihm die Jahre davor gleichgültig.

Wie lächerlich machtlos dieses Ding namens Zeit doch war – maßlos überbewertet! Ein paar Sekunden hatten die Kraft, fünfzehn lange Jahre voller Spielen und Lernen und Nachdenken und Schwitzen und Weinen und Warten einfach zu überschreiben!

Der Moment war *jetzt*. *Jetzt* kam der Hügel, *jetzt* spürte sie den Auftrieb, *jetzt* ließ sie los, hatte schon losgelassen, ohne sich darauf vorzubereiten, ohne schwere Entscheidungen und innere Absprachen. *Jetzt* und genau *jetzt* wurde die neue Saya geboren.

Das meiste von dem, was sie bisher über das Leben zu wissen geglaubt hatte, war hinfällig, überholt. Aber bitte! Das konnte doch nicht sein! Man wurde doch nicht vom Mädchen zur Frau, indem man sich sieben Herzschläge lang bei einem Jungen anlehnte. Musste man dazu nicht wenigstens miteinander schlafen?

Sie erzählten einem in der Schule nicht, wie viel Energie in ein paar harmlosen Sekunden stecken konnte. Sie sprachen von Beziehung und Partnerschaft und Sex und Verantwortung und Tod und Teufel, aber sie verrieten einem gar nichts über ... über ...

Über die Macht eines Augenblicks?

»Möchtest du noch in die Gondel klettern?«, erkundigte sich Kaito mit dem Charme eines privaten Reiseführers.

»Das ist mir egal«, formulierten ihre Sprechwerkzeuge. Und gleichzeitig, völlig unabhängig davon, machte sich ihr Körper an den Abstieg. »Ich glaube«, sagte sie abwesend, »ich möchte hinunter.« Und sie meinte damit: *So wie es aussieht, steigt Saya gerade die Leiter hinunter, und es wird das Beste sein, wenn wir ihr einfach folgen, du, Kaito, und ich, Sayas Geist, der aus der Bahn geworfen wurde und momentan nicht ganz mit ihr synchron geht.*

Sie machte sich idiotische Sorgen, zum Beispiel ob ihr Körper ohne Geist überhaupt sicher wieder nach unten gelangen würde.

Und plötzlich, als sie gerade einen Fuß auf die nächste Zwischenebene gesetzt hatte, geschah es. Neben ihrem linken Ohr flatterte etwas und ein warmer Flügel streifte ihre Schläfe. Ihr Kopf ruckte so heftig herum, dass es ihr einen Stich versetzte, und ehe der Schmerz ihre Augenlider für einen Moment schloss, wischte ein weißes Etwas an ihr vorbei und verschwand, wenn sie sich nicht irrte, in der weißen, von kaltem Licht beschienenen Wand.

Was natürlich bedeuten musste, dass sie sich geirrt hatte.

Saya blinzelte und vergaß, auch den zweiten Fuß von der Leiter zu nehmen.

»Hast du dir wehgetan?« Das war Kaito. Sie musste wohl gestöhnt haben.

»Ein Vogel«, murmelte sie. Und dann: »Hast du auch einen Vogel gesehen?«

»Tut mir leid. Ich habe nach oben geschaut und da war nichts.«

Eine Sekunde lang fragte sie sich, ob es eine Halluzination gewesen war. Dann brauchte sie sich nicht mehr zu fragen. Das Innere des Turms begann zum Leben zu erwachen. Aus den schneefarbenen Wänden lösten sich mit einem vielstimmigen Kreischen und Flattern fahle Albinovögel. Es war wie ein Sturm. Sie kamen von der Seite, durchquerten ausgerechnet das obere Drittel des Turms, in dem sie beide noch immer herumtrödelten. Die Tiere bildeten im Fliegen eine geschwungene Fläche, sodass es aussah, als wären sie nicht lebendig, sondern würden auf eine Leinwand projiziert, die leicht gewölbt war. Doch es gab weder eine Leinwand noch einen Projektor, obwohl Saya sich beides gewünscht hätte, denn dadurch hätte sich erklären lassen, dass die Vögel – Hunderte an der Zahl – aus der einen Wand kamen und Augenblicke später in der anderen wieder verschwanden.

Doch projizierte Vögel verursachten keinen Flügelschlag. Saya spürte die Luftbewegungen, erneut streifte sie etwas, diesmal an der Stirn, und kurz darauf verhakte sich ein krallenbewehrter Fuß einen Lidschlag lang in ihrem Haar. Auch Kaito duckte sich, als eines der Tiere ihn mit einem Flügel am Hinterkopf traf.

Das Ende des Schwarms tauchte in die Wand ein. Für die Vögel schien sie bloß ein durchlässiger Wall aus Nebel oder Gischt zu sein.

Geistervögel. Als ihr schauriges Kreischen verstummte, herrschte eisige, beklemmende Stille.

»Wir ... müssen reden«, keuchte Saya. »Ich habe noch eine andere Geistererscheinung gesehen. Gestern, in der Villa von ...«

»Wir müssen nicht reden, wir müssen hier raus«, entschied Kaito. Seine Stimme hallte von den soliden, keineswegs durchlässigen Wänden wider. »Runter, so schnell wie möglich!«

Saya war bereit, ihm den Vortritt zu lassen, aber davon wollte er nichts wissen. Sie schubsten sich einige unnötige Momente lang hin und her, bis über ihnen zwei, drei einzelne Vögel durch den Turm flogen – weiße Schemen des Grauens. Wenn Schwarz die Farbe des Todes war, war Weiß dann vielleicht die des Wahnsinns?

Sie kämpfte gegen die Panik an, indem sie kletterte wie besessen und sich auf die schnellen, einfachen Bewegungen konzentrierte, die sie retten sollten. Die Angst jedoch war überall in ihr, mitten in ihrem Herzen. Sogar ihre Fingerspitzen kribbelten.

Ihre Füße rutschten ab, nicht einmal, nicht zweimal, sondern ständig, und auch ihre Hände verweigerten die Zusammenarbeit. Als ob sie irgendetwas anderes, etwas Nutzloses wären, nicht Hände mit Fingern, die greifen konnten.

Die zweite Ebene von oben (die verflixt-noch-mal-wievielte war das von unten?) erreichte sie mit einem verwegenen Sprung, auf die nächste stürzte sie zu wie eine Katze, die man von einem Dach stößt. Vielleicht war sie mit allen vieren gleichzeitig abgerutscht. Vielleicht war sie gesprungen. Sie wusste es nicht und würde es nie wissen.

Beim Aufkommen geriet sie mit einem Finger so ungeschickt in ein Loch des Stahlgitters, dass sie ihn umknickte und ihr ein glühender Schmerz den ganzen Arm hinauf bis zur Schulter fuhr. Unter ihr flatterte ein weißer Schwarm auf. Sie zog die Hände aus dem Gitter, richtete sich auf, stützte sich an der Wand ab. Die Vögel stiegen auf, jagten von unten auf sie zu.

Kaito rief etwas, doch ihr Schrei übertönte ihn.

Die Vögel prallten von unten gegen das Gitter, krächzten in wütendem Protest. Saya schrie erneut. Die meisten der Tiere ließen sich fallen, sammelten sich in einer perfekten Welle zu einer senkrechten Ebene und tauchten gemeinsam in die Wand ein. Drei von ihnen verirrten sich wohl zufällig in die Öffnung, in der die Leiter steckte. Sie erreichten die nächste Plattform – die, auf der Saya und Kaito Zuflucht gefunden hatten. Vielleicht griffen die Vögel an, vielleicht schossen sie auch nur in wilder Panik umher – die Wirkung war dieselbe. Saya schlug ziellos um sich, und Kaito, der noch immer nicht von der Leiter gesprungen war, trat von oben nach ihnen, was aussah, als versuche jemand, mit den Schuhsohlen eine brennende Wiese zu löschen. Einen der Vögel traf ein Hieb von Saya, und er ging zu Boden, einen weiteren kickte der Junge durch die für diese Geschöpfe durchlässige Wand, der dritte entschwand zuerst aus ihrem Blickfeld und dann … irgendwohin. Saya begriff intuitiv, dass die Wesen die Wand nicht *passierten*, sondern davon aufgesogen wurden. Selbst wenn ganz Inogi sich um das Kraftwerk versammelt hätte, die Menschen würden nichts von dem mitbekommen, was sich in seinem Inneren abspielte.

Ihr war schwindelig, eine Art Höhenangst hatte von ihr Besitz ergriffen. Ihr Puls hämmerte und er fühlte sich nicht sehr gleichmäßig an, morste scheußliche Gedichte voller Irrsinn und Entsetzen durch ihren Leib.

Sie war bereits auf der nächsten Leiter, doch Kaito drängte sie zur Seite. Wollte er unter ihr sein für den Fall, dass sie stürzte? Oder kämpfte er mit ihr ums nackte Überleben wie ein Ertrinkender um das letzte Rettungsboot?

Es war eine dieser Fragen, die man am besten rasch wieder vergaß.

Eine Handvoll Vögel jagte durch den vertikalen Tunnel. Saya gab sich alle Mühe, nicht auf sie zu achten. Hände und Füße schienen die Leitersprossen nur noch flüchtig zu berühren, die Zwischenebenen bedeuteten nicht Sicherheit, sondern lästige Hindernisse.

Und irgendwann gab es keine Sprossen mehr, die Ebene war der betonierte Fußboden, die Tür stand erst einen Spalt, dann weit offen. Zu zweit strauchelten sie ins Freie und rannten, so schnell sie konnten. Der umgekehrte Schlund der Hölle hatte sie ausgespuckt.

Sie ließ sich ins Gras fallen, vielleicht zweihundert Meter von dem mittleren Kraftwerk entfernt, in dem sie dem Grauen begegnet waren. Ihre Augen, mittlerweile an das blendende weiße Licht gewöhnt, sahen ringsum nur Finsternis. Allmählich erkannte sie die sieben Türme, schließlich die Silhouette des Jungen. Kaito hatte schon früher angehalten, stand gebeugt da, die Hände auf die Knie gestützt wie ein Sportler, der sich ein wenig verausgabt hat. Nach einer kurzen Pause ging er zurück zum Kraftwerk, schloss die Tür, sah nicht hinein, lauschte nicht nach Flügelschlägen, drehte nur den Schlüssel herum und zog ihn ab.

Saya wollte ihm etwas zurufen, aber sie kam nicht dazu. Während ihr Blick von dem mittleren Turm zu den anderen schweifte, unsicher, ob die weißen Geistervögel die Wände nicht doch durchdringen würden, fing er zwischen den äußeren Kraftwerken auf der rechten Seite eine Bewegung auf. Keine Vögel – ein Mensch. Eine Frau in einem auffälligen hellroten Kleid lief, nein, hetzte in Richtung des äußeren Turms. Sie schien zu fliehen, aber nicht vor ihnen, auch nicht vor gespenstischen weißen Vögeln. Etwas Dunkles jagte in zwei Metern Höhe hinter ihr her.

Und dann erkannte Saya, vor wem die Frau davonlief. Es war ein Drachen, einer von der Sorte, wie Kaito einen besaß, ein schlichter dunkelblauer Ioka-Drachen, kaum sichtbar in der Dunkelheit der Nacht. Sein Pfeifen mischte sich mit dem Sirren der riesigen Rotoren. Eine Leine konnte Saya nicht ausmachen.

»Kaito-kun!«

Der Junge starrte sie an, ehe seine Blicke ihrem ausgestreckten Arm folgten. Die Frau rannte nahezu lautlos. Das Gras schluckte die Schritte ihrer vermutlich nackten Füße, und sie schrie nicht um Hilfe. Offenbar hatte das Grauen ihr die Kehle zugeschnürt.

»Was haben Sie?«, rief Kaito. »Warum laufen Sie weg?«

»Ein Drachen aus der Werkstatt deines Vaters«, informierte ihn Saya. »Er jagt sie.«

»Der entflohene Tako!«, brüllte Kaito, was immer er damit auch sagen wollte. Sie hasteten beide los, und Saya wunderte sich über ihren Mut. Ein von sich aus angreifender Tako wäre wahrhaftig Grund genug gewesen, sich aus dem Staub zu machen. Doch ein Teil von ihr hoffte immer noch, die Schnur des Drachens habe sich an der Kleidung der Frau verfangen und sie würde ihrem Verfolger mit ihrer Flucht selbst Auftrieb geben.

Als Kaito vorwärtspreschte, begann der Tako auf seinem Rücken zu flattern, so heftig, dass es in der Dunkelheit mehr als unheimlich aussah. Außerdem machte der Luftwiderstand dem Jungen zu schaffen, bremste ihn so stark, dass Saya rasch aufholte. Und plötzlich riss der Drachen sich los. Die an Kaitos Kleidung befestigte Leine spannte sich, der Tako wurde pfeifend emporgerissen, stieg einige Meter auf – wobei der überraschend starke Auftrieb den Jungen beinahe in den Himmel hob –, und dann löste sich die Leine von ihm, der Tako sackte etwas tiefer, begann einen unsteten Tanz, aber ...

... stürzte nicht auf die Wiese!

Der Drachen schlingerte ein, zwei Meter über dem Boden dahin, zu schwer, um aufzusteigen, zu leicht, um abzustürzen. Anstatt Kaito zu folgen, scherte er aus und schaukelte in Sayas Richtung. Die gekürzte Leine peitschte knapp vor ihrem Gesicht vorbei, einmal, zweimal. Beim dritten Mal gelang es ihr, sie zu ergreifen, so wie man nach der Leine eines ausgebüxten Hundes schnappt.

Sofort spannte sich die Schnur, der Tako schraubte sich empor, emporgetragen von Inogis magischem Wind.

Saya wusste nicht, wie ihr geschah. Sie bekam mit, dass die fliehende Frau strauchelte und fiel, dass Kaito sich ihr mit großen, kräftigen Schritten näherte. Und dass der Drachen in ihrer eigenen Hand sich irgendwie ... gut aufgehoben anfühlte.

Es war, als würde man in einer dunklen Gasse von einer Bande übler Typen angemacht, und plötzlich würde einem bewusst, dass man an der Leine einen Kampfhund hielt.

Saya ging langsamer, konzentrierte sich auf ihren Tako. Der andere Drachen, der sich rein äußerlich nicht von ihrem unterschied, stieß in diesem Moment auf die wehrlose Frau herab.

*Fass*, dachte Saya und stieß die Hand mit der Leine nach vorne, als würde sie ein Lasso werfen. Unbegreiflicherweise wurde der Drachen von dieser Bewegung tatsächlich mitgerissen, gewann an Schwung und stürzte sich pfeifend auf sein Ebenbild.

Atemlos beobachtete das Mädchen das Geschehen: Die beiden Drachen kollidierten. Kaitos Tako verpasste dem anderen einen Stoß, der ihn zur Seite schleuderte. Während die Frau in dem roten Kleid über die Wiese robbte, schossen wenige Meter über ihr die beiden Drachen erneut aufeinander zu. Sayas Mund stand offen. Eine unbegreifliche Macht floss durch ihren Arm in ihre Finger und führte den Drachen eisern. Mehr als einmal schien es, als wolle ihr fliegender Wachhund ausbrechen, wild über den Himmel jagen, seinem Freiheitsdrang nachgeben, doch Saya ließ es nicht zu. Sie lenkte ihn in die Attacken seines Gegners hinein, anfangs mit mangelndem Erfolg, aber mit jedem Manöver wurde sie sicherer.

Für Kaito hatte sie keinen Blick. Er stand wohl abseits, mischte sich nicht ein, und das war ihr recht so. Sie konnte für nichts garantieren. Der Faden in ihrer Hand schnellte bisweilen dicht über den Boden hinweg, so scharf und blitzartig, dass er einen Menschen ernstlich verletzen konnte. Solange Kaito und die Frau ihr nicht in die Quere kamen, konnte sie kämpfen.

Im Moment wollte sie nichts anderes als das. Nur kämpfen. Furcht empfand sie keine, nicht in diesen Sekunden.

Der gegnerische Drachen attackierte jetzt nicht mehr ihren Tako direkt, er verlegte sich darauf, in wahnwitzigen Schwüngen nach der Leine zu stoßen, um ihn von seiner Führerin zu trennen. Wo nahm ein Fetzen Stoff auf einem Bambusgerüst diese Schläue her? Andererseits: Woher kamen ihre Navigationskünste? Vielleicht steckte das alles in diesem Wind, vielleicht durchtränkte er diesen Ort einfach mit seinem Gift, das die Wirklichkeit zersetzte.

Plötzlich richtete die Frau im roten Kleid sich auf. Saya zog die Leine höher, um sie nicht zu verletzen, und in diesem Moment kam ihr Gegner herangewirbelt, beschrieb eine Bahn wie die Mähbewegung einer Sense. Es sah aus, als würde er haarscharf an der Schnur vorbeigleiten, doch eine Kante erwischte die Leine und kappte sie mit einem Laut, der sie an eine hohe Note auf dem Klavier erinnerte.

Ihr Tako sank herab. Wieder ging er nicht ganz zu Boden, ein Rest der unbegreiflichen Magie von Inogi verhinderte das, doch er taumelte und driftete dahin, ein schutzloses Opfer für den Angreifer.

Die Kontrahenten waren sich jetzt noch ähnlicher. Von beiden baumelte ein Stück Leine herab, keinen halben Meter lang. Saya stürzte auf den Platz zu, an dem die Drachen kämpften. »Weg!«, schrie sie der Frau im roten Kleid zu. Saya erkannte sie jetzt. Es war Kasumi. *Die* Kasumi. Was trieb sie hier draußen?

Saya musste mit ansehen, wie ihr Drachen einen Schlag abbekam, der sein Segel zerfetzte. Er schmierte ab, schlenkerte unkontrolliert vor ihrem Gesicht vorbei, bekam Bodenkontakt, überschlug sich. *Also ist es zu spät*, schoss es ihr durch den Kopf, und das, was vorher Hoffnung und Entschlossenheit gewesen war, wurde augenblicklich zu Enttäuschung und Angst.

Doch dann fiel ihr ein, dass es aller Wahrscheinlichkeit nach der Wind allein war, der das Unglaubliche möglich machte, nicht das Segel. Sie erreichte den beschädigten Drachen mit drei Sätzen, schnappte sich seine Leine, die im schwachen Mondlicht schimmernd auf ihm lag, zog mit Schwung daran und riss ihn in einer schrägen Bahn nach oben.

Es war, als führe sie eine Streitaxt. Der gegnerische Drachen kam von hinten auf sie zugeschossen, und es war, als kenne sie seine Position schon, ehe sie ihn bemerkte. Kaitos Tako – oder das, was von ihm noch übrig war – jagte genau in die Flugbahn des Feindes hinein.

Bambus krachte, Seide zerriss. Das Geräusch der aufeinanderprallenden Drachen war lauter, als es eigentlich sein durfte. Etwas, das mehr war als die Summe ihrer Bestandteile, wurde zerschmettert. Zuckend, zitternd, wie ein in Stücke geschnittener Aal, aber federleicht, tanzten die Trümmerteile zu Boden.

Saya schluckte. Die Leine entglitt ihren Fingern. Kasumi kam herangestolpert. Auch Kaito war jetzt bei ihr, legte seinen Arm um sie.

»Wir ... müssen reden«, ächzte Saya. »Jetzt können wir nicht mehr so tun, als wäre alles in bester Ordnung ...«

*

Auf ihrem Weg zurück zum Dorf taten Kaito und sie genau das, reden, aber es war kein zusammenhängendes, konstruktives Gespräch, es war das wirre Austauschen unbegreiflicher Informationen, ein Weg, sich zu erleichtern, die Panik zurückzuhalten, mehr nicht.

Kasumi sagte nichts. Vielleicht war sie öfters hier draußen. Vielleicht mochte sie die Nacht und die Stille. Und die Kraftwerke. Saya hätte das beinahe nachvollziehen können. Sie waren so schlank, so blass, so ... lebendig.

Und das war auch ihr Vater. Schlank, blass und lebendig. Saya musste erst noch damit fertig werden, dass sie jene Frau gerettet hatte, die ihrem Vater schöne Augen machte. Nicht dass Kasumi es deswegen verdient hätte, von dem Drachen getötet zu werden, aber ...

Saya plapperte über das, was Kaito und sie erlebt hatten. Sie erwähnte auch die Vögel im Inneren des Turms, worauf Kasumi zum ersten Mal den Mund aufmachte und in seltsam unpassender Weise bemerkte, Vögel seien etwas Wunderbares.

Überhaupt wirkte die Frau zerstreut, abwesend. Was an dem Schock liegen konnte. Aber nicht musste. Auch bei der Willkommensfeier hatte sie wenig oder gar nichts geredet. Wenn Saya sich recht erinnerte, hatte sie zur Begrüßung nur lächelnd genickt und später dekorativ herumgestanden, der stumme heimliche Mittelpunkt der Veranstaltung.

Saya war so tief in das Rätsel Kasumi versunken, dass sie kaum mitbekam, was Kaito von sich gab. Er erzählte von einem Zimmer, in dem sein Vater über Jahre hinweg Drachen eingesperrt hielt. In der letzten Nacht habe er die Tür geöffnet und die Tako seien ausgebrochen. Fast alle hätten sein Vater und er mit – verstand sie das recht? – einem Schwert, einem Messer und einem Baseballschläger erledigt. Ein Drachen aber sei entkommen, einen zweiten habe Kaito später unter dem Haufen zerstückelter unversehrt gefunden.

Vermutlich sprach er von dem, den er heute bei sich trug. Von jenem, den Saya eben geführt hatte wie eine Waffe oder mehr noch wie ein abgerichtetes Tier.

»Wir gehen zu mir«, stieß Kaito hervor. »Mein Vater schuldet mir einige Erklärungen. Uns.«

Saya schauderte. Mitten in der Nacht Ioka Sôyô aus dem Schlaf zu reißen, den verrückten Drachenbauer – das war das Letzte, was sie nach dem Grauen der letzten Stunde brauchte. Sie sah zu Kasumi hinüber. Diese Frau wirkte unbeeindruckt, das engelhafte Lächeln auf ihren schönen Lippen noch betörender als zuvor. Sie schien die Welt mit großen schüchternen, aber furchtlosen Augen zu sehen. Wie ein Kind, das sich vor Fremden zwar geniert, aber noch keine bösen Erfahrungen mit ihnen gemacht hat.

Sie eilten ins Dorf zurück, und jedes Mal, wenn Saya einen Blick hinter sich warf, waren die geisterhaften Türme ein Stück geschrumpft. Vom Horizont her zogen dicke Wolken auf, drängten sich vor den Mond und kündigten möglicherweise Regen an. Die Wolken kamen ihr viel zu schnell vor, selbst angesichts von Inogis magischem Wind. Es war, als handle es sich um Luftschiffe, die auf ihren Oberseiten ganze Städte und Landschaften trugen, so wie in den Animes, die sie gerne sah.

Die Gassen, durch die Kaito sie führte, sah sie zum ersten Mal. Sie waren enger und dunkler als jene, die sie gewählt hätte. Banner und Windsäcke flatterten auf den Dächern, und einmal berührte etwas ihr Gesicht, das sie an jedem anderen Ort der Welt für eine Fledermaus gehalten hätte. Sie passierten ein flackerndes Reklameschild. *Kaede Ryokan*, stand dort in abblätternden Zeichen – Gasthof zum Ahorn. Beim Nachbarhaus blieb Kaito stehen.

»Hier?«, flüsterte Saya. Ihre von der Leuchtreklame geblendeten Augen sahen nichts als eine Mauer und – als sie den Kopf in den schmalen Durchgang steckte – den undeutlichen Schatten eines Hauses. Kaito schob sie vor sich her in den Garten. Hier bewegte sich nichts in der Dunkelheit. Keine Windspiele, keine Fahnen, keine Drachen. Garantiert flugunfähiges Gerümpel lagerte in klobigen Haufen neben dem Haus, und Saya streifte Müllsäcke, die Entlüftung einer keuchenden Klimaanlage sowie ein nach Öl stinkendes Moped, ehe sie die Tür erreichten.

Ihr Herz versäumte einen Schlag. Im Türrahmen stand ein Mann, das Gesicht im Dunkeln, der Körper mit den langen, nervös zuckenden Armen von hinten beleuchtet.

»O-tô-san!« Kaito schien kaum weniger erschrocken zu sein als sie.

»Wo ist der Tako?«, zischte der Mann. »Du hast doch einen davon mitgenommen, nicht?« Er ruckte mit dem Kopf wie ein gehetztes Tier, und Saya erhaschte kurze Blicke auf sein Gesicht. Verzerrt war es, mit tiefen Falten, wie man sie bei Menschen sieht, die von chronischen Schmerzen gequält werden, die Augen winzig, die Haare strähnig und ungekämmt, das Kinn nachlässig rasiert.

Kaitos Stimme klang rau. »Der Drachen ist zerstört. Genauso wie der, der uns letzte Nacht ent…«

»Wer ist das?« Mit beiden Zeigefingern deutete der Mann auf Saya und mit einer der Fußspitzen ebenfalls. Eine überdrehte Geste, clownhaft, beunruhigend.

»Yokoi Saya«, sagte sie leise. »Hallo.«

Der Heftigkeit nach zu urteilen, mit der sich seine Miene verzerrte, musste er in dieser Sekunde einen Magendurchbruch erlitten haben. *Danke für das Kompliment, Herr Ioka,* dachte Saya zynisch. Sie hatte nicht gerade mit einer herzlichen Begrüßung gerechnet, aber ... was hatte sie ihm Unverzeihliches angetan?

Der Drachenbauer wollte offenbar etwas sagen, doch dann hüpfte sein Blick über hundert unergründliche Zwischenstationen – das Gerücht, er sei wahnsinnig, stand zweifellos auf einem stabilen Fundament – zu Kasumi hinüber, die neben Kaito auftauchte.

»Takeno-san!«, rief Ioka. »Was führt *Sie* hierher?«

»Das erklären wir dir«, erwiderte Kaito eilig, »aber nicht hier draußen. Bitte gehen wir ins Haus!«

Takeno?

Obwohl der Drachenbauer in diesem Moment den Weg in die Diele freimachte, stand Saya wie angewurzelt da. Takeno war Hitomis Nachname.

Das bedeutete doch wohl nicht ...

Nein!

Eine zufällige Namensgleichheit?

Wäre Kasumi etwas älter gewesen, hätte man sie glatt für Hitomis Mutter halten können, aber ...

Sayas Gedanken explodierten. Dieses Lächeln. Dieses unwiderstehliche Lächeln! Es hatte sie schon fasziniert, als sie Hitomi zum ersten Mal begegnet war, auf den Feldern vor dem Dorf, und Kasumis Lächeln war ... damit verwandt.

Um ehrlich zu sein, es war identisch.

Kasumi *musste* Hitomis Mutter sein. Sie war Mitte oder Ende dreißig, auch wenn ihre elfenhafte Ausstrahlung sie jünger machte. Mit Anfang zwanzig ein Kind zu bekommen, war nichts Außergewöhnliches.

Zuerst war Saya fassungslos, doch dann wurde sie ruhig. Ihr wurde einiges klar. Es gab einen Grund, warum sie sich beim letzten Treffen auf einmal vor Hitomis Lächeln gegruselt hatte. Das kam, weil sie es in der Zwischenzeit auf Kasumis Gesicht kennengelernt hatte. Auf Kasumis Gesicht, wo es alle betörte, vor allem die Männer. Sicher auch ihren Vater.

Sie verkrampfte ihre Hände ineinander. Mutete das Leben ihr da gerade nicht ein bisschen viel zu?

Wieder wurde sie geschoben. Kaito drängte sie vor sich her, so hektisch, dass es ihr wehtat. Ihre Blicke trafen sich, der ihre anklagend, der seine um Verständnis heischend. Sie wollte nicht aus den Schuhen schlüpfen und die Wohnung betreten, und doch tat sie es. Die Pantoffeln, die Kaito ihr hinschob, waren zerschlissen. An der Sohle des einen klebte ein Stück Stoff, das von einem Drachen stammen musste. Saya versuchte erst gar nicht sich vorstellen, was für ein Kampf hier gewütet hatte.

Als Kaito sie in ein dunkles Wohnzimmer stoßen wollte, hatte sie genug davon, herumgeschubst zu werden. Sie wich ihm aus und ging ein paar Schritte in den Korridor hinein. Zur Linken stand dort ein Klavier, viel zu wuchtig für diesen engen Flur. Sie musste an ihr eigenes Piano denken und ohne tieferen Grund, wahrscheinlich nur aus Trotz gegen die unsensible Behandlung, öffnete sie den Tastaturdeckel.

Mit der Linken griff sie einen einfachen Dreiklang und erwartete, den Akkord perlen zu hören, verzerrt vielleicht, falls das Piano lange nicht gestimmt worden war, aber ...

Da war nichts. Die Hämmerchen schlugen ins Leere.

»Keine Saiten«, knurrte Ioka, der sich an Kasumi und Kaito vorbei zu ihr vorgedrängt hatte. Er knallte den Tastaturdeckel zu. Im letzten Moment brachte Saya ihre Finger in Sicherheit.

Zunächst bestätigte dieser Vorfall ihre Meinung über Ioka. Wer einem Piano die Saiten zog, hatte nicht mehr alle Steine in der Mauer. Sofort tauchte jedoch etwas in ihren Gedanken auf, rot und schwankend und von klaustrophobischer Enge – Abes Laden. Das Tonband ihrer Erinnerung spielte die Stimme des fröhlichen, kugelbäuchigen Drachenbauers ab: »Die Chinesen bezeichnen die Drachen als Windzithern. Sie versahen ihre Drachen mit Saiten.«

Drachen mit Saiten.

Sie war lebendig gewordenen Drachen begegnet, solchen, die Menschen angriffen. Ioka und sein Sohn hatten ihnen ebenfalls gegenübergestanden, Drachen aus Seide und Bambus, aus *Haut und Knochen*, wie man im Drachenbauerjargon sagte. Saya brauchte sich nur vorzustellen, von Tako attackiert zu werden, an denen scharfe Zither- oder Klaviersaiten gespannt waren, und ihr Magen rollte sich zusammen wie ein Igel – aber die Stacheln waren nach innen gerichtet.

Wenige Augenblicke später saßen sie im Wohnzimmer auf einer schwarzen Couchgarnitur um einen schon etwas verkratzten Glastisch herum, auf dem Iokas Gattin zuerst dunkelblaue Stoffuntersetzer, dann weiße Teetassen platzierte. Die kleine, unscheinbare Frau trug einen grünen Schlafanzug mit lächelnden weißen Hello-Kitty-Köpfen. Saya wagte die Untersetzer, die wie Miniaturversionen von Iokas Drachen anmuteten, nicht anzusehen, aus Angst, sie könnten sich dadurch in die Luft erheben.

Auf der Couch hatte sich Ioka niedergelassen, auf den Sesseln saßen Saya und Kaito. Kasumi, für die kein eigenes Sitzmöbel mehr übrig blieb, setzte sich mit ihrem Feenlächeln neben den Drachenbauer. In Sayas Kopf *war* er das, ein Drachenbauer, und er würde es immer bleiben, auch wenn er jetzt als Kollege ihres Vaters arbeitete. Ihn sich in einer modernen Firma wie Hara Wind Power vorzustellen, fiel nicht leicht.

Kaito berichtete in erstaunlich nüchterner Weise über die Ereignisse der letzten Stunde, vom Spuk im Kraftwerk bis zum Kampf Tako gegen Tako. Er verschwieg dabei nicht, dass Saya den Drachen auf eine Weise geführt hatte, die mit den Gesetzen der Physik nicht erklärt werden konnte.

»Aber warum habt ihr beide euch denn mitten in der Nacht getroffen?«, fragte Kaitos Mutter verständnislos.

»Sie wird Inogi ins Unglück stürzen.« Ioka sagte das – wer sonst? Er saß weit vorgebeugt, das Kinn beinahe auf den Knien, und wippte voller Unruhe so heftig auf der

Couch, dass die zierliche Kasumi neben ihm regelrecht auf und ab hüpfte. Seine Gesichtsmuskeln zuckten dabei, und er sah aus, als brauche er dringend eine Zigarette oder einen Drink. Letztes Jahr hatte sie während eines Schulprojekts einen alten Spielfilm mit dem deutschen Schauspieler Klaus Kinski gesehen – von allen Menschen, die bislang ihren Weg gekreuzt hatten, kam Ioka Sôyô ihm am nächsten.

»Wer wird Inogi ins Unglück stürzen?«, stieß Saya hervor.

»Du.« Seine Blicke bohrten sich in die ihren, zuckten zur Seite, kehrten wieder zu ihr zurück und stießen erneut in die noch qualmenden Bohrlöcher. »Du und dein verfluchter Vater.«

Kaito sah ihn erschrocken an. »O-tô-san!«

Saya, die nicht mit dieser offenen Konfrontation gerechnet hatte und für einen Moment mit dem Impuls rang, aufzuspringen und aus dem Haus zu stürzen, sagte sich, dass der Mann offenbar Angst vor ihr hatte, wenn er solche Dinge von sich gab. Und wenn er Angst hatte, dann war sie die Stärkere von ihnen beiden.

»Können Sie mir verraten, wovon Sie reden?«, fragte sie betont langsam und höflich.

»Wozu sollte ich das?«

Saya versteckte ihre zitternden Hände unter den Schenkeln. »Weil ich nun einmal hier bin vielleicht?«

»Ich habe dich nicht eingeladen. Was ist das überhaupt für ein Benehmen, mitten in der Nacht in ein fremdes ...«

Ein Dröhnen ließ sie alle zusammenfahren, selbst

ihn, ihn am allermeisten. Es hatte gedonnert. Ein Gewitter? Saya hatte die heranziehenden Regenwolken wahrgenommen, aber von einem Unwetter war nichts zu sehen gewesen. In der Stille, die auf den Donner folgte, tauchte nach einigen Sekunden das schüchterne Pling-Pling von fallenden Regentropfen auf, wurde rasch dichter und ging schon bald in ein heftiges Rauschen über. Ein Wolkenbruch.

»Es ist zum Wahnsinnigwerden!«, brüllte Ioka. »Jetzt kann ich dich nicht einmal nach Hause schicken. Ich bin mit dir gefangen in diesem engen Haus. Elf Jahre lang war ich mit den Drachen hier eingeschlossen, konnte das Haus nicht einmal verkaufen, weil ich sicherstellen musste, dass niemand sie befreit, und jetzt, da ich sie mir endlich vom Hals geschafft habe, kommst du, dringst in mein ... mein Heim ein und ...«

»Ich habe nur eine einzige Frage«, unterbrach ihn Saya. »Wenn Sie sie beantwortet haben, laufe ich nach Hause, ob es regnet oder stürmt.« Sie klang entschlossen und beinahe todesmutig. Es gefiel ihr.

»Lügen!«, schrie Ioka.

»Schatz«, sagte seine Frau leise, die eben den Tee brachte, und legte ihm eine Hand auf die Schulter.

Saya räusperte sich den Hals frei. »Erzählen Sie mir die Geschichte vom blutigen Drachen!«

Frau Ioka verschüttete Tee, und selbst Kasumi schien plötzlich das Lächeln verlernt zu haben. Ioka dagegen lachte, aber es stand ihm nicht und wirkte überzogen. Er schüttelte sich, griff nach der Teetasse, setzte sie wieder ab, trommelte sich auf die Knie.

»Einverstanden«, sagte er dann, und es klang nicht mehr so scharf. Fast schien es, als habe Saya ihn mit ihrer Forderung besänftigt. Als hätte sie die einzige Frage gestellt, die ihr zustand. Die er ihr in seiner Gnade gestattete. »Die Geschichte ist sehr alt, sehr kurz.«

»Ich liebe einfache Melodien und einfache Geschichten«, meinte Saya im Plauderton.

»Ich habe mit keiner Silbe behauptet, dass sie einfach ist. Ich sagte, sie ist alt und kurz.«

Saya senkte den Kopf.

»Zu einer Zeit, die in der Geschichte nicht näher spezifiziert wird«, Ioka starrte auf die Tischkante, »kommt ein Fremder nach Inogi. Es wird gewöhnlich so getan, als handle es sich um die Vergangenheit, um etwas, was geschehen und vorüber ist, aber genau genommen könnte es auch die Zukunft sein. Oder die Gegenwart.« Er hob den Blick und sah mehr denn je wie ein von Wahn Getriebener aus. »Der Fremde – und vielleicht ist es ja auch eine Sie – staunt über die Schönheit der Tako, über die Geschicklichkeit der Menschen im Umgang mit ihnen, und eines Abends, als die Sonne eben untergegangen ist, entdeckt er am Himmel einen großen, wunderschönen Drachen. Dieser Drachen führt einen Tanz auf, wie der Fremde nie einen gesehen hat, lebendig, ausdrucksvoll, voller Grazie und Harmonie. Der Fremde beschließt der Leine zu folgen, um den Menschen zu finden, der den Drachen führt. Es ist, als würde man einem Regenbogen folgen. Die Leine bringt ihn weit aus dem Dorf hinaus, er überquert Wiesen, Bäche, Wege und er gibt nicht auf, denn allmählich neigt sich die Linie der Drachenschnur dem Boden entgegen. Immer wieder glaubt er etwas Feuchtes auf seinem Haar zu spüren, als fielen vereinzelte Regentropfen. Doch der Himmel ist frei von Wolken. Als die Leine zum Greifen nahe ist, erkennt er ihre rote Farbe, und zu seiner Überraschung stellt er fest: Eine zähe Flüssigkeit rinnt in dicken Tropfen von der Schnur herab. Die Leine ist voller Blut.«

»Ich mag die Geschichte nicht«, wisperte Kasumi kaum hörbar. Sie kuschelte sich in ihre Ecke der Couch und schien zu frieren.

»Wenngleich die Entdeckung den Fremden beängstigt, treibt die Neugier ihn weiter. An der Stelle, an der sich die Leine dem Boden nähert, steht ein Schatten. Er nähert sich dem Schatten. Erst als er bis auf einen Schritt an ihn herangekommen ist, erkennt er das Gesicht des Drachenführers. Es ist sein eigenes. Am Ende der Drachenschnur, die Arme bis hinauf zu den Ellbogen besudelt mit dem immerzu herabtriefenden, niemals versiegenden Blut, steht niemand anderes ... als er selbst.«

»Das ist alles?«

»So lautet die alte Geschichte.«

Saya biss sich auf die Lippen. Während sie ihm zugehört hatte, war ihr kälter und kälter geworden. Sicher, eine Schauergeschichte hatte schaurig zu sein, doch das allein war es nicht, was sie mit Grauen erfüllte und ihr eiskalten Schweiß aus allen Poren trieb.

Sie hatte Iokas Stimme wiedererkannt! Mit jedem Wort, das er sprach, hatte sich die Ahnung zur Gewissheit verdichtet. Sie hörte diese Stimme heute Nacht nicht zum ersten Mal!

»Sie sind es, der meinen Vater mit Drohanrufen quält!«, platzte sie heraus. »Es ist *Ihre* Stimme und es sind *Ihre* abstrusen Hirngespinste. Sie versuchen ihn aus dem Dorf zu ekeln! Als Kollege war es Ihnen ein Leichtes, seine Handynummer auszuspionieren.«

Kaito starrte ihn konsterniert an. »Ist das wahr?«

»Wozu sollte ich es leugnen?«, gab Ioka mit schlecht gespielter Gelassenheit zurück. »Yokoi Sadahiro ist der Fremde aus der Geschichte. Und wenn er es nicht ist, dann ist es seine Tochter. So oder so, der blutige Drachen wird kommen, um sie zu bestrafen.«

»Moment!«, schnappte Saya. »Bestrafen wofür? Der Fremde in der Geschichte hat nichts Böses getan. Es ist nicht die Rede davon, dass er etwas stiehlt, jemanden betrügt oder auch nur seine Nase in Dinge steckt, die ihn nichts angehen. Er kommt, bestaunt die Drachen und ...«

»Vielleicht stiehlt er einen Menschen«, warf Ioka scharf ein.

Kaito und Saya sahen sich an.

»Saya wird beim Drachenfest antreten«, bemerkte Kaito. »Sie hat Talent. Mehr als Talent. Die Drachen gehorchen ihr.«

*Ich trete an?*, dachte Saya. *Aha. Gut zu wissen.* Aber wenn sie ganz ehrlich war, hatte sie sich längst darauf eingestellt. Sie wollte es, weil Kaito es wollte.

Ioka ballte die Fäuste und sah aus, als würde er sie gleich auf den Glastisch herabsausen lassen. »Wenn sie antritt, wird Inogi zerstört werden. Überall wird Blut sein, alles wird ...«

»Das ist es!«, rief Saya. »Was Sie uns weiszumachen versuchen, glauben Sie doch selbst nicht! Sie wollen uns nicht vor der Strafe des blutigen Drachens warnen. Wir haben nämlich nichts getan, was eine Strafe verdient. Es ist umgekehrt – Sie fürchten uns! Sie schlottern vor Angst bei dem Gedanken, mein Vater und ich könnten dem Dorf Unglück bringen, ein Monstrum wecken vielleicht. Ein Monstrum, das Sie aus alten Legenden und aus Ihren wirren Albträumen kennen! Den blutigen Drachen!«

»Geh!«, donnerte Ioka. »Verschwinde aus meinem Haus!«

Kaito stand nun ebenfalls auf und ergriff Sayas Hand. »Wenn du sie bei diesem Regenguss hinauswirfst, begleite ich sie«, zischte er, »und komme nie wieder zurück.«

Ioka bebte. Dann fiel er in sich zusammen. »Meinetwegen«, brummte er. »In deinem Bett ist Platz für zwei.«

Kaitos Mutter, die Iokas Ausbrüche die ganze Zeit über mit der ruhigen Bitterkeit einer Frau beobachtet hatte, die schon lange Zeit mit einem Geisteskranken verheiratet ist, sah nun erstmals wirklich erschrocken aus. »In seinem Bett?«

Saya errötete unter ihrem Blick. »Ich mache mich auf den Heimweg«, erklärte sie mit gedämpfter Stimme. »Das bisschen Regen …«

Kaito flüsterte in ihre Richtung: »Kommt nicht infrage! Hast du nicht gehört, was ich eben geschworen habe? Wenn du jetzt gehst, muss ich mein Elternhaus für immer verlassen. Zwing mich nicht dazu. Ich schlafe hier auf der Couch. Dann hast du mein Bett für dich alleine.«

Saya war es, als drehe sich der Raum um sie. Sie spürte, dass Kaito sie festhielt, aber seine zurückhaltende, scheue Umarmung bot ihr keine Sicherheit. Als Ioka und seine Frau lautstark zu argumentieren begannen, trat sie einen Schritt zurück, zog ihn mit sich und wisperte ihm ins Ohr: »Bitte lass mich nicht alleine …«

*

Kaito lag in seinem Bett und Saya auf einem ausgebreiteten Gäste-Futon daneben. Zwischen ihnen war eine Distanz von einem Meter, vielleicht weniger. Falls sie sich dazu durchrangen, könnten sie sich die Hände reichen. Unter diesen Umständen und nach diesen Erlebnissen und Gesprächen konnte man Schlaf getrost vergessen. Saya wusste nicht, was sie zuerst denken oder fühlen sollte. Immer wieder überdeckte die unerträgliche Nähe des Jungen alle Grübeleien, alle Emotionen.

*Wenn wir älter wären*, dachte sie, *uns länger kennen würden, dann könnten wir uns in den Arm nehmen und einfach nur wissen, dass wir füreinander da sind.* So waren sie sich ebenso fern wie nahe, tausend Mauern standen zwischen ihnen, und die höchste Mauer war nicht die kranke Feindseligkeit seines Vaters, das Entsetzen seiner Mutter über die räumliche Nähe ihrer Nachtlager, auch nicht die dumme alte Gruselgeschichte vom blutigen Drachen – die höchste Mauer bestand darin, dass sie Kaito mochte und nicht wusste, wie sie damit umgehen sollte. Liebe war viel schlimmer, schwieriger, aufreibender als Hass.

Wie man hasste, das hatte man im Lauf der Jahre irgendwie gelernt. Aber wie liebte man?

Der Regen prasselte, als wolle er sie alle wegschwemmen, was eventuell nicht die schlechteste Lösung gewesen wäre. Kaum lagen sie eine Zeit lang nebeneinander, lauschten ihren Atemzügen und starrten an die Decke, da schlich sich Helligkeit in den Raum.

Der Tag brach an.

Und das konnte nun wirklich nicht sein! Auch wenn seit ihrem spätabendlichen Treffen am Dorfrand viel geschehen war – es konnten insgesamt nicht mehr als zwei, drei Stunden vergangen sein.

Doch der Tag brach an, ob es einen Sinn ergab oder nicht, und während sie darüber nachsann, ob sie ihre Verliebtheit oder den magischen Wind dafür verantwortlich machen musste, wurde es zusehends heller, wenn auch nicht so hell wie sonst, denn es kamen noch mehr Wolken, noch mehr Regen.

Es war ihr gestern schon aufgefallen. Jemand hatte der Zeit einen Stoß gegeben, sodass sie schneller ablief.

*Unmöglich*, wollte sie denken. Dann schloss sie mit sich einen feierlichen Pakt, diesen Begriff endgültig aus ihrem Wortschatz zu streichen.

Sie musste nach Hause. Ihre Eltern würden sich wundern, dass sie nicht zum Frühstück erschien, würden ihren Futon leer vorfinden. Ihre Armbanduhr zeigte bereits unfassbare acht Uhr zehn, und die Zeiger rasten. Der Regen hatte sich, wie es schien, etwas abgeschwächt. Jetzt war der richtige Moment aufzubrechen, ehe ihre Eltern eine Vermisstenanzeige aufgaben.

»Ich brauche einen Regenschirm«, vertraute sie der Stille des Zimmers an. Es waren ihre ersten Worte, seit sie sich verschämt eine gute Nacht gewünscht hatten.

»Kein Problem«, antwortete Kaito mit hellwacher Stimme. »Einen hat sich Kasumi-san für den Heimweg ausgeliehen, aber es sind noch genügend da.«

Ihr Magen knurrte, als sie eine Minute später (die von ihrer Uhr als halbe Stunde angezeigt wurde) aus dem Haus spritzte. Die Wolken hasteten über den Himmel, der Regen trommelte, die Gassen glänzten, und der schwarze Schirm, den Kaito ihr geliehen hatte, versuchte auszubrechen, doch Saya setzte ihr Tako-age-Talent ein, um ihn zu bändigen.

Sie hatte den verrückten Drachenbauer besucht. Und er war tatsächlich verrückt.

Verrückt vor Angst.

Sie, Saya, jagte ihm diese Angst ein.

Bedeutete das, dass sie nun auch Angst vor sich selbst haben musste?

*

Im strömenden Regen sah ihr Haus noch trostloser aus. Kâ-chan war ein Schemen hinter dem Fenster, der zur Tür huschte, als ihre Tochter näher kam. Saya kämpfte mit dem Regenschirm wie mit einem übergroßen Raben, der sich dagegen wehrte, eingefangen zu werden. »Ich will dich doch nur zusammenklappen, widerspenstiges Vieh«, knurrte sie ihn an. Und blickte in das doppelt verdutzte Gesicht ihrer Mutter.

»Wo kommst du her? Wo hast du geschlafen?« Allzu verständliche Fragen.

Saya, die noch immer mit dem aufmüpfigen Schirm rang, antwortete zerstreut mit der Wahrheit oder einem Teil davon: »Ich habe nicht geschlafen.«

Kâ-chans Augen wurden übergroß, ihre Wangen rot. Beides stand ihr gut, es machte sie jünger.

Endlich gab der Regenschirm auf und ließ sich fesseln. Saya blinzelte und strich sich die Haare aus dem Gesicht, die sich trotz des Schirms, allein von der enormen Luftfeuchtigkeit, zu feuchten Strähnen gebündelt hatten. »Es ist nicht, was du denkst.« Ein komischer Satz, so oft gehört, so oft gelesen. »Ich habe weiße Zaubervögel fliegen sehen und mit Drachen gekämpft. Wir haben Ka... eine Frau gerettet und den wahnsinnigen Drachenbauer Ioka besucht. Stell dir vor, er ist wirklich total durch den Wind!«

»Wovon redest du?«

»Wo ist Tô-chan?«

»In ... in der Firma. Du hast meine Frage noch immer nicht ...«

»Sind die Firmen in den Tagen bis zum Drachenfest nicht geschlossen? Wegen der Vorbereitungen?«

Ihre Mutter versperrte ihr den Weg ins Hausinnere, wollte sie anscheinend noch zur Rede stellen, doch als Saya sie sanft zur Seite schob, gab sie nach. »Mir hat er auch gesagt, er sei heute zu Hause. Aber es gibt wohl wieder etwas in den Kraftwerken ...«

*Etwas – das ist gut. Geister sind es. Sie kommen aus den Wänden und verschwinden wieder darin.* Die Vorstellung, dass ihr Vater vielleicht gerade einen der Türme betrat und in diesem Moment von den Vögeln angegriffen wurde, behagte ihr überhaupt nicht.

Hätte sie ihm mit dem Tako beistehen können? Hatten ihre Fähigkeiten Bestand? Hatte ihr Geschick im Umgang mit den Drachen noch irgendetwas mit Talent zu tun oder war es ein Zauberfluch, der auf ihr lastete? War Saya wirklich so mächtig, wie Iokas Furcht es nahelegte? War sie gefährlich?

Sie setzte sich an den Küchentisch, stocherte in kaltem Reis und sezierte mit großem Appetit einen marinierten Fisch. Dazu trank sie zwei Gläser Calpis, ein süßes Getränk auf Milchsäurebasis. Ihre Mutter setzte sich ihr gegenüber und musterte sie wortlos. Ihre anklagende Miene wurde Schritt für Schritt zu melancholischem Verständnis. Bevor sie in Richtung Mitleid abrutschen konnte, stand Saya auf.

»Ich bin müde«, sagte sie, und das stimmte. Die Uhr an der Küchenwand zeigte bereits halb zehn. Die Zeit raste noch immer.

»Ja, es ist besser, du schläfst dich erst einmal aus, Kind«, meinte ihre Mutter milde. *Kind* nannte sie sie nur selten. Eigentlich nie.

Saya verschwand in ihrem Zimmer, streifte die Kleider ab und kroch in Unterwäsche in den Futon, der noch immer ausgerollt auf dem Boden lag. Unter dem monotonen Rauschen des Regens, den man in diesem Haus so deutlich hörte, als würde er einem direkt auf die Schädeldecke prasseln, schlief sie fast augenblicklich ein.

In ihren Träumen flog sie über ein still daliegendes

Dorf. Am Verlauf der Straßen und an den gemächlich schwankenden Drachen und Bannern erkannte sie, dass es Inogi war. Doch etwas war nicht in Ordnung damit. Ihr Blick fiel auf merkwürdige Verwerfungen, die die Häuserreihen gegeneinander verschoben. Gebäude glitten auf die Straßen, Wege wurden geknickt und der Bach, der sich durchs Dorf zog, umspülte Häuser.

Noch während sie ruhig und ohne Hast über den Himmel trieb, erkannte sie, dass es sich um einen Traum handelte. Sie fragte sich, ob wohl die Empfindungen, die sie als Kleinkind bei dem großen Erdbeben in Kôbe gehabt hatte, nun an die Oberfläche kamen und diese fantastische Szenerie kreierten. Sie analysierte den Traum, während sie ihn träumte. Doch gleichzeitig spürte sie in sich die Gewissheit, dass die Welt, durch die sie schwebte, eine völlig andere Bedeutung hatte.

Sah sie Inogi, wie es wirklich war, schief und krumm, von Flüchen durchsetzt und von magischen Phänomenen verdreht? War jenes Inogi, das sie im wachen Leben zu sehen glaubte, nur eine Maskierung?

Sie erwachte mit dem Gefühl, nicht länger als eine Stunde geschlafen zu haben. Die Uhr jedoch behauptete, es sei fünf Uhr nachmittags. Nun gut, die Zeit war inzwischen nicht mehr, was sie einmal gewesen war.

Der Regen hatte sich zu einem harmlosen Nieseln abgeschwächt. Als sie in die Küche kam, saß Kâ-chan schon wieder am Tisch und blickte von einer Illustrierten auf.

»Wie fühlst du dich?«, fragte ihre Mutter besorgt.

»Gerädert.« Saya öffnete den Kühlschrank, starrte eine Weile hinein und schloss die Tür dann wieder, ohne etwas herausgenommen zu haben. »Kâ-chan, darf ich dich etwas fragen?«

»M-hm.«

»Findest du nicht, dass die Zeit unglaublich schnell vergeht?«

Ein ebenso warmes wie wehmütiges Lächeln kroch auf die Lippen ihrer Mutter. »Das stimmt. Die letzten fünfzehn Jahre sind nur so dahingeflogen. Eben warst du noch mein kleines Baby und jetzt bist du schon ... eine erwachsene Frau.«

Saya schüttelte müde den Kopf. »Ich bin keine erwachsene Frau. Ich bin fünfzehn. Ich meinte etwas ganz anderes. Es ist auch egal ...« Jetzt öffnete sie die Kühlschranktür erneut und fischte ein Yakult-Trinkjoghurt heraus. »Ich hatte einen verrückten Traum, weißt du?«

»Ich auch«, hörte sie ihre Mutter hinter sich murmeln.

»Ich bin über Inogi hinweggeflogen. Wahrscheinlich war ich kein Vogel, sondern ein Tako. Obwohl – da war keine Leine, und falls doch, dann habe ich sie nicht ... Jedenfalls ...« Ihre Schilderung musste sich wirr anhören. »Ich flog also über das Dorf und es war vollkommen ... verschoben ... Ich glaube, es bewegte sich sogar. Es ... wallte ... wogte ... wie eine Meeresoberfläche. Denkst du, das hat etwas mit Kôbe zu tun? Ich meine, ich war noch ein kleines Kind, als das Erdbeben ...«

Im Reden drehte sie sich zu ihrer Mutter um in der Erwartung, sie noch am Tisch sitzen zu sehen. Doch sie stand nun einen halben Schritt vor ihr und sah bestürzt aus, erschüttert.

»Was ist passiert?«, wollte Saya wissen.

»Ich hatte den gleichen Traum«, hauchte Kâ-chan.

Sayas Hand drückte den Joghurtbecher zusammen, dass er knackte. »Du hattest …? Aber du hast doch gar nicht geschla… Ich meine …«

»Letzte Nacht. Die Straßen … sie passten nicht mehr zusammen, und der Bach … er …«

Saya wollte etwas sagen, brachte aber kein Wort heraus. Ihre Mutter und sie hatten das Gleiche geträumt, das war nicht nur eine weitere Ungeheuerlichkeit in der mittlerweile beachtlichen Liste von Ungeheuerlichkeiten, es gab dem Traum auch ein ganz anderes Gewicht.

Hatten sie die Zukunft gesehen? Ein Inogi, wie es bald sein würde? Ein Inogi, das einem Erdbeben zum Opfer fiel?

Saya nahm die Hand ihrer Mutter. »Es geschehen unerklärliche Dinge«, sagte sie mit Trost in der Stimme, den sie selbst mindestens ebenso nötig hatte. »Aber wir werden schon noch herausfinden, was sie zu bedeuten haben.« *Ha! Wie sollen wir das bewerkstelligen?* »Bisher ist ja niemand zu Schaden gekommen.« *Nur Kasumi hat ein paar Kratzer abbekommen, und das ist nicht das Schlechteste, was?* »Wir dürfen uns jetzt keine Panik leisten. Denken wir in Ruhe nach!« *Und woher sollen wir die Ruhe nehmen, vor dem Hintergrund einer dahinpreschenden Uhr?*

Die Zeiger waren schon fast auf sechs Uhr vorgerückt. Ihr harmloses Gespräch hatte eine knappe Stunde gedauert! Die Dämmerung war längst angebrochen.

Es war ein Albtraum. Das Schicksal, das ihnen damals in Kôbe gnädig gewesen war, das einige ihrer Nachbarn getötet, sie aber verschont hatte, schloss jetzt seine Krallen um sie.

»Übrigens«, bemerkte ihre Mutter. »Tô-chan ist nach Hause gekommen, kurz bevor du aufgestanden bist. Er müsste oben in dem kleinen Zimmer sein.«

In dem Raum also, in den die Drachen einschlugen. Kamen sie auch von Ioka? Vermutlich nicht. Der Mann hatte maßlose Angst vor Drachen. Sie hatten noch einen Feind, vermutlich sogar Hunderte davon. Würden sie das Erdbeben nach Inogi bringen, weil sie damals in Kôbe nicht dabei ums Leben gekommen waren? Eine abstruse Hypothese, aber es war wenigstens eine.

Natürlich passten die Drachen nicht in diese Theorie und die Vögel nicht und die seltsame Erscheinung in Torayamas Villa schon gar nicht.

Saya rannte die Treppe hinauf, die mitten in den Raum führte, der sich ganz alleine erster Stock schimpfen durfte. Als sie ihren Kopf durch den Fußboden steckte, war ihr Vater gerade damit beschäftigt, etwas in seiner Gesäßtasche verschwinden zu lassen – was umso schwieriger war, als er auf eben dieser Tasche saß. Die Hektik, mit der er das zusammengefaltete Papier vor ihren Augen zu verbergen versuchte, war mit keinem Lächeln der Welt zu kaschieren.

»Hoppla«, machte sie. »Du bist der zweite Mann in den letzten vierundzwanzig Stunden, der ein Stück Papier in der Hand hält und rote Ohren bekommt.«

»Was ... was meinst du damit?« Seine Ohren färbten sich jetzt tatsächlich rot.

Saya hievte sich ins Zimmer und lümmelte sich auf

den Boden. »Beim ersten Mann war es ein Flyer, der ihn aus der Fasson brachte, mit einer hübschen Dame in gewagter Garderobe drauf. Ich nehme an, bei dir handelt es sich um einen Steuerbescheid.«

Yokoi Sadahiro schluckte. Und erfand dabei eine neue Geste. Er hielt sich die Hand vor den Adamsapfel, damit man sein Schlucken nicht sehen konnte. Das Mädchen fand, dass ihr Vater gerade ein ziemlicher Trottel war.

»Hallo ... Saya-chan«, stammelte er. Er hätte spielend leicht das Thema wechseln können, wenn er sie mit väterlicher Strenge auf ihr unverzeihliches minderjähriges nächtliches Fernbleiben angesprochen hätte, doch das schien ihm nicht einmal in den Sinn zu kommen.

»Herzeigen!«, forderte Saya, hart wie ein Pauker.

»Saya, ich weiß gar nicht ...«

»Raus damit! Ich werde dir schon nicht den Kopf abreißen!«

Ihr Vater musste ein bisschen lachen und zupfte das Papier aus der Hosentasche. Bei der erfolgslosen Vertuschungsaktion hatte er es ziemlich zerknittert, was ihm nun leidzutun schien. Noch bevor es auf ihrer herrisch vorgestreckten Handfläche landete, konnte sie sehen, dass es ein Prospekt war. Womöglich der gleiche, den auch Kaito ihr gezeigt hatte? Nein, dieser hier war in hellgrüner Farbe gehalten und präsentierte auf dem Titelblatt groß das Logo von Hara Wind Power. Ein Werbeblatt für die Firma ihres Vaters.

In Saya keimte Enttäuschung auf. Wahrscheinlich handelte es sich um einen Entwurf, den auf strikte Anordnung der Firmenleitung hin noch niemand sehen durfte. Deshalb hatte ihr Vater ihn vor ihr verbergen wollen. Langweilig. Keine echte Dramatik.

Dennoch klappte sie das Faltblatt auf.

Und wünschte sich plötzlich, sie hätte es nicht getan.

Sie hatte ein Bild im DIN-B4-Format vor sich, ein Bild von einem Windkraftwerk, weiß und strahlend unter einem tiefblauen Himmel, und dahinter, kleiner, weitere sechs davon, veredelt von einem sanften Weichzeichner, der sie weniger kalt erscheinen ließ. Das Foto war aus der Maulwurfsperspektive geschossen, sodass die Kraftwerke unendlich weit in den Himmel zu ragen schienen, und an den Turm gelehnt stand – durch die Perspektive riesengroß – Kasumi.

*Die* Kasumi.

Hitomis elfengleiche, schweigsame Mutter.

Kasumi trug ein wallendes Gewand, das besser ins Schlafzimmer oder in eine Parfümwerbung gepasst hätte, ein duftiges Negligé, rosafarben und durchscheinend. Ihre Figur malte sich darunter ab, sie hatte die leicht angewinkelten Arme wie eine Tänzerin abgespreizt, den Kopf graziös zur Seite geneigt, dazu das verträumte Lächeln auf den Lippen, das sie nicht zu spielen brauchte.

»Ich glaube das nicht!«, keuchte Saya. »Kasumi modelt für den Hara-Wind-Power-Prospekt!«

»Tja«, sagte Tô-chan.

Bis zu diesem Moment war alles nur ein Spaß gewesen, Sayas Erstaunen zwar echt, aber ein bisschen übertrieben, um die Situation witziger zu machen. Im Grunde bedeutete dieser Prospekt nichts, gar nichts, außer dass ihre Mutter noch eifersüchtiger werden würde, wenn er ihr unterkam. Dann hob Saya den Blick und sah den Ausdruck auf dem Gesicht ihres Vaters.

Und auf einmal war die Situation ernst.

»Du … bist verknallt in diese Kasumi«, presste sie hervor.

»Verknallt, verknallt«, protestierte ihr Vater, kaum hatte sie es ausgesprochen. »Ich weiß nicht, ob man das so nennen darf! Ich …« Er brüllte die Worte beinahe und senkte nun erschrocken die Stimme. »Kannst du ein bisschen leiser reden?«, bat er sie flüsternd.

»Ich rede leise«, verdrehte sie die Augen. »Wenn du nicht *verknallt* dazu sagen willst, wie dann? Mach einen Vorschlag!«

Tô-chan machte keinen Vorschlag. Er wurde still und zog sich in sich zurück. Saß zusammengekauert da wie diese neugeborenen Schnecken in ihren zerbrechlichen, durchsichtigen Häuschen.

»Es ist ihr Lächeln, stimmt's?«

»Ich weiß nicht, was es ist.« Er nahm zwei der leeren Schokoladenschachteln, die noch immer herumlagen, und versuchte sie zu stapeln. »Wenn … wenn wir uns über den Weg laufen«, begann er, »dann ist es, als würden … Zahnrädchen ineinandergreifen oder …«

»… als würde etwas einrasten und sich verhaken.«

Vater blinzelte. »Habe ich das eben gesagt?«

»Nein, das war ich. Du … du weißt doch, dass Hitomi Kasumis Tochter ist, nicht?«

»Das Mädchen, mit dem du Tako-age geübt hast?«

»Hat Kasumi nie von ihr gesprochen?«

»Kasumi … redet nicht viel.«

Ja, richtig, wie konnte sie das vergessen? Saya atmete tief ein. »Dieses Gefühl, das du bei Kasumi hast, das kenne ich. Ich hatte es schon mehrmals, und zwar nicht bei dem Jungen, bei dem ich heute Nacht … ich meine …«

Der Umstand, dass sie nicht zu Hause geschlafen hatte, schien ihm erst jetzt bewusst zu werden. »Du hast bei einem Jungen übernachtet?« Er war nicht entsetzt und schon gar nicht wütend, nur ein wenig überrascht.

»Nur übernachtet«, betonte sie und fügte sehr erwachsen hinzu: »Für alles andere kennen wir uns noch nicht gut genug. Egal! Das Gefühl, von dem du sprichst, hatte ich bei Hitomi. Und zwar bevor ich sie richtig gesehen oder auch nur ein Wort mit ihr gewechselt hatte. Es war, als wären wir miteinander verbunden, ganz gleich was wir darüber denken, ganz gleich ob wir uns mögen oder …« Sie stockte. »Oder nicht mögen.«

»Ich verstehe nicht. Ist Hitomi nun deine Freundin oder nicht?«

»Ich denke, das, was uns verbindet, ist vielleicht etwas anderes als Freundschaft.«

»Und was?«

»Man könnte es Schicksal nennen.« Sie hob die Schultern. »Und wahrscheinlich ist es bei dir und Kasumi genauso. Du denkst, es ist Liebe, aber in Wirklichkeit hat euch nur das Schicksal füreinander bestimmt. Äh … was ich damit … eigentlich sagen wollte, ist … ist …«

Sie verhedderte sich, und er sah sie sehr milde an. Nicht so, als würde er sie nicht ernst nehmen. Er sah sie an, wie ein Vater seine Tochter ansieht, die er liebt, die er schätzt, auf die er stolz ist und die dennoch durch

Welten von ihm getrennt ist, einfach weil sie nicht seine Lebenserfahrung und sein Alter hat. Er machte ihr das nicht zum Vorwurf, aber es schien ihn zu schmerzen, dass er mit ihr nicht auf gleicher Augenhöhe reden konnte.

Saya beschloss, nichts Kindliches zu sagen wie: Werdet Kâ-chan und du euch jetzt scheiden lassen? Werde ich zwischen euch wählen müssen? Stattdessen fragte sie sachlich: »Wie habt ihr euch eigentlich kennengelernt, du und Kasumi?«

»Sie mag die Kraftwerke. Sie ist fasziniert von ihnen.«

»Wie du.«

»Es war unvermeidlich, dass wir uns ... begegnen.«

Ihre Mutter hatte nichts für die Kraftwerke übrig. Ein weiterer Minuspunkt für sie, neben Kasumis jugendlicher Ausstrahlung, ihrem bezaubernden Aussehen und dem *Klick-Gefühl*, das entstand, wenn ihr Vater und sie sich begegneten. Das Schlimme war: Sie konnte ihm überhaupt nicht böse sein, obwohl sie ihm böse sein wollte, schon Kâ-chan zuliebe. Aber diesem Gefühl des *Zusammenpassens* konnte man sich nicht entziehen. Es musste so sein wie mit ihr und Hitomi. Obwohl Hitomi sich ihr gegenüber unfair verhalten hatte, musste sie immerzu an sie denken. Sie wollte sie als Freundin, unabhängig davon, wie sie war, was sie sagte und tat. War das nicht verrückt?

Saya hätte ihrem Vater zu gerne von letzter Nacht berichtet, von den Vögeln im Kraftwerk, von dem emotionsgeladenen Gespräch mit Ioka, vor allem aber davon, wie sie Kasumi vor dem Angriff des Tako gerettet hatte.

Es ging nicht. Ihr fiel keine Eröffnung ein, um die fantastischen Ereignisse zu schildern.

Es war ihr nicht schwergefallen, Ioka davon zu erzählen. Vielleicht weil sie ahnte, dass er sie verstehen würde, umso mehr, als er ganz offensichtlich einen Knall hatte.

Nein, diese Erklärung stimmte nicht! Sie hatte es Ioka deshalb erzählen können, weil es ihr nichts ausmachte, ob er ihr glaubte oder nicht. Wenn ein Kind seinen Eltern etwas erzählt, dann erwartet es, dass sie ihm glauben, mehr noch, es verlangt, dass sie es tun.

Und es ist zum Schweigen verdammt, wenn es ahnt, dass sie ihm nicht glauben werden.

*Wenigstens können wir miteinander über Liebe reden*, dachte Saya und fühlte sich in seiner Gegenwart geborgen. Für ein paar Minuten war es, als hätten sie Liebeskummer, sie beide, und obwohl das nicht ganz stimmte, war es ein gutes Gefühl, denn es beschäftigte sie und ließ sie vergessen, dass sie eigentlich ganz andere Probleme hatten.

Ihre Wirklichkeit brach nämlich zusammen.

*

Das Telefon klingelte und Kaito war dran. Er rief an, um sich bei ihr zu entschuldigen, und zwar für das Verhalten seines Vaters. Als Antwort sagte Saya Dinge wie: »Warten wir ab, bis wir wissen, wovor er Angst hat und ob seine Angst nicht begründet ist.« Was sie damit ausdrücken wollte, wusste sie selbst nicht genau. Sie zog das Gespräch in die Länge in der Hoffnung, Kaito würde ihr früher oder später gestehen, dass er sie mochte und nur deswegen angerufen hatte, doch ihr Dialog entwickelte sich ganz und gar nicht in diese Richtung, und irgendwann ließ sich der Small Talk nicht mehr aufrechterhalten. Sie legte erschöpft auf, verkrümelte sich in ihr Zimmer.

Dort breitete sie einen Stapel Notizzettel auf dem Boden aus, zog drei verschiedenfarbige Kugelschreiber aus ihrem Mäppchen und war fest entschlossen, jede Merkwürdigkeit der letzten Tage niederzuschreiben inklusive des Traumes, den sie und ihre Mutter teilten, dann die Mosaiksteine so lange auszutauschen und neu anzuordnen, bis ein gemeinsamer Nenner auftauchte. Sie schwor sich, nicht verbissen nach rationalen Erklärungen zu suchen, sondern von vornherein Magie als Lösung zu akzeptieren.

Während des Aufschreibens fielen ihr ständig neue Punkte ein: War es nicht ungewöhnlich, dass ihre Möbel nicht kamen? Musste man das nicht zu den fantastischen Phänomenen zählen? Oder ein anderer Punkt: Wenn ihr Vater mit Kasumi das Gleiche erlebte wie sie mit deren Tochter Hitomi, warum waren dann alle anderen Leute im Ort ebenfalls verrückt nach Kasumi? Was verband die Yokois mit den Takenos? Welches Band spannte sich zwischen den beiden Familien? Wenn Saya einst Kinder haben würde und Hitomi auch, würden diese Kinder dann das Gleiche füreinander empfinden? Würde etwas einrasten, wenn sie sich gegenüberstanden?

Am liebsten hätte sie mit Hitomi einen neuen Anfang gemacht, die Spannungen vergessen. Beinahe noch mehr als nach einem Treffen mit Kaito sehnte sie sich nach einem klärenden Gespräch mit Hitomi.

Die Uhr raste weiter, Saya zerknüllte die Zettel, beförderte sie in den Papierkorb und machte sich fertig für das abendliche Bad. Abes Tako-Tako deponierte sie in einer Abstellkammer. Sie ertrug es nicht mehr, mit dem Drachen zusammen in einem Raum zu schlafen. Drachen konnten lebendig werden.

*

Der folgende Tag war Dienstag, der 28. April – noch drei Tage bis zum Beginn des Drachenfests. Der Regen hatte sich am Montagabend gelegt, und der verlässliche Wind von Inogi blies während des Vormittags die letzten Wolkenfetzen vom Himmel. Überall starteten die Vorbereitungen für das Fest. Eine Tribüne wurde aufgebaut, der Parcours abgesteckt, ein Flussufer abgesperrt, der Ablauf koordiniert, Aufgaben delegiert. Auf den Wiesen rund um Inogi wimmelte es von Menschen. Jung und Alt beteiligten sich an den Arbeiten, und Saya, die diesmal ohne Tako einen Spaziergang unternahm, bekam einen ersten Vorgeschmack auf den Trubel, der sie während des Festes erwarten würde.

Es herrschte Hektik. War es nur der verregnete, verlorene Montag, der die Menschen zur Eile trieb, oder spürten auch sie das Hasten der Uhr?

Abe lief ihr über den Weg, sehr geschäftig. »Die Zeit verfliegt«, rief sie ihm statt eines Grußes entgegen.

»Alles fliegt, *mon amour*«, scherzte er und machte im Vorüberwirbeln eine Geste, als wolle er sie in den Arm nehmen und sich mit ihr im Tanz drehen. »Die Drachen, die Fahnen, die Vögel fliegen. Warum nicht auch die Zeit?«

»Vögel, Meister? Da sind aber keine Vögel über Inogi.«

»Natürlich nicht. Aber das wird sich bald ändern. *You just wait and see, little one!*« Mit diesen Worten flitzte er lauthals lachend auf eine Gruppe farbenfroh gekleideter Männer und Frauen (Letztere deutlich in der Überzahl) zu, die ein feuerrotes Fantasiezelt aufstellten.

Was hatte er sagen wollen?

Würde er die Gespenster der Kraftwerke freilassen? Konnte man das tun? Und falls ja, was würde dann geschehen?

Nein, diese Wesen passten nicht zu Abe. Rote Vögel, ja, aber nicht diese blassen Schemen. Im Geiste sah sie das rote Zelt, wie es sich zu einem fünfzig Meter hohen Schlauch aufrichtete, einer dieser zappelnden, von Luftströmen gefüllten Gestalten gleich, und wenn es hoch über ihnen stand, würde es sich öffnen und einen Schwarm aus zehntausend wild schlagenden Flügelpaaren ausspucken.

Weiße Seelenvögel.

Rote Blutvögel.

*Es ist ein Traum*, dachte Saya, *alles nur ein Traum.*

Wenn es so war, warum konnte sie es dann nicht einfach glauben? Worin bestand das winzige Detail, das ihr die tröstliche Illusion kaputt machte, das ihr sagte, dass sie diesen Wahnsinn jede Sekunde wirklich erlebte?

Irgendwo gab es diese Einzelheit. Den Link, der alles verband und erklärte. War sie dieses Detail? Ioka jedenfalls schien diese Meinung zu vertreten.

Sie hatte jede Menge Romane verschlungen, in denen junge, unscheinbare Mädchen zu Auserwählten wurden und alleine, aus eigener Kraft ein märchenhaftes Land oder gleich die ganze Welt zu retten hatten. Mädchen mit alltäglichen Problemen. Mädchen wie sie. Lauter kleine, bunte Sayas.

Nur leider war keine von ihnen real.

Und sie? War sie real? Und: War sie eine Auserwählte?

Falls ja, dann war sie wohl nicht dazu bestimmt, die Welt zu retten, höchstens dazu, ihr etwas Schreckliches anzutun. Mit ihrer Ankunft im Dorf schienen die bizarren Ereignisse ihren Anfang genommen zu haben. *Sie wird Inogi ins Unglück stürzen.* Iokas Worte.

Wenigstens war nicht die Rede davon, dass sie den Weltuntergang herbeiführen würde. Es ging um Inogi. Nur um Inogi. Eintausend Menschen.

Aber den magischen Wind hatte es schon gegeben, ehe sie kam. Seit Jahrhunderten, wie es hieß.

Wie passte das zusammen?

Am Nachmittag – und der Nachmittag kam schnell – begegnete sie erstmals dem vierten Drachenbauer. Wie war noch gleich sein Name gewesen? Kuroboshi? Laut Hitomi und Kaito standen seine Drachen im Ruf, nicht zu fliegen. Saya brauchte nur einen kurzen Blick, um festzustellen, dass die beiden nicht logen.

Kuroboshi war ein alter Mann, glatzköpfig und gebeugt. Er trug einen grauen Männerkimono, der aussah, als wäre er verrutscht, und versuchte ein Gebilde aus drei zusammengeklebten Papierzylindern zum Fliegen zu bringen. Bei den aussichtslosen Bemühungen assistierte ihm ein kleines Mädchen, dem es allem Anschein nach größtes Vergnügen bereitete, mit der Konstruktion im Schlepptau über die Wiese zu rennen und dabei ganz nebenbei Dutzende von Menschen zu streifen, zu stoßen und mit der Leine zum Stolpern zu bringen.

»*Hajimemashite!*«, grüßte Saya. »Ich heiße Yokoi Saya und komme aus Kôbe. Sie müssen Meister Kuroboshi sein!« Bestimmt hatte er schon von ihr gehört. Alle hatten das.

»Yokoi! Kôbe!«, rief er mit der unverkennbaren Lautstärke eines Mannes, der schlecht hört. »Was führt Sie aus der Großstadt ins verschlafene Inogi?« Er war der erste Drachenbauer hier, der sie siezte, und das machte ihn ihr von Anfang an sympathisch.

»Ich wohne hier«, erwiderte sie, um laute, deutliche Aussprache bemüht. »Ich bin die Tochter von Yokoi Sadahiro, Sie wissen schon, der Mann von Hara Wind Power …«

»Leider nie gehört«, gab er mit untröstlichem Lächeln zurück. »Wissen Sie, ich bin nicht mehr der Jüngste, und mein Gehör ist nicht mehr das, was es einmal war.«

*Wäre mir nie aufgefallen*, dachte Saya schmunzelnd. Sie nickte zu dem Mädchen hinüber, das eben angerannt kam. Älter als vier konnte das Püppchen nicht sein. Es hatte schwarze Zöpfe und ein niedliches Gesicht, in dem die runzeligen Zwetschgenbäckchen des Alten noch als pralle, blühende Pfirsiche zu bewundern waren.

»Hallo«, krähte die Kleine. »Wenn ich groß bin, werde ich auch Drachenbauer wie mein Uropa!«

»Das ist ja toll«, meinte Saya. *Hoffentlich entwickelst du mehr Talent.*

»Dieses Jahr haben wir leichte Probleme mit der Aerodynamik«, erklärte Kuroboshi.

»Der Tako fliegt nicht?« Was hätte sie sonst sagen sollen?

Dem Alten gelang es, einen ernsten Mund zu ziehen und mit den Augen trotzdem weiterzulächeln. »Er fliegt, aber nicht konstant.«

»Fliegt, aber nicht kanstont«, fachsimpelte seine Urenkelin und imitierte seine Miene. Überall an dem Konstrukt hingen Grasbüschel, die bewiesen, dass sein Element eher die Erde als die Luft war.

Saya fand, die Zeit sei reif für ein paar warme Worte des Trostes. »Sie haben ja noch drei Tage. Da lassen sich die Kinderkrankheiten bestimmt ausmerzen.«

»Das ist meine Urenkelin«, stellte Kuroboshi vor. »Sie ist vier und heißt Moe. Moe-chan, verrate uns mal, wie alt du bist.«

»Vier!«, schrie die Kleine und streckte vier Finger in die Höhe.

»Sie ist vier«, erläuterte der Alte. Dann hob er mühsam seinen Drachen auf, klopfte das Gras ab und betrachtete ihn lange und nachdenklich. Moe stellte sich neben ihn, die Blicke ebenfalls auf den Drachen geheftet. Wer von ihnen würde wohl zuerst einen Verbesserungsvorschlag machen?

Bis hierher war das Gespräch so *schief* verlaufen, dass

Saya sich nicht einmal komisch vorkam, als sie spontan und ohne Vorwarnung sagte: »Meister Kuroboshi, Sie sind der älteste unter den Drachenbauern von Inogi. Sicher haben Sie schon vom blutigen Drachen gehört.«

Geraume Zeit, nachdem ihre Worte verklungen waren, starrte er immer noch auf die Konstruktion in seinen Händen, schien weiter nach Fehlern zu suchen, ehe er sich langsam zu ihr umwandte. Er wirkte nicht im Geringsten beunruhigt von ihrer Frage. »Der blutige Drachen … Ich kann mich nicht mehr an die Einzelheiten erinnern, junge Frau. Aber wenn es Sie interessiert, können Sie alles nachlesen. Da gibt es ein paar alte Schriftstücke …«

»Tatsächlich?« Saya traute ihren Ohren nicht. »Und wo … wo finde ich diese Dokumente?«

»Tja, wenn man das alles immer parat hätte.« Er klopfte sich gegen die Stirn, als könne er damit klemmende Schubladen zu seiner Erinnerung aufstoßen. Natürlich hatte Moe einen Heidenspaß daran, auch diese Geste nachzuahmen. Es war schwer zu sagen, wer von beiden dabei niedlicher aussah.

»Wer könnte wissen, wo die Dokumente sich befinden?« Saya ließ nicht locker.

»Ja, wer könnte … Hm, eigentlich nur ich.«

»Wie bitte?«

»Ich habe sie damals versteckt. Mein Vater hat sie mir gegeben. Wissen Sie, im Gegensatz zu den anderen sind wir seit vielen Generationen Drachenbauer, und die Schriftstücke sind schon immer im Familienbesitz. Sie haben recht, ich werde sie wohl oder übel suchen müssen. Schließlich muss ich sie an meine Nachkommen weitergeben. Irgendwann wird sie meine süße kleine Moe-chan bekommen.« Voller Güte und Stolz strich er ihr über das glänzende schwarze Haar.

»Darf ich auch die Kodumente über den blutigen Drachen haben?«, fragte sie treuherzig.

»Alles zu seiner Zeit, Moe-chan.«

»Wenn ich in die Schule komme?«

»Geduld, Moe-chan.«

Saya kam sich vor, als hätte man sie ins falsche Album geklebt. Sprachen sie wirklich die gleiche Sprache?

»Warten Sie«, sagte Kuroboshi plötzlich. »Ich glaube, es ist mir eingefallen. Ja. O ja, jetzt weiß ich es wieder.«

Von der Seite näherte sich ihnen jemand. Saya hatte keinen Blick für ihn. »Wo?«, hauchte sie nur.

»Ich habe die Papiere in einem alten Haus versteckt. In der Wand. Hm, ich kann Ihnen nicht mehr genau sagen, in welcher Wand. Ein blödsinniges Versteck, was?«

»Aber welches Haus ist es denn?« Ihr Enthusiasmus bekam einen Dämpfer. Sie konnte sich nicht einfach Zugang zu einem fremdem Haus verschaffen und die Wände abklopfen.

»Welches Haus? – Es gehört einem Vetter von mir, aber es steht schon lange leer. Passen Sie auf …« Und er beschrieb ihr in ruhiger, etwas weitschweifiger, aber präziser Weise die Lage des Gebäudes.

In einem Punkt irrte er sich. Das Haus stand nicht leer. Nicht mehr.

Es war die Bruchbude, in der sie seit vier Tagen wohnte.

*

Sie rannte los und vergaß sogar, sich zu bedanken. In ihrem Inneren durchsuchte sie die Hütte schon Zentimeter für Zentimeter. Eines war ihr sofort klar: Das alles konnte kein Zufall sein! Sie wusste nicht, wie der Zusammenhang aussah, und vielleicht würde sie es nie erfahren, aber dass sie ausgerechnet in diesem Haus gelandet waren, wo laut Kuroboshi Schriftstücke über den blutigen Drachen versteckt lagen, musste einfach eine tiefere Bedeutung haben.

Schicksal. Dinge rasteten ein. Nicht nur zwischen ihr und Hitomi, zwischen Tô-chan und Kasumi. Es gab noch mehr solcher Zahnrädchen-Paare. Der Schuppen, in dem sie hausten, und der blutige Drachen. Klack, eingerastet.

*Ioka, alter Wirrkopf, du hast recht! Irgendetwas passiert, und meine Familie ist der Mittelpunkt. Um uns herum schlägt das Schicksal Kapriolen. Überall greifen die Rädchen ineinander. Und um all das möglich zu machen, spielt die Realität verrückt. Das ist kein, ich wiederhole: kein Zufall. Ioka, du bist entschuldigt. Du magst ein Ekel sein, aber grundsätzlich liegst du goldrichtig: Wir sind der Auslöser.*

*Für irgendwas.*

»Saya-chan!« Kaitos Stimme! Also war er es, der sich ihnen genähert hatte. Nun kam er hinter ihr hergerannt und guckte etwas bedripst aus der Wäsche. »Kennst du mich nicht mehr?«

Dass sie ihn nicht wahrgenommen hatte, schockierte Saya noch mehr als ihn. Sie entschied spontan, dass die einzige glaubhafte Entschuldigung darin bestand, ihn einzuweihen. »Es gibt Dokumente über den blutigen

Drachen. Stell dir vor, Kuroboshi-Sensei hat sie ausgerechnet in unserem Haus versteckt!«

»Soll ich dir suchen helfen?«

»Das wäre großartig!« *Dann kann ich dich auch gleich meiner Mutter vorstellen.* »Stimmt es wirklich, dass die Kuroboshis seit Generationen Drachenbauer sind?«

»Kaum zu glauben, was? Wenn das stimmt, was mein Vater sagt, haben schon seine Vorfahren keinen Tako zum Fliegen gebracht.«

»Wovon leben diese Leute dann?«

»Ich glaube, die Drachen der Kuroboshis haben sich früher gar nicht schlecht verkauft.«

»Obwohl sie nicht flogen?«

Kaito nickte. »Oder gerade *weil* sie nicht flogen.«

»Das verstehe ich nicht.«

»Bis in unsere Zeit hinein gibt es den Brauch, wichtige Ereignisse mit Tako-age zu feiern. Eine Geschäftsgründung zum Beispiel. Gleichzeitig war das eine Art Orakel. Man ließ den Drachen steigen, und wenn er abstürzte, nahm man das als schlechtes Omen. Auch wenn ein Kind geboren wurde, ließ man zur Feier einen Tako steigen. Kriegt man den Drachen nicht zum Fliegen, ist das sehr, sehr schlecht. Früher herrschten raue Sitten. Leute versuchten ihren Feinden absichtlich Tako unterzujubeln, die nicht flogen.«

»Dann waren die Kuroboshi-Drachen früher sozusagen Unglücksboten wider Willen.« Saya schauderte, und der gutmütige Alte tat ihr plötzlich leid.

»Auch mein Vater ließ zu meiner Geburt einen Drachen steigen. Er behauptet, er flog acht Stunden lang.«

»Du hast ihn bestimmt noch.«

Kaito lachte bitter. »Ich *hatte* ihn. Du hast vorletzte Nacht mit ihm gegen den Drachen gekämpft, der Kasumi angriff. Erinnerst du dich nicht? Ich sagte doch, dass er genauso alt ist wie ich.«

Der Tako, von dem Kaito sprach, war jetzt in Fetzen. »Es ... tut mir ... furchtbar ...«

»Nicht der Rede wert«, grinste er. »Wie du siehst, bin ich nicht mit ihm gestorben.«

Sie lächelte warm und hoffte, er würde sie jetzt in den Arm nehmen, um ihr zu beweisen, wie lebendig er war, doch sie musste einsehen, dass es einfacher war, einen Drachen zu lenken als einen Menschen.

Als sie bei ihr ankamen, waren ihre Eltern nicht zu Hause. Sturmfreie Bude. Ähem. Saya räusperte sich, um ihre Gedanken zu übertönen. Kaito fischte doch tatsächlich ein kleines Hämmerchen aus einer seiner Taschen und begann die Wände damit abzuklopfen. Dummerweise gab es keine einzige Stelle im Haus, die *nicht* hohl klang ...

»Keine Ahnung, wie wir die Dokumente je finden sollen«, gab er zu. »Vielleicht ist es klüger, abzuwarten, bis Kuroboshis Erinnerung zurückkehrt.«

»Aber wir haben nicht ewig Zeit! Ehe das Fest beginnt, möchte ich wissen, welche Verbindung zwischen mir und dem blutigen Drachen besteht. Ist dir noch nicht aufgefallen, wie die Zeit dahinrast?«

Kaito nickte ernst. »Es ist schon drei Uhr, ich hatte kein Mittagessen, aber ich bin überhaupt nicht hungrig.«

»Warum merken es die anderen nicht?«

»Ich glaube, sie sind zu beschäftigt mit den Vorbereitungen zum Fest.«

»Und diese ganzen Vorfälle? Sie können doch nicht nur mir passieren! Das Leben hier wird jeden Tag seltsamer und keinen scheint es zu stören.«

Irgendwo im Haus begann es zu rumoren. Zuerst dachte Saya, ihre Mutter sei zurückgekehrt, doch dann entdeckten sie, dass die Geräusche aus einem der Einbauschränke kamen, und zwar aus jenem, in dem Saya die Drachen mit den Drohungen aufbewahrte. Als Saya den Schrank öffnen wollte, hielt Kaito sie zurück. »Ich habe schon einmal eine Tür geöffnet, hinter der es polterte«, sagte er. »Und das war keine gute Entscheidung.« Saya verstand. Benommen lehnten sie sich beide mit dem Rücken gegen die Tür, bis nach Minuten wieder Stille einkehrte.

Nun kam Kâ-chan tatsächlich nach Hause. Sie blickte irritiert von Kaitos Gesicht zu dem Hammer in seiner Hand. Ein paar Höflichkeiten wurden ausgetauscht, niemandem fiel ein Gesprächsthema ein. In den letzten Tagen hatte sich etwas schwer Greifbares zwischen Saya und ihre Mutter geschoben. Eine Distanz war zwischen ihnen entstanden, ohne dass sie sich zerstritten hätten. Das Rätsel um den blutigen Drachen schien ihren Vater und sie zu betreffen, aber nicht Kâ-chan. Warum nicht? Was verband Saya mit ihrem Vater, das sie mit ihrer Mutter nicht verband? Das Gleiche, was Hitomi mit ihrer Mutter Kasumi verband, aber vielleicht nicht mit ihrem Vater?

Sie hatte das Gefühl, der Lösung nahe zu sein. Könnte sie nicht auch ohne die Dokumente, die Kuroboshi versteckt hatte, hinter das Geheimnis kommen? Aber welche Auflösung konnte es schon geben, die all diese unterschiedlichen Phänomene erklärte?

Was würde geschehen, wenn sie Inogi einfach verließen, Vater und sie? Würde alles wieder so sein wie früher?

In dem Sturm der davonhastenden Zeit fand sie keine Ruhe zum Nachdenken. Sie hatte Lust, Hitomi erneut einen Überraschungsbesuch abzustatten, doch der Abend kam zu schnell, also verschob sie das Gespräch auf morgen. Kaito verabschiedete sich und ihre Mutter atmete sichtlich auf.

Als ihr Vater nach Hause kam, war es nach neun Uhr, und er sah so durcheinander aus, als wären seine Augen einen ganzen Tag lang den Flugbahnen der weißen Geistervögel gefolgt.

Saya aß und badete und sie tat es voller Hektik, damit noch Zeit zum Schlafen blieb und die Nacht ihr nicht zwischen den Fingern zerrann. Sie wollte zurück nach Kôbe. Und wollte doch nicht weg von hier. Der größte Drachenbauer Japans baute ihr einen Drachen. Sein ehemaliger Schüler glaubte, dass Inogi zerstört würde, falls sie beim Drachenkampf antrat.

Seit dem Tag ihrer Ankunft hatte sich eine Menge Trotz in ihr angesammelt. Schon aus diesem Trotz heraus musste sie beim Kampf dabei sein.

In dieser Nacht träumte sie den grauenhaftesten Traum ihres Lebens.

Sie war draußen auf den Wiesen. Ohne eigenen Drachen. Es herrschte ein merkwürdiges rotes Halbdunkel, wie man es manchmal während der Abenddämmerung erlebt. Auf den Wiesen waren die Drachenkämpfe in vollem Gange. Die Menschen glichen schwarzen, scharf umrissenen Silhouetten, doch ihre Tako tranken dort oben noch die blutroten Sonnenstrahlen und leuchteten und schienen lebendiger als ihre Herren. Wenn man genau hinsah, erkannte man Gesichter und menschliche Formen an den Drachen – nicht die von Abes Pinsel aufgemalten Feldherren, sondern echte menschliche Wesen. Kleine Wesen. Kinder. Säuglinge. Die Leinen, die auch rot glommen, waren wie Nabelschnüre.

*So etwas*, dachte Saya im Traum. *Ihre Drachen sind in Wirklichkeit ja ihre Kinder! Sie lassen die Drachen nicht zu Ehren ihrer Neugeborenen steigen, wie Kaito es behauptet, sondern lassen gleich ihre Kinder selbst fliegen.* Und in ihrer verbogenen Traumlogik fragte sie sich, ob das nicht viel zu gefährlich sei.

Sie begegnete Torayama, dessen Drachenkind weiß und schwarz gescheckt war wie ein Zierkarpfen und unter allen als das schönste hervorstach. Sie traf Kuroboshi, der seine fröhlich grinsende, völlig verdreckte Urenkelin Moe an der Leine hinter sich über das Feld zog, ohne sie zum Fliegen zu bringen.

Der schlimmste Anblick waren Abes Drachen.

Eine riesige Schar von ihnen driftete über den Himmel, Dutzende davon, und sie waren gekrümmt und rot und glänzend und sahen ekelhaft aus, nicht wie Säuglinge, sondern wie … Föten.

Ungeborene Kinder.

»Vaterpflichten«, keuchte Abe, der sichtliche Schwierigkeiten hatte, die ganzen Fäden zu halten. »Ab und zu wollen sie auch mal ausgeführt werden. Aber ich muss höllisch aufpassen, dass sie mir nicht abtreiben.«

Saya erwachte mit einem Schrei und einer Gänsehaut. Die Gänsehaut hielt sich über Minuten hinweg und erstreckte sich auch auf Körperteile, von denen sie angenommen hatte, dass sie dagegen gefeit seien. Die Nachbilder der Tako schwebten überall in der Luft. Sie schienen zwar allmählich transparenter zu werden, verblassten aber nicht vollständig.

Die Uhr zeigte fünf Uhr vierzig. Saya wusste, sie würde an diesem Ort nicht wieder einschlafen, also stand sie auf, schwankte ins Wohnzimmer und legte sich dort auf den Boden. Kurze Zeit später – aber was sich wie kurze Zeit anfühlte, konnte auch eine lange Spanne sein, wenn man döste und die Zeit ohnehin verrücktspielte – ließ sie das Klirren des Telefons aufspringen.

Ihre Hand fuhr immer wieder ins Leere, bis sie den schweren Hörer erwischte.

»Mo…« Ihre Stimme war ein öliges Schaben. »Moshimoshi.«

»Moshimoshi. Spedition Nakanishi – wir behandeln Ihre Möbel so, dass Sie uns auch Ihre Kinder anvertrauen würden.«

»Sie sind aber früh munter«, konnte sie sich die Bemerkung nicht verkneifen.

»Wenn man zeitig in die Falle hüpft, ist die Nacht lang«, erwiderte der Mann. »Übrigens, was Ihre Möbel angeht, da kommt es zu Verzögerungen.«

»Zu *weiteren* Verzögerungen«, korrigierte Saya.

»Sie haben einfach Pech. So was kommt vor.« Dann wurde er plötzlich leiser, seine Stimme bekam eine geheimnisvolle, verschwörerische Färbung. »Seltsam ist es schon. Wir haben die Möbel in einen anderen Wagen verladen, aber der hat auch den Geist aufgegeben.«

*Vielleicht sollten Sie einen anderen Fahrer nehmen*, dachte Saya. *Einen, der die Kupplung tritt, bevor er den Gang wechselt.*

»Und wie es scheint, haben auch andere Leute Schwierigkeiten, nach Inogi reinzukommen. Ein Bekannter von mir wollte gestern zum Drachenfest anreisen – er verkauft europäische Lenkdrachen und wollte in Inogi einen Stand aufbauen. Sein Auto ist liegen geblieben. Getriebeschaden.«

Gedankenverloren legte Saya auf.

Das alles hätte sie nicht mehr schockieren dürfen. Es waren nur neue, kleine Details in dem bedrückenden Mechanismus, in dem sie feststeckte. Ihre Möbel würden also nicht eintreffen. Bestimmt gab es dafür irgendeinen Grund, wie es auch einen Grund dafür geben musste, dass offenbar keine Fremden mehr bis Inogi kamen. Die schönen Prospekte für das Drachenfest, auf denen sich Kasumi so textilarm hatte ablichten lassen, waren damit für die Katz. Was nützte die beste Werbung, wenn die Autos der Besucher alle mit Getriebeschaden liegen blieben?

Kein Fremder sollte Zeuge dessen werden, was in Inogi geschah. Nichts davon sollte zu den Medien durchsickern. Alles sollte sich hinter einem Vorhang des Schweigens abspielen.

Hatte das Schicksal einen eigenen Willen? Verfolgte es einen Plan? Und wo war ihr, Sayas, Platz in diesem Plan?

Wieder traf sie ihre Mutter in der Küche. Kâ-chan war eine moderne, unternehmungslustige Frau, doch in den letzten Tagen schien sie sich in der Küche einzuigeln. Heute sah sie besonders elend aus, als hätte sie kaum geschlafen.

Oder einen furchtbaren Albtraum gehabt.

Saya war versucht, ihr von ihrem eigenen Traum zu erzählen und zu sehen, ob sie wieder das Gleiche geträumt hatten. Doch falls dem nicht so war, würde Sayas Traumbericht falsche und irritierende Vermutungen in ihr wecken. Ihre Mutter schien ähnliche Befürchtungen über ihren eigenen Albtraum zu hegen – falls sie tatsächlich einen gehabt hatte –, und damit wurde dieses Thema zu den Akten gelegt.

»Tô-chan bereitet mir Sorgen«, wisperte Kâ-chan beim Frühstück. »Du bist alt genug, um das zu verstehen, deshalb kann ich mit dir darüber reden. Diese Kasumi ...«

»Mach dir keine Gedanken«, unterbrach Saya sie. »Er liebt sie nicht. Er liebt *dich*.«

Ihre Mutter sah sie entgeistert an. »Das ist ... nett von dir, aber ...«

»Es sind die Fäden des Schicksals«, sagte Saya. Bei sich dachte sie: *Das ist wie mit den Drachenleinen. Beide Seiten zerren daran, der Stärkere bleibt auf dem Boden, der Schwächere flattert und steigt an den Himmel.* Und dann wurden ihre Gedanken beunruhigender. *Was geschieht, wenn die Drachen die Stärkeren werden? Geht es bei der ganzen Ge-*

*schichte nicht letztlich darum? Dass die Drachen endlich die Kontrolle übernehmen, die einstigen Sklaven sich zu Herren aufschwingen? Werden wir bald diejenigen sein, die gelenkt werden? Werden wir es nicht schon? Läuft hier in Inogi nicht schon alles nach dem Willen der Drachen? Sind nicht sie es, die ausbrechen, die Menschen attackieren, die den Möbelwagen stoppen, die uns Albträume als Warnung schicken? Läuft die Zeit nicht schon in ihrer Geschwindigkeit?*

Für einige Sekunden hatte sie das Gefühl, alles zu durchschauen, doch sofort fielen ihr die Löcher in ihrem Ideengebäude auf. Die größte dieser Unstimmigkeiten war sie selbst. Wenn es nur um ein Aufbegehren der Tako gegen die Menschen ging, warum hatte dann alles mit ihrem Erscheinen begonnen?

Es klingelte an der Tür. Beide sprangen auf und standen unschlüssig in der Küche. Als Saya das Zögern nicht mehr ertrug und hinausging (es schien ja beinahe, als hätten sie Angst davor, die Tür zu öffnen), erwartete sie ein Gast, mit dem sie wirklich nicht gerechnet hatte.

Hitomi. Ihre verletzte Hand war verbunden.

Sie hatte ein Päckchen Kekse dabei und reichte es ihr. »Ich habe gehört, du willst beim Drachenkampf antreten. Ich bin nur gekommen, um dir zu sagen, dass … dass ich mich darüber freue. Ich wünsche dir von Herzen, dass du weit kommst. Möglichst bis ins Finale. Du hast Talent.«

Hitomis Worte und ihr verschämt gesenkter Blick baten für ihr Verhalten von neulich um Entschuldigung. Sie musste es nicht aussprechen, Saya verlangte es nicht von ihr.

»Aber wenn ich ins Finale komme«, antwortete sie schelmisch, »dann treffen wir aufeinander. Du gehörst zu den Besten.«

Hitomi lächelte unsicher.

»Komm rein«, bat Saya. »Ich mache frischen Tee.«

»Ich weiß nicht ...«

»Komm schon!«

Kurz darauf saßen sie in ihrem Zimmer auf dem Boden, tranken Sayas Tee und aßen Hitomis Kekse dazu. Saya hätte liebend gerne ihre Beobachtungen und Theorien vor ihr ausgebreitet und Punkt für Punkt mit ihr durchgekaut, aber als sie erst einmal ein paar Minuten zusammen geschwiegen hatten, fühlte es sich so gut an, dass sie dieses Gefühl nicht mit wirren und vermutlich fruchtlosen Diskussionen zerstören wollte.

Das Schweigen bedeutete, dass sie Freundinnen waren und es bleiben würden, ganz gleich was geschah.

Außerdem bekam man so wenigstens den Geschmack von Tee und Keksen mit ...

Als der letzte Tropfen getrunken und der letzte Krümel mit spuckefeuchten Fingern aufgetupft war, sagte Saya: »Und jetzt nehmen wir unsere Drachen und gehen trainieren.«

Hitomis Gesicht hellte sich auf.

*

Die beiden Tage bis zum Beginn des Drachenfests verliefen ereignislos, wenn man von einigen Kleinigkeiten absah: Die nächtlichen Träume wurden nicht besser, was in Kombination mit der dahinrasenden Zeit ausgesprochen anstrengend war. Ihr Vater und Kasumi wurden mehrmals zusammen gesehen. Und dann war da noch die Sache mit Torayama.

Während der ganzen Vorbereitungen ließ der legendäre Drachenbauer sich nicht ein einziges Mal blicken, sodass Saya allen Mut zusammennahm und seine Villa aufsuchte. Seine Haushälterin Sakura setzte ihre gesamten Sprachkünste ein, um sie abzuwimmeln. Der Meister habe keine Zeit. Er sei beschäftigt. Dann wieder behauptete sie, er sei krank.

Eine der Wände war ein Stück zur Seite geschoben und Saya sah bis in den Raum hinein. Dort waberte unübersehbar der leuchtende Lichtbrei umher, dem sie bereits bei ihrem ersten Besuch begegnet war. Diesmal hatte er eine rot-blaue Färbung. Und auch Sakura trug heute einen rot-blauen Kimono ...

»Was ist das?«, fragte Saya, während sie Mühe hatte, einen Blick an der riesenhaften Ausländerin vorbei zu erhaschen. »Das da im Zimmer!«

In Sakuras blauen Augen funkelte eine Art Stolz. »Das – Japan.«

»Hat dieses ... Ding etwas damit zu tun, dass Torayama-Sensei nicht zu sprechen ist?«

Sakura stellte sich so, dass Saya nichts mehr sehen konnte. »Sensei arbeitet. Baut Tako.«

»Ich weiß. Der Tako ist für mich. Daher sollte mir das Recht zustehen, ihn kurz zu sehen.«

»Sensei keine Zeit.«

»Der Drachen müsste fast fertig sein.«

»Drachen nicht fertig.«

Und endlich begriff sie. Nicht das Geheimnis der seltsamen Lichterscheinung, aber den Grund dafür, dass Torayama weder die Vorbereitungen besuchen noch sie empfangen konnte. Er bekam den Tako, den er ihr versprochen hatte, nicht rechtzeitig fertig. Eigentlich logisch bei der Geschwindigkeit, mit der die Zeit neuerdings verfloss.

Würde sie also doch noch mit einem von Abes Drachen antreten müssen?

Mit einem letzten Blick auf das gespenstische Phänomen ließ sie sich von der massigen Ausländerin abweisen. Von Hitomi erfuhr sie später, dass Sakura mit richtigem Namen Sandy Warwick hieß, aus Los Angeles stammte, 62 Jahre alt und zweimal geschieden war. Seit rund fünf Jahren lebte sie bei dem Junggesellen Torayama.

»Was findet er an ihr?«, wollte Saya wissen. »Ich hätte an seiner Seite eher eine zierliche, elegante, demutsvolle Japanerin vermutet, die selten den Mund aufmacht, obwohl sie vielleicht sogar eine berühmte Kalligrafin oder Teemeisterin ist. Diese schwerfällige Amerikanerin …«

»… ist die letzte und größte Lebensaufgabe, die er sich gestellt hat. Aus ihr eine echte Japanerin zu machen, das ist gerade schwierig genug für einen Mann, der alles, was er je anfing, zur Perfektion brachte, wie aussichtslos es auch sein mochte.«

»An ihr wird er sich die dritten Zähne ausbeißen.«

»Das kann sein«, meinte Hitomi. »Ich habe aber eher den Eindruck, er schlägt sich nicht schlecht.«

»Ich mag keine Perfektionisten«, rutschte es Saya heraus.

»Das hättest du dir vielleicht überlegen sollen, bevor du bei ihm einen Tako in Auftrag gegeben hast. Er wird von dir erwarten, dass du damit den Sieg davonträgst, nicht mehr und nicht weniger.«

»Da werde ich ihn aber enttäuschen müssen.«

»Den besten Drachenbauer des Landes enttäuscht man nicht.«

Saya erschrak vor dem tiefen Ernst, der in ihren Worten mitschwang. »Vielleicht enttäuscht er ja auch mich«, gab sie zurück, »und wird nicht rechtzeitig fertig.«

»Er würde lieber sterben, als nicht fertig zu werden«, meinte Hitomi und sie sagte es nicht im Scherz.

*

Als Saya am Morgen des Ersten Mai kurz vor acht Uhr hinaus auf die Wiesen ging, wusste sie bereits, dass sie diesen Tag nie vergessen würde. Ganz Inogi war längst auf den Beinen. Drei improvisierte Häuschen am Rand des Feldes, in denen ältere Frauen die Anmeldungen notierten, nahmen sich dabei regelrecht zerbrechlich aus, denn auf dem riesigen Areal, das auf drei Seiten von bunten Buden gesäumt war, herrschte ein wildes Gedränge.

Fast alle trugen Happi, jene indigoblaue Kluft mit weißer Verzierung und Aufschrift, in die sich einst die Verkäufer in den kleinen Geschäften der Einkaufsstraßen gehüllt hatten und die man heutzutage vorwiegend auf Festen und Partys trug. Einige ältere Frauen waren in kostbaren Kimonos erschienen – sie hatten offenbar nicht vor, an den Kämpfen teilzunehmen. Zu ihnen gehörte die 102-jährige Frau Kimura, die man auf eine Tribüne gesetzt hatte, wo sie hingebungsvoll Reisbällchen futterte und ein Stück getrockneten Fisch nach dem anderen in ihrem zahnlosen Mund verschwinden ließ. Manche Leute trugen lange Bambusstöcke, an denen bunte Banner flatterten, andere waren mit Trommeln oder primitiven Trompeten angerückt. Fast alle hatten Schärpen angelegt, viele trugen weiße Stirnbänder. Einige Männer liefen mit Polizeimützen und Megafonen herum.

Saya hatte sich von Hitomi einen Happi ausgeliehen. Da er ihr wie angegossen passte, vermutete sie, dass er in Wirklichkeit nicht Hitomi gehörte, sondern ihrer Mutter Kasumi. Sie hätte nicht behaupten wollen, dass ihr besonders wohl dabei war, die Kleidung der Frau zu tragen, die die Ehe ihrer Eltern gefährdete, und doch fügte sie sich, wie sie sich in diesen ganzen Rummel fügen würde. Für den Fall, dass Torayama seinen Schwur brechen musste und den versprochenen Tako nicht rechtzeitig fertig bekam, hatte sie Abes Babydrachen mitgenommen – sollte er sie ruhig zum Gespött der Menge machen! Hitomi hatte ihr am Vortag dabei geholfen, ein Stück der Leine mit Reisstärke und Glasstaub zu präparieren. Nun trug sie kein Spielzeug mehr bei sich, sondern eine Waffe. Ein bonbonrotes Kampfgerät.

Mit einem mulmigen Gefühl und Herzklopfen, als würde sie zu einer wichtigen Prüfung gehen, bewegte sie sich durch die Menschenmenge. Alle Augen schienen auf sie gerichtet zu sein, aber vermutlich kam ihr das nur so vor. Um sich abzulenken, lief sie die Buden ab. Ganz vorne waren die Essensstände, an denen bereits jetzt, am frühen Morgen, die Nudeln brutzelten und die Tintenfische kokelten. Das Essen auf Festen wie diesen war einfach und deftig, schmeckte nach dicken, dunklen Soßen und hatte mit der japanischen Küche, die man in aller Welt als leicht und gesund pries, nichts gemein. Sushi und Tempura gab es nicht, stattdessen brieten kleine, drahtige Männer, die sonst an Automotoren herumfummelten oder Straßen asphaltierten, Hähnchenstücke und Frankfurter Würstchen tiefschwarz. Winzige Süßwarenläden boten schlichte bunte Bonbons an, wie sie schon vor hundert Jahren Kinderaugen zum Glänzen gebracht hatten, dazu süße Klößchen aus Klebreis und Kräcker mit Mayonnaisegeschmack. Ein Tiefpunkt kulinarischer Tradition war Says Ansicht nach Mizuame, eine zähflüssige Zuckermasse, die man kaum mehr loswurde, wenn man sie erst einmal im Mund und an den Zähnen hatte …

Es gab Spielwarenläden, die ihr Sortiment freilich auf Dinge beschränkten, die flogen. So führten sie auch Ballon- und Drachenversionen alter und moderner Anime-Figuren, von der blauen Robotkatze Doraemon bis hin zum sonnengelben, blitzschwänzigen Pikachu und seinen Pókemon-Gefährten. Daneben fanden sich auch echte Tako-Geschäfte, eines, das ausschließlich Abes Drachen führte, dann noch ein rotes Zelt voller entschlossen blickender Krieger und koketter Hofdamen, und andere, in denen sich Ramsch aus den Billigwerkstätten Chinas stapelte, darunter legale und illegale Spider-Man-Drachen. Im Kontrast dazu verkaufte ein Händler auch kunstvolle chinesische Fēngzheng, filigrane Meisterwerke, die schillernde Vögel, langflossige Goldfische und sogar majestätische Echsen darstellten. Die Libellen und Schmetterlinge sahen aus, als hätte man echte, lebendige Tiere eingefangen und an ein Brett gepinnt.

Torayamas Drachen wurden nirgends angeboten. Sie in einem dieser Zelte in die Auslage zu werfen, sodass jeder sie befingerte, war undenkbar.

Während Saya den Festplatz einmal umkreiste, rasten die Zeiger ihrer Uhr auf die Neun zu. Sie sah so manches bekannte Gesicht, darunter den schmierigen Vorgesetzten ihres Vaters und die Leute aus dem Rathaus. Sie begegnete Kaito und begrüßte ihn mit einem flüchtigen Winken, da seine Eltern ihm folgten wie Goldfischkot und der Drachenbauer Ioka ihr Blicke zuwarf, in denen alle Verschwörungstheorien der Welt Platz hatten. Für ein Gespräch mit ihm war sie jetzt nicht in der Stimmung. Bestimmt würde es Kaito irgendwann gelingen, seine Eltern abzuschütteln, dann konnten sie in Ruhe reden.

Im Zentrum des Areals sammelten sich rund dreißig Männer im Kreis, beinahe wie Rugbyspieler beim Scrum. Worum sie sich scharten, entzog sich ihren Blicken.

Schließlich traf sie Hitomi. Auch sie kam nicht alleine. Ihr Vater stapfte mit mürrischem Gesicht hinter ihr her, als müsste er soeben alle acht buddhistischen Höllen auf einmal durchleiden. »Dieses Gewusel«, brummelte er. »Dieses unorganisierte, planlose Durcheinander …«

»Wo sind deine Eltern?«, fragte Hitomi.

»Kommen später nach.« Sie waren ihr zu langsam gewesen bei ihren morgendlichen Verrichtungen. Saya hatte es nicht mehr ausgehalten, die Wiese hatte sie gerufen. »Und wo ist deine …«

»Meine Mutter … wirkt an der Eröffnungsfeier mit.«

»Es gibt eine Eröffnung? Führt sie etwas vor?« *Einen kleinen Strip vielleicht?*, blitzte ein böser Gedanke in ihr auf.

»Es ist ein Geheimnis«, meinte Hitomi leise. Saya glaubte dabei ein wichtiges Detail herauszuhören: Das Geheimnis war auch für Hitomi eines. Sie wusste nicht, wo Kasumi war und was sie tun würde.

»Hast du Torayama irgendwo gesehen?«, erkundigte sich Saya. Wenn ihr eine Frage auf den Nägeln brannte, dann diese. Ihr blieb noch eine Stunde bis zum Anmeldeschluss. Und eine Stunde war nichts in dieser Welt der rasenden Zeiger.

Hitomi zuckte die Schultern. »Es sieht nicht aus, als wäre Torayama hier.«

Dieser Satz war das Startsignal für Saya. Sie preschte los, mitten durch die dunkelblaue Menge, aus der ihr verwunderte Blicke entgegensprangen. Sie schaffte es, niemanden anzurempeln, aber am Rand des Feldes verhedderte sie sich in einer Drachenschnur und musste erst von zwei Frauen beruhigt werden, ehe man sie befreien konnte. Mit verkniffener Miene rannte sie über die Wiese. Unter normalen Umständen hätte sie in zwanzig Minuten bei Torayama und wieder zurück sein können, doch solche Zeitbegriffe hatten in diesen Tagen keine Bedeutung. Hinter ihr begannen die Trommeln zu wummern und es war, als versuche man Saya mit dem Lärm zu verjagen, einen Dämon, der aus dem Dorf vertrieben werden musste.

Während sie lief, sah sie im Geist Inogi von oben wie in ihrem Traum und sie fand mühelos den kürzesten Weg zur Villa. Diesmal hielt sie sich nicht mit Rufen auf, sondern riss jene Schiebewand auf, hinter der sie die Werkstatt vermutete, und taumelte vollkommen außer Atem hinein.

Mit dem Fuß stieß sie gegen den Körper von Torayama.

Der alte Mann und der Drachen – sie lagen beide vor ihr auf dem Boden.

Der Tako war in der Mitte des Raumes ausgebreitet, ein atemberaubendes, zweifarbiges Kunstwerk, abstrakt und unverständlich, ein beunruhigendes Gewirr feiner roter Linien auf blütenweißem Hintergrund. Ein stattlicher Rokkaku, ein Sechseck-Drachen, der unverkennbar Torayamas Stil aufwies und doch nicht in sein Œuvre zu passen schien. Es war eine Art … blutiger Drachen. Ein Aderwerk schien ihn zu durchziehen, aber dabei wirkte er nicht schaurig, sondern vornehm und schön.

Vor dem Tako lag sein Schöpfer. Er war zur Seite gekippt, das Gesicht von ihr abgewandt, und da der weit fallende Kimono die Bewegungen seiner Brust vor ihr verbarg, konnte sie nicht sicher sein, ob er noch lebte.

Saya warf sich neben ihm auf die Tatamimatte, obwohl der Drachen in ihrer Anwesenheit zu beben schien wie ein Junge, der ihr verfallen war. Es war *ihr* Drachen, sie spürte es, für sie alleine gemacht. Er rückte in ihre Richtung, schob sich ruckartig Zentimeter für Zentimeter über den Liegenden. Torayama rührte sich nicht und er sah schlecht aus, die Wangen eingefallen, die Haut fahl. Sie lauschte auf seinen Atem, konnte ihn aber nicht hören. Wind drang von draußen herein, ließ den Drachen flattern. Das Ding, das tot sein sollte, war lebendiger als der Mensch, der leben sollte. Dann legte sie die Hand auf Torayamas Stirn und spürte eine fiebrige Wärme, die sie erleichterte und zugleich beunruhigte.

»Sakura-san!«, kreischte sie. »Der Meister braucht Hilfe. Kommen Sie! Ich habe keine Zeit, bei ihm zu bleiben!« Benötigte er medizinische Versorgung? Wo sollte man jetzt, während der Eröffnung des Drachenfests, in Inogi einen Arzt auftreiben?

Die Haushälterin kam nicht. Dafür kam etwas anderes. Durch den hauchdünnen Spalt unter der Tür glitt eine Pfütze aus Licht herein.

Torayamas Lider flatterten. »Schnell«, wehte es leise zwischen seinen schmalen blauen Lippen hervor. »Du darfst keine ... Zeit verlieren ...«

»Ich hole einen Arzt«, beeilte sich Saya zu sagen, während ihre Blicke nicht von der seltsamen Lichterscheinung wichen.

»Ich brauche keinen ... Arzt«, wisperte Torayama und es schien tatsächlich der Wind zu sein, der aus seiner Kehle sprach, der magische Wind von Inogi. »Ich brauche deinen Sieg ...«

Der Tako schwebte über den Liegenden in ihre Richtung, sie ergriff ihn und zog ihn zur Seite, denn sie fürchtete, der Meister habe seine Lider für immer geschlossen, wenn sein erschöpftes Gesicht unter dem Seidensegel hervorkam. Doch seine Augen waren offen und die Blicke, die er ihr zuwarf, erschienen ihr zwar etwas schwach, aber lebendig. »Mach dir keine Sorgen«, wisperte er. »Vielleicht werde ich zum ersten Mal in meinem Leben das ... Drachenfest verschlafen. Aber sterben ... werde ich nicht.«

Saya stand auf, und der Tako schmiegte sich an sie, ein Teil von ihr.

»Danke, Sensei.«

»Du kommst zu spät!«

»Kann ich Sie damit alleine lassen?« Sie zeigte auf das Geisterphänomen. Es hatte etwas Zurückhaltendes an sich, waberte diskret über den Boden, als bemühe es sich, sie nicht zu stören.

»Das da?«, brummte Torayama. »Das tut mir nichts. Das ist mein Werkstück.«

Tausend Fragen hätte sie dazu gehabt, wichtige Fragen, doch jede Minute, die sie hier vertrödelte, wog eine Viertelstunde schwer. Sie knallte die Schiebetür hinter sich zu und hatte schon drei Häuser passiert, als sie einen Blick auf die Uhr riskierte. Sie nahm an, dass es fünf oder zehn Minuten vor zehn sein und es am Ende um Sekunden und um die Gutmütigkeit des Menschen im Anmeldehäuschen gehen würde.

Es verschlug ihr den Atem.

Es war nicht zehn *vor*, sondern zehn *nach* zehn. Die

Frist, in der man sich für die Teilnahme an den Kämpfen anmelden konnte, war verstrichen.

Aber das durfte nicht sein! Nach allem, was geschehen war, nach der langen Phase des Zauderns und nach den Opfern, die sie und Meister Torayama gebracht hatten, konnte ihr doch die alberne Uhr nicht alles zunichtemachen!

»Nein!«, brüllte sie trotzig und rannte weiter. Ihr Drachen zuckte und bäumte sich auf, schien zu spüren, dass er sie aufhielt. Sie gab ihn frei, woraufhin sich der Anknüpfpunkt des Tako irgendwo an ihrer Kleidung verhakte (was nüchtern betrachtet ziemlich unwahrscheinlich war) und der Tako direkt über ihrem Kopf dahinglitt, so flach und geschickt, dass sie ihn kaum spürte.

Vom Festplatz her schmetterten die Trompeten. Gewaltige Trommeln breiteten einen Teppich aus Donner unter den blechernen Lärm. Der Festplatz kam in Sicht, doch noch stand kein einziger Tako am blauen, mit Schäfchenwolken durchsetzten Himmel. Saya erkannte die drei Häuschen. Zwei davon waren bereits leer, im letzten räumte eben eine kleine grauhaarige Frau mit goldenen Zähnen die Sachen zusammen.

Als Saya angerannt kam, hob die Frau verunsichert den Blick. »Ja?«

»Ich weiß, es ist viel zu ...« Die Luft blieb ihr weg, ihre Stimme versagte, sie atmete ein paarmal tief durch und startete einen neuen Versuch. »Ich muss mich noch anmelden. Ich habe einen Drachen von Torayama-Sensei und ...«

»Das sehe ich«, meinte die Frau nicht ohne Härte. Sie

zeigte dem Mädchen ihre Uhr, ein kostbares Schmuckstück, dessen winzige Zeiger auf halb elf zu drängten. »Die Anmeldefrist ist vorüber.«

»Können Sie nicht eine Ausnahme machen?« Ihr Drachen sank neben ihr herab.

Die Frau sah sie scharf an. »Bist du nicht die kleine Yokoi?«

»Bin ich«, schnaufte Saya, noch immer kurzatmig.

Plötzlich hob die Frau ihre Kladde, öffnete den schweren Deckel und ließ den Wind die eng beschriebenen Seiten umblättern. Sekunden später fuhr sie mit der Hand zwischen die raschelnden Blätter, suchte einen Moment lang und wuchtete das riesige Notizbuch in Sayas Richtung, damit diese sehen konnte, worauf ihr fein manikürter Finger deutete.

»Yokoi Saya«, stand da, und dahinter in der Spalte »Drachenmodell« las sie »Torayama« – eine Seltenheit unter den vielen »Abe«-Einträgen.

»Ich weiß nicht, warum du dich so aufregst.« Die Frau zuckte mit den Schultern. »Du bist angemeldet.«

Wie war das möglich? »Waren meine Eltern hier?«, fragte sie, doch die Mundwinkel der Frau sanken herab und sie deutete mit dem Kopf auf etwas, das sich schräg hinter Saya befand.

Saya wandte sich um.

Dort stand mit einem bezaubernden Lächeln die Person, die in den letzten Tagen schon mehrfach für eine Überraschung gut gewesen war. Jetzt spürte sie es auch wieder, das Einklinken zwischen ihnen. Sie war wohl zu aufgeregt gewesen, um diese feine Veränderung in der

Atmosphäre aufzufangen. Ihr Spinnensinn hatte nicht geklingelt.

»Hitomi-chan!«

»Ich dachte mir schon, dass du es nicht rechtzeitig schaffen würdest. Alle Achtung, das ist aber ein eindrucksvoller Kämpfer, den du da mitgebracht hast!« Sie streckte die Hand nach dem Drachen aus, zog sie jedoch unvermittelt wieder zurück, als fürchte sie, er könne nach ihr schnappen.

»Hitomi-chan, wie soll ich dir dafür bloß danken?«

»Tja, das wird nicht einfach ... Sagen wir, vier Yakitori-Spießchen und einen Becher warmen süßen Sake dazu?«

»Abgemacht!« Saya fiel ihr um den Hals. Falls je Zweifel in ihr gewesen waren, dass sie in Hitomi eine Freundin gefunden hatte, waren sie jetzt verpufft.

»Wenn wir die Eröffnung nicht verpassen wollen, sollten wir uns vielleicht sputen«, meinte Hitomi behutsam.

»Natürlich! Ich komme mit.« An die Eröffnung hatte sie schon gar nicht mehr gedacht. Notfalls hätte sie auch darauf verzichten können. Klar, dass Hitomi ein besonderes Interesse daran hatte, wenn ihre Mutter mitmischte. Saya konnte sich Kasumi gut bei einem Tanz in wallendem Kostüm vorstellen, der die Bewegungen der Drachen symbolisierte.

Die Musik war verstummt, die Menschen hatten sich um das rote Zelt versammelt, das ihr schon vor Tagen aufgefallen war. Also hatte Abe etwas mit der Darbietung zu tun, logisch eigentlich, denn der rührige Drachenbauer hatte seine vorwitzigen Finger überall. Im Kreis der Zuschauer war eine Lücke, durch die eine breite Bahn aus Schnüren vom Zelt zu der Stelle führte, an der sich einige Männer schon seit geraumer Zeit verschwörerisch zusammenscharten. Auch Abe selbst war unter ihnen.

Da durch die Massen kein Durchkommen war, taten Saya und Hitomi, was man nicht tun sollte. Sie nutzten die Lücke, huschten auf Zehenspitzen zwischen den Leinen hindurch, um in die vorderste Reihe zu gelangen, und zogen sich den Tadel einer Menge Leute zu.

»Was soll das werden?«, flüsterte Saya. »Die Leinen verlaufen vom Zelt zu den Männern.«

»Ich schätze, Abe hat einen Riesendrachen gebaut. Riesendrachen haben auf anderen Drachenfesten wie in Hamamatsu oder auf Hokkaidô Tradition. Hier in Inogi hatten wir bisher keine.«

»Dafür braucht man so viele Männer?«

»Riesendrachen entwickeln einen gewaltigen Zug. Einen Einzelnen würden sie kurzerhand fortreißen.«

»Und welche Rolle spielt deine Mutter dabei?«

Hitomi lächelte unsicher. »Ich nehme an, sie ist die Starthelferin. Jemand muss den Drachen im richtigen Moment abstoßen.«

In den vorderen Reihen waren ausschließlich Männer zu finden. Überrascht entdeckte Saya ihren Tô-chan und gleich daneben Hitomis Vater. Ein riesiger Drachen und eine hübsche Frau – das musste in Inogi der Stoff sein, aus dem die schönsten Männerträume waren.

Irgendwo knackte es. Lautsprecher waren eingeschaltet worden. Jemand rief »Eins, zwei, drei« in ein Mikro und ein durchdringender Rückkopplungspfiff ließ alle Anwesenden aufstöhnen. »Abe-Sensei!«, drang es dann etwas gedämpfter durch die Lautsprecher. »Bitte ans Mikro!«

Abe kam angelaufen, was ein bisschen aussah, als hüpfe ein Gummiball über die Wiese. Zögernder Applaus aus den vorderen Reihen, während in den hinteren die Köpfe gereckt wurden. Die Menschen wirkten vor Erwartung wie gebannt.

»Verehrte Teilnehmer«, sprach Abe ins Mikro und selbst seine Stimme zitterte vor Spannung. »Was wir letzte Woche kaum mehr für möglich hielten, ist eingetroffen: Wir haben hervorragenden Wind zum diesjährigen Drachenfest.« Diesmal brandete der Applaus spontan und heftig auf. »Ich möchte keine langen Reden schwingen, sondern euch alle herzlich hier begrüßen und euch unvergessliche fünf Festtage wünschen voller erbitterter, aber fairer Kämpfe. Ich tue dies im Namen der vier Drachenbauer von Inogi, die da sind: Kuroboshi-Sensei, Torayama-Sensei, Ioka-Sensei und meine Wenigkeit, euer ergebener Abe. Zur Eröffnung erlaube ich mir, euch ein Spektakel zu präsentieren, das sowohl bei unseren Nachbarn in China als auch hier in Nippon eine lange Tradition hat, in den letzten Jahrzehnten jedoch nicht mehr gezeigt wurde, weil es ... nun ... als zu gefährlich galt.« Die Menge raunte. »Ich bin zu der Auffassung gelangt, dass der starke und beständige Wind Inogis das Risiko auf ein Minimum schrumpfen lässt. Verehrte Anwesende, wir können es wagen, einen Menschen auf einem Drachen in den Himmel steigen zu lassen!«

»Nein!«, stieß Hitomi hervor, lange bevor Saya begriff, was er meinte. »Stopp! Das geht nicht! Halt!«

Die Männer, zu denen Abe nun wieder zurücklief, spannten die Leinen mit einem dunklen, kehligen Schrei. Trompeten krähten eine grelle Fanfare, Trommelschlägel donnerten auf riesige Felle nieder. Das rote Zelt wurde mit einem einzigen Ruck zur Seite gezogen, und dort, wo es eben noch gestanden hatte, war nun ein riesiger Tako zu sehen, drei Meter hoch und beinahe ebenso breit. Es war ein roter Drachen, rechteckig und simpel in der Struktur, aber mit einem aufwendigen Motiv, ganz in Abes typischem, an die Tako des 17. und 18. Jahrhunderts angelehntem Stil. Das Bild war eine Vergrößerung des Motivs, das Saya bereits in seinem Laden gesehen hatte: Es zeigte den Dieb Kakinoki Kinsuke, der bei dem verwegenen Experiment, mithilfe eines Drachens goldene Schuppen vom Dach von Schloss Nagoya zu stehlen, erfolglos geblieben war und den Tod durch Frittieren gefunden hatte. Vier Jungen in Sayas Alter standen an den Seiten, um den Drachen abzustoßen. Kasumi war mit ausgebreiteten Armen an den Tako gefesselt wie der Gottessohn Jesus ans Kreuz. Sie trug keine verführerischen Gewänder, sondern einen blauen Happi wie alle. Ihre Augen waren geschlossen, aber ihr gerade aufgerichteter Kopf bewies, dass sie nicht schlief, sondern sich konzentrierte. Vielleicht kämpfte sie ihre Angst nieder.

Saya spürte, wie Hitomis Panik auf sie übersprang. Zwei Männer hielten Hitomi an den Oberarmen fest. Sie lachten dabei. Wenn jemand Abes irres Vorhaben noch verhindern konnte, dann Saya. Sie machte einen Schritt nach vorne. Gleichzeitig stieß Abe einen kurzen bellenden Schrei aus, die Männer erwiderten ihn, die Leinen sirrten und die Jungen wuchteten den Drachen gen Himmel.

Die Männer mit den Leinen begannen zu rennen. Hinter ihnen war eine Gasse frei geblieben, und ein älterer Mann, der sich mit einem Fotoapparat dorthin verirrt hatte, wurde von geistesgegenwärtigen Männern unsanft aus der Bahn gerissen.

Saya wünschte sich noch mehr zerstreute Opas im Weg, eine ganze Armee davon, damit der Tako gar nicht erst aufstieg. Doch Kasumis Drachen erhob sich. Der Wind blies genau aus der richtigen Ecke, stark und stetig. Hitomi streckte die Arme nach ihrer Mutter aus, und jemand knipste sie grinsend. Einige gespannte Sekunden lang blieb die Menge ruhig, dann brach sie in Jubelgeschrei aus. Der Drachen erreichte eine Höhe von fünf Metern, flatterte und drohte zu kippen, fing sich jedoch wieder. Die Männer an den Leinen preschten wie von Sinnen vorwärts, ein Gewirr aus Leibern und Schreien und Fäden. Einer, der stolperte und seine Haspel verlor, wurde von den anderen achtlos niedergetrampelt, blieb in verkrümmter Haltung liegen und hielt sich den Kopf.

Saya konnte nichts tun, als auf Kasumi zu starren. Die Frau, die an das Bambusskelett auf der Unterseite des Drachens gebunden war, bewegte die Hände – winkte sie oder ahmte sie Flugbewegungen nach? Die meisten Zuschauer jubelten, einige wenige starrten stumm und skeptisch zum Himmel. Immer mehr ließen ihre Kameras klicken. Was für einen Gesichtsausdruck würden ihre Zooms einfangen? Mit bloßem Auge war Kasumis

Miene nicht mehr zu erkennen. Sie schrie nicht, so viel stand fest. Sie war tapfer.

Langsam folgte die Menge den Männern, die jetzt, da der Tako in fünfzehn, zwanzig Metern Höhe ruhig dahinglitt, das Tempo verringerten und schließlich stehen blieben. Saya wollte sich abwenden, aber sie konnte nicht. Hitomi musste es ebenso ergehen.

Was für ein Schauspiel! Es nahm alle gefangen, von den Kleinsten auf den Armen ihrer Eltern bis hin zu den Hundertjährigen. Der eine oder andere mochte schon Menschen an modernen, lenkbaren Sportdrachen gesehen haben, die von den Berghängen starteten und in weiten Bögen ins Tal schwebten – dies hier war etwas vollkommen anderes. Eine Frau war unbeweglich, ohne die Chance zu navigieren, an einen altertümlichen Tako aus Bambus und Papier gebunden. Ihr Leben hing von zahllosen Faktoren ab. Was, wenn der Wind abflaute, wenn das Material sie im Stich ließ oder den Männern die Leinen aus den Fingern glitten?

Wie hatte sich Kasumi auf dieses Wagnis einlassen können? Hatte sie schon vergessen, dass sie vor wenigen Tagen bei den Kraftwerken von einem Tako attackiert worden war? Schon unter normalen Umständen wäre die Aktion unverantwortlich gewesen – so aber grenzte sie an Selbstmord.

Eine leere, schneeweiße Minute lang verfolgte Saya den Flug des roten Drachens. In dieser Zeit zählte nichts anderes in ihrem Leben, nur das Verhältnis zwischen Kasumi, dem Drachen und dem Wind. Dieses Zusammenspiel sah einfach aus, doch durch die sanften Kipp- und

Drehbewegungen des Drachens schimmerte etwas ungeheuer Komplexes, schwer zu Ergründendes hindurch. Saya spürte die Nähe zu Hitomi wie einen Würgegriff. Die Angst ihrer Freundin um die Mutter floss ungefiltert in sie hinein und zerquetschte sie beinahe.

*Warum?*, dachte sie immer wieder. *Warum, warum, warum?* Das Drachenfest von Inogi brauchte ein solches Husarenstück nicht! Waren die Männer von Inogi nicht allesamt verschossen in die feenhafte, schweigsame, stets lächelnde Schöne? Warum taten sie ihr dann so etwas an?

In diesem Moment lernte Saya etwas über Kasumi. Die Männer liebten sie, ja, aber sie liebten sie nicht als einen Menschen, sondern als ein Kunstwerk, einen Augenschmaus. Die Kasumi aus Fleisch und Blut war nicht wertvoller als ihre Fotos auf den Prospekten.

Drachen ließ man steigen, weil sie schön waren, wenn sie flogen.

Kasumi flog aus demselben Grund.

Würde sie auch schön sein, wenn sie abstürzte? Würden die Männer applaudieren, wenn sie in besonders ästhetischer Weise vom Himmel fiel?

Als hätte dieser gefährliche Gedanke das delikate Gleichgewicht von Mensch, Drachen und Wind gestört, schmierte der Tako, auf den tausend Augenpaare gerichtet waren, plötzlich ab. Er kippte nach rechts, Kasumis Körper ruckte, als hätte ihm jemand einen Stoß versetzt, und sackte ab. Die Fäden, die in gespanntem Zustand nahezu unsichtbar gewesen waren, tauchten auf und zeichneten wirre, hektisch zitternde Parabeln an den

Himmel, wie um allen zu beweisen, dass sie tatsächlich nichts als ein Marionettentheater betrachteten, dessen Puppenspieler zufällig nicht oberhalb, sondern unterhalb ihrer Puppen standen. Der Tako fing sich und gab den Zuschauern einen Augenblick Zeit, um Atem zu schöpfen. Und Hoffnung.

Dann machte der Drachen diese Hoffnung zunichte.

Die Männer brüllten auf, vielleicht nicht nur vor Grauen und Entschlossenheit, vielleicht auch vor physischem Schmerz. Ihr heftiges Zerren hatte den Tako vorwärtsgerissen, und nun pendelte er zurück, ein gewaltiges Blatt, das sich anschickte, vom Baum des Lebens zu fallen.

Irgendetwas stimmte nicht mehr mit ihm. Möglicherweise hatte sich eine von Kasumis Fesseln gelöst, ihr Körper war verrutscht, der Schwerpunkt an eine ungünstige Position gewandert – vom Boden aus ließ sich das nicht erkennen. Immer wieder brach der Drachen aus, und jedes Mal, wenn er das tat, wurden seine Bewegungen ungeschickter, unberechenbarer. Er war ein Vogel, der das Fliegen verlernt hatte.

»Zieht ihn hoch!«, kreischte jemand.

»Holt ihn runter!«, schrie ein anderer.

Das Erste war nicht möglich, das Zweite nicht mehr nötig.

Er kam ganz von selbst.

Niemand applaudierte. Alle brüllten durcheinander. In tausend Kehlen schabten raue Entsetzensschreie, doch keiner dieser Schreie war laut genug, um Hitomis ungläubiges Aufstöhnen zu überdecken. Saya, die vielleicht als Einzige stumm blieb, löste den Blick von dem Tako, riss Hitomi an sich und drückte den Kopf des Mädchens so fest an ihre Brust, dass die Brille knackte. Dann kehrten ihre Blicke ganz von selbst wieder an den Himmel zurück, doch Kasumi war nicht mehr dort, wo Saya sie zuletzt gesehen hatte. Der Tako fiel in kurzen, launischen Etappen, mal mit schnellen, heftigen Rucken, dann wieder in einer weichen Kurve.

Unter dem Strich jedoch gewann er an Geschwindigkeit.

Die Leinen berührten jetzt den Boden und bewirkten nichts mehr. Der riesige Drachen, der abseits von der Menge auf der Wiese niedergehen würde, rollte sich noch wenige Meter über dem Boden zur Seite hin ab, wobei einer von Kasumis Armen wild herumschlenkerte. Eine der Fesseln musste gerissen sein. Auch der Kopf der Frau wurde hin und her geschleudert, als sich der Drachen auf den Rücken legte und der Sturzwinkel steiler wurde. Saya glaubte, einen beachtlichen Riss in dem bunten Papiersegel ausmachen zu können.

Hilflos, in Rückenlage, den Kopf nach unten wurde Kasumi mit ihrem defekten Fluggerät auf die Wiese geworfen. Das Bambusskelett von Abes kunstvollem Riesendrachen knickte am Aufprallpunkt ein, dann faltete sich ein Teil des Tako um die Frau, der andere Teil brach weg und wurde in winzige Stücke zerfetzt. Die Trümmer spritzten auf die Zuschauer zu und Saya wurde von einem Bambusstück am Kopf getroffen.

Sie wusste nicht, ob Kasumi schrie, ob sie bei Bewusstsein oder ohnmächtig war, ob sie überhaupt noch lebte.

Der Lärm um sie herum war zu groß, und er schwoll noch weiter an, während einige die Flucht ergriffen, andere auf die Absturzstelle zuströmten.

Saya hielt Hitomi noch immer an sich gedrückt und ging mit ihr langsam und stolpernd in die Richtung, in der sich das Unglück ereignet hatte. Sie stiegen über einen der Männer hinweg, die an den Leinen gezogen hatten. Noch immer hielt er seine Haspel in der Hand, ein gewaltiges Holzmonstrum. Sein Gesicht war verkrampft, und er schien etwas aus sich herauspressen zu wollen. *Er wartet auf die Tränen*, kam Saya die plötzliche Erleuchtung, und sie verstand, was er fühlte. Auch sie sehnte den Moment herbei, an dem ihre Augen überzufließen begannen.

Neben dem Mann kam Abe auf die Beine. Der Kampf um den Drachen hatte ihn ebenfalls zu Boden geworfen. Als die Blicke des Drachenbauers sie trafen, verzerrte sich sein Gesicht. Saya war so naiv, sich zu fragen, ob er wohl Schmerzen hatte. Es dauerte, bis sie sich eingestand, dass Hass seine Miene entstellte. Hass auf sie, Saya.

Aber warum sollte er ausgerechnet sie hassen, sie, die weder geahnt noch gewollt hatte, dass Kasumi auf einem Gestell aus Bambus und Papier vierzig, fünfzig Meter in die Höhe stieg! Sie, die nicht applaudiert hatte, als alle anderen es taten!

Unter den Leuten, die zu dem abgestürzten Drachen drängten (manche so zögernd, als würden sie sich wünschen, ihn nie zu erreichen), waren Menschen, die sie kannte. Ioka und sein Sohn Kaito. Und Yokoi Sadahiro, der Experte für Windkraftwerke, ein Fremder im Dorf und – ja, richtig, sie war so durcheinander, dass es ihr erst jetzt auffiel – ihr Vater.

Beinahe teilnahmslos verfolgte sie, wie Ioka auf Tô-chan zuging, ihn an der Schulter packte und herumriss. »Du Bastard!«, heulte er mit aufgeworfenen Lippen und zu einem V verzogenen Brauen. »Konntest du dem Fest nicht einfach fernbleiben?« Er schüttelte Sayas Vater, schien ihn umstoßen zu wollen, aber nicht den Mumm dazu zu haben.

Kaito ging dazwischen – stand er dem Unschuldigen bei oder schritt er nur ein, weil es sich um ihren Vater handelte? Für Saya machte das einen großen Unterschied. Nun ging Abe auf Kaito los, versuchte ihn wegzustoßen, damit er sich zusammen mit Ioka den Mann vorknöpfen konnte, der wohl auch in seinen Augen Schuld an dem Unfall trug.

Vereinzelt sammelten sich Menschen um sie, Männer wie Frauen, und sie sahen nicht freundlich aus. Sie warfen ihnen Blicke zu, wie Saya sie schon bei ihrer Ankunft gesehen hatte. Es waren die Blicke einfacher, abergläubischer Leute, die Angst hatten, Angst vor den Fremden und ihrem angeblich bösen Einfluss.

Kaito rangelte ein bisschen mit einem Jungen, der Tô-chan auf den Leib rückte, aber für Sayas Geschmack steckte er nicht genügend Energie in den Kampf, so als habe er sich schon damit abgefunden, dass er ihren Vater ohnehin nicht gegen die Übermacht schützen konnte. Hatten sie denn alle den Verstand verloren? Wenn sie ihren Zorn unbedingt an jemandem auslassen mussten, warum sperrten sie dann Abe nicht endlich weg? Und vor allen Dingen: Warum eilten sie nicht endlich Kasumi zu Hilfe?

»Ich wusste, dass die beiden den Wind stören«, knurrte Abe und spuckte vor Tô-chan aus wie ein Gangster in einem schlechten Film.

»Sie sind der Untergang von Inogi«, pflichtete ihm Ioka bei. »Frau Takenos Unglück war nur ein Vorgeschmack auf das, was uns noch erwartet.« Die beiden waren ein Herz und eine Seele. Rührend!

Saya dämmerte etwas. »Die Drachen mit den Drohungen stammen doch bestimmt von Ihnen, Abe!«, schrie sie. »Sie verlogener, schmutziger, hinterlistiger ...«

»Ich wusste, was passieren würde«, konterte Abe. »Eine kühne Vorführung wie diese und ein Mann, dessen bloße Anwesenheit den Wind zum Einschlafen bringt – das kann nicht gut gehen. Hättet ihr meine Forderung, aus Inogi zu verschwinden, befolgt, wäre dieser Unfall nie geschehen!«

Saya verschlug es die Sprache. Sie wollte zu Kasumi, nachsehen, wie es ihr ging. Gleichzeitig wollte sie etwas erwidern, etwas Logisches, Einleuchtendes, was alle verstehen mussten, ob sie es nun wollten oder nicht. Und gleichzeitig wollte sie noch etwas: Abe eine Ohrfeige verpassen, die ihn noch wochenlang schmerzen würde.

Sie spürte, wie Hitomi, die sich bisher wimmernd an sie gepresst hatte, von ihr abrückte. Ihre Blicke trafen sich.

Hitomi war nicht mehr die, die sie eben noch gewesen war. Aus ihren Augen sah eine Fremde sie an.

»Du hast ... meiner Mutter das ... angetan«, schluchzte das Mädchen. »Und ich dachte ... du wärst meine ... meine ...«

Meine Freundin.

O ja, dachte Saya. *Das hatte ich auch angenommen. Von dir, Hitomi!*

»Gehen wir«, drängte sie. »Wir haben genug Zeit für Diskussionen, sobald Takeno-san in ärztlicher Obhut ist. Es gibt hier doch bestimmt einen Arzt.«

»Du rührst meine Mutter nicht an!«, kreischte Hitomi mit überschnappender Stimme. Die rot geweinten Augen hinter den dicken Brillengläsern waren die eines waidwunden Tiers.

»Es scheint mir besser«, setzte Abe seinen scheinheiligen Tonfall auf, »wenn die Familie Yokoi dem Unfallort fernbleibt.«

Und da standen sie nun, abseits und hilflos, Saya, ihr Vater und Kaito, der dreimal versuchte, den Arm um sie zu legen, und es schließlich aufgab, da sie ihn immer wieder abschüttelte. Sie war außer sich vor Wut, und dass sie zum Zusehen verdammt war, machte es nur schlimmer. Jede einzelne Sekunde, die seit dem Tag ihrer Ankunft verstrichen war, bereute sie, selbst die Begegnung mit Kaito, jeden Atemzug, mit dem sie die Luft von Inogi in ihre Lungen gesogen hatte, verfluchte sie. Sie war am Ende, äußerlich reglos, innerlich glühend vor Zorn und Verbitterung.

Wäre ihre Sorge um Kasumi nicht gewesen, sie hätte auf dem Absatz kehrtgemacht und niemand, das schwor sie, niemand aus Inogi hätte sie jemals wiedergesehen! Sie gehörten wirklich nicht hierher. Was immer geschah, man würde ihnen die Schuld dafür geben. Dieser heuchlerische Abe musste sie von Anfang an gehasst haben. Er hatte sie nie beim Drachenkampf sehen wollen. Kein Wunder, dass er ihr einen billigen Tako mit der albernen Aufschrift »Tako« geschenkt hatte. Als Weiberheld war er natürlich verschossen in das betörendste Geschöpf, das Inogi zu bieten hatte: Takeno Kasumi. Und da er den tollkühnen Flug schon lange plante, hegte er eine abergläubische Furcht vor Sayas Vater, dem Mann, der den Wind einschlafen ließ.

Es war merkwürdig, aber sie wünschte sich, Torayama wäre hier. Hinter seiner Maske der Überheblichkeit hatte der Meister sich bis an den Rand des Todes verausgabt, um für sie einen Drachen zu bauen. Dieser Drachen, den sie auf dem Rücken trug und dessen nervöse Erwartung sie körperlich zu spüren glaubte, war das Einzige, was sie jetzt noch zur Teilnahme an den Kämpfen trieb. Hätte es diesen Drachen nicht gegeben, sie hätte alles hingeschmissen.

Aber sie musste ihn fliegen sehen und ihm die Chance geben, sich im Kampf zu beweisen. Das war sie ihm schuldig. Das war sie Torayama schuldig.

Ein paar Männer befreiten die verunglückte Kasumi aus den Trümmern des Drachens. Aus der Distanz konnte Saya wenig erkennen, doch die Frau sah nicht gut aus. Ihr Körper lag schlaff in den Armen ihrer Retter, Blut bedeckte die linke Hälfte ihres Gesichts, die Hose des Happi war zerrissen. Es sah aus, als würden sie eine Tote bergen, aber natürlich konnte sie auch einfach nur das Bewusstsein verloren haben. Musste.

Musste.

Saya und ihr Vater mochten gemobbt und verleumdet werden, aber das wahre Opfer dieses Irrsinns war Kasumi. Und dies alles nur, weil es dem drachenbesessenen, frauenverrückten Abe ein Anliegen war, ihre Schönheit mit dem künstlerischen Reiz seines Tako zu verbinden. Saya musste zurückdenken an den Empfang im Rathaus vor wenigen Tagen. Kasumi war der Mittelpunkt des Abends gewesen, ohne dass sie etwas zu sagen hatte, und genauso war es auf den Prospekten zum Drachenfest und zur Windkraftanlage. Heute war sie auf entsetzliche Weise wieder zum Mittelpunkt geworden.

Je weniger sie sagte, je mehr sie sich aufgab, desto wichtiger wurde sie für die Männer von Inogi.

Hitomi stolperte den Leuten hinterher, die ihre Mutter wegtrugen. Sie kreischte etwas, doch ihre Worte gingen in ihrem Weinen unter. Eigentlich hätte Saya ihr vergeben müssen – niemand konnte sich in einer solchen Situation unter Kontrolle haben, und man sagte Dinge, die man nicht meinte. Doch es fiel ihr immer schwerer, Hitomi zu verzeihen. Ihre Anfeindungen gegen sie häuften sich. Vielleicht waren sie nicht dazu bestimmt, Freundinnen zu sein. Sondern Gegnerinnen. Vielleicht hatte Hitomi sie deshalb angemeldet ...

»Wo tragen sie sie hin?«, flüsterte Saya.

»In die Praxis von Dr. Satô«, entgegnete Kaito. »Er ist der einzige Hausarzt in Inogi.«

»Ein Hausarzt? Aber sie muss in ein großes Krankenhaus gebracht werden! Bestimmt hat sie innere Verletzungen, Knochenbrüche, eine Gehirnerschütterung, ein ...«

»Dr. Satô ist ein guter Arzt«, unterbrach Kaito sie. Es hörte sich an, als wollte er eigentlich etwas ganz anderes sagen.

»Man möchte nicht, dass Außenstehende erfahren, was in Inogi vor sich geht«, raunte Saya ungläubig. »Man will vertuschen, was Abe getan hat.«

Kaito nickte schwach.

»Aber wenn sie stirbt, dann hat die gesamte Dorfgemeinschaft sie auf dem Gewissen!«

»Unfälle passieren«, meinte Kaito und dann, als er ihren bestürzten Blick sah, fügte er eilig hinzu: »Das zumindest werden alle sagen. Sie hat einfach nur Pech gehabt. Und ihr müsst noch froh sein, wenn sie bei dieser Version bleiben. Falls ganz Inogi ernsthaft versuchen sollte, euch eine Mitschuld in die Schuhe zu schieben, wird es ein hartes Stück Arbeit werden, aus der Geschichte unbeschadet rauszukommen. Sie halten zusammen wie Pech und Schwefel.«

Saya trat einen Schritt von ihm zurück. »Sag mal, findest du diese Einstellung in Ordnung?«

»Absolut nicht. Aber ich wüsste nicht, was ich alleine dagegen ausrichten könnte.«

»Feigling!« Sie rannte los, um die Männer, die Kasumi forttrugen, zu ermahnen, die Verletzte in ein Hospital zu bringen. Doch drei kräftige Burschen stellten sich ihr in den Weg und es war kein Durchkommen. »Also gut!«, schrie sie. »Wenn ihr euch weigert, rufe ich eben selbst den Notarzt.« Sie lief zu ihrem Vater hinüber und verlangte sein Handy.

»Einen Augenblick, Schatz«, sagte er sanft und legte

die Hand auf die Tasche, in der das Mobiltelefon steckte. »Es ist wahrscheinlich klüger, wenn Dr. Satô sie erst einmal untersucht. Sollte ihr Zustand riskant sein, wird er sie schon irgendwo einliefern lassen, sonst macht er sich strafbar.«

Tränen schossen in Sayas Augen. »Du fürchtest um deine verdammte Karriere!«, brüllte sie.

Yokoi Sadahiro schwieg betreten.

Saya ließ sich mitten auf der Wiese auf die Knie fallen, krümmte sich zusammen und weinte.

*

Den Rest des Tages verbrachte sie in einem Wechselbad aus Wut, Trotz und Resignation. Wegen des Unfalls war der Beginn der Wettkämpfe auf den nächsten Tag verschoben worden – wenigstens zeigten die Veranstalter einen Funken Respekt. Das überraschte Saya, aber versöhnen konnte es sie nicht mit diesem geisteskranken Dorf. Im Laufe des Nachmittags, der wieder rasend schnell verflog, erreichte sie die Nachricht, Kasumi gehe es gut, sie habe nur ein paar Schrammen und Prellungen davongetragen und ihre schlimmste Verletzung sei ein gebrochener Finger.

Möglich, dass es stimmte, aber sie glaubte es nicht. Sie *konnte* es nicht glauben, weil sie die Verunglückte gesehen hatte, und sie *wollte* es nicht glauben, weil sie die Leute hier kannte. Am liebsten hätte sie Kasumi einen Besuch abgestattet, aber sie konnte sich nicht vorstellen, dass man sie durchließ. Außerdem war sie todmüde.

Was würde sie morgen erwarten, wenn die Kämpfe begannen?

*

Das Wetter schien zu sagen: *Komm schon, Kopf hoch, es ist doch alles halb so schlimm!* Der Himmel war wolkenlos und von einer Tiefe, dass einem schwindelig werden konnte, wenn man zu lange hineinsah. Der Wind war wärmer geworden, überall begegnete man fröhlichen Gesichtern, die Stimmung war gut. Freilich verstärkte die allgemeine Heiterkeit Sayas Unbehagen nur. Selbst ihr gegenüber gaben sich die Leute freundlich, als hätten sie ihr in ihrem Großmut längst verziehen, dass sie das Unglück der armen Kasumi herbeigeführt und damit die Berufsehre des großen Abe befleckt hatte.

Alles war eine einzige Lüge. Sie nahm sich vor, das keine Sekunde lang zu vergessen, was immer auch geschah.

Diesmal hatte sie zum ersten Mal seit mehreren Nächten nicht schlecht geträumt. Torayamas Drachen hatte neben ihr gelegen, neben ihr *geschlafen*, sein wirres Muster hatte in der Dunkelheit geglommen, ganz gleich wie sehr sie den Raum abzudunkeln versuchte. Vielleicht funktionierten die roten Wirbel ja wie eine Art Traumfänger, der die bösen Träume von ihr fernhielt.

Da sie nicht zu früh kommen wollte, traf sie erst kurz vor zehn auf dem Wettkampfplatz ein. Abes rotes Zelt leuchtete ihr stolz und starrköpfig entgegen – hätte es noch eines Auslösers bedurft, um ihr die Laune zu verderben, hier wäre er gewesen! Ein einzelner knallroter

Tako zog gemächlich am Himmel hin und her, und sie war kein bisschen erstaunt, als sie sah, dass Abe höchstpersönlich ihn lenkte. Sicher wollte er vorab schon das Gefühl auskosten, am Ende den letzten Drachen in der Luft zu haben. Sie würde alles daransetzen, zumindest das zu verhindern.

Schätzungsweise dreihundert Bürger von Inogi nahmen aktiv an dem Spektakel teil, Leute jeden Alters, drei Viertel davon Männer. Sie standen gleichmäßig auf der Wiese verteilt, ihre meist roten Tako in den Händen und scheuchten ihre Verwandten und Freunde weg, die ihnen immer noch einen Ratschlag und immer noch einen Schluck Tee aus der Thermosflasche geben wollten. Die Fahnenträger schwenkten ihre Fahnen, die Trommler malträtierten ihre Trommelfelle (und die der Umstehenden), ein paar Cheerleader-Verschnitte tänzelten in kurzen Röckchen die Ränder des Areals auf und ab. Saya betrat das Feld, ohne zu lächeln, ohne zu grüßen, mit einem bitterernsten Gefühl der Feierlichkeit in der Brust. Sie kam nicht, um Spaß zu haben, und schon gar nicht, um den anderen Spaß zu bereiten.

Sie und ihr Tako kamen, um zu kämpfen.

Saya fand einen Platz und entdeckte keine dreißig Meter entfernt Hitomi. Hitomi grüßte Saya nicht, und Saya grüßte Hitomi nicht. Immerhin hatte es etwas Beruhigendes, sie zu sehen, denn es musste bedeuten, dass der Zustand ihrer Mutter nicht dramatisch war, sonst hätte sie sie wohl kaum alleine gelassen. Oder doch? Saya wusste nicht, *was* dieser Drachenkampf war – ein Spiel jedenfalls war er nicht, und falls Kasumi tot war oder im

Sterben lag, hatte Hitomi vielleicht noch mehr Grund, am Wettbewerb teilzunehmen. Und ihn zu gewinnen.

Nachdem der Kampf nun mit einem Tag Verspätung begann, war der Ablauf angepasst worden. Heute traten sämtliche Teilnehmer gegeneinander an, am zweiten Tag nur noch jene fünfzig, die sich am längsten gehalten hatten, am dritten Tag die besten zwanzig und am vierten Tag die beiden letzten. Das Finale würde also nach wie vor auf den 5. Mai fallen, das Ende der *Golden Week* und den Tag der Kinder. Gestern noch wäre Saya zufrieden gewesen, den zweiten Wettkampftag zu erreichen, heute wollte sie alles, das Finale, den Sieg.

Der Mann, der die Rede beim Empfang im Rathaus gehalten hatte, eröffnete die Veranstaltung wieder mit einem Vortrag, den er vom Blatt ablas. Niemand hörte ihm zu. Alle fieberten der Starterlaubnis entgegen, und diese erteilte der Redner mit einem kraftvollen »Lasst die Drachen fliegen!« und einigen Minuten Verspätung, da auch er die galoppierende Zeit falsch eingeschätzt hatte.

Saya zögerte mit dem Starten ihres Tako. Atemlos beobachtete sie, wie dreihundert Drachen nahezu zeitgleich in die Luft stiegen. Es erinnerte an ein Feuerwerk, an das Freilassen von Brieftauben und merkwürdigerweise an ein gewaltiges ... Massengebet. Es hatte etwas tief Religiöses und war gleichzeitig durchdrungen von kindlicher Lebensfreude. Man fragte sich, ob die Drachen nicht etwas Besseres, Edleres darstellten als die Menschen, die sie an den Leinen führten. Die Farben übertünchten das Blau, und einige Augenblicke lang war der Himmel eine bemalte Kuppel, ein buntes Fresko, ehe die Drachen beim Aufsteigen auseinanderdrifteten und zu Booten auf einem blauen Meer wurden.

Als Saya ihren eigenen Drachen losließ, jagte dieser fast senkrecht in die Höhe, ein weißer Blitz, der im Handumdrehen seinen Rückstand wettmachte und die anderen einholte. Während die Wettkämpfer sich schweigend konzentrierten – es war nicht einfach, in dem Gewimmel den eigenen Tako im Auge zu behalten –, grölten und johlten die Zuschauer. Die Händler hatten ihre Buden zurückgelassen und drängten in die vorderen Reihen, Kinder krochen zwischen den Beinen der Erwachsenen hindurch, um etwas zu sehen, und ein Anfeuerungschor schrie sich die Kehlen mit einstudierten Ermutigungen wund. Rauch von verbrennenden Yakitori-Spießen trieb auf den Wettkampfplatz.

In Sayas Umgebung gab es nur zwei Leute, die ihre Drachen nicht zum Fliegen brachten. Der glatzköpfige Meister Kuroboshi und seine Urenkelin Moe, die in ihrem Kinder-Happi einfach zum Knuddeln aussah. Die beiden kämpften mit ihren Eigenkonstruktionen und schienen überrascht, aber nicht verärgert darüber, dass sie nach einem kurzen Hüpfer stets wieder zu Boden krachten. *Dabei sein ist alles*, erkannte Saya.

Noch hatte der Kampf nicht richtig begonnen, noch standen die meisten Kontrahenten auf einer festen Position und gaben ihren Drachen Leine, doch schon kam es oben zu den ersten Kollisionen. Gegnerische Drachen direkt zu treffen, war nicht das eigentliche Ziel, aber bisweilen reichte es aus, um einen Feind abzuschießen. Saya sah Dutzende, die nach Zusammenstößen abschmierten. Auch wenn sich die meisten davon wieder fingen, bedeutete es für einige bereits das Aus.

Saya hielt sich mit den Attacken zurück, versuchte ihren Tako zunächst auf eine Höhe zu bringen, in der er stabil und unbedrängt schweben konnte. Sollten sich die Ungestümen ruhig gegenseitig ausdünnen! Als sie den Schwarm der Drachen aufsteigen sah, hatte sie den Eindruck, von diesen vogelähnlichen Wesen zurückgelassen zu werden, so als verließen Raumschiffe eine zerstörte Erde und man selbst hatte keinen Sitzplatz mehr ergattert. Auch schien man zu fallen, langsam, wie in einem Fahrstuhl.

Etwas floss zwischen ihr und ihrem Drachen durch die Leine, eine intuitive Art der Verständigung kam zustande. Sie spürte, was der Tako wollte, sah in gewisser Weise mit seinen Augen, konnte die Position seiner Nachbarn abschätzen. Erging es allen so? Gehörte das zur Magie, die Inogis Luft erfüllte? Oder war es ihrem besonderen Talent zuzuschreiben? Am plausibelsten erschien ihr, dass der große Meister Torayama ihrem Drachen diese Fähigkeit quasi eingebaut hatte. In ihren Augen wurde er immer mehr zu einem strengen, aber wohlgesinnten Magier, der ihr mit diesem speziellen Drachen eine mächtige Waffe in die Hand gegeben hatte.

Saya zuckte zusammen. Ein feuerroter Abe-Drachen wischte unter ihrem vorbei, drehte nach hinten ab und versuchte mit dem präparierten Teil seiner Schnur ihre Leine zu zerschneiden. Sie sprang nach vorne und drehte die Rolle eilig, damit ihr Tako an Höhe verlor und der Gefahr entging. Als hätte er ihre Absicht vorausgeahnt, sackte er augenblicklich ab, die fremde Schnur erwischte seine Leine nicht, schrammte nur leicht an seinem Rahmen entlang. Saya ging nahtlos zum Angriff über, ließ ihren Tako eine Schleife vollführen, einen harmlosen Aufwärtsschwung mit einem bösen, genau kalkulierten Sturz. Dabei legte sich ihre Leine über die des Gegners, blieb hängen und schnitt sie bei der heftigen Abwärtsbewegung sauber durch.

Der fremde Drachen schien sein Schicksal nicht wahrhaben zu wollen. Er brachte die Flugbewegung, bei der sie ihn erwischt hatte, artig zu Ende, ehe er an Schub verlor und trudelnd vom Himmel fiel.

»Mein erster Abschuss«, flüsterte sie, unsicher, wie sie sich nun fühlen sollte. Dann sah sie zu Hitomi hinüber, die ebenfalls in ein Duell verwickelt war. Die runden Brillengläser, die von der Sonnenreflexion weiß glühten und vor ihren Augen zu schweben schienen, verliehen ihr etwas Fantastisches. Auch was ihr Drachen – ein unscheinbarer roter Tako aus Abes Werkstatt – dort oben vollbrachte, konnte nur als übernatürlich bezeichnet werden. Er bewegte sich mit doppelter Geschwindigkeit, jagte in einer wie mit dem Lineal gezogenen Geraden an der Schnur seines Gegners entlang und durchtrennte diese in einem Sekundenbruchteil, ohne dass es zu einem sichtbaren Kontakt gekommen war. Der gegnerische Drachen kippte nach hinten und stürzte in einer flachen Kurve ab.

Hitomi war stark. Ihre Aktionen stachen unter den vorsichtigen und unbeholfenen Manövern vieler anderer hervor.

Doch plötzlich krümmte sich Hitomi zusammen, stieß einen Schrei aus und hielt sich die Hand.

Sayas Herz machte einen Satz. Sie kannte diesen Anblick. Das hatte sie vor wenigen Tagen schon einmal gesehen.

Als Hitomi für einen Moment ihre verletzte Hand freigab, erblickte Saya mit den Augen, was ihr Geist bereits vorhergesehen hatte. Aus den zwei roten Striemen auf Hitomis Handfläche (die überhaupt nicht zu heilen schienen) waren drei geworden, fast parallel. Und der dritte schien der schlimmste zu sein. Breit und blutig lohte er herüber.

Saya wollte hinüberrennen, Hitomi stützen, sie trösten, ihre Wunde versorgen, doch zu viel war zwischen ihnen geschehen. Saya dachte an ihren Drachen. Wenn sie Hitomi zu Hilfe eilte und ihren Tako aus den Augen ließ, würde der Kampf für sie rasch verloren sein. Unter ihren Kontrahenten musste es viele geben, denen nichts ein größeres Vergnügen bereiten würde, als sie in einem unachtsamen Moment aus dem Wettkampf zu werfen. Und das sollte sie riskieren, wo Hitomi sie ohnehin nur wegstoßen würde?

Saya spürte die Kälte der Kriegerin in sich. Wer siegen wollte, musste Opfer bringen. Das hatten schon die Samurai gewusst.

Eines jedoch tat sie, wenn auch nur, um sich zu versichern, dass ein Rest Menschlichkeit in ihr wohnte: Als Hitomis Drachen in Bedrängnis geriet und diese noch immer auf ihre verletzte Hand starrte, rief Saya ihren Namen und deutete zum Himmel. Der Blick, den Hitomi ihr zuwarf, nachdem sie ihren Tako aus der Gefahrenzone navigiert hatte, troff vor Hass.

Nach der chaotischen Anfangsphase durchlief der Kampf mehrere Stationen. Für geraume Zeit bestimmte ruhiges Taktieren die Situation am Himmel – kaum Angriffe, nur vier oder fünf Abstürze, eine Phase der Konzentration. Dann wurde es heftig. Die Gegner waren ausgesucht, die Strategien zu Ende gedacht. Saya fand sich im Kreuzfeuer mehrerer Attacken wieder, doch auch anderswo spielten sich erbitterte Duelle ab.

Wenn die Feinde in ihre Richtung glitten und sich positionierten, krampfte sich Sayas Magen zusammen. Doch wenn sie Schlagdistanz erreichten und zum Angriff übergingen, verflog das Gefühl, und sie wusste genau, was zu tun war, schlug Haken, täuschte mit Finten und war in Sekundenbruchteilen von einer Gejagten zur Jägerin geworden. Einmal durchtrennte sie mit einem entschlossen geführten Aufwärtsschwung drei Leinen auf einmal.

Was passierte mit ihr? Übergab die alte zögerliche Saya ganz automatisch an ihr neues, forscheres Selbst, sobald es brenzlig wurde? Oder trat sie vielmehr die Kontrolle an den Tako ab und erspürte durch die Schnur hindurch, welche Manöver *er* wünschte?

Nicht alle Feinde waren so leicht aus dem blauen, nur nach unten hin begrenzten Spielfeld zu vertreiben. Die zweite und dritte Welle bestand aus versierteren Kämpfern, die den Unerfahrenen den Vortritt gelassen und die ernst zu nehmenden Gegner in Ruhe studiert hatten. Schweißnass stritt sich Saya von einem Duell zum nächsten und spürte, wie sie körperlich an ihre Grenzen stieß. Auf dem magischen Wind reitend übte der Drachen einen ungeheuren Zug aus, der ihr unablässig die Haspel zu entreißen drohte. Die starke Waffe, die Saya führte, forderte ihren Tribut. Längst waren ihre Handflächen wund, ihre Finger taub, und ihre Armmuskulatur brannte von den Handgelenken bis zu den Schultern. Am Boden kam es ständig zu schmerzhaften Kollisionen mit anderen Drachenführern – schließlich konnten die Tako am Himmel nur innerhalb eines engen Aktionskreises navigiert werden, ehe sie sich wieder in den Wind legten. Größere Strecken mussten am Boden zurückgelegt werden. Manche der Teilnehmer tasteten sich vorsichtig weiter, andere stürmten unbekümmert rückwärts oder zur Seite. Saya hatte aufgehört zu zählen, wie oft sie mit Schultern oder Hinterkopf gegen einen Konkurrenten geprallt war. In ihrem Schädel summte es und ihr Nacken war vom dauernden Emporstarren verspannt.

Als eine Feuerwerksrakete knatternd aufstieg und das Ende des ersten Kampftages verkündete, wollte sie es nicht wahrhaben. Nach wie vor schien ihr der Himmel dicht mit Drachen übersät, doch geübte Beobachter hatten nicht mehr als fünfzig gezählt und die erste Runde beendet.

»Sie hat Glück«, sagte einer der Kämpfer in ihrer Nähe. »Ihr Rokkaku lässt sich besser steuern.«

Selbst ihr Tako schien so etwas wie Erschöpfung zu empfinden, stemmte sich nicht gegen ihren Zug, ließ sich bereitwillig herabführen, flatterte müde eine halbe Runde über ihr und legte sich dann ins Gras.

Die erste Schlacht war geschlagen. Was sie vor wenigen Tagen noch nicht einmal zu denken gewagt hatte, war eingetreten: Sie war angetreten und zählte nun zum besten Sechstel. Ob sie morgen überhaupt aus dem Bett kommen würde, schien ihr zweifelhaft, doch morgen war morgen – heute hatte sie es geschafft. Technisch gesehen war es erstaunlich einfach gewesen, körperlich hatte es sie vollkommen ausgelaugt.

In der Hitze des Kampfes hatte sie Hitomi aus den Augen verloren, doch es wunderte sie nicht, dass sie sie noch auf dem Platz stehen sah, wie sie ihren tänzelnden, verspielten Drachen langsam herabzerrte. Hitomi wirkte ermattet, doch ihr Tako machte einen frischen Eindruck.

Einen frischen Eindruck.

Sie dachte über die Drachen tatsächlich wie über Pferde oder Hunde!

Mit abgewandtem Gesicht verließ Hitomi das Areal. Heute hatten sie nicht gegeneinander gekämpft, morgen konnte das schon anders sein.

*

Wenn Saya die Augen schloss, sah sie ein Gewirr aus Fäden. Kreuz und quer verliefen sie und es waren nicht nur die feinen Drachenleinen, die man im Blau des Himmels kaum wahrnahm – jetzt, vor dem dunklen Hintergrund ihrer Augenlider, zeigten sich die Linien in vielfältiger Gestalt, reichten von zarten grauen Spinnwebfäden über eine Art Wollgarn, flauschig und rot, bis hin zu dicken, in Wind und Wetter zerschlissenen Tauen, deren fettigen Meeresgestank man beinahe riechen konnte. Dazwischen gab es Saiten und Stränge, Kabel und Drähte und dazu tausend Fasern, die ihr vollkommen fremd waren.

Eigentlich durfte ihr die Vision kaum ungewöhnlich erscheinen nach den Stunden, die sie an einen fadendurchwebten Himmel gestarrt hatte. Doch wenn sie die Augen öffnete, verblassten diese Linien viel zu langsam, und sie hatte – für Sekundenbruchteile vielleicht – die Illusion, sie würden Menschen, Dinge und Orte miteinander verknüpfen.

Wenn hier alles miteinander verbunden war, nicht nur sie und Hitomi, Tô-chan und Kasumi, sondern einfach alles, was konnte sie daraus schließen? Dass alles, was sich zutrug, irgendeinen Zweck erfüllte, irgendeinem ihr unbekannten Ziel entgegenstrebte?

Dass ihre Möbel nicht eintrafen zum Beispiel, welche tiefere Bedeutung verbarg sich dahinter? War es für irgendeine durchgeknallte Macht, für irgendein abstruses Schicksal wünschenswert, dass die Möbel nicht in ihrem Häuschen standen?

Ein abwegiger Gedanke kam ihr so breit und unverfroren entgegen, dass sie ihm nicht ausweichen konnte: Die Dokumente zum blutigen Drachen! Kuroboshi behauptete, sie im Haus versteckt zu haben. Verhinderte der magische Einfluss, der Inogi wie eine Kuppel überspannte, etwa nur deshalb das Eintreffen der Möbel, damit die Dokumente nicht dahinter verschwanden?

Wo hätte sie ihr Piano aufgestellt?

Ihr Zimmer war zu klein, die Nebenräume hatten ihre Eltern in Beschlag genommen, also blieb nur das Wohnzimmer. Welche Wand? Saya stellte sich den Raum vor und kam zu dem Schluss, dass es am besten neben die Tür passte. Zum einen hatte sie so das Licht im Rücken, zum anderen handelte es sich um eine Innenwand, wodurch weniger Schall nach draußen drang. Ja, dort hätte es stehen müssen!

Sie rannte los. Ein paar junge Leute sahen ihr nach und gaben spöttische Bemerkungen von sich. Als Saya das Haus erreichte, setzte die Dämmerung bereits ein. Der ganze Tag hatte aus ein, zwei flüchtigen Stunden bestanden – nicht einmal gegessen hatte sie.

Auch ihre Eltern schienen eben erst zurückgekehrt zu sein, denn sie holten gerade das Geschirr für einen improvisierten Imbiss aus dem Schrank. »Wie geht es Kasumi? Warst du bei ihr?«, platzte Saya heraus, ohne darüber nachzudenken, welche Reaktion diese Frage bei Kâ-chan auslösen würde. Längst war sie zu dem Schluss gekommen, dass die Sache mit Kasumi keine echte Bedrohung für die Ehe ihrer Eltern bedeutete. Dabei hatte sie vergessen, dass Kâ-chan darüber sicher anders dachte.

»Sie haben mich nicht zu ihr gelassen«, erwiderte ihr Vater kleinlaut, während ihre Mutter sichtlich den Impuls niederkämpfte, ihm eine Szene zu machen. Sie gewann den Kampf mit den resignierten Worten »Ich habe keinen Hunger« und stellte den Teller, den sie eben zur Hand genommen hatte, wieder zurück in den Schrank.

Saya brachte eine Entschuldigung über die Lippen und verzog sich ins Wohnzimmer. Die Wand, an der sie im Geiste ihr Klavier stehen sah, lag vor ihr. Jeden Fingerbreit dieser Wand untersuchte sie, und ihre Eltern, die es in der Küche miteinander nicht mehr aushielten, stellten sich eine Weile hinter sie und beobachteten sie schweigend, bis sie mit einem einträchtigen Kopfschütteln den Raum verließen. In der Zimmerecke, zwanzig Zentimeter über dem Boden, wurde Saya fündig. Für das Auge kaum sichtbar ließ sich mit dem Finger eine schmale, rechteckige Vertiefung ertasten, nicht größer als der Rücken eines Taschenbuchs. Ohne jedes Zögern fuhr sie mit dem Fingernagel die Konturen nach, bis die Tapete durchschnitten war. Die hölzerne Klappe dahinter ließ sich nur mit einer Nagelfeile öffnen. Den Papierstapel, den Kuroboshi unordentlich in das viel zu kleine Fach gestopft hatte, wieder herauszuziehen, ohne das Papier zu zerreißen, war Präzisionsarbeit.

Saya breitete die Dokumente an Ort und Stelle aus. Ihre Neugier duldete keinen Aufschub mehr. Dass ihre Vermutung richtig gewesen war und aller Wahrscheinlichkeit zwei Möbelwagen deshalb an einem Getriebeschaden verendet waren, damit sie diese Schriftstücke fand, darüber wollte sie jetzt nicht nachgrübeln. Sie wollte lesen, nur lesen.

Zunächst wurde sie enttäuscht. Sie hatte mit einem Text gerechnet, in dem die Ereignisse um den blutigen Drachen erzählt und ihre Hintergründe beleuchtet wurden. Wer war der Fremde, der dem blutigen Drachen begegnete und am Ende der Leine sich selbst? Musste man die Geschichte symbolisch verstehen oder handelte es sich um eine reale Begebenheit?

Darüber schwieg das Dokument sich aus. Auf dickem, brüchigem, graugelbem Papier, das sehr alt zu sein schien, waren untereinander einige Personennamen vermerkt, dazu Geburts- und Sterbedaten, hin und wieder ein Beruf oder ein Amt sowie Notizen zum Wohnort. Die Lebensspannen der erfassten Menschen überschnitten sich, manchmal setzte sich der gleiche Familienname über mehrere Einträge hin fort, dann wechselte er wieder. Es musste sich um eine Ahnentafel handeln, allerdings um eine, die sich nicht verzweigte. Dokumentiert wurde nur eine Linie. Saya blätterte und stellte fest, dass es nicht nur eine, sondern zwei unabhängige Listen dieser Art gab. Sie begannen im Jahre 1715 mit zwei verschiedenen Personen, die eine brach 1882 mit der Geburt einer Frau Fujikawa Ume ab, die andere reichte bis ins Jahr 1993, in dem ein Mädchen geboren wurde, das den Namen ...

»Nein«, wisperte Saya.

*Takeno Hitomi*, stand dort. *Dezember 1993–*

Und eine Zeile höher war verzeichnet: *Takeno Kasumi, geborene Kobayashi, 1972–*

Eine der beiden Listen führte Hitomis Ahnenreihe auf, wobei jeweils nur Vater oder Mutter genannt wurde. Die Handschriften variierten. Den Menschen, die diese Dokumente erstellt hatten, war es nicht darum gegangen, alle Verästelungen des Stammbaums zu verfolgen – sie konzentrierten sich jeweils auf einen einzigen Strang. Es schien beinahe, als wäre auf dieser Linie irgendetwas von den Ahnen an die Nachkommen weitergegeben worden. Wenn es stimmte, dass die Drachenbauerfamilie Kuroboshi dieses Dokument über die Jahrhunderte fortführte und bewahrte, dann musste es etwas mit Drachen zu tun haben. Ging es vielleicht um die Vererbung eines besonderen Talents, des Talents zum Drachensteigenlassen? War Hitomi erblich dazu prädestiniert, sich erfolgreich im Drachenkampf zu schlagen?

Doch warum brach die zweite Ahnenliste bereits im 19. Jahrhundert ab? Hatte die Frau namens Fujikawa Ume keine Nachkommen gehabt? Und falls doch, besaßen etwa auch diese das Tako-age-Gen? Saya starrte auf das Blatt, als müssten die Namen der Nachfahren aus dem Nichts erscheinen, wenn sie sich nur darauf konzentrierte.

»Fujikawa Ume«, flüsterte es an ihrem Ohr.

Sie schnellte herum. Hinter ihr stand ihr Vater und er machte ein verblüfftes Gesicht.

»Du kennst diesen Namen!«, rief Saya aus.

»Was für ... Zettel sind das?«

»Eine Art Stammbaum. Sag schon, wer ist die Frau?«

Vater lachte. »Fujikawa Ume ist meine Urgroßmutter. Ihre Tochter hieß Fujikawa Ine. Sie heiratete Yokoi Eisuke, meinen Großvater.«

»Dessen Sohn war Yokoi Akinari, dein Vater, dann kommst du, und dann ...« Sie fuhr mit dem Finger Stück für Stück auf der unbeschriebenen Hälfte des Blatts nach unten. »Yokoi Saya. Sag mal, stammt meine Ururgroßmutter zufälligerweise aus Inogi?«

»Das kann ich nicht mit Bestimmtheit sagen«, gestand ihr Vater, »aber ich meine gehört zu haben, dass sie hier aus dem Norden kommt.«

»Dann muss es so sein! Ehe sie ihre Tochter bekam, muss sie von hier weggegangen sein, deshalb konnten die Kuroboshis die Reihe nicht weiterführen.«

»Was bedeutet das?«, wollte Tô-chan wissen.

»Das bedeutet«, begann sie, ehe sie wusste, wie der Satz weitergehen würde, »das bedeutet höchstwahrscheinlich, dass ich das Talent zum Tako-age von dir geerbt habe, du von deinem Vater, der von seiner Mutter und so weiter, bis wir hier angelangt sind.« Sie suchte das erste Blatt. »Im Jahr 1715, bei einem Herrn namens ... Moment ... Hashimoto Yukichi.«

»Das Talent zum Tako-age?«

Sie zeigte ihm die zweite Ahnenliste. »Genauso wie Hitomi es von ihrem Vorfahren hat. Er heißt ... wie liest man das ... Mori no Senzaburô.«

»Aber ... so etwas kann man nicht erben!«

»Wirklich nicht?« Saya rannte in ihr Zimmer und kam mit ihrem Drachen zurück, reichte ihn ihrem Vater, der ihn widerwillig entgegennahm ... und sofort wieder losließ, als er in seinen Händen zuckte. Nur die Haspel hielt er noch fest, während der Tako langsam bis unter die Zimmerdecke stieg und dort sanft schwankend wartete wie ein zahmes Tier. Aus dem ohnehin blassen Gesicht ihres Vaters wich der letzte Rest Farbe.

»Es ist nicht nur der magische Wind von Inogi«, erklärte Saya ihm und sich selbst. »Es sind auch wir. Wir beide sind etwas Besonderes. Wie Hitomi und Kasumi.«

Vaters Blick hatte etwas von dem eines Neugeborenen. »Wie ... wie kriege ich ihn wieder herunter?«

»Versuch es!«

Zuerst hob Tô-chan die Hand, wie um den Drachen damit zu packen, dann ließ er sie sinken, zupfte ein wenig an der Schnur und schloss die Augen. Der weiße Tako mit dem wirren roten Muster senkte sich brav herab und ruhte auf den Schilfmatten, mit denen der Raum ausgelegt war. »Ich kann es nicht glauben.«

Saya schenkte ihm ein süffisantes Lächeln. »Dabei warst du es, der als Erster von Magie gesprochen hat ...«

Ihr Vater schwankte aus dem Zimmer wie ein Zombie. Offenbar brauchte er Zeit, um die Trümmerstücke seiner Welt wieder neu zusammenzustecken.

Und er war mit diesem Wunsch nicht alleine. Saya spürte, dass sich hinter den ersten Erkenntnissen, die die Ahnenreihen gebracht hatten, eine ganze Tsunami neuer Einsichten auftürmte, und kaum hatte sie sich in ein heißes Bad geflüchtet, brach die Monsterwelle auch schon über sie herein.

Eine ganz bestimmte Frage war es, die die Dämme zum Einstürzen brachte – die Frage, was die beiden Listen denn nun mit dem blutigen Drachen zu tun hatten. Zunächst schien es zwischen ihrem ererbten Talent zum Tako-age und der Schauergeschichte keine Verbindung zu geben. Doch plötzlich war sie da.

Die Ahnenliste bildete eine Linie.

Eine Linie des Blutes.

Linie. Leine.

Die blutige Leine des Drachens aus der Geschichte.

Die Blutlinie von ihrem Vorfahren Yukichi bis zu ihr.

Der Fremde in der Schauergeschichte lief bis zum

Ende der Drachenschnur und traf dort sich selbst. Oder einen seiner Vorfahren?

Drachenschnur. Nabelschnur.

In ihrem Albtraum hatten die Menschen von Inogi ihre Kinder als Drachen an Nabelschnüren über den Himmel geführt.

Es war ... ja, es war, als halte Hashimoto Yukichi die Haspel in der Hand, von der eine lange, lange Schnur in den Himmel hinaufführte. In den Himmel? In die Zukunft! Denn was war die Zukunft anderes als eine Art Himmel, eine Leere, Luft, Äther, ein unfertiger, gasförmiger Zustand, ehe die Dinge feste Gestalt annahmen und zur Gegenwart wurden? An den Himmel hinauf konnte man seine Wünsche projizieren, seine Gebete schicken, seine mit Träumen beladenen Drachen steigen lassen.

Yukichi war der Mann mit der Haspel, sein Blut war die Leine, und sein Drachen, den er hoch in den Himmel, weit in die Zukunft fliegen ließ ... das war Saya.

Alles zusammen, von Yukichi bis zu ihr, war der blutige Drachen. Die Menschen hier hatten es nie richtig begriffen, hatten den wahren Kern zu einer schlichten Gruselstory umgedeutet.

Aber was hieß das für sie?

Stand Yukichi jetzt noch dort und steuerte sie durch eine ferne Zukunft, die ihre Gegenwart war? Sah er sie als kleinen Punkt in der Ferne? Konnte sie ihn wahrnehmen, wenn sie in die richtige Richtung blickte? In welcher Richtung lag die Vergangenheit? War Saya frei, konnte sie tun und lassen, was ihr gefiel, oder blieb ihr nur ein streng begrenzter Aktionsradius, über den sie nicht hinauskam? Hatte sie nach Inogi kommen *müssen*? Wäre es ihr unmöglich gewesen, an dem Drachenkampf *nicht* teilzunehmen?

Und die wichtigste Frage: War das, was sie stets Schicksal genannt hatte, am Ende wirklich nichts anderes als ein Mann, der dreihundert Jahre weit in der Vergangenheit auf einer Wiese stand, eine Schnurrolle in der Hand hielt und sie durch ihre Welt führte? Gestern war ihr schon einmal der Vergleich zwischen dem Tako-age und einem Marionettentheater gekommen. Nun folgte die ernüchternde Erkenntnis: Die Marionette in diesem Stück hieß Saya!

Und dagegen wehrte sich alles in ihr. Sie wollte kämpfen; wollte verlieren, wenn es sein musste; missverstanden und verspottet werden, wenn es sein musste; sich mit allen überwerfen und in Schimpf und Schande aus Inogi fliehen, wenn es denn sein musste – aber sie wollte Saya sein, die alte, die neue Saya, ganz gleich, jedenfalls nicht eine hilflose Puppe in den Händen eines Vorfahren, der einen magischen Fluch über sie und Inogi ausgesprochen hatte. Sie wollte lebendig sein, *lebendig* lebendig, nicht *tot* lebendig.

Doch der Fluch bewirkte noch mehr. Er machte sie und Hitomi zu Gegnern im Drachenkampf. Was aus dem Nichts zwischen ihnen entstanden war, seit sie sich vor wenigen Tagen zum ersten Mal gesehen hatten, dieses *Einrasten*, mochte auf den ersten Blick wie Freundschaft angemutet haben und war doch in Wirklichkeit nichts als eine Rivalität, die sie geerbt hatten. Die beiden Blutlinien führten unweigerlich zu ihnen, und was immer es für ein Streit war, den ihre Vorfahren vor dreihundert Jahren angezettelt hatten, Hitomi und sie waren dazu verdammt, ihn fortzusetzen.

Oder ein für alle Mal zu entscheiden?

Würde der Fluch ein Ende finden, sobald eine von ihnen die andere im Krieg der Drachen bezwang? Wenn die Dinge so standen, dann würden sie eben kämpfen, damit Inogi und sie beide endlich Ruhe hatten. Ob Hitomi gewann oder Saya, was für eine Rolle spielte das schon! Ehe noch mehr Unheil geschah, ehe noch mehr Menschen vom Himmel stürzten oder von lebendigen Drachen angefallen wurden, könnten sie den Wahnsinn kurzerhand zu Ende bringen.

Aber was, wenn ihre beiden Vorfahren keinen sportlichen Wettkampf wollten, sondern ein Duell auf Leben und Tod? Das frühe 18. Jahrhundert war noch das Zeitalter der Samurai gewesen, ruhiger zwar als die kriegerischen Jahrhunderte davor, verweichlicht, wie manche sagten, und doch eine Epoche, in der die Samurai im Alltag ihre Schwerter trugen, so mancher Konflikt mit der Klinge gelöst und Schmach mit Blut abgewaschen wurde. Musste eine der beiden Blutlinien enden, damit der Fluch sich erfüllte? Konnte der Zauber Hitomi dazu zwingen, Saya zu töten, oder umgekehrt?

Fest stand, dass sie in dieser Nacht kaum Schlaf finden würde. Sie badete und wickelte sich in den Futon, doch das Uhrwerk in ihrem Kopf klickte und rasselte weiter. Irgendwann fiel ihr auf, dass sie die letzten Stunden über kein einziges Mal an Kaito gedacht hatte.

Schlimmer noch, sie war nicht einmal sicher, ob er noch zur Konkurrenz gehörte oder längst ausgeschieden war. Sie hatte nicht darauf geachtet, weil es ihr nicht wichtig erschien.

Ihr ganzes Denken kreiste um den Kampf zwischen Hitomi und ihr. Und um eine Frage, die zwei Lesarten hatte, eine dunkle und eine finstere.

Die dunkle Lesart lautete: *Will Hitomi mich töten?*

Die finstere aber hieß: *Will ich Hitomi töten?*

*

Der Abend fraß die Nacht mit Zähnen aus bösen Gedanken auf, und von der anderen Seite her nagte der nächste Morgen an ihr, sodass nicht viel von ihr übrig blieb. Kaum war Saya für ein paar dünne Minuten eingenickt, weckte ihr rechter Arm sie mit ruckartigen Bewegungen. Der Tako hatte ein Stück Leine um ihr Handgelenk gewickelt und zerrte daran. *Ich sollte ihn dazu abrichten, die Zeitung reinzuholen*, dachte Saya zerstreut.

Der Tag war anders als alle davor. Zuerst schob sie es auf die schlechte Nacht, doch hinter den Veränderungen steckte mehr als nur eine verdrehte Wahrnehmung wegen Schlafmangels. Ein seltsames Rauschen lag in der Luft wie die entfernten Flügelschläge Tausender Vögel, und irgendetwas Gewaltiges schien sich dem Dorf zu nähern, ein godzillahaftes Monstrum vielleicht oder der Tod selbst mit seiner Schar von Todesengeln. Als Saya vor die Tür trat, spürte sie sofort, dass sich der Wind gedreht hatte. Er wehte nun aus einer Richtung, die schlicht unmöglich war – von unten. Die Erde schien ihn auszuatmen. Es herrschte Aufwind, reiner, unverfälschter Aufwind.

»Ich bin doch nicht Marilyn Monroe«, brummte Saya, als die Brise in die weiten Ärmel und Hosenbeine ihres Happi fuhr, sie aufbauschte und flattern ließ. Ihr Tako schien skeptisch, was den neuen Wind anging. Wahrscheinlich würden die Windkraftwerke ihres Vaters noch skeptischer sein ...

Sie wusste nicht, wie spät es war. Ihre Uhr hatte sie im Bad auf der Ablage vergessen. Trotzdem spürte sie, dass sie nicht zu spät kommen würde, denn das würde der Fluch nicht zulassen. Alles, was Hitomi und sie davon abhielt, gegeneinander anzutreten, würde ... nicht geschehen. Diese Sicherheit erfüllte sie, ein teuflisches Gefühl, alles unter Kontrolle zu haben – leicht mit Zuversicht und Stolz zu verwechseln und doch nichts als die Gewissheit, dass ihr Schicksal, wie immer es auch aussehen mochte, unausweichlich war. Sie betrat das Areal hoch erhobenen Hauptes. Feindselige Blicke trafen sie, abfällige Bemerkungen stiegen mit dem Wind zum Himmel und vergifteten die Atmosphäre. Ob diese Leute begriffen, was hier ablief? Ob sie wussten, dass die Fremde, vor der sie sich zu fürchten schienen, Vorfahren aus Inogi hatte, dass sie kämpfen musste, ob sie wollte oder nicht?

Hitomi war da, doch sie hatte sich von ihr abgewandt. Auch Abe stand auf dem Platz. Offenbar hatte er sich in die zweite Runde gerettet, doch von Kaito war nirgends etwas zu sehen. Unter den Zuschauern glaubte sie Torayama zu sehen, gestützt von anderen alten Leuten.

Die Startrakete knatterte, kaum dass Saya eingetroffen war. »Genieße deinen letzten Tag, *chérie*«, stichelte Abe und beobachtete selbstverliebt, wie sein Tako ihm aus der Hand sprang und senkrecht in die Höhe schnellte, keine Kunst bei diesem Wind.

Saya ignorierte seine Worte, lief aber in seine Richtung und fragte scharf: »Wie geht es Kasumi?«

»Besser, als es dir gleich gehen wird«, gab der Mann zurück. Die letzten Schleier aus Freundschaft und Fairness waren verschwunden. Nun herrschten Härte und Bosheit.

Der Kampf begann chaotisch. Die fünfzig Wettkämpfer brauchten Zeit, um sich mit dem neuen Wind anzufreunden, der im Grunde ja günstig war, aber vollkommen ungewohnt. Würden bei diesem Auftrieb die besiegten Drachen überhaupt herabfallen?

Die ersten Manöver liefen allesamt ins Leere, die Tako reagierten viel zu nervös, schossen wild hin und her und kollidierten ständig, ohne einander die Leinen zu durchtrennen. Besonders die Drachen aus Abes Manufaktur ließen sich kaum lenken. Sayas Drachen und drei weitere Rokkaku, die Torayamas Werkstatt entstammen mussten, verhielten sich ruhiger, und ihre Führer lernten rascher, damit zurechtzukommen. Diesmal war Saya die Erste, die einen Angriff wagte. Nicht erst seit den letzten Minuten war es ihr ein persönliches Anliegen, einen gewissen Herrn ins Aus zu befördern …

Ihr Tako flog ein schnelles Manöver, dem sich Abes Drachen durch einen glücklichen Schwenk entziehen konnte; doch ehe der Gejagte sich stabilisierte, war Sayas fliegende Waffe schon wieder im Anflug. Das rote, schwer kontrollierbare Flugobjekt wich in die falsche Richtung aus. Der funkelnde Glasstaub rieb die gegnerische Schnur mit einem hörbaren Kratzen durch, und die gekappte Leine fiel auf Abe herab. Sein Drachen dagegen weigerte sich abzustürzen, der magische Wind trug ihn höher und höher, bis er zu einem winzigen Punkt wurde und schließlich verschwand.

Der Himmel hatte ihn aufgesogen.

Abe ertrug die Schande nicht. Er kam auf Saya zugelaufen, das Gesicht hochrot, beide Hände zu Fäusten geballt. Da die Augen aller dem Himmel zugewandt waren, schien keiner sie zu sehen. Falls Abe sich auf sie stürzte, würde zunächst niemand etwas davon mitbekommen. Sayas Blicke zuckten zwischen ihrem Tako und den Drachenlenkern hin und her, und plötzlich sah sie etwas heranfliegen, keinen Drachen, etwas Kleines, Schweres, und sie duckte sich, doch es traf nicht sie, sondern Abe, der zu diesem Zeitpunkt keine fünf Schritte mehr von ihr entfernt war. Der Mann strauchelte und hielt sich den Rücken, wo ihn das Wurfgeschoss erwischt hatte. Sein Aufschrei war eine Arie in ihren Ohren.

»Runter vom Spielfeld!«, rief eine ihr bekannte Stimme. Einer der Zuschauer hatte sich vor die anderen gedrängt und mit einem unbekannten Objekt zielsicher nach Abe geworfen. Der Zuschauer war Kaito.

Saya hoffte, dass es sich bei dem Geschoss um einen dieser harten Gummibälle handelte, mit denen man eine komplette Zimmereinrichtung demolieren könnte. Ein Bluterguss in allen Regenbogenfarben war das Mindeste, was sie ihrem speziellen Freund wünschte. Sie winkte Kaito zu. Schön, dass es noch Helden gab. Schön, dass die Jackentaschen moderner Heroen mit unergründlichen, aber nützlichen Dingen gefüllt waren.

Inzwischen wurde auch ihr Tako heftig bedrängt. Vielleicht brauchte sie gar nicht zu kämpfen, vielleicht erledigte das Schicksal alles für sie, aber sie brachte es nicht fertig, sich darauf zu verlassen. Mit einer hektischen Folge von Spannen und Nachlassen brachte sie ihren Drachen auf einen chaotischen, unvorhersehbaren Kurs und schüttelte die Gegner ab, von denen sich daraufhin mehrere gegenseitig den Lebensfaden kappten.

Das Geräusch, das ihr schon am Morgen aufgefallen war, dieses ferne Rauschen, als empfinge man die ganze Realität auf einem schlecht justierten Radiosender, wurde jetzt stärker, so stark, dass nicht nur das Pfeifen und Schwirren der ziehenden Drachen, sondern auch die Fanfaren der Blechtröten und das Wummern der Trommeln dahinter zu verschwinden begannen. Dazu kamen Schwindel und Benommenheit, da vermutlich die Blutzufuhr im Nacken unterbrochen wurde, wenn man ständig an den Himmel starrte.

Auch die anderen schienen irritiert. Sayas Konkurrenten versuchten das Brausen durch Kopfschütteln zu vertreiben. Unter den Zuschauern gab es welche, die die Hände gegen die Ohren pressten, und eine Frau musste sich ins Gras setzen. Taschentücher und Papierchen fielen den Leuten aus den Fingern und stiegen empor.

Irgendetwas näherte sich und es kam aus der Richtung, in der die Windkraftwerke standen.

Die Vögel. Gespenstervögel.

Mit Mühe lenkte sie ihren Tako zwischen den Feinden hindurch, die in ihren Manövern zusehends agiler wurden, und beobachtete, wie sich zwei Kontrahenten um eine gute Angriffsposition auf Saya zankten.

Eine Welle schwappte vom Westen her über den Ozean des Himmels, weiße Gischt, zerfasernd in flockige Ausläufer. Die Vögel kreischten nicht, aber ihre Flügel versetzten die Luft in sirrende Schwingungen. Ein paar Zuschauer ergriffen die Flucht, die Wettkämpfer zögerten, einige von ihnen versuchten die Verwirrung der anderen zu nutzen und flogen Angriffe. Eine junge Frau gleich neben Saya stolperte und stürzte, die Leine spannte sich unterhalb ihres Kinns, und für einen Moment sah es aus, als suche die Schnur ihren Hals, um sie zu erwürgen. Die lebendige Wolke aus weißen Vögeln schob sich vor die Sonne wie ein Vorhang, der ein Theaterstück beendete.

Wie waren sie freigekommen? Hatten sie die Wände der Türme einfach so passiert? Alles war möglich an einem Tag, an einem Ort wie diesem. Kamen sie, um die Tako zu vernichten, die ihnen ihr Territorium streitig machten?

Saya spürte die Unruhe in der Leine. Es stand außer Zweifel, dass die Schar der Vögel nicht vorüberziehen würde – ihr Ziel waren die Drachen. Die Zahl der Angreifer musste in die Tausende gehen. Jetzt, da sie näher kamen, wurde deutlich, wie sehr sie mit dem unnatürlichen Aufwind zu ringen hatten. Die kleinen weißen Geschöpfe kämpften dagegen an, von ihm ins Nichts gerissen zu werden, doch auch wenn einige der Macht des Windes unterlagen und in der Tiefe der Himmelskuppel verschwanden, blieb die Mehrzahl von ihnen stark. Die ersten Geistertiere erreichten die äußeren Drachen und gingen sofort zur Attacke über. Mit Krallen und Schnäbeln stachen, hackten, stießen sie gegen die Flugobjekte aus Papier und Bambus. Ein Großteil des Kampflärms wurde von dem Auftrieb fortgetragen, was das Gefühl verstärkte, es mit etwas Fernem, Unwirklichem zu tun zu haben.

Ein erster Tako löste sich stumm in einem Wirbel aus roten Fetzen auf, ehe sein Lenker die Leine hatte einholen können. Haspeln wirbelten, die Drachenführer rissen an den Schnüren, doch die Tako waren wie Jagdhunde, die Blut gewittert hatten, gereizte, zornige Bestien, die sich nicht um ihren Kampf bringen ließen. Einer der Rokkaku schoss in einen Ausläufer des Schwarms hinein und kollidierte mit mehreren Vögeln. Die weißen Schemen wurden zurückgeworfen, einer davon verblasste flackernd, als würde in seinem Inneren eine Kerze erlöschen, die anderen fingen sich und gingen zum Gegenangriff über. Auch Sayas Tako flog heftige Attacken gegen die Geistervögel – mit ebenso geringem Erfolg. Es waren zu viele, Tausende gegen zwei, drei Dutzend. In jedem Moment wurde irgendwo einer der Drachen zerfetzt, und während die Papier- und Seidenschnipsel in die Höhe stiegen, fielen die Bambusstäbe, die der Aufwind nicht zu tragen vermochte, als Trümmerstücke zu Boden.

Saya schrie auf, als ein Teil des Schwarms sich um ihren Tako scharte. Die Vögel drangen von allen Seiten auf ihn ein, und er zuckte in einem engen Viereck herum und suchte nach einem Ausweg. Mit Sayas Hilfe gelang es ihm, unter einem Abe-Drachen Deckung zu finden, doch der Anblick des zersplitternden roten Tako bedeutete ihr weder Genugtuung noch Erleichterung. Die Übermacht der Geistervögel war zu groß, das Schicksal ihres Drachens schien besiegelt.

Sie betrachtete die Haspel in ihrer Hand und fragte sich, ob sie ihren Rokkaku retten konnte, wenn sie ihn mit aller Gewalt vom Himmel zu reißen versuchte, notfalls, bis ihre Finger bluteten. In der nächsten Sekunde starrte sie wieder hinauf, suchte ihren Drachen in der kochenden weißen Brandung des Himmels ... und wurde plötzlich von etwas Scharfem an der Stirn getroffen.

Der erste Moment gehörte dem Schrecken, die folgenden gehörten dem Schmerz. Beides zusammen fällte sie wie einen Baum. Der Grasboden war von ungeahnter Härte, als sie, ohne jede Chance sich abzufangen, nach hinten umkippte. Auch ihr Hinterkopf knallte auf den Boden. Erst jetzt gaben ihre Finger die Spindel frei. Ein Stück des zermalmten Drachens musste sie getroffen haben, unglücklich getroffen, denn die Welt begann sich von ihr zu verabschieden. Die Schmerzen verschwanden in einer wattierten Schachtel, und die Welt, die aus ihrer Perspektive nichts als ein von weißen Phantomen bevölkerter Himmel war, schnurrte von den Rändern her zusammen, wurde winzig, ein Lichtfleck am Ende eines tiefen Tunnels, dann verschloss jemand das Ende der Röhre mit einem Deckel, und Sayas Bewusstsein verglomm.

*

Als sie einmal kurz zu sich kam, flog sie, nein, nicht wirklich, sie wurde getragen. Hektische Gesichter, vielleicht auch ein paar Mienen, die nicht ganz so besorgt wirkten, wie sie sollten, solche, auf denen »Geschieht der kleinen Hexe recht« geschrieben stand. Und das Gesicht ihres Vaters. Der Himmel wieder blau, nur vereinzelte zappelnde weiße Schemen. Die Drachen waren in Fetzen, die Vögel verzogen sich.

Ein Gewirr aus Fäden verband alles miteinander. Es erschien ihr wie ein Wunder, dass die Menschen sich dazwischen bewegen konnten.

Und wieder Dunkelheit.

Beim nächsten Aufwachen eine Zimmerdecke voller merkwürdiger Objekte, die dort nicht hinzugehören schienen. Sie blinzelte und erkannte getrocknete Pflanzenblätter. Es konnte nicht sein, dass sie dort oben schwebten wie Drachen. Sie mussten an unsichtbaren Fäden befestigt sein.

Überhaupt. Fäden.

Alles war voll damit. Dünne Fasern, dicke Seile, gebogene Drähte, kerzengerade Schnüre, farblose, bunte, einfache und geflochtene.

Noch einmal verlor Saya das Bewusstsein, aber nicht für lange, wie es ihr schien. Das Gewirr aus Leinen war noch immer da, als sie erneut erwachte, und sie befürchtete, es würde sie zurückhalten, wenn sie den Oberkörper zu heben versuchte. Nein, das tat es nicht. Es bewegte sich, wenn sie sich bewegte. Allmählich sah sie, wie viele dieser Schnüre in ihr selbst verschwanden, die meisten in ihrem Kopf, manche aber auch an ihren Handgelenken, in ihrem Solarplexus, überall. Man spürte sie nicht, konnte sie nicht ertasten, aber sie waren eindeutig zu sehen. Die Schnüre einer Marionette ...

Oder die Fäden des Schicksals, die alles Existierende miteinander verbanden!

Nun hielt sie tatsächlich etwas zurück – die Hand eines Mannes, der hinter dem Netz aus Fäden auftauchte. Sie hatte ihn nie gesehen. Er roch nach kaltem Tabakrauch, schien um die sechzig zu sein, klein und mit wachen Knopfaugen und trug weiße Kleidung. Weiß zählte nicht mehr zu ihren Lieblingsfarben, seit ... seit ... Sie konnte sich nicht erinnern, was vorgefallen war. Der Drachenwettkampf. Sie hatte Abe besiegt, tapfer weitergekämpft und dann ...

»Wie geht es dir?«, wollte der Mann wissen. »Kopfschmerzen? Schwindel? Übelkeit? Gedächtnislücken?«

Ihr *war* übel. »Alles, was Sie sagen«, lallte sie, »und in großen Portionen.«

Er nickte. »Du hast eine Gehirnerschütterung, mein Töchterchen. Das geht vorbei.«

»Wie konnte das ...?«

»Kollision mit einem Drachen«, erwiderte der Mann. »Kommt vor bei einem Drachenfest. Letztes Jahr hatten wir zwei solche Unfälle, das Jahr davor sogar fünf ...«

»Wer sind Sie?«

»Dr. Satô, stets zu Diensten. Freut mich, dich kennenzulernen, Fräulein Yokoi. Wir hätten uns natürlich auch einfach nur auf dem Fest die Hand schütteln können ...«

»Was ist mit diesen Fäden?« Saya fuhr mit dem Finger einige der Schnüre nach, die ihr Sichtfeld kreuzten.

Der Arzt kräuselte die Stirn, was sehr professionell aussah. »Was meinst du? Ich kann keine Fäden erkennen.«

»Aber hier ist doch alles voll damit! Sie brauchen nur die Augen aufzumachen!«

»Wahrnehmungsstörungen.« Er kritzelte etwas auf einen schmuddeligen Notizblock. »Kann in seltenen Fällen auftreten. Nichts, worüber man sich Sorgen machen müsste. Wie viele Finger sind das?«

Hinter dem Gespinst konnte sie sehen, wie er drei nikotingelbe Finger mit brüchigen Nägeln ausstreckte. »Fünf«, sagte sie ärgerlich. »Wo ist Takeno Kasumi?«

Er hob die Augenbrauen und machte erneut eine Notiz. »Was hast du gesagt?«

»Sie haben mich verstanden.«

Sein Räuspern klang nicht gesund. »Sie ist hier.«

»Hier im Haus?«

»Hier im Zimmer. Was für eine Vorstellung hast du von der Größe einer Landarztpraxis?«

Das Fadengewirr war furchtbar hinderlich. Mit Mühe sah sie sich in dem schummrig beleuchteten Raum um, erkannte einen scheußlichen grünen Schrank, eine Lampe mit einem riesigen Schirm, aber ohne Birne, an der Wand vergilbte Anatomie-Poster, auf denen der Arzt Kommentare vermerkt und grafische Korrekturen vorgenommen hatte, als hätte er selbst Dinge über den menschlichen Körper herausgefunden, die anderen noch nicht aufgefallen waren.

Auch wenn er wahrscheinlich nur ein verschrobener Onkel Doktor war, sie wollte hier raus.

Sie lag auf einer Liege an der Wand. Auf der anderen Seite des Zimmers, hinter dem Arzt, gab es noch eine ähnliche Liege, auf der sich die Konturen einer Frau abzeichneten. Aus ihrem Kopf wuchs ein Knäuel von Linien und sammelte sich unter der Decke zwischen den Blättern – es waren chinesische Heilkräuter, die der Aufwind wie Drachen in der Luft hielt.

»Takeno-san«, wisperte Saya.

»Sie redet nicht viel«, erklärte Dr. Satô. »Gar nicht viel.«

Ein umfassendes Gefühl des Unwirklichen ließ ihr die Haare zu Berge stehen. Natürlich hatte die Welt schon seit Tagen immer weniger mit derjenigen zu tun, in der sie aufgewachsen war, doch in dieser Sekunde kam noch etwas anderes dazu. Angst um Kasumi. Angst um sich selbst. Todesangst. Sie beide hatten einen Unfall gehabt. Und Hitomi? Hatte sie nicht ständig Unfälle, blutige Striemen auf der Hand?

»Es wird alles gut«, behauptete Dr. Satô. Mit diesen Worten öffnete er eine Tür, die ihr noch nicht einmal aufgefallen war, ging hindurch und ließ Saya und ihre Zimmergenossin mit zwei kurz aufeinanderfolgenden Geräuschen zurück: dem Zuschlagen der Tür und dem Klacken eines Schlosses.

»Er hat abgeschlossen, dieser Wahnsinnige!«, entfuhr es Saya, sie rollte sich von der Liege, stellte sich auf die Füße ... und musste sich sofort wieder festhalten, als der Schwindel sie durchs Zimmer zu schleudern drohte.

»Er kommt zurück«, vernahm sie Kasumis Stimme, und aus den Worten klang deutlich das entrückte Elfenlächeln heraus. »Er nimmt den Schlüssel sehr wichtig …«

»Wir sind eingeschlossen!«

»Ja, das sind wir, aber es ist besser, als vom Himmel zu stürzen oder von Dingen getroffen zu werden, die von dort herunterfallen«, meinte Kasumi. »Nicht wahr?«

Saya schwankte zu ihr hinüber, und das Netz der Fäden wogte dabei vor ihr und machte ihr Platz. »Takeno-san, können Sie aufstehen?«

»M-hm.«

»Gott sei Dank! Dann stehen Sie auf.«

»Wozu?«

»Das fragen Sie noch?« Kasumi musste unter dem Einfluss von betäubenden Medikamenten stehen. »Wir werden einen Weg hier hinaus finden, und wenn wir dazu die Wände einschlagen müssen!«

»Nicht einschlagen«, flüsterte Kasumi. »Das Zimmer ist schön. Siehst du die fliegenden Heilkräuter?«

»Können Sie auch die Fäden sehen?«

»Fäden? Nein.«

Saya beschloss, Kasumi alles zu erzählen, was sie wusste. Sie schilderte das Gespräch, das sie mit Kuroboshi geführt hatte, und berichtete von den Dokumenten, die der erfolglose alte Drachenbauer in der Wand ihres Wohnzimmers verborgen hatte. Das alles garnierte sie mit ihren eigenen Schlussfolgerungen, die für sie längst Gewissheit waren. »Hitomi und ich sind zu Erzfeinden bestimmt und müssen den Finalkampf austragen.«

Kasumi, die schweigend zugehört hatte, sagte auch jetzt nichts. Sie schien weniger sprachlos vor Erstaunen zu sein, als vielmehr in Gedanken versunken. Wären die Lider in ihrem hübschen Gesicht nicht geöffnet gewesen, man hätte annehmen können, sie schlafe.

Nach einer Minute endete ihre Meditation abrupt. »Ich bin geflogen«, sagte sie, den verträumten Stolz einer Achtjährigen in den Augen. »Warst du dabei?«

Saya verzog das Gesicht. »Ich hatte das Vergnügen, diesen Mordversuch des hochverehrten Meisters Abe persönlich mit anzusehen, ja.«

»Mordversuch?« Kasumi lachte. »Du bist ein Spaßvogel.«

»Wie würden Sie es denn nennen?«

Wieder drohte Kasumi, in ihren Tagtraum abzugleiten (den Saya für ihr Leben gerne einmal von innen gesehen hätte), dann fing sie sich gerade noch und wiederholte: »Ich bin geflogen. Über den Himmel geflogen, verstehst du?«

Saya schüttelte den Kopf. In diesem Moment klackte das Türschloss wieder und Dr. Satô kam herein. Er hatte einen geschäftigen Ausdruck im Gesicht und eine Packung Einwegspritzen unter dem Arm. »Du solltest nicht aufstehen«, bemerkte er. »Weißt du das?«

»Ich lasse mich nun mal nicht gerne einsperren.«

»Es ist nur zu deinem Besten.«

»Das könnte Abe-Sensei gesagt haben.«

»Du magst ihn nicht?«

Saya verlor jede Lust an diesem Gespräch. Sie drückte sich an Dr. Satô vorbei aus dem Zimmer, wobei sie beinahe die Tür verfehlt hätte. Eine Sekunde lang musste sie sich am Rahmen festhalten, bis das Schwanken der

Welt langsamer wurde. Noch immer beeinträchtigte das Gewirr aus Fäden und Schnüren ihre Sicht. Mit einer gewissen Erleichterung registrierte sie, dass zwischen Satô und ihr nur ein dünner Faden verlief. Sie griff danach, doch da er sich nicht anfassen ließ, war er auch nicht zu zerreißen.

Der Arzt hielt sie nicht auf, rief ihr nur mit fachmännischer Härte nach: »Nicht überanstrengen! Bettruhe einhalten! Viel trinken!«

Und als sich Saya entfernte, fing sie noch die Fetzen eines Gesprächs zwischen ihm und Kasumi auf.

»Ein eigensinniges Mädchen, nicht wahr, Takeno-san?«

»Nein, nicht eigensinnig. So ernst. So streng. So verkrampft.«

Saya taumelte durch Inogi. Einmal hielt ein Auto neben ihr, und ein ihr unbekannter Fahrer, der sie aber zu kennen schien, bot an, sie nach Hause zu bringen. Sie lehnte ab, woraufhin der Wagen eine Weile im Schritttempo neben ihr herfuhr, dann hupte und davonbrauste. Der Wind schien noch immer aus dem Boden zu strömen, und bei jedem Schwindelanfall überkam sie das verstörende Gefühl, er würde sie tragen, wenn sie ihn nur ließ. Irgendwie fand sie den Weg durch das Dorf, an dessen Häusern sowohl Tako als auch die karpfenförmigen Koi-nobori zerrten.

Mit hämmernden Kopfschmerzen schwankte sie in das knarrende Haus, übersah beinahe die Schwelle und kroch auf allen vieren in ihr Zimmer. Bevor sie die Tür hinter sich schließen konnte, tauchte ihr Vater im Flur auf. Saya erschrak über den Wust an Leinen und Seilen, die von ihr zu ihm verliefen. Eine dieser Leinen war tiefrot und schimmerte feucht. Die Blutlinie. Unglaublich – sie konnte sie tatsächlich sehen!

»Alles in Ordnung? Als wir dich besuchen wollten, hieß es, du würdest schlafen. Wir wollten gerade losgehen und es noch mal versuchen.«

»Diagnose Gehirnerschütterung«, erwiderte sie knapp. »Brauche Bettruhe. Die habe ich nicht, wenn ich mit einer Verrückten eingeschlossen werde. Deshalb bin ich hier.«

»Alles in Ordnung?«, wiederholte ihr Vater seine Frage.

»Wird schon wieder.« Sie wollte ihm die Tür vor der Nase zuschlagen, da kam ihr etwas in den Sinn. »Was ist mit dem Wettkampf? Geht er morgen weiter? Ich ... weiß nicht, ob ich morgen schon wieder ...«

»Morgen findet kein Kampf statt. Den Angriff der Vögel haben nur zwei Drachen überstanden, alle anderen sind flugunfähig. Und da nur noch zwei Kontrahenten im Rennen sind, hat die Wettkampfleitung entschieden, das Finale am letzten Tag stattfinden zu lassen, dem 5. Mai.«

»Dem Tag der Kinder«, ergänzte Saya.

»Richtig.«

»Und die letzten beiden Drachen, die Drachen, die auf ... wundersame Weise unbeschädigt geblieben sind, sind natürlich die von Hitomi und mir.«

»Äh ... ja. Aber woher ...?«

»Wo ist mein Tako?«

»Ich glaube, Torayama-Sensei hat ihn an sich genommen.«

»Wir entkommen unserem Schicksal nicht«, sagte Saya zu sich selbst. Dann schloss sie die Tür, legte sich aufs Bett, ohne sich auszuziehen, und war auf der Stelle eingeschlafen.

*

Am nächsten Tag erwachte sie um die Mittagszeit, als sich ein bohrender Hunger durch Erschöpfung, Übelkeit und Kopfschmerzen hindurchfraß. In der Küche stopfte sie den halben Inhalt des Kühlschranks in sich hinein, spülte mit viel Tee nach, badete, verbrachte eine tranceartige halbe Stunde vor dem Fernseher, ohne mitzubekommen, welches Programm über die Mattscheibe lief, nahm einen Anruf von Kaito entgegen, der sich nach ihrem Befinden erkundigte, und verabredete sich mit ihm. Warum er ausgerechnet den Kampfplatz als Treffpunkt vorschlug, blieb ihr schleierhaft, leuchtete ihr aber andererseits auch wieder ein. Das Wettkampfareal war zum Nabel der Welt geworden, für sie und für alle Bewohner von Inogi. Sich an einem anderen Ort zu verabreden, stand gar nicht zur Disposition.

Kaito, der Junge, der das englische Wort für Tako als Namen trug und immer tragen würde, ganz gleich wie das Duell morgen ausging, erschien ihr erstaunlich entspannt. Aber im direkten Vergleich zu ihr musste wohl jeder Mensch entspannt wirken.

Mit Kaito zusammen zu sein hatte etwas Seltsames.

Sie mochte ihn noch immer, fühlte sich noch immer von ihm angezogen, doch für alle diese Gefühle, die bis vor wenigen Tagen in ihr getobt hatten, war jetzt nur noch eine winzige Ecke in ihr reserviert. Was ihr wie das Wichtigste auf der Welt vorgekommen war, war gnadenlos auf Platz siebenundneunzig ihrer Prioritätenliste verwiesen worden. Das hätte sie todunglücklich gemacht, hätte es da nicht einen kleinen Trost gegeben: Noch immer war ihr Gesichtsfeld voller Linien, und eine besonders dicke führte von ihrer Stirn zu Kaitos Stirn. Als sie die Linie näher betrachtete (ob ihm wohl auffiel, dass sie ihm nicht genau in die Augen sah?), erkannte sie ein wunderschönes Geflecht aus blauen und goldenen Fäden wie ein Band funkelnder Sterne auf dem samtblauen Hintergrund des Abendhimmels. Es wäre perfekt gewesen, wenn der zauberhafte Strang von ihrer Brust zu seiner verlaufen wäre, doch so verhielt es sich eben nicht. Vielleicht kam es ihr deshalb so ehrlich vor.

Wenn sie es ihm nur hätte zeigen können, dieses Band zwischen ihnen! Warum konnte man im Fachhandel keine Spezialkameras kaufen, die Bilder davon schossen?

»Ich habe nachgedacht«, begann Kaito das Gespräch. Sie nahmen sich nicht in den Arm. Zwischen ihnen lag ein Abstand von einem halben Meter. »Ich glaube, du solltest dich nicht auf den Kampf mit Hitomi einlassen. Irgendetwas geht hier nicht mit rechten Dingen zu. Sie könnte eine ... eine ... Hexe sein.« Er tat sich merklich schwer mit diesem Wort.

»Und was sollte ich deiner Meinung nach tun?«

»Verschwinde aus Inogi! Wir können gemeinsam ...

ich meine, ich kann dir helfen von hier wegzukommen. Ein Kumpel von mir hat ein Motorrad, das könnte ich mir ausleihen und ...«

»Kannst du es auch fahren?« Die Vorstellung, dass sie beide auf einem geliehenen Motorrad aus dem fluchverseuchten, feindlichen Dorf flohen, hatte etwas unbändig Romantisches an sich, trotzdem konnte sie sich mit dem Gedanken nicht anfreunden. Wohin sollten sie gehen? Und eine noch wichtigere Frage: Was würde sich das Schicksal einfallen lassen, damit sich der Fluch durch sie doch noch erfüllte? Sie sah sie beide schon mit dem Bike verunglücken, gleich am Ortsrand, unter unerklärlichen Umständen, und Kaito war dummerweise tödlich verletzt, während sie selbst wie durch ein Wunder nur eine kleine Schramme abbekommen hatte. Was wiederum Dr. Satô auf den Plan rief, der in seiner fachmännischen Gründlichkeit dafür sorgte, dass sie diesmal bis zur Stunde des Wettkampfs auf ihrer Bahre liegen blieb.

»Ich kann *versuchen*, es zu fahren«, meinte Kaito halbherzig.

»Ich möchte nicht weglaufen. Du bist vor den lebenden Drachen in deinem Haus auch nicht geflohen. Eines Tages hast du die Tür geöffnet und nachgesehen. Ich möchte dasselbe tun. Ich möchte meinen Tako gegen Hitomis Tako kämpfen sehen. Ich habe nicht die geringste Ahnung, was danach passieren wird.« Ach, wäre sie doch wirklich so kühn gewesen, wie sie sich gerade selbst darstellte! In Wirklichkeit fand sie die Vorstellung von der Flucht mit Kaito traumhaft schön, nur glaubte sie eben nicht, dass das Schicksal sie gewähren ließe. Irgendeiner dieser tausend Fäden würde sich spannen, sobald sie eine kritische Entfernung erreicht hatte, und – zack! – aus der Spaß ...

Sie schwiegen, kamen sich zehn Zentimeter näher, schwiegen noch ein bisschen, kamen sich weitere zehn Zentimeter näher ...

Und dann passierte, was in Filmen fast immer passiert, wenn zwei sich küssen wollen: Sie wurden jäh gestört.

Allerdings konnte sich Saya nicht entsinnen, jemals in einem Film eine solch irrwitzige Form der Störung gesehen zu haben.

Auf dem Platz standen ein paar Leute in kleinen Grüppchen herum, redeten, rauchten, blickten zum Himmel. Plötzlich, fast gleichzeitig, begannen sie alle zu schreien.

Über den Himmel kam etwas geflogen. Es war kein Vogel und – was sie viel mehr verblüffte – auch kein Drachen.

Dort oben in rund fünfzehn Metern Höhe war ein Mensch zu sehen.

Die Person flog ohne Fluggerät, ohne Sportdrachen oder Fallschirm, ohne angesteckte Flügel oder ähnlichen Firlefanz. Eine Frau schwebte in sanften Bögen durch die Luft wie ein Greifvogel, der auf dem Wind dahinglitt. Sie hatte die Arme abgespreizt, doch sie ruderte nicht damit. Den Kopf drehte sie langsam hin und her, genoss sichtlich ihren Flug und die Perspektive. Merkwürdigerweise konnte sich Saya bestens vorstellen, wie sich das anfühlen musste. In ihrer Kindheit hatte sie oft Flugträume gehabt.

»Das ist Takeno-san«, hauchte Kaito.

Ja, es war Kasumi. Vor drei Tagen noch war sie an einem Drachen aufgestiegen, nun brauchte sie das nicht mehr. Sie hatte gelernt, selbst auf den Wind zu steigen. Zahllose jener Schicksalsfäden, die nur Saya sehen konnte, führten zu ihr hinauf, und es war schwer zu sagen, ob sie sie stützten oder herabzuziehen versuchten.

*Sie wird wieder abstürzen*, unkte etwas in Saya. *Nein, nein, sie fliegt. Wenn irgendein Mensch auf der Welt dazu fähig ist, auf diesem Wind zu reiten, dann Kasumi.*

Einige der Umherstehenden spreizten die Arme ab und gingen federnd in die Knie, als wollten sie es ihr gleichtun. Es sah zum Brüllen aus.

»Die Welt geht aus dem Leim«, hörte sie Kaito sagen. Das klang respektlos, aber es traf den Nagel auf den Kopf. Die Naturgesetze verabschiedeten sich, eines nach dem anderen. Reglos verfolgte sie Kasumis Flug, der nichts Angeberisches oder Gekünsteltes an sich hatte, lediglich eine tiefe Freude am Fliegen ausdrückte und vollkommen unaufgeregt und charmant wirkte. Kasumi flog, als täte sie es eigentlich schon ihr Leben lang.

Saya begann diese Elfe von einem Menschen zu bewundern und gleichzeitig für ihre Leichtigkeit und Sorglosigkeit zu hassen. Sie war schon einmal abgestürzt – warum eierte sie nicht durch die Luft, panisch mit den Armen schlagend? Kasumi war, was die neue Saya hätte sein sollen, aber Saya brachte dieses Urvertrauen einfach nicht auf.

Nach einer schwer zu ermessenden Zeitspanne drehte Kasumi ab und verschwand langsam in nördlicher Richtung. Ihr Schatten strich über die Wiesen. Der Wind blies kraftvoll und stetig von unten.

»Morgen kann alles geschehen«, entfuhr es Saya. Als sie es ausgesprochen hatte, war ihr nicht wohl dabei. Alles – das schloss vieles mit ein. Sehr vieles.

Würde sie Kaito nach dem Kampf wiedersehen?

Würde sie nach dem Kampf noch leben?

Was würde aus all den Fäden und Seilen werden, wenn sie starb?

*

Sie ging früh zu Bett an diesem Abend, und nicht ihre Vernunft, sondern ihre Kopfschmerzen zwangen sie dazu. Irgendwann im Verlauf dieser Nacht erwachte sie in Kôbe.

Inmitten des Erdbebens.

Der Fußboden versuchte unter ihr wegzurutschen, die Wände knarrten nicht, sie brüllten; im Halbdunkel platzte Farbe von der Decke, rieselte in kurzen, heftigen Güssen herab, die Lampe pendelte hin und her und traf die Decke, wo sie zerschellte. Saya sprang auf, taumelte durch den Flur, stolperte ins Wohnzimmer. Ein Regal spuckte seine Bücher in den Raum, eine Kommode drehte sich aus ihrer Position heraus und tanzte mit kleinen, hektischen Bewegungen mitten durch das Zimmer. Ein Fenster zersplitterte mit einem Knall, die Scherben wirbelten – dem Himmel sei Dank – nach draußen. Ein massiges, dunkles Klavier machte einen Satz in ihre Richtung, der Tastaturdeckel hüpfte auf und ab. Dann begannen die Wände in der Mitte durchzuknicken, der Fußboden hob sich, das Haus wurde in sich verschoben, gab seine rechten Winkel auf, wollte sich zusammenfalten.

Saya brauchte eine Minute oder länger, um festzustellen, dass dies kein Albtraum war. Dies war nicht Kôbe, nicht etwas, was sie als Säugling miterlebt und nicht verarbeitet hatte – sie befand sich in diesem unbeschreiblichen Häuschen in Inogi, und das Erdbeben war aktuell, es war real und es war mörderisch.

Aber hatte dieses Haus nicht vollkommen leer zu sein? Woher kamen plötzlich ihre Möbel?

Sie mussten am Nachmittag eingetroffen sein, während sich Saya mit Kaito draußen auf dem Kampfplatz aufhielt. Die Packer der Spedition Nakanishi – gewiss kräftige Burschen – hatten Schränke, Regale, Tische und sogar ihr Piano ins Haus getragen, und Saya, die mit einem Kopf voller Fragen und Schmerzen und einem durch das Fadengewirr eingeschränkten Sichtfeld heimgekommen und sofort in ihrem Zimmer verschwunden war, hatte nichts davon mitbekommen. Was für eine Ironie! Nun, da die Möbel endlich, endlich eingetroffen waren, wurden sie auch schon wieder zerlegt.

»Kâ-chan, Tô-chan!«, schrie Saya. »Erdbeben! Wir müssen raus!«

Während sie es rief, erkannte sie, dass sie nicht die Wahrheit sprach. Es war kein Erdbeben. Das Haus wurde angehoben, wurde von innen heraus zerpflückt. Saya hastete in eines der Zimmer – in ihrer Panik verwechselte sie es mit dem Schlafzimmer ihrer Eltern – und sah einen Einbauschrank bersten. Rote Schatten brachen durch die Schranktür … Abes Drachen! Die Tako, die ihr Vater hier deponiert hatte, waren zum Leben erwacht und nahmen das Haus auseinander. Ihre Leinen hatten sich an tausend möglichen und unmöglichen Punkten im Haus verhakt, und da jeder der Tako mit der Macht eines Flugsauriers in eine andere Richtung zog, war es aussichtslos, Art und Ziel der nächsten Zerstörung vorauszuahnen.

Sayas Eltern kamen in den Flur gestürmt. Es war, als würden die Zimmer sie herausschütteln. Ihre Mutter trug ein Köfferchen mit wichtigen Papieren unter dem Arm, ihr Vater riss Saya an sich, drückte ihren Kopf schützend an seine Brust und stolperte mit ihr zusammen so ungeschickt aus dem einstürzenden Haus, dass sie sich den Nacken zerrte und die Ellbogen anschlug, doch sie beschwerte sich nicht. Ihre Schuhe, die vor der Schwelle standen, sprangen hoch und regneten wieder auf sie herab, die Haustür flog weg, kaum dass sie sie aufgestoßen hatten. Auch als sie schon draußen waren, rannten sie weiter, das Schnaufen ihrer Mutter klang wie ein hysterisches Weinen, während ihr Vater ein monotones, röchelndes »Es-ist-gut-es-ist-alles-gut« herunterbetete.

»Aufhören zu rennen!«, brüllte Saya irgendwann. »Stopp, es reicht!« Und sie blickten zu ihrem Haus zurück, sahen es in mehreren Schüben in sich zusammenfallen, sahen die roten Dämonen zuckend daraus auftauchen und emporsteigen. An den Leinen, die Abes Bestien wie Schwänze hinter sich herzogen, hingen Bretterstücke und zerbrochene Gegenstände.

»Nicht hingehen!«, warnte ihr Vater. »Es könnte in Flammen aufgehen.« Doch das tat der Trümmerhaufen nicht. Stattdessen knallte es, und eine Wasserfontäne erhob sich, die auf das Dach des Nachbarhauses niederprasselte. Die Familie Yokoi, die innerhalb von zwei Minuten ihr Haus verloren hatte, kauerte eng aneinandergeschmiegt in der Nacht. Noch immer strömte der Zauberwind in die Höhe und trieb von Zeit zu Zeit Papierblätter und Stofffetzen aus dem Schutt zum Himmel empor. Es roch nach Staub und altem Holz, aber die Sterne leuchteten versöhnlich. Niemand war verletzt worden. Ihre Mutter brabbelte etwas von Kôbe. Saya dachte an ihr Piano. Sie hatte nicht eine einzige Melodie darauf spielen können.

Nachbarn strömten aus ihren Häusern und begafften den wenig dramatischen Rest des Schauspiels. »Das ist ja schrecklich«, klangen Mitleidsbezeugungen auf, wobei Saya im Moment nicht entscheiden wollte, ob sie aufrichtig, geheuchelt oder gar spöttisch gemeint waren.

»Wo sollen wir jetzt hin?«, brachte ihr Vater das dringlichste Problem auf den Punkt. Mit gedämpfter Stimme fügte er hinzu: »Auf die Gastfreundschaft unserer lieben Nachbarn würde ich nicht zählen.«

Saya fand die Nüchternheit ihres Vaters bemerkenswert. Tatsächlich half ihnen Jammern jetzt nicht weiter. Dass Abes eingesperrte Drachen ihr Haus in Stücke gerissen hatten, war zu ungeheuerlich, zu plötzlich, zu einschneidend, als dass man lange darüber hätte diskutieren können. Oder müssen. Wichtiger war jetzt, einen Schritt vorwärtszutun. Sie brauchten ein Dach über dem Kopf.

Um die drei hatte sich inzwischen ein Halbkreis aus Schaulustigen gebildet. Tatsächlich trat niemand hervor, um ihnen eine Notunterkunft anzubieten. Es wäre ein guter Moment gewesen, um in ihre beiden Autos zu steigen und Inogi den Rücken zu kehren. Glücklicherweise – in Saya regten sich noch immer die Horrorvisionen von einem möglichen Unfall am Dorfrand, den nur sie alleine überleben würde – bestanden ihre Eltern nicht auf dieser Option.

»Der Gasthof«, sagte Vater, nachdem er lange die stumme Reihe liebenswürdiger Nachbarn gemustert hatte, »der Gasthof zum Ahorn. Sie müssen uns einfach ein Zimmer für die Nacht geben!«

Was das »müssen« anging, war Saya sich nicht sicher, aber wenn der Fluch sie unbedingt im Finalkampf sehen wollte, standen ihre Chancen nicht schlecht. In Pyjamas, barfuß, das Köfferchen unter dem Arm traten sie den Weg zum *Kaede Ryokan* an. Der Gasthof, der direkt neben Iokas und damit Kaitos Haus lag, war keinen Kilometer entfernt, die Nacht mild und mondbeschienen. Über allen Häusern standen Tako in der Luft, zogen friedlich enge Kreise und machten keine Anstalten, die Dächer, an denen ihre Leinen verknotet waren, in die Höhe zu reißen.

Es war kurz nach zehn Uhr, als die drei abgerissenen Gestalten an der Tür des Ryokan klingelten. Sie mussten lange warten, doch schließlich öffnete ihnen ein altes Ehepaar, sie einen Kopf größer als er, ein *Floh-Ehepaar*, wie man in Japan zu sagen pflegte. Sie machten den Eindruck, beide vor dem Fernseher eingeschlafen zu sein, auf seinem Hemd klebte glupschäugig ein getrocknetes Fischchen, das ihm wohl beim Knabbern aus den Fingern gerutscht war, und sie trug ihre große Brille schief auf der Nase.

Sayas Vater stellte sich vor, entschuldigte sich für die späte Störung und erkundigte sich nach einem Zimmer. Dass ihnen eben ihr Haus um die Ohren geflogen war, erwähnte er nicht.

»Moment mal«, sagte die Frau. »Ich kenne Sie doch.«

Sayas Vater lächelte höflich. »Uns kennt hier wahrscheinlich jeder.«

Aber offenbar meinte sie das nicht. »Ich erinnere mich sehr genau an Ihr Gesicht, Herr Yokoi. Sie waren doch einmal mein Gast, vor einigen Jahren ... wie lange ist das jetzt her? Dann muss das Ihre Tochter sein. Sie war ja noch fast ein Baby, aber schon damals ganz der Vater ...«

Saya ließ zu, dass die alte Frau ihr über das Haar strich, wie man es eigentlich nur bei Kleinkindern tat. Sie verstand nicht, wovon die Frau redete. Als Kind war sie doch nie in diesem abgelegenen Kaff gewesen! Sie setzte zu einer Frage an, doch ihr Vater flüsterte: »Gleich, sobald wir auf dem Zimmer sind ...«

Dieses erreichten sie über einen schmalen, endlos langen Korridor, der gut und gerne zu einer dieser begehbaren Geisterbahnen gepasst hätte, die auf Rummelplätzen standen und in denen als Vampire oder Skelette verkleidete Studenten sich ein paar Yen damit verdienten, kleine Mädchen zu erschrecken. Das Zimmer selbst war in japanischem Stil mit Tatami-Boden und Futon-Matratzen ausgestattet, altmodisch, aber sauber und geräumig. »Wenn ich mich nicht täusche«, sagte die Frau, »haben Sie damals auch hier übernachtet.«

Ein paar Erklärungen und Verbeugungen später fiel die Tür hinter ihnen zu, und nun wollte Saya *ihre* Erklärungen.

»Es stimmt«, gab ihr Vater Auskunft. »Wir waren einmal hier, nur wir beide. Es gab eine Zeit, da habe ich dich ab und zu auf Geschäftsreisen mitgenommen, um Kâ-chan zu entlasten. Manchmal war es schwierig, während wichtiger Konferenzen einen Babysitter für dich zu finden, aber ich glaube, die Reisen haben dir großen Spaß gemacht. Wir kamen fast im ganzen Land herum. Vor elf Jahren waren wir einige Tage in Inogi und wir haben hier übernachtet.« Er sah sich um. »Das Zimmer hat sich seither kaum verändert.«

»Vor elf Jahren?«

»Vor elf Jahren wurden Inogis Windkraftwerke errichtet und ich durfte die Bauarbeiten besuchen. Du warst damals gerade vier. Wir veranstalteten Kissenschlachten und aßen Eis auf den Futons.«

Vor elf Jahren. Eine magische Zahl, irgendwie von Bedeutung. Noch etwas war vor elf Jahren geschehen – warum kam sie nicht drauf? Richtig! Der Drachenbauer Ioka war vor elf Jahren wahnsinnig geworden, jedenfalls nach landläufiger Meinung. Wenn sie Kaitos Erläuterungen recht verstanden hatte, musste vor elf Jahren etwas vorgefallen sein, das ihn dazu gezwungen hatte, seine Tako in ein Zimmer zu sperren und die Produktion einzustellen. Nach allem, was sie erlebt hatte, konnte sich Saya gut vorstellen, was es gewesen sein musste: Seine Drachen waren unvermittelt zum Leben erwacht, waren aus eigener Kraft geflogen, hatten ihn vielleicht sogar attackiert.

Jetzt begriff sie die Zusammenhänge.

Von dem magischen Wind einmal abgesehen, der seit dreihundert Jahren unablässig wehte, hatten die merkwürdigen Vorgänge in Inogi erst begonnen, als Tô-chan und Saya ins Dorf kamen. Natürlich – indem sie nach Inogi zurückkehrten, wurde der Fluch aktiviert, der auf ihrer Blutlinie und auf der von Hitomi lag. Die Realität begann sich zu verändern, die Drachen spielten verrückt, das Drachenfest wurde zu einer Farce, bei der die Naturgesetze ausgeschaltet wurden und alles möglich war, nur nicht das frühzeitige Ausscheiden von Saya und Hitomi.

Ähnliches musste vor elf Jahren schon einmal geschehen sein! Sicher waren sie damals nicht während des Drachenkampfes gekommen und sie waren auch nicht lange geblieben, doch ihre kurze Anwesenheit in Inogi hatte mindestens *eine* Auswirkung gehabt: Im Nachbarhaus wurden die Drachen lebendig.

Saya musste sich setzen. Von all den verrückten Erkenntnissen der letzten Tage war dies die unerträglichste. Im Alter von vier Jahren hatte sie also, einfach indem sie an diesem Ort übernachtete, das Leben eines Mannes zerstört. Ioka Sôyô, der die lebenden Tako mit eigenen Augen gesehen hatte, war an diesem Ereignis zerbrochen, wurde psychisch instabil und im Dorf als wahnsinnig abgestempelt. Der Mann, den sie für einen Feind gehalten hatte, war in Wirklichkeit ihr Opfer.

Und auch Kaitos Jugend hatte ihr Auftauchen vor elf Jahren schwere Wunden zugefügt. Er hatte mit einem für geisteskrank erklärten Vater aufwachsen müssen … nicht gerade ein Vergnügen für ein Kind.

»Mich trifft keine Schuld«, murmelte Saya. »Ich habe das alles nicht gewusst.«

Tatsächlich hatte sie seit ihrem ersten Besuch in Inogi elf Jahre lang ein normales Leben geführt, ohne zu ahnen, was ihr Aufenthalt hier ausgelöst hatte. Doch jetzt wusste sie es und würde es wissen bis zu ihrem Tod.

Wie sollte sie Kaito je beibringen, was sie ihm und seinem Vater angetan hatte? Sie konnte nicht einmal mehr an ihn denken, ohne dass es schmerzte!

»Ich möchte schlafen«, sagte sie, legte sich auf einen der Futons und bekam kaum noch mit, dass ihr Vater die schwere Decke auf sie legte, ganz wie er es vor elf Jahren getan hatte.

*

Jî-chan, erzählst du mir eine Geschichte?«

Der alte Mann, der mit einem Glas bernsteinfarbenen Gerstentees und einem Schüsselchen Konpeitô aus der Küche kam, kleinen, pastellfarbenen Zuckersternchen, die nach mehr aussahen, als sie schmeckten, blieb nachdenklich vor seiner Urenkelin stehen. Moe hatte es sich mit ihren Wachskreiden und einem Stapel Malpapier auf dem Fußboden bequem gemacht. Sie hatte spielende Kinder gezeichnet, viele davon mit fliegenden Gegenständen, die sie wie Drachen an Leinen durch die Luft steuerten. Ihr Mund und ihr Kinn waren mit Erdbeerkuchen beschmiert, von dem sie eben gegessen hatte.

»Du möchtest sicher die Geschichte von Prinzessin Nachtigall hören«, begann Kuroboshi. In seiner Stimme schwang bereits Zweifel mit.

Moe wand sich auf dem Boden wie ein halb zertretener Wurm. »Die hast du mir schon eine Million Mal erzählt!«

»Dann vielleicht lieber die Geschichte von der Braut, die ein Fuchs war?« Der Klang seiner Worte unterstrich jetzt deutlich, dass er seine Frage für überflüssig hielt.

»Ich möchte keine Märchen mehr hören! Ich bin kein kleines Kind mehr.« Das sagte eine Vierjährige. Und zwar mit Nachdruck, denn schließlich war sie es gewöhnt, mit ihrem schwerhörigen Uropa laut reden zu müssen.

»Tja, ich weiß aber nicht, ob ich dir schon eine Erwachsenengeschichte zumuten kann.«

»Freilich kannst du sie mir zumuhen!«

Der alte Mann kratzte sich an der Schläfe. »Du möchtest die Geschichte von Senzaburô und Yukichi hören? Das waren zwei Jungen, die für ihr Leben gern Drachen steigen ließen. Doch für einen von ihnen wurde der Tako zum Schicksal.«

Moe riss ihm Tee und Süßigkeiten beinahe aus der Hand. »Ist das überhaupt eine gruselige Geschichte?«

»Gruselig?« Er achtete darauf, dass der Tee auf dem bunten Untersetzer zu stehen kam. »Vielleicht nicht so sehr wie die Braut, die ein Fuchs war, aber … hm, wenn man es richtig bedenkt, ist die Geschichte ziemlich schaurig. Und jedes Wort davon ist wahr.«

»Wer waren Senzaburô und Yukichi?«

»Oh, du hast dir die Namen schon eingeprägt! Die beiden lebten vor dreihundert Jahren in Edo, das ist das heutige Tôkyô, weißt du? Schon damals war es eine riesige Stadt mit fast einer Million Einwohnern. Viele Samurai lebten dort, aber auch Handwerker und Kaufleute.«

»Auch Taxifahrer?«

Der Drachenbauer schmunzelte. »Gewissermaßen auch Taxifahrer. Aber damals gab es weder Autos noch Rikschas. Die Taxifahrer von damals waren also Sänftenträger. Äh ... wo waren wir stehen ge... richtig, die Samurai und die Bürger. Die Samurai nannten sich damals auch Bushi. Jahrhundertelang waren sie die Herren Japans gewesen, und eigentlich waren sie es in der Zeit, von der wir sprechen, immer noch. Zumindest sahen *sie* es so. Aber in friedlichen Zeiten ist der Krieger nicht viel wert, und es waren friedliche Zeiten, seit Langem schon. Während die Kaufleute immer reicher und angesehener wurden, verloren die Samurai zusehends an Ruhm und Macht. Senzaburôs Vater war ein Samurai und Yukichis Vater ein Kaufmann. Die beiden Jungen waren gleich alt und wohnten im selben Stadtviertel, doch sie hätten niemals Freunde werden können.«

»Warum nicht?«

»Weil der Sohn eines Samurai nicht mit dem Sohn eines Kaufmanns spielte. Die Bushi verachteten die Kaufleute und hielten sich für etwas Besseres. Vielleicht waren sie auch neidisch, weil es immer mehr verarmte Samurai gab.«

»Und wann passiert in dieser Geschichte etwas Gruseliges?«

»Einen Moment Geduld, Moe-chan! In dieser Epoche hatten die Menschen mehr Freizeit als zuvor, und in Edo und anderen großen Städten entwickelten sich neue Arten von Zeitvertreib. Kunst und Literatur waren nicht mehr nur den Hofleuten und Kriegern vorbehalten, auch ganz normale Bürger besuchten jetzt Theater, kauften Holzdrucke von berühmten Gemälden, spielten mit Würfeln oder Karten und …«

»Das klingt aber nicht besonders gruselig.«

»Auch die Tako erfreuten sich größter Beliebtheit. Hatte man sie in früheren Zeiten den Göttern zuliebe fliegen lassen oder im Krieg eingesetzt, fanden sie jetzt als Spielzeug für Jung und Alt Verbreitung. Die Menschen in den Städten fanden am Tako-age so viel Freude, dass sie sich bei gutem Drachenwetter den ganzen Tag lang damit beschäftigten. Darüber vergaßen sie ganz und gar ihre Arbeit.«

Moe gluckste. *Das* Thema gefiel ihr.

»Die damalige Regierung, das Shôgunat, musste etwas gegen die Drachenbegeisterung der Leute unternehmen, und so wurde den Erwachsenen das Ika-age verboten. Früher hießen Tako nämlich Ika, also nicht Oktopus, sondern Kalamar. Es heißt, der Name Tako wurde nur erfunden, um das Verbot zu umgehen. Jetzt konnten die Leute behaupten, keine Ika steigen zu lassen, sondern Tako. Doch die Regierung ließ sich nicht lange für dumm verkaufen. Ein Jahr später wurde das Verbot auch auf Tako ausgedehnt. Nun durften also nur noch Kinder mit Drachen spielen, und das taten sie natürlich ausgiebig.«

Die Vierjährige strahlte. Vermutlich schmiedete sie insgeheim bereits Pläne, den Erwachsenen alle Freuden des Lebens zu verbieten und nur den Kinder zu erlauben, Spaß zu haben.

»Wenn die Kinder der Samurai in den Gärten ihrer prachtvollen Villen stolz die Drachen steigen ließen, sah das ganze Stadtviertel zu, auch die Kinder der einfachen Leute, der Handwerker und Kaufleute, deren kleine Häuser sich eng um die Anwesen der Samurai scharten. Da die Samuraikinder die Bürgerkinder verhöhnten und heruntermachten, wann immer sie Gelegenheit dazu hatten, wuchs in den anderen Kindern der Hass gegen ihre adligen Altersgenossen. Es war nicht leicht, den Samuraisprösslingen eins auszuwischen, aber irgendwann hatte eines der Bürgerkinder eine gute Idee.« Kuroboshi strich seiner Urenkelin übers Haar. »Wer weiß, vielleicht war es so ein kleines Mädchen wie du.«

»Ich war es«, erklärte Moe mit einer Entschiedenheit, die keinen Widerspruch duldete. »Ich hatte die Idee.«

»Wenn der Wind günstig war, konnte man aus den engen Gässchen der Handwerker- und Händlerviertel, vielleicht sogar aus den Fenstern der Häuser heraus seinen Drachen steigen lassen, ohne dass sich feststellen ließ, wo die Schnur hinführte und wer sie hielt. Mit ihren Tako griffen die Kinder die Drachen der Samuraisprösslinge an und schafften es, durch Reibung deren Leinen zu durchschneiden. Auf diese Weise rächten sie sich dafür, dass die adligen Kinder sie so herablassend behandelten und nicht mit ihnen spielen wollten. Und jetzt wird es interessant: Genau aus diesen Racheaktionen der Bürgerkinder entstanden später die Drachenkämpfe. Wenn die schlauen Kinder der Kaufleute und Handwerker nicht gewesen wären, hätten wir heute in Inogi und anderen Orten unseres Landes keine Drachen-Wettkämpfe.«

»Dann würde Jî-chan keine Drachen bauen.«

Kuroboshi lachte. »Ja, dann würde ich vermutlich … Autos bauen oder …«

»… Eis verkaufen.«

»Das würde dir so passen!«

»Was ist jetzt mit Senzaburô und Yukichi?«

»Auch Senzaburô liebte die Drachen. Bei windigem Wetter war er stets mit seinem Tako zugange. Vermutlich hatte er Langeweile, denn seinen Vater sah er nur selten, seine Mutter betrieb eine Seidenraupenzucht, und er war das jüngste von neun Kindern – seine älteren Geschwister hatten sicher kein Interesse, sich mit ihm abzugeben. Ich glaube, Senzaburô war mächtig stolz auf seinen prächtigen Drachen, und jeden Tag versuchte er ihn ein wenig höher steigen zu lassen. Doch eines Tages geschah es. Ein fremder Tako tauchte am Himmel auf, näherte sich dem seinen mit geschickten Manövern und schnitt ihm doch tatsächlich kaltblütig die Schnur durch! Senzaburô muss ziemlich verdattert und wütend gewesen sein, als sein Tako herabgetorkelt kam. Er muss auch ziemlich lange nach der Absturzstelle gesucht haben, und noch länger hat er bestimmt nach dem Übeltäter geforscht, doch er fand ihn nicht.«

»Das war Yukichi«, erkannte Moe.

»Yukichi, der Kaufmannssohn, ganz recht. Aber das sollte Senzaburô erst später herausfinden. Zunächst war er so schockiert, dass er regelrecht Angst bekam und seinen Drachen im Haus versteckte, wie sehr ihn der Drachenwind auch lockte. Erst als sein Vater zwei Tage später von einer Reise zurückkehrte, fasste er neuen Mut. Senzaburô brachte seinen Vater sogar dazu, ihm einen Moment beim Tako-age zuzusehen. Doch noch jemand anderes sah ihm zu. Denn kaum hatte der Junge die Leine vollständig ausgerollt, erschien der fremde Drachen am Himmel. Wieder wurde Senzaburô angegriffen, wieder wurde ihm die Leine durchtrennt. Sein Vater hatte alles mit angesehen. Man muss wissen, dass Senzaburôs Vater ein jähzorniger Mann war. Tagein, tagaus hatte er eine Menge Ärger am Hals, und deshalb war mit ihm wirklich nicht zu spaßen. Er schwor, den unverschämten Kerl zu finden, der seinen Jungen beleidigte. Und Yukichi ahnte nicht, wie leicht das sein würde.«

»Der Samurai suchte mit Hubschraubern«, schlug Moe vor.

»Überall in Edo lungerten Tagelöhner herum, Menschen, die vom Land in die Stadt gekommen waren, um dort Arbeit zu finden. Viele von ihnen waren jederzeit bereit, für schnelles Geld auch zwielichtige Aufgaben zu übernehmen, etwas auszuspionieren, zu stehlen, jemanden zusammenzuschlagen oder zu entführen. Senzaburôs Vater hatte ihre Dienste mehr als einmal in Anspruch genommen, also wusste er, an wen er sich wenden musste. Es dauerte keine vierundzwanzig Stunden, da hatten sie den Kaufmannssohn aufgestöbert, der in seiner Gasse damit prahlte, den Samurai-Drachen vom Himmel geholt zu haben. Yukichi wurde vor Senzaburôs Vater gezerrt und musste diesem versprechen, den Jungen nie mehr zu behelligen. Mehr noch, er musste einen Eid schwören, in seinem Leben nie mehr einen Tako steigen zu lassen.«

Moe machte ein trauriges Gesicht und stopfte sich eine Handvoll bunter Zuckersterne in den Mund.

»Yukichi war mächtig eingeschüchtert, solange er vor dem Samurai stand. Er zitterte und weinte, aber wie Jungen eben so sind, änderte sich das schnell, als man ihn wieder zu seiner Familie zurückkehren ließ und er aufs Neue mit seinem listigen Vater, seiner unerschrockenen Mutter und seinen furchtlosen Geschwistern zusammen war. Wenn der Samurai ihn wirklich hätte bestrafen wollen, so sagte sich Yukichi, hätte er es sofort getan. Er fühlte sich ziemlich sicher, als er sich nach fünf Tagen zum dritten Mal daranmachte, den adligen Drachen abzuschießen.«

»Er hat Mut«, lobte Moe.

»Diesmal meinte er, Senzaburôs enttäuschten Schrei hören zu können, als der kunstvoll bemalte Tako abstürzte und auf eines der Villendächer klatschte. Yukichi schlief sehr gut in dieser Nacht, aber nur bis in die frühen Morgenstunden, denn noch ehe die ersten Vögel zu zwitschern begannen, hatten sich fünf oder sechs Taugenichtse ins Haus geschlichen, bedrohten seine Familie mit Klingen, wie sie eigentlich nur die Bushi tragen durften, und verschleppten den armen Jungen.«

»Noch mehr Sterne«, verlangte Moe, und ihr Uropa

musste in die Küche gehen und eine weitere Ladung herbeischaffen. »Wohin brachten die bösen Leute den armen Yukichi?«, nahm Moe den Faden wieder auf.

»Sie brachten ihn auf den Befehl von Senzaburôs Vater hin weit weg von Edo, in eine abgelegene Gegend im Norden des Landes, eine Provinz namens Dewa, unsere heutige Präfektur Akita. Dort gab es ein Dorf, das hieß Inogi.«

Moe klopfte mit der flachen Hand auf den Tatami-Boden. »Das ist hier!«

»Senzaburôs Vater stammte ganz aus der Nähe und kannte die Gegend genau. Wie alle Samurai dieser Zeit hatte er sich einem Gesetz namens Sankin-Kôtai zu unterwerfen. Ein Jahr lang durfte er in seiner Heimat leben, das nächste Jahr musste er in Edo verbringen, immer abwechselnd. Auf diese Weise konnte die Shôgunats-Regierung alle Samurai des Reichs bestens kontrollieren. Und damit nicht doch ein Samurai auf die Idee kam, die Regierung zu hintergehen und fern der Hauptstadt eigenmächtig Pläne zu schmieden, war er dazu verpflichtet, seine Frau und seine Kinder als Geiseln in Edo zurückzulassen. Das war ein hartes Los. Zwar war es den Samurai gestattet, ihre Familie in Edo jederzeit zu besuchen, doch die Familie blieb dort gefangen und durfte nicht in die Heimat des Vaters reisen. Vielleicht passte das in diesem Fall ganz gut in die Pläne von Senzaburôs Vater. So konnte er den verhassten Kaufmannssohn nach Inogi bringen und dort einkerkern, ohne dass Senzaburô davon erfuhr und doch noch Mitleid bekam. Denn die Strafe, die sich der Samurai ausgedacht hatte, war grausam.«

Die Stimme des Drachenbauers zitterte, während Moe unbeeindruckt ihre Sterne mampfte.

»Senzaburôs Vater wollte Yukichi so lange aus dem Weg schaffen, bis dieser vernünftig wurde. Er wollte den Stolz und den Willen des Jungen ein für alle Mal brechen, und in Edo hätte er dem Kaufmannssohn nur eine leichte Strafe aufbürden können. Er wollte Yukichi im Kerker sehen, doch Menschen durften damals nur inhaftiert werden, bis das Gericht ihre Strafe festgelegt hatte. Drücke ich mich zu kompliziert aus?«

»Ich verstehe jedes Wort«, log Moe.

»In Inogi hatte es kleine Silberminen gegeben, vielleicht der Grund, warum sich überhaupt Menschen hier ansiedelten. Man darf an kein riesiges Bergwerk mit gewaltigen Stollen denken. Da waren überall verstreut ein paar Gruben, keine zehn Meter tief, aus denen man das Erz förderte, was Inogi einen bescheidenen Reichtum bescherte. Eines dieser Erdlöcher, das zwei enge Einstiege hatte und nicht mehr benutzt wurde, ließ Senzaburôs Vater kurzerhand in einen Kerker umfunktionieren. Er steckte Yukichi in das Loch, stellte eine Wache dazu und wartete. Tage verstrichen, Wochen, Monate. Der Samurai reiste und kam seinen zahlreichen Verpflichtungen nach. Wann immer er sich einsam fühlte, weil er Frau und Kinder in Edo hatte zurücklassen müssen und nur selten Zeit fand, sie zu besuchen, wann immer er also traurig und zornig wurde und sich ungerecht behandelt vorkam, erfreute er sich an dem aufsässigen Kaufmannssohn in seinem feuchten, kalten Erdloch. Es mag seltsam klingen, aber das Leid des Jungen war ihm der größte Trost. Die Samurai waren damals nur noch Schatten ihrer selbst. Der Shôgun hatte um der politischen Stabilität des Reichs willen lächerliche Figuren aus ihnen gemacht, denen es nicht einmal gestattet war, mit ihren Familien in der Heimat zu leben. Hatte der große Feldherr und Shôgun Ieyasu vor hundert Jahren nicht die Gesellschaft in vier Klassen geteilt – die Samurai an oberster Stelle, gefolgt von den Bauern, den Handwerkern und an unterster Stelle den Kaufleuten? Und jetzt wurde nicht einmal den Kaufleuten ein so menschenunwürdiges Leben zugemutet wie den Bushi!«

Der alte Mann redete längst für sich selbst, dachte nicht mehr daran, die Geschichte in eine kindgerechte Sprache zu übersetzen. Moe, die sich für erwachsen hielt, störte es nicht.

»Wenn Senzaburôs Vater in die Nähe von Inogi kam, besuchte er seinen Gefangenen, verhöhnte ihn und ließ sich neue Schikanen für ihn einfallen. Insgesamt blieb Yukichi über ein Jahr in dem Erdloch, und wenn man zu ihm hinabblickte, sah man einen blassen, hageren, sehr schwächlichen Jungen, aber auch einen Jungen, der für sein Alter sehr reif wirkte. Für uns heute ist es nur schwer nachzuvollziehen, was Yukichi während dieser langen Qualen empfunden haben mag ...«

*

Am nächsten Morgen tauschten Saya und ihre Eltern die Schlafanzüge gegen die blaue Happi-Kluft aus, die ihnen das Gästehaus zur Verfügung stellte. Schon zum Frühstück gab es Kashiwa-mochi, runde Reiskuchen, eingeschlagen in Eichenblätter. Die dunkelrote Bohnenmusfüllung waberte durch das stumpfe Weiß der Kugeln aus gestampftem Klebreis wie ein Herz, das gleich zu schlagen anfangen würde.

Richtig, heute war ein besonderer Tag, nicht alleine für Saya, auch für den Rest des Landes: Das Kinderfest, einst als Knabenfest bekannt, war ein nationaler Feiertag, an dem in ganz Japan die bunten karpfenförmigen Koi-nobori flatterten, ein schwarzes für den Vater, ein rotes für die Mutter. Die blauen Karpfen, die ursprünglich nur für Knaben gedacht waren, wurden heutzutage großzügig auch für Mädchen gehisst.

Saya aß ohne Appetit. Sie fand es geradezu perfide, dass sie und Hitomi ausgerechnet am Tag der Kinder den Kampf ihrer Vorfahren ausfechten sollten. War das Fest nicht da, um das Glück und die Freiheit der Kinder zu feiern? Von Freiheit keine Spur …

»Du musst nicht hingehen, wenn dir nicht gut ist«, durchbrach ihre Mutter das Schweigen am Frühstückstisch. Offenbar dachte sie, Sayas Gehirnerschütterung mache ihr noch zu schaffen. Natürlich hatte sie Kopfweh, und das Gewirr aus Linien behinderte noch immer ihre Sicht und ließ sie ständig die Augen zusammenkneifen, als brauchte sie eine Brille, aber das war nicht das Problem. Kâ-chan begriff nicht, worum es wirklich ging. Wie sollte sie auch? Sie gehörte nicht einmal zur Blutlinie.

»Kâ-chan hat recht«, stimmte ihr Vater zu. »Pfeifen wir auf den dummen Wettkampf. Hitomi wird ihn ohnehin gewinnen …«

Wie schön! Nicht einmal ihre Eltern glaubten an ihren Sieg. »Könnt ihr denn nicht für einen Moment die Augen aufmachen?«, sagte Saya gereizt. »Seht ihr nicht, was hier vor sich geht? Ein Fluch erfüllt sich und er ist so übermächtig, dass er die Naturgesetze komplett außer Kraft setzt. Denkt ihr, ich könnte mich einfach mal kurz gegen den Wind stellen und ›Nein, danke‹ sagen?«

Ihre Mutter runzelte die Stirn. »Saya, mein Mädchen, sicher sind uns in den letzten Tagen merkwürdige Dinge passiert, aber das bedeutet doch nicht, dass ...«

»Merkwürdige Dinge?« Saya stand auf. Ein Gedanke breitete sich in ihrem Kopf aus, sie ließ ihn einen Moment lang reifen und sprach ihn dann aus. Und während sie ihn formulierte, spürte sie, dass sie den Kern dieses Wahnsinns endlich verstanden hatte. »Unsere Welt«, begann sie, »unsere Realität – sie hat sich vom Boden erhoben und schwebt frei in der Luft, nur noch gehalten von einem Faden, der Leine des blutigen Drachens, der Blutlinie, die von Hashimoto Yukichi bis zu Vater und zu mir reicht. Unsere Wirklichkeit ist ein Tako geworden.«

»Das ist ein schöner Vergleich«, freute sich Mutter.

»Es ist kein Vergleich! Es ist genau das, was geschieht, wortwörtlich! Unser Urahn Hashimoto Yukichi zieht in der Vergangenheit an unserer Realität. Der magische Wind sorgt dafür, dass die Wirklichkeit in Inogi abhebt, den Kontakt zum Boden verliert und zu schweben beginnt. Drachen erwachen zum Leben – Menschen fliegen aus eigener Kraft durch die Luft – Arzneikräuter schweben unter der Decke von Dr. Satôs Praxis – in den

Kraftwerken entstehen Geistervögel aus dem Nichts und führen Krieg gegen die Drachen – im Haus von Torayama-Sensei kriecht ein Lichtwesen umher – die Zeiger der Uhren rasen, vielleicht um mir keine Zeit zum Nachdenken zu lassen, vielleicht weil Uhren einfach rasen würden, wenn sie dürften. Überall entfliehen ... Dinge oder Menschen oder ... Seelen den Zwängen der Naturgesetze.« Sie musste tief Luft holen für den zweiten Teil ihrer Rede. »Ihr müsst einmal einen Drachen steigen lassen – dieses Gefühl, wenn er sich vom Boden hebt, wenn er sich windet, um jeden Zentimeter Höhe und Freiheit kämpft, und dann, wenn er fliegt, weit oben, und man denkt, das dürfe er eigentlich nicht, ohne Motor, einfach nur durch einen Zug an der Leine. Genau das widerfährt uns! Das erklärt alles, was in den letzten anderthalb Wochen geschehen ist. Manche der Vorfälle stehen in direktem Zusammenhang mit dem Fluch, zwingen Hitomi und mich zum Finalkampf, andere haben gar nichts mit uns zu tun. Vieles geschieht einfach, weil Yukichi einen großen Drachen braucht, um dem Fluch Auftrieb zu geben, ein riesiges Segel, unsere gesamte Realität. Und eine unvorstellbar lange Schnur. Wir befinden uns alle auf seinem Drachen, und die Schnur ist dreihundert Jahre lang. Versteht ihr? *Versteht ihr das?*«

Sayas Monolog hatte ihren Eltern die Rede verschlagen.

»Ich gehe jetzt«, verkündete Saya. »Bestimmt wartet Torayama-Sensei schon mit meinem Tako auf mich. Dann werden wir kämpfen und dieses Dorf endlich erlösen.«

Ihre Entschlossenheit hielt bis zur Tür des Gasthofs

und ein Stück weiter an, doch als sie den Wettkampfplatz erreichte, war ein großer Teil ihres Mutes bereits verbraucht und fortgeblasen. Der Wind hatte sich noch einmal verändert. Er kam jetzt in unregelmäßigen, heftigen Böen aus wechselnden Richtungen. Man spürte die Nervosität von Hashimoto Yukichi und Mori no Senzaburô oder wer immer von ihnen beiden aus ihrer bequemen Nische in der Vergangenheit heraus den launischen Drachen namens Wirklichkeit zu lenken versuchte. Nun, da die Stunde der Entscheidung anbrach, zitterten wohl die Hände, die die Haspel hielten, und die Kraft, die den Wind schuf, wurde unstet. Schon einmal hatte der magische Wind gezeigt, wie sensibel er war: als Sayas Vater die ersten sechs Wochen ohne Saya in Inogi verbrachte und die Macht hinter dem Fluch offenbar nicht wusste, ob sie ihn für den Kampf gegen Hitomi oder Kasumi auswählen sollte oder ob es besser war, auf Saya zu warten. Damals war der Wind abgeflaut, und ihr Vater hatte sich dafür üble Drohungen von Abe und Ioka eingefangen. Es war ein groteskes Gefühl, in einer Wirklichkeit zu stecken, die menschlicher Natur war, die sich nicht physikalisch, sondern nur noch psychologisch erklären ließ.

Die Karpfenbanner wirbelten durcheinander und schienen weniger die Harmonie der Familie zu verkörpern als die inneren Zwistigkeiten in den Häusern. Rote Mutter-Karpfen stießen mit blauen Kinder-Karpfen zusammen, und die schwarzen Vater-Banner wickelten sich wie ein dunkler Schatten um beide, als wollten sie sie erdrücken.

Auf dem Weg zum Kampfplatz tanzte ein Stofffetzen vor ihr her, der vermutlich von einem ihrer Kleider stammte. Der wilde Wind verteilte das, was unter den Trümmern ihres eingestürzten Hauses lag, überall im Dorf. Saya unterdrückte das Verlangen, im Schutt nach Wertsachen zu wühlen, und hielt auf die kleine Gruppe von Menschen zu, die sich in der Mitte der Wiese versammelt hatte. Es gab keine Dinge von besonderem Wert mehr in ihrem Leben. Nur der Kampf war wichtig. Nicht der Sieg. Der Kampf.

Die Bewohner des Dorfes standen in dichten Reihen am Rande des Areals und blinzelten skeptisch und wortlos, aber voll unbezähmbarer Neugier in den stürmischen Wind hinein.

Zu der kleinen Gruppe auf der Wiese gehörten Hitomi und ihre Eltern sowie die vier Drachenbauer Abe, Torayama, Ioka und Kuroboshi. Kaito erkannte sie flüchtig unter den Zuschauern. Saya hatte nur Augen für Hitomi, und Hitomis Blick war ebenso fest in ihrem verankert. Zwischen Hitomi und Kasumi verlief ein dickes, rot glänzendes Tau. Die Blutlinie.

Das Mädchen sah schrecklich aus. Ihre lieblichen, weichen Züge, in die Saya sich vermutlich verliebt hätte, wäre sie ein Junge gewesen, waren zu einer Maske erstarrt. Die Augen hinter den runden Brillengläsern waren zu winzigen Schlitzen zusammengekniffen, aus denen das Böse sickerte, und ihr wunderbares Lächeln hatte sich ins Gegenteil verkehrt. Wie hatte Saya ihre Rivalität nur jemals für Freundschaft halten können?

Saya deutete eine Verbeugung vor der Gruppe an, die

wie eine verschworene Gemeinschaft wirkte, mit Hitomi als Anführerin.

»*Tu es bien*«, meinte Abe scheinheilig. »Schön, dass es dir wieder gut geht.«

Saya setzte ein scharfkantiges Grinsen auf. »Es war mir ein Vergnügen, von den Trümmern eines Ihrer vielen zermalmten Drachen getroffen zu werden.«

»Ruhig, mein Kind«, mahnte Torayama und reichte ihr ihren Rokkaku. »Konzentriere dich auf das Wesentliche.«

»Aber ich habe Ihre Frage nach dem Wesentlichen längst gelöst, Meister«, erwiderte sie ohne Arroganz. »Ich weiß jetzt, was ein Tako ist. Inogi ist ein Tako.«

»Inogi ist verflucht, solange du hier bist«, spuckte Ioka ihr entgegen.

Saya nickte. »Da muss ich Ihnen recht geben. Aber den Fluch werden wir ja heute beenden. Nicht wahr, Hitomi?«

Die Angesprochene antwortete nicht. Dafür mischte sich ihre Mutter Kasumi in die Unterhaltung ein: »Ihr beiden Kinder, warum seid ihr nur so ernst? Das ist doch nur ein Wettkampf. Ihr habt das Leben noch vor euch. Seht in die Zukunft!«

»Wir sind die Zukunft«, sagte Saya. »Und die Zukunft ist nicht irgendwann, sondern jetzt.«

Es war eine verrückte Unterhaltung, ein bisschen so, als wüssten sie alle genau, worüber sie sprachen, und ein bisschen so, als hätte keiner von ihnen die geringste Ahnung.

»Beginnen wir den Kampf«, schlug Saya sachlich vor. »Zögern wir es nicht unnötig hinaus.«

»Der Wind ist ungünstig«, gab der alte Kuroboshi zu bedenken und kratzte sich die Glatze. Auch aus ihm strömten zahllose Stricke und Fäden in die Welt hinaus, erstaunlich viele sogar.

»Der Wind wird nicht mehr günstiger werden«, sagte Saya.

»Wenn es nach mir gegangen wäre«, warf Hitomis Vater ein, »hätte man dieses lächerliche Spektakel in einer anderen Jahreszeit abgehalten oder gleich ganz abgesagt. Der Wind im Mai ist eine Zumutung.«

Alle hatten jetzt etwas gesagt, nur Hitomi nicht. Saya ging wie selbstverständlich davon aus, dass das Mädchen stumm bleiben und seinen erbitterten Kampf in vollkommener Stille über die Bühne bringen würde. So war es besser für sie beide. Würdevoller.

Doch als Saya sich schon abgewandt hatte und mit ihrem Rokkaku in der Hand ein paar Schritte ging, um ihre Kampfposition einzunehmen, war hinter ihr plötzlich Hitomis Stimme zu hören, eiskalt wie ein Dolchstoß. »Hey du!«, rief das Mädchen. »Ich habe dir etwas zu sagen!«

Saya drehte sich in ihre Richtung.

Und Hitomi sagte: »Ich werde dich heute ... töten.«

Sayas Geist erschrak nicht über diese Worte. Dazu waren sie zu unfassbar. Allerdings reagierte ihr Körper. Er wurde steif und kalt und gefühllos, als wäre er schon gestorben. »Was?«, fragte sie kratzig und hohl.

»Du kommst hier nicht lebend raus.«

»Sie meint es nicht so«, beschwichtigte Kasumi mit einem dümmlichen Lächeln. Und ihr Mann stimmte zu: »Diese verrückten Kinder! Man sollte sie öfters mal übers Knie legen, wenn ihr mich fragt.«

»Sie ist einfach nur entschlossen, alles zu geben«, erklärte Torayama. »Das ist gut. Du musst auch entschlossen sein, Saya.«

*Warum versteht ihr denn alle nicht?*, wollte Saya schreien. *Seht ihr nicht ihre Augen? Kapiert ihr nicht, dass sie mich tatsächlich umbringen will? Wie soll ich ... wie kann ich diesen Kampf führen, wenn ...*

Und dann tat Saya etwas, was sie vor einer halben Minute noch nicht für möglich gehalten hätte. Sie schleuderte ihren Drachen von sich und begann zu rennen. Ihre Flucht würde sie nicht in Richtung Dorf führen, sondern fort von Inogi, über die Wiesen, hinüber zu den Windkraftwerken und – so ihr hastig gefasster Plan – zwischen ihnen hindurch, einfach weg von hier, und falls die Kraftwerke nach ihr schnappten wie Flugechsen, dann mussten sie sie erst einmal kriegen, und falls ihr Rokkaku sie verfolgte, seine Leine um sie wickelte und versuchte sie zum Kampfplatz zurückzuzerren, dann würden sie ja sehen, wer von ihnen stärker war, und falls Hitomi hinter ihr herrannte, dann würde sie dem kleinen dicken Monster schon zeigen, dass sie schneller laufen konnte.

Nicht nur Hitomi kam hinter ihr her. Auch ihre Eltern und die Drachenbauer verfolgten sie, jeder in seiner Geschwindigkeit. Kasumi breitete sogar die Arme aus und hob ab, flog wie ein Vogel im Gleitflug in ihre Richtung. Ein paar Leute lösten sich aus den Reihen der Zuschauer und rannten ebenfalls. War Kaito unter ihnen? Sie wusste nicht einmal, ob sie es hoffen sollte.

Die Kraftwerke verwandelten sich nicht und sie griffen auch nicht nach ihr. Nicht einmal die Geistervögel tauchten auf. Dafür näherte sich etwas anderes auf dem freien Stück Wiese, das zwischen den Türmen und ihr lag.

Ein chaotisches Etwas aus ineinander verschlungenen rotierenden Teilen kam über das Feld gewalzt, verspritzte kleine weiße und schwarze Geschosse, vermischt mit Holzsplittern und den Grasbüscheln, die es ausgerissen hatte. Metallische Lichtreflexe aussendend rollte es wie der Albtraum eines mutierten Mähdreschers heran.

Saya glaubte, ein Haus sei lebendig geworden. Sie glaubte es nur so lange, bis sie das Sirren hörte. Dahinter verbargen sich Klänge, die ihr vertraut waren. Diese Monstrosität gab einen gewaltigen Akkord von sich, ein dröhnendes Ungetüm von Tönen und Obertönen, in dem sich Melodien zu verstecken schienen, von denen einige von Saya selbst stammten.

So grotesk es auch anmuten mochte, das Phänomen war nichts anderes als ihr Piano, das zerschmettert worden war, als das Haus zerbarst. Warum erwachte es zum Leben wie die Drachen und warum blieben andere Dinge, die Häuser, die Möbel, die Autos, so leblos wie zuvor? Die Antwort: Ein Piano *war* ein Drachen. »Windzither« nannten die Chinesen die Drachen und zogen ihnen Saiten auf, damit sie beim Fliegen Musik erzeugten. Sayas Klavier, jetzt ein nutzloser Haufen aus Holz, Tasten und Saiten, hatte im Wind ein neues Zuhause gefunden, war zu einer lebendigen Windzither geworden.

Klingend sezierten die Saiten die Luft, gespannt

durch die Fliehkraft der Stimmnägel, die noch an ihnen hingen. Saya hatte einmal gelesen, dass ein Klavier bei achtundachtzig Tasten über mehr als zweihundert Saiten verfügte. Diese kollidierten miteinander, klirrten, verhedderten sich, doch es blieben noch genügend übrig, die zornig peitschten und kreisten. Das Monstrum mochte etwas Absurdes an sich haben, doch es war ohne Zweifel eine tödliche Bedrohung. Saya korrigierte ihre Laufrichtung und machte einen Bogen um das tobende Piano. Um nichts in der Welt wollte sie in die Nähe der messerscharfen Saiten geraten!

Aber eine neue Gefahr näherte sich von einer anderen Seite. Ein gleißendes Lichtwesen war es, wie ein riesiger Engel, so groß wie drei Menschen. Es kam mit verrückten, viel zu kleinen Schritten am Dorfrand entlanggetrippelt und hielt beständig auf sie zu. Es war in einen bunten, lebendigen Kimono aus Glanz gehüllt, aus dem oben ein fluoreszierendes kalkweißes Gesicht und unten zwei lichtflirrende Füße herausstachen. Das Geschöpf balancierte auf Holzschuhen, die ebenfalls von innen heraus leuchteten. In einer Hand hielt es einen Fächer, ein Fenster in ein Paradies, in dem alles strahlte und glomm.

*Die Realität dreht ab*, dachte Saya.

Das Wesen war natürlich das Lichtgespenst aus Torayamas Villa. Es war gewachsen und gereift, von vollendeter, im wahrsten Sinne des Wortes strahlender Schönheit und dazu traditionell herausgeputzt, ganz wie der Drachenbauer sich wohl die perfekte Japanerin vorstellte – nur ein wenig zu groß war sie geraten, vielleicht hatte er sich zu viel Mühe gegeben oder sie war groß, weil Sandy Warwick, die sich Sakura nannte, zu groß war. Was spielte das in dieser kaputten Wirklichkeit schon für eine Rolle! Eigentlich hätte aus der plumpen Amerikanerin eine echte Japanerin werden sollen, doch stattdessen war neben ihr eine überlebensgroße Geisterfrau entstanden.

Die Realität war wirklich ein Tako geworden, voll und ganz: Der Mensch bestimmte die Höhe, aber am Ende entschieden Drachen und Wind eigenmächtig, wie und wohin der Flug ging.

Als Saya weiterlief, manövrierte sie sich zwischen die mörderische Windzither und das Lichtwesen, das sie insgeheim »Sakura Zwei« nannte. Die fliegende Kasumi zog ihre Kreise in der Nähe der leuchtenden Riesengestalt, und die Gigantin begann mit dem Fächer nach ihr zu schlagen. Hinter Saya kamen die anderen immer näher. Darunter auch Hitomi. Trug das Mädchen eine Waffe bei sich? War Hitomi bereit, ihre Rivalin auch zu töten, ohne dass es zu einem Drachenkampf kam?

Der Fluch Inogis schloss sich um sie. Wände aus Tod und Wahnsinn rückten von allen Seiten auf sie zu – es konnte nicht mehr lange dauern und sie würde zwischen ihnen zerquetscht werden.

Aber was konnte sie dagegen schon ausrichten? Sie verfügte über keine magischen Waffen oder Kräfte – oder eigentlich doch, sogar über beides: einen meisterhaften Tako und das nahezu übermenschliche Talent, ihn zu lenken. Aber sie hatte den Rokkaku weggeworfen, und nun war sie nichts als ein fünfzehnjähriges

Mädchen auf der Flucht vor einer Killerin und riesigen Monstern.

Jetzt hieß es: Saya gegen den Fluch.

Der Wind drehte sich beständig. Mal trug er die aufgeregten Stimmen ihrer Verfolger heran, mal schleuderte er Holzstücke von dem in Raserei verfallenen Piano auf sie. Das Klavier warf nach und nach seine organische Kleidung ab und wurde zu einer gnadenlosen Maschinerie aus nacktem Metall. Es bewegte sich weniger auf Saya zu als auf die Zuschauermenge am Wettkampfareal. Dafür schickte sich Sakura Zwei an, Saya den Weg zu den Kraftwerken abzuschneiden. Wie träger Nebel entwich der grelle weiße Schein aus dem Körper des Kimono-Engels und waberte über die Wiese, lebendiges, kriechendes Licht. Überall verliefen die Schicksalsfäden, sogar zwischen Sakura Zwei und dem Piano, und die peitschenden Saiten vermochten sie nicht zu kappen.

Saya wirbelte herum, während sie lief. An der kleinen Gruppe ihrer Verfolger, zu der sich inzwischen auch Sayas Vater gesellt hatte, jagte ein Junge vorbei. Kaito! »Du kannst gegen diese Ungeheuer nicht kämpfen«, keuchte er, als er sie erreichte. »Es gibt nur die Flucht!«

»Und dann?«, hielt sie ihm entgegen. »Falls ich es wirklich schaffe, von hier wegzulaufen, was geschieht dann? Wird sich der Fluch nicht ausbreiten, bis er mich erwischt?«

Ihre Argumente richteten sich nicht gegen Kaito, sondern gegen sich selbst. Schließlich war sie es gewesen, die ihren Drachen weggeworfen und Fersengeld gegeben hatte. Nein, streiten wollte sie wirklich nicht! Was sie wollte: Kaito in den Arm nehmen, festhalten und warten, bis die Welt stehen blieb, das tobende Piano einfror und Sakura Zwei zusammenschnurrte wie ein zerstochener Luftballon.

*Die Liebe. Tötet die Liebe nicht immer die Ungeheuer?* Aber vielleicht war ihre Liebe nicht groß genug ... oder die Realität trotz aller Defekte einfach noch zu real ...

»Hier«, stieß der Junge hervor und kramte etwas aus einer seiner Taschen. »Vielleicht kannst du das gebrauchen. Nicht wundern – ich habe es unter dem gefunden, was von eurem Haus übrig geblieben ist. Ich wollte unbedingt nachsehen, ob ein paar deiner Sachen noch zu retten sind. Ich verstehe nicht ganz, was es ist und warum es da drin ist, aber ...«

Kaito drückte ihr ein kleines Schmuckdöschen in die Hand, rund und mit einem silbernen Delfin auf dem Deckel. Es war schmutzig, aber unbeschädigt. Im ersten Moment fand sie die Geste nur rührend, begriff nicht. Auch als sie nach einem ängstlichen Blick über die Schulter – Sakura Zwei war noch ein ordentliches Stück entfernt – den Deckel aufklappte, fielen ihr zuerst der Ring und die zwei Paar Ohrstecker auf. Der wundervolle blau-goldene Strang aus seidenen Fäden, der noch immer zwischen ihrer und Kaitos Stirn verlief, nahm ihre Blicke gefangen.

»Da«, sagte Kaito. »Das meine ich ...«

Am Rand des Döschens lag ein kleiner weißer Zahnsplitter. Richtig, der Unfall vor dem Dorf, als Hitomis Drachen mit dem Auto ihrer Mutter zusammengestoßen war! *Ein Zahnsplitter. Oh, Kaito, verrückter hübscher Kerl!*

*Wozu soll der gut sein? Damit lassen sich allenfalls Käfer an die Wand pinnen, aber doch keine Ungeheuer niedermetzeln!*

Sie pulte das elfenbeinartige Stück aus der Dose. »Vorsichtig!«, mahnte Kaito. »Wenn es ins Gras fällt, findest du es nie wieder.«

Na und wenn schon? Was bedeutete ein dummes Erinnerungsstück, wenn das ganze Leben oder mehr auf dem Spiel stand!

Ströme aus Licht glitten über die Wiese, stumme Vorboten von Sakura Zwei. Abseits, aber nicht abseits genug klirrte und klimperte der stählerne, zweihundertarmige Krake seine kakofonische Todesmusik. Saya hielt den Zahnsplitter zwischen Daumen und Zeigefinger. Er hatte ein spitzes Ende und an der Seite einen scharfen Grat. Als sie ihn in die Höhe hielt, um ihn besser betrachten zu können, geriet sie damit in die Nähe der Schicksalsfäden, die sich zwischen ihr und Kaito spannten, und berührte ungewollt eine der zarten Fasern.

Der Faden wurde durchtrennt wie mit einer Rasierklinge, die beiden Hälften fielen herab und lösten sich auf, ehe sie den Boden erreichen konnten.

Saya erschrak bis ins Mark, machte eine unbedachte Bewegung mit der Hand und zerschnitt damit weitere Fäden, die von ihr aus in die Ferne liefen. Zum Glück blieben zwischen Kaito und ihr noch Dutzende der feinen Fasern intakt. Um ein Haar hätte sie alles, was zwischen ihnen war, zunichtegemacht.

Der Zahnsplitter durchschnitt die Schicksalsfäden!

Sie konnte es einfach nicht glauben. Zwischen zwei Fingern, kaum sichtbar, hielt sie die ultimative Waffe!

Sie brauchte damit nur einige Male kreuz und quer um sich zu schlagen und sie würde frei sein – den Fluch hätte sie damit abgestreift.

Vermutlich könnte es ihr das Leben retten, doch gleichzeitig würden auch alle Bande gelöst, die sie mit Kaito verknüpften, mit ihren Eltern, ihren Freunden. Sie würde ein Niemand sein, würde neu anfangen müssen, bei null, ein unbeschriebenes Blatt.

War es nicht das, was sie sich schon immer gewünscht hatte, am stärksten auf der Fahrt hierher, als sie versucht hatte, die alte Saya einfach abzulegen wie einen zerschlissenen alten Mantel?

Aber sie durfte doch die Liebe zu Kaito und seine Liebe zu ihr nicht wegwerfen! Niemand garantierte ihr, dass sich so etwas jemals wieder aufbauen ließ.

Sie hielt den Schlüssel zu ihrer Freiheit in der Hand, doch sie konnte ihn nicht benutzen.

Schweiß perlte auf ihrer Stirn. Hitomi war ganz in ihrer Nähe und sah schrecklich böse aus. Weiter weg verpasste Sakura Zwei der fliegenden Kasumi mit ihrem Fächer einen Hieb, der diese vom Himmel wischte. Die Frau stürzte aus drei Metern Höhe zu Boden und stöhnte. Die Menschenmenge am Wettkampfplatz begann um ihr Leben zu laufen, als die monströse Windzither sich eine Schneise durch die Zuschauer bahnte. Saya glaubte Schmerzensschreie zu hören. Auch ihr und Hitomis Vater kamen herangestolpert, ihr eigener aufgelöst und atemlos, mit roten Flecken auf dem blassen Gesicht, Hitomis Vater auch jetzt noch mit grimmiger, missbilligender Miene.

»So ein Theater«, vernahm sie die Stimme des Nörglers. »So ein riesiges, aufgeblasenes Theater! Also ich, ich würde mir das nicht gefallen lassen, von niemandem. Ohne mich, würde ich sagen, rutscht mir doch alle den Buckel runter ...«

Hitomis Blick tauchte in Sayas Blick. Sie standen sich jetzt gegenüber.

Sanft schob Saya Kaito zur Seite, der sich schützend zwischen sie beide stellen wollte. Sie brauchte niemanden zwischen sich und Hitomi. Dort gab es schon zu viel. Jetzt galt es, Platz zu schaffen, freien Weg, freien Blick zwischen ihnen.

»Du willst mich immer noch töten?«, fragte Saya mit feierlichem Ernst.

»Ich muss«, erwiderte Hitomi.

»Ja, du musst. Der Fluch.«

Hitomi presste unwillig die Lippen zusammen. »Ich weiß nicht, wovon du sprichst«, quetschte sie heraus. Bestimmt sprach sie die Wahrheit. Hitomi ahnte nichts von dem Fluch. Zwar hatte Saya Kasumi in Dr. Satôs Praxis alles erzählt, was sie zu diesem Zeitpunkt darüber gewusst hatte, aber offenbar war die Träumerin seither damit beschäftigt gewesen, ihre Flugkünste zu perfektionieren. Irgendwie verstand Saya, warum Hitomis Eltern einander geheiratet hatten. Ihr Vater brauchte Kasumi, um nicht vollständig in seinem Groll unterzugehen, und sie brauchte ihn mindestens ebenso sehr, um nicht restlos den Kontakt zur Realität zu verlieren.

»Wir sind verflucht«, versuchte Saya die ganze Geschichte in einen Satz zu packen, »verflucht dazu, einen

Streit unserer Vorfahren Hashimoto Yukichi und Mori no Senzaburô zu Ende zu bringen, die vor dreihundert Jahren gelebt haben. Darum und um nichts anderes dreht sich hier alles. Es gibt Dokumente, die es beweisen. Du kannst Kuroboshi-Sensei fragen, wenn du mir nicht glaubst.«

Hitomi hob den Blick und spähte in die Ferne, nicht zu Kuroboshi hinüber, sondern zu Sakura Zwei, die mit winzigen Riesenschritten herangetrippelt kam. »Stimmt das wirklich?«, fragte die Brillenträgerin tonlos.

»Willst du mich töten, Hitomi?«

»Ich muss dich töten.«

»Beantworte meine Frage! *Willst* du mich …«

»Ich muss!«, unterbrach Hitomi sie schreiend. Ihre Gläser waren beschlagen und sie nahm jetzt die Brille ab. »Ich muss! Muss! Muss!«

»Es ist nur ein Spiel, nur ein Wettkampf. Ich weiß nicht, ob sie wirklich wollen, dass wir uns gegenseitig umbringen. Vielleicht haben sie auch nur die Gewalt über ihre Drachen verloren. Sie stehen in der Vergangenheit und lenken die Realität, verstehst du? Sie können nicht jede kleine Bewegung exakt kontrollieren. Wir haben einen gewissen Spielraum.«

Vermutlich lag es daran, dass Hitomi eine Büchernärrin war und die Hälfte ihres Lebens in fantastischen Lesewelten verbracht hatte – denn Sayas Erklärung schien in ihr aufzublühen wie ein Same, der auf den richtigen Nährboden gefallen war.

»Wir sind Freundinnen«, sagte Hitomi unvermittelt. Sie tauchte aus ihren Gedanken auf und warf hektische

Blicke auf die beiden Ungeheuer. »Aber was ... was sollen wir tun? Wir werden beide sterben!«

Saya schluckte. Kämpfte die Tränen nieder. »Siehst du die Fäden in der Luft, Hitomi?«

»Welche Fäden?«

»Du erkennst sie bestimmt, du musst dich nur anstrengen! Sie sind überall. Sie verbinden die Menschen, die Dinge, alles. Es sind die Fäden des Schicksals. Mach die Augen auf! Sieh dir die Welt an!«

Hitomi wollte ihre Brille erneut aufsetzen, eine automatische Handlung. »Du brauchst sie nicht!«, stoppte Saya sie. »Das hat nichts mit deiner Sehstärke zu tun.«

»Ich ... kann nichts erkennen ...«

In diesem Moment hatte Sakura Zwei sie erreicht. Die weiten Ärmel des leuchtenden Kimonos, auf denen das Licht bunt und organisch floss wie wachsende Pflanzen im Zeitraffer, schwangen knapp über ihren Köpfen hinweg.

»Weg hier!«, brüllte Sayas Vater. Der blutige Strang zwischen ihm und Saya glomm im Licht der Erscheinung auf. Sie begannen zu rennen, in alle Richtungen zunächst, um dem Gespensterangriff zu entkommen, dann fanden Saya und Hitomi wieder zueinander. Ohne Absicht liefen sie in die Richtung, in der Hitomis Mutter abgestürzt war. Saya verspürte eine völlig aberwitzige Lust, über die fliegende und abstürzende Kasumi ein Lied zu komponieren, in wehmütigen, schrägen Mollklängen, aber bitte nicht auf dieser durchgegangenen Killerharfe – sie brauchte ihre Fingerkuppen noch und sei es, um den Zahnsplitter zu halten ...

»Ich sehe einen Strang!«, stieß Hitomi hervor. Das Licht, das aus Sakura Zwei sickerte, ließ die Schicksalsfäden offenbar deutlicher hervortreten, als es das Tageslicht alleine vermochte. »Da führt etwas von mir zu meiner Mutter! Das sieht ja eklig aus ... Was ... ist das?«

»Die Blutlinien. Die Leinen der blutigen Drachen. Davon gibt es nämlich zwei, dich und mich.« Saya drängte den Wunsch zurück, die beiden Stränge mit dem Zahnsplitter zu durchtrennen. Vermutlich würde das sie und Hitomi von dem Fluch *abschneiden*, aber Sayas Vater und Hitomis Mutter würden weiterhin damit verbunden bleiben. Es musste einen Weg geben, die beiden Drachenleinen, die sie wie übernatürliche Nabelschnüre mit ihren Vorfahren verbanden, weiter unten zu kappen, näher am Ursprung des Fluchs, sodass die lange Reihe ihrer Ahnen von dem Zauber verschont blieb.

Aber dazu hätten sie in die Vergangenheit reisen müssen. Ein Unding! Zeitmaschinen gab es nicht – nicht einmal in dieser aus den Fugen geratenen Realität.

Wirklich nicht?

Saya hielt den Atem an.

Wozu brauchten sie überhaupt eine Zeitmaschine, wo sie doch über einen Strang fest mit der Vergangenheit verbunden waren? Mussten sie nicht einfach an dieser Leine entlanggleiten? Waren sie nicht gewissermaßen *oben*, fliegende Drachen in der Zukunft, und ihre Vorfahren *unten* in der Vergangenheit? Würde die Schwerkraft – oder etwas, das ihr nahekam – nicht dafür sorgen, dass sie wie von selbst rückwärts durch die Zeit schwebten?

Es kostete sie Überwindung, Hitomi und Sakura Zwei

den Rücken zuzuwenden. Sie konzentrierte sich auf ihren Vater, auf die rote Linie, die zu ihm führte. Zum ersten Mal erkannte sie, dass der Strang nicht bei ihm endete. Er führte in seinen Bauch, in das Sonnengeflecht, den Solarplexus, trat an seinem Rücken wieder aus und verschwand in der Ferne.

Zu *seinem* Vater. Vermutlich.

Sie versuchte den Strang zu berühren, aber er war nicht greifbar.

Man konnte also an der Leine des blutigen Drachens nicht einfach körperlich in die Vergangenheit gleiten, und das war wohl auch gut so. Sie war nicht vorbereitet darauf, frühere Zeiten zu bereisen. Wie sollte sie sich dort zurechtfinden? Wie überleben?

Sie sah zu Hitomi hinüber.

Und in genau diesem Moment löste sich dort der Körper eines Menschen auf. Hitomis Silhouette brannte von innen her aus, die glimmenden Umrisse blieben einen Augenblick länger bestehen, sodass Saya durch ein Loch in Hitomi hindurchsehen konnte, ehe das unwirkliche Glühen der Kontur ebenfalls erstarb. Die Linie, die von Hitomi zu Kasumi führte, blieb bestehen, auch als es das Mädchen nicht mehr gab. Eine leuchtende rote Verdickung jagte durch den Strang. Saya musste dabei an Informationen denken, die durch überdimensionale Nervenzellen schossen.

Kasumi schien zu erschaudern, als die Verdickung in ihre Magengrube glitt. Sie rappelte sich auf und sah sich fragend um.

Hitomi hatte den Weg angetreten.

Sie war jetzt in ihrer Mutter, hatte die erste Station auf ihrer Reise erreicht.

Saya konnte sie nicht alleine gehen lassen. Ganz gleich wie sehr sie sich fürchtete, sie musste ebenfalls aufbrechen. Hitomi vertraute ihr, hatte ohne lange Erklärungen begriffen, worum es ging, hatte nicht gezögert und sogar intuitiv erfasst, was zu tun war.

Wie machte man das?

Hitomis Worte kamen ihr in den Sinn. Als sie zum ersten Mal gemeinsam zum Tako-age gegangen waren, hatte das Mädchen behauptet: »Da gibt es nichts zu erklären. In deinem Inneren kannst du es schon. Du musst nur deinem Instinkt nachgeben.« Und dann: »Würdest du wollen, dass dir jemand erklärt, wie man küsst?«

Saya betrachtete den roten Strang, der zu ihrem Vater führte. Sie hatte gesehen, wie es funktionierte. Man sandte seine Seele aus, wie der Drachenlenker seine Seele dem Drachen schickte und umgekehrt.

Saya schloss die Augen. Hinter ihr schrie Kasumi – vermutlich griff Sakura Zwei nach ihr. Hoffentlich kam Hitomi schnell genug aus ihr heraus! Saya blendete alles aus, wie sie es tat, wenn sie am Klavier saß. Dann durfte es nur die Melodie geben, keine vorbeifahrenden Autos, keine Geräusche aus der Küche oder vom Fernseher.

Eine Melodie.

Die Melodie war der Weg der Musik.

Der Weg des Tako führte durch die Schnur hindurch. Nicht die Figuren am Himmel waren von Bedeutung, nur das, was zwischen Lenker und Drachen hin und her floss.

Sie war der Drachen. In ihr lebten die Wünsche und Träume ihrer Vorfahren weiter. Sie war versklavt und zugleich frei. Sie war die Zukunft.

Beim Schwertkampf Kendô musste der Kämpfer selbst zum Schwert werden, um zu siegen.

Beim Bogenschießen Kyûdô musste der Schütze selbst zum Pfeil werden, um ins Schwarze zu treffen.

Sie musste ganz und gar ein Tako werden. Sonst nichts.

Sie *war* schon einer. Also war es nicht schwierig.

*

Die Reise in die Vergangenheit begann.

Die Blutlinie war der Weg, ihre Vorfahren waren die Stationen der Reise.

Erste Station: ihr Vater.

Als Saya mit ihm verschmolz, glaubte sie den Verstand verlieren zu müssen. Seine Gedanken und Gefühle waren so allgegenwärtig, dass ihr eigenes Ich darin zu ertrinken schien. Sie spürte alles, was ihn ausmachte, seine tiefe Unsicherheit und wie er sich an die Technik der Windkraft klammerte, um seinem Leben Halt zu geben. Er war ihr plötzlich so nahe, dass es ihr immer schwerer fiel, eine Trennlinie zwischen ihm und sich selbst zu ziehen. Sie hätte bis ins Innerste seiner Seele blicken können, wenn sie es gewollt oder einfach nur zugelassen hätte. Doch darum durfte es ihr nicht gehen! Ihre Reise hatte ein Ziel, und ihr Vater war nur ein Stück Weg dorthin. Ein Reisender, der in Eile war, konnte es sich nicht erlauben, jeden Wasserfall am Wegrand zu bewundern, jede Frucht vom Baum zu pflücken und jeder Ameise zuzusehen, die seinen Pfad kreuzte.

Über dem Weg konnte man das Ziel allzu leicht vergessen.

Als die Persönlichkeit ihres Vaters immer beherrschender wurde, schüttelte sie sie ab. Ehe sie ging, sah sie noch mit seinen Augen, wie er sie suchte, seine Tochter, die sich eben vor ihm in Luft aufgelöst hatte. Panisch wanderten seine Blicke hin und her, und es zerriss ihr das Herz, mit ansehen zu müssen, wie ihm Tränen in die Augen traten.

Warum konnte nicht jeder einmal so vollständig in einen anderen Menschen eintauchen, nur für wenige Augenblicke? Die Welt wäre danach nicht mehr dieselbe.

Die Landschaft flog vorüber, nicht nur visuell wie bei einer virtuellen Reise durch Satellitenbilder, sondern auch voller Geräusche und Gerüche. Und gleichzeitig verstrich die Zeit, allerdings in umgekehrter Richtung. Während sie vom Norden Japans in das südlichere Kôbe jagte, entwickelten sich die Automodelle zurück, Straßen verschwanden, die Natur rang Bauwerke und Parkplätze nieder.

Saya fühlte eine große Strenge auf sich zukommen. Vielleicht war es ihr Großvater, Yokoi Akinari, den sie spürte, vielleicht aber auch die Vergangenheit selbst. Sie hatte noch gar keine Gelegenheit gehabt, darüber nachzudenken, wohin ihre Reise eigentlich ging. Noch führte der Weg durch friedliche Zeiten, doch er würde rasch steiniger und gefährlicher werden. Zwei Weltkriege warteten auf sie und jenseits davon weitere Kriege gegen Russland und China. Hunger und Entbehrungen würden sie empfangen. Würde sie davon etwas mitbekommen?

Ihr Großvater war ein schwieriger Mann. Saya hatte ihn als verschlossenen und einsilbigen Menschen erlebt. Ehe sie ihn erreichte, wurde sie von heftigen Erschütterungen erfasst und hatte für einen Moment den Eindruck, aus dem Strang herausgeschleudert zu werden. Das große Erdbeben von Kôbe! Es war so gewaltig, dass selbst die Drachenleine, die kein Teil der physikalischen Welt war, davon betroffen wurde. Als die Stöße abrupt endeten, sah Sayas Seele die Millionenstadt mit körperlosen Augen, wie sie kurz vor der Katastrophe ausgesehen hatte. *Ich muss sie alle warnen*, schoss es ihr durch den Kopf, doch wenig später verschmolz sie mit Yokoi Akinari, mit einer jüngeren Version von ihm, die ihr unbekannt war. Der Kampf gegen sein starres, dominantes Ich begann. Und forderte alles von ihr.

Die größte Gefahr dieser Reise, das begriff sie nun, bestand in dem Risiko, sich selbst an eine der Stationen zu verlieren. Denn die Stationen waren Menschen, ihre Vorfahren, und sie war gezwungen, den Weg durch sie hindurch zu nehmen, konnte sie nicht umgehen.

Ihr Großvater stand vor einem prasselnden Feuer. Eine Werkstatt. Seine Hände hielten etwas Metallisches und die Flammen leckten danach. Sie fühlte die Hitze. Ja, er war Schmied gewesen, es passte. Als Saya ihn erreichte, schlossen sich seine Finger enger und fester um das Eisenstück, und ihr war, als würde er ihr damit zugleich den Atem abdrücken. Konnte eine Seele aus Atemnot ohnmächtig werden? Natürlich nicht – und trotzdem kam es ihr so vor, als müsse sie ersticken!

Und was dann? Würde ihre Persönlichkeit dann ein Teil von seiner werden? Konnte sie dann die Menschen von Kôbe vor dem Erdbeben warnen und Tausende von Leben retten?

Sie schaffte es nicht, sich aufzugeben. Selbst wenn sie ein Teil von ihm wurde und aus ihm sprechen konnte – würde irgendjemand auf sie, auf ihn hören? Wie sollte sie erklären, dass sie aus der Zukunft kam? Außerdem würde es ihr Großvater schon verstehen, diese verrückten Gedanken in seinem Kopf zu besiegen.

Sie gewann nichts, wenn sie nachgab. Sie musste hinaus aus ihm, musste weiterziehen, auf ihrem Weg bleiben.

In der Ferne wartete eine Frau auf sie, deren Aura sich nach ihr reckte, und vielleicht war sie es, die Saya herauszog und rettete. Es war die Mutter des Schmieds Akinari, und als Mutter musste sie ihren starrsinnigen Sohn kennen, musste wissen, wie man ihn bezwang. Saya wurde durch den blutroten Strang gezogen, ja diesmal schien es ihr wirklich, als bewege sie sich nicht selbst, sondern würde bewegt. Jede Station war anders, wie auch bei einer Wanderung kein Wegstück dem anderen glich. Zeit zum Nachdenken gab es nicht. Mit jeder Station schien die Reise schneller, hektischer zu werden.

Fujikawa Ine, ihre Urgroßmutter, saß vor einem fleckigen, in Rost gerahmten Spiegel und musterte zusammen mit Saya, die durch ihre Augen blickte, ihr totenblasses Gesicht. »Es ist vorüber«, wisperten die Lippen der Frau. »Das muss der Tenno sein. Er spricht im Radio. Unvorstellbar.«

Als Saya lauschte, vernahm sie eine dünne Stimme, die hinter einer Wand aus Krachen und Knistern beinahe teilnahmslos eine ungeheuerliche Nachricht verkündete. Das Japanisch war altertümlich, geschraubt und für Saya weitgehend unverständlich. Den wenigen verständlichen Passagen entnahm sie, worum es sich handeln musste. Es war die legendäre Rundfunkansprache vom August 1945, in der der Kaiser die Kapitulation Japans bekannt gab. Erstmals hörte das Volk seine Stimme.

Warum erlebte Saya das mit? Warum hatte ihre Urgroßmutter sie ausgerechnet in diesem Moment an sich gezogen?

Spürte die Frau die Nähe ihrer Urenkelin? Bewies die Zeitreisende ihr, dass es für sie und ihr Land noch eine Zukunft gab? Spendete ihr das Trost in dieser schweren Stunde? Saya wollte noch mehr Trost geben, wollte ihr sagen, dass eine blühende Zeit des Wohlstands auf Japan warten würde, doch sie konnte nicht sprechen. Außerdem musste sie weiter. Jeder Vorfahr schien sie enger an sich binden zu wollen, bei jedem war der Drang zum Verweilen stärker als zuvor. Sie durfte nur noch Augenblicke bleiben, sonst erreichte sie den Beginn des 18. Jahrhunderts und damit Hashimoto Yukichi nie!

Diesmal führte der Pfad aus Kôbe wieder zurück in den Norden, nach Inogi. Ihre Ururgroßmutter wartete dort auf sie, Fujikawa Ume, die Frau, bei der die Aufzeichnungen der Kuroboshi-Familie abgebrochen waren.

Zwei Atombombenabwürfe gingen unbemerkt an Saya vorüber, denn sie ereigneten sich weit im Westen des Landes. Von den Kriegswirren jedoch zeugten vorüberhuschende karge Dörfer, zerlumpte Kinder und Frauen, brachliegende Felder. Kampfflugzeuge schossen über den Himmel, ließen keinen Platz für Drachen. Bilder, die sie bislang nur in körnigem Schwarz-Weiß gesehen hatte, wischten flüchtig, aber gestochen scharf und in Farbe an ihr vorüber.

Wie lange die Reise nach Inogi dauerte, hätte sie nicht sagen können. Gefühlsmäßig mochten einige Minuten vergangen sein, ehe sie in den Körper ihrer Ururgroßmutter fuhr. Fujikawa Ume war Kälte, eine überraschende, alles durchdringende Kälte, die nach Saya griff und sie lähmte. Nur der Gedanke an Hitomi gab Saya die Kraft, sich aus der eisigen Umklammerung zu befreien.

Sie glaubte das Eis knacken zu hören, als sie die Frau zurückließ. Von diesem Moment an blieb sie in Inogi, die Stationen kamen im Abstand von wenigen Augenblicken.

Hatte sie ihre Vorfahren bisher noch als Menschen erlebt, nahmen die Geschöpfe, in die sie jetzt für winzige Zeitsplitter schlüpfte, allmählich monströse Formen an. Wie in einem Zerrspiegel wurden Teile ihrer Persönlichkeit aufgeblasen und entstellt, sodass Saya immer mehr den Eindruck hatte, durch ein Panoptikum der Absonderlichkeiten zu stolpern.

Eine Hand zerschlug eine Teeschale an einem Türrahmen und umklammerte die Scherben, bis Blut zwischen den Fingern hervorsickerte. Für einen Moment waren es *ihre* Finger und sie wollte sie verbinden, doch dann ließ sie sie bluten.

Jemand schrie im Schlaf, *sie* schrie im Schlaf, und sie wollte aufwachen, aber sie fürchtete sich davor, zu sehen, was der Grund für die Qualen war.

Saya war dabei, wenn ihre Vorfahren sich prügelten, wenn sie verzweifelten, Tränen und Blut vergossen, gedemütigt und gepeinigt wurden, wenn ihnen jemand eine scharfe Klinge an den Hals setzte. Verzerrten Schatten gleich erschienen ältere, schaurigere Ahnen, kaum dass sie sich von anderen gelöst hatte.

Warum konnte sie nicht Momente von Frieden und Glück erleben? Es musste sie doch gegeben haben, bei jedem dieser Menschen!

Mehr als einmal beschloss sie umzukehren. Die Belastung war unerträglich geworden, und sie wusste nicht, wie viele Stationen sie noch zu absolvieren hatte. Doch sie kannte den Weg zurück nicht. Es ging immer weiter. Die Vergangenheit glich einem Strudel. War man ihr erst einmal zu nahe gekommen, konnte man sich ihrem Sog nicht mehr entziehen.

Sie glitt weiter durch den Morast aus Blut und Kummer, und es war, als zerre man sie vom Himmel auf die Erde und weiter ins Erdinnere hinein, in eine stickige Dunkelheit, aus der es kein Entrinnen gab.

*Jetzt weiß ich*, dachte sie, *wie sich ein Tako fühlt, den man einholt. Wenn die Leine immer kürzer wird, die Erde immer näher kommt, einem die Freiheit genommen wird, dann ist das schlimmer als ein Tod am Himmel …*

Plötzlich zerrte einer ihrer Ahnen so stark an ihr, dass

sie nicht mehr dagegen ankam. Sie versuchte sich körperlos an etwas festzukrallen, das zwischen ihren Fingern verwehte, schien einen Schlag gegen das Zentrum ihrer Seele versetzt zu bekommen und stürzte irgendwohin, wo es festen Boden gab. Sie taumelte und dann stand sie.

Auf ihren eigenen beiden Füßen.

Sie sah an sich herab. Noch immer trug sie den blauen Happi. Sie bewegte die Finger. Es waren ihre eigenen. Was war geschehen?

Ein großes traditionelles Zimmer umgab sie, die Tatamimatten waren schmutzig und rau, die Wände vergilbt, die Rahmen der Schiebetüren abgegriffen. Saya stand hinter einem Kreis aus sieben oder acht Menschen, die ihr den Rücken zuwandten und den Kopf gesenkt hielten. Niemand schien sie zu bemerken und sie reckte sich, um einen Blick in die Mitte des Kreises zu werfen.

Dort lag ein Mann in einem zerschlissenen Futon-Bett, das einmal blau-rot gewesen sein musste. Er sah nicht sehr alt aus, doch seine Haut schimmerte grauweiß, seine Wangen waren eingefallen, die Augen bis auf einen müden, glasigen Spalt geschlossen. Falls er nicht schon tot war, würde er es bald sein. Die Anwesenden trugen altmodische Kimonos in stumpfen Farben, dazu Frisuren, wie man sie aus historischen Filmen kannte, die Männer mit ausrasierter Stirnglatze, und sie rochen merkwürdig. Saya erinnerte sich, dass man sich früher in vornehmeren Kreisen kleine Säckchen mit angekokelten Duftholzstücken unter die Kleidung gesteckt hatte, ehe im 19. Jahrhundert aus Europa die ersten Parfüms eingeführt wurden.

Unter den Leuten schien kein Arzt zu sein. Dafür gab es wohl keinen Bedarf mehr.

Durch die Bettdecke hindurch waberte der rote Strang, die Blutlinie. Saya wusste nicht, wie der Sterbende hieß, aber es musste einer ihrer Vorfahren sein, im späten 18. Jahrhundert vielleicht. Dass er so außergewöhnlich heftig an ihr gezerrt hatte, musste mit der besonderen Situation zusammenhängen. Da der Mann im Sterben lag, klammerte er sich an alles, was in Reichweite war. Dazu gehörte auch Saya. Er riss an ihrer Seele, an ihrer lebendigen, frischen, aus der Zukunft kommenden Seele.

Er war eine Art Vampir, wenn man so wollte.

Doch er bekam sie nicht zu fassen. Sog sie in seine Welt, in seine Zeit, aber nicht in seinen Körper. Er starb in diesen Sekunden unter ihren Blicken.

Als sein Teint so weiß wie Papier wurde, verblasste der feuchte Schimmer auf dem roten Tau, das aus seinem Körper drang. Die Blutlinie, diese magische Ader, trocknete aus und wurde zu einem schorfigen dunkelroten Etwas wie aus geronnenem Blut ...

Saya ging darauf zu und berührte dabei zwei der Trauernden. Es war ein kurzes harmloses Streifen von Kleidern, doch jemand schrie, alle Augen richteten sich auf sie, und die Menschen fuhren auseinander, Männer wie Frauen. So entsetzt waren sie vom Auftauchen der Fremden, dass einige von ihnen Schwierigkeiten hatten, die Tür zu finden, und wie aufgescheuchte Vögel durch das Zimmer hasteten. Im Handumdrehen war Saya mit ihrem Urahn allein.

Alles, was in ihr von dem normalen fünfzehnjährigen Mädchen noch übrig geblieben war, sträubte sich dagegen, sich dem Verstorbenen zu nähern. Ein Teil von ihr, die Zeitreisende, versuchte wieder zum Drachen zu werden, um auf ihren Weg zurückzufinden. Hier, am Sterbebett ihres Vorfahren, war nicht ihr Platz.

Doch sie scheiterte. Vielleicht kostete es zu viel Überwindung, mit einem Körper zu verschmelzen, aus dem das Leben gewichen war, vielleicht funktionierte es einfach nicht. Die Blutlinie war ausgedörrt, der Pfad ein Pfad der Toten. Sie wollte nicht ins Totenreich, wollte keine Reise durch die Gräber ihrer Ahnen antreten. Sie wollte das Leben!

Benommen wandte sie sich ab, schwankte zur Tür, spähte vorsichtig nach draußen.

Was konnte sie tun?

Diese Leute – sobald sie ihren Schrecken bezwungen hatten, würden sie ins Haus zurückkehren und sie ...

Austreiben.

Bannen.

Vernichten.

In ihren Augen musste sie wie ein Spuk erscheinen. Ein böser Geist.

Saya musste sich verstecken. Nein, sie musste fliehen! Sie musste ... musste ...

Tränen waren in ihren Augen, echte, nasse Tränen. Hitomi war bestimmt schon unerreichbar weit entfernt in der Vergangenheit angelangt, Kaito nach wie vor in der Zukunft. Und sie war nirgends, einfach nur gestrandet auf einer Insel zwischen den Zeiten. Nicht einmal an ihren Urahn konnte sie sich wenden. Er war tot.

Als sie sich eben entschlossen hatte, aus dem Haus zu schleichen und ihr Heil in der Flucht zu suchen, kam jemand auf das Haus zugerannt, und sie duckte sich in die Schatten des Zimmers.

Eine alte Frau stürzte herein, nachlässig gekleidet, der Saum des Kimonos verschmutzt, als kehre sie von einer beschwerlichen Reise zurück. »Sohn!«, rief sie mit weinerlicher Stimme. Ihre Sprache war alt und schwer verständlich. Saya konnte nur vermuten, dass der Inhalt etwa der folgende war: »Verzeih mir meine Verspätung, Sohn! Der Bote, der nach mir geschickt wurde, war ein Nichtsnutz. Er zechte erst ausgiebig in der Schenke, ehe er mich suchte. Ich habe mich beeilt, so gut ich es vermochte, und der einzige Trost ist, dass niemand bei dir wacht, was mir verrät, dass es dir wieder viel besser geht und dass ich zwar spät, aber keineswegs *zu* spät ge…«

Der Redeschwall brach ab, und das Schweigen, das darauf folgte, war grauenvoll. Endlich, nach Ewigkeiten des atemlosen Hinabstarrens auf den leblosen Körper, sank die Frau neben ihrem toten Sohn zu Boden. Ihr Schluchzen war eine Erleichterung nach dieser bohrenden Stille.

Für Saya war es nicht die einzige Erleichterung.

Der glänzende rote Strang, der aus dem Solarplexus der Frau in den Rücken ihres toten Sohnes führte, sprang ihr ins Auge. Der Weg, den Saya schon verloren geglaubt hatte, zeichnete sich deutlich ab. Vorsichtig erhob sie sich, lief über die Dielen, deren Quietschen die Schluchzende in ihrem Schmerz nicht erreichte.

*Ich bin der Tako*, meditierte Saya. *Das hier ist nicht der Boden. Ich fliege noch immer. Gleite weiter hinab.*

Es funktionierte! Ihre Kehle krampfte sich zusammen, wie sie es bei heftigem Weinen tut. Ihre Hände berührten den Leichnam, der eben die letzte Wärme abgab. Von einem Augenblick zum anderen befand sie sich in ihrer Ahnin, und als jemand sie an der Schulter packte, konnte sie durch dichte Tränenschleier erkennen, dass zwei der Männer aus der Gruppe der Trauernden zurückgekehrt waren. »Das Phantom«, begann einer von ihnen mit schriller Stimme, »hast du es noch gesehen?«

»Welches ... Phantom?«, fragte die Mutter.

Das sich anschließende Hin und Her verstand Saya nicht und wollte es auch nicht verstehen. Ihr ganzes Interesse galt dem Loslassen – nur rasch weiter, ehe sie ein zweites Mal vom Pfad abkam! Hätte der Verstorbene keine Mutter mehr gehabt, wäre ihr Weg an diesem Ort, in dieser Zeit zu Ende gewesen.

Und sie ließ los, besser und schneller jetzt als vorher. Sie hatte dazugelernt. Diesmal überließ sie sich noch bereitwilliger dem Sog der Vergangenheit, zauderte nicht. Sie begriff jetzt, dass ihr Zögern die Gefahr, unterwegs irgendwo hängen zu bleiben, nur vervielfachte.

Wieder tauchten Menschen aus dem Dunkel auf und ließen die Reisende passieren wie finstere Tunnel im Gebirge der Zeit. Jeder neue Ahn, dem sie begegnete, wirkte frischer, lebendiger als der vorige. Aber die Hände ihrer Vorfahren griffen nun ins Leere, konnten die Reisende nicht mehr aufhalten.

Dann war sie plötzlich am Ziel.

Sie stand auf einer Grasebene, die sie sehr gut kannte, über ihr ein mausgrauer Himmel und ganz oben, fast schon in den Wolken, die bunten Punkte von ein, zwei Dutzend Tako. Im ersten Moment glaubte sie, sich nur im Körper eines weiteren Vorfahren aufzuhalten, der gerade einen Drachen steigen ließ – keine Seltenheit in Inogi. Doch sie erkannte ihre eigenen Kleider, ihre eigene Gestalt.

Die Menschen um sie herum wurden zunächst nicht auf sie aufmerksam, waren in das Geschehen am Himmel vertieft, dann rief jemand etwas, und sie fühlte sich entdeckt. Allerdings war nicht sie es, die das Erstaunen eines hageren Mannes in einfacher Kleidung weckte. Er zeigte in eine andere Richtung, und dorthin richteten sich nun die Blicke aller.

Hitomi stand so weit entfernt, dass Saya sie gerade noch erkennen konnte, und sah zu ihr herüber.

Sie waren beide hier angekommen, nicht weit von dem Ort, an dem sie gestartet waren, und doch drei lange Jahrhunderte davon entfernt. Vielleicht war es ratsam, nicht genauer darüber nachzudenken, wenn man nicht gleich ganze Stücke aus seinem Verstand herausbrechen wollte.

Der hagere Mann war bei näherem Hinsehen mehr ein großer Junge. Er war ausgesprochen blass und hatte Augen, die sie an ihre eigenen erinnerten. Er musste Hashimoto Yukichi sein, ihr Vorfahr. Als er zu Hitomi hinüberlief, folgte Saya ihm. Endlich entdeckte man auch sie, und das Chaos war perfekt.

Yukichi rief etwas, aber sie verstand ihn nicht. Sein Japanisch erinnerte an jenes, das sie aus historischen Filmen kannte, und war doch anders. Sie würde sich daran gewöhnen, wenn sie mehr davon hörte. Dazu konnte sie natürlich nicht lange genug hierbleiben.

Nur ein kleines Stück abseits stand ein groß gewachsener Junge, braun gebrannt und in ein Gewand gehüllt, das eine adlige Herkunft anzudeuten schien. Als sie näher kam, fand Saya, dass er den Mund von Hitomi hatte. Mori no Senzaburô! Sie waren beide hier – doch der Blick, den sie sich zuwarfen, verwirrte Saya, zeigte er doch keinerlei Feindschaft. Mussten sie sich nicht aus tiefster Seele hassen, um der Nachtwelt einen solchen Fluch zu hinterlassen?

Hitomi hatte sich ihrem Vorfahren genähert, und dieser nahm dem Mädchen nun die Brille ab und betrachtete es voller Neugier. Zwischen ihren Körpern verlief der rote Faden. Seine Haspel hatte er auf dem Boden abgelegt.

»Wir haben es geschafft«, brachte Saya hervor. »Das ist … das ist …«

Hitomis Augen waren gerötet, als hätte sie geweint. »Es war nicht einfach«, sagte sie tonlos.

Saya nickte nur.

Yukichi kam ebenfalls heran und stellte eine Frage, die sie sogar verstand. »Was ist das?«, lautete sie, und der nicht ganz saubere Zeigefinger des Jungen wies dabei nicht etwa auf die Blutlinie zwischen ihnen, sondern auf das winzige Etwas, das Saya krampfhaft festhielt.

Die ganze Zeit über hatte sie es nicht losgelassen, das Splitterstück ihres Zahnes. Das Messer, mit dem sie den Strang zu durchtrennen vermochte. Sayas Finger begannen zu zittern, und sie hielt die andere Hand darunter für den Fall, dass sie es fallen ließ.

»Ich würde es mir genau überlegen«, mahnte Hitomi. Die übrigen Menschen, alles Männer, scharten sich um sie.

Verschwörerisch deutete Saya ein Kopfschütteln an. »Es gibt nichts zu überlegen. Ich will nicht in eine Zukunft zurück, in der Tako wilde Raubvögel sind und Klaviere riesige Monster. Und in der Freunde sich gegenseitig umbringen wollen.« Sie fixierte den Splitter. »Ich bringe es zu Ende.«

»Stopp!«, schrie Hitomi. Die beiden Jungen, die offensichtlich keinen blassen Schimmer hatten, wer die Mädchen waren und wovon sie sprachen, verfolgten die Situation ebenso verwundert wie interessiert. Saya hielt den Splitter vor ihren Bauch – in die Nähe des für die beiden Jungen unsichtbaren Stranges.

»Du kannst mich nicht davon abhalten, Hitomi.«

»Vielleicht doch. Was ist das? Ein Splitter von irgendetwas? Du kannst damit die Blutlinie zerschneiden, nicht wahr? Aber du hast etwas Wichtiges vergessen! Hast du dir keine Gedanken gemacht, wie wir wieder in unsere eigene Zeit kommen sollen, wenn wir unsere Verbindung zur Gegenwart unterbrechen? Dann gibt es kein Zurück mehr.«

Saya erstarrte. Daran hatte sie tatsächlich nicht gedacht! Nur über die beiden Blutlinien hatten sie die Reise unternehmen können. Kappte sie diese magischen Drachenschnüre, zerstörte sie damit die Brücke durch die Zeit. Und war damit für immer hier gefangen, in Yukichis und Senzaburôs Gegenwart.

»Nichts gegen Anschauungsunterricht in Geschichte«, meinte Hitomi trocken, »aber in meiner Zeit gibt es ein paar Manga-Serien, die möchte ich unbedingt weiterlesen.«

Natürlich ging es nicht um Manga-Serien. Beide wollten sie ihre Familien wiedersehen, in einer Welt leben, die sie kannten und die ihnen Sicherheit bot.

Was konnte sie tun? Mit den beiden reden und sie davon überzeugen, den Fluch zu lösen – oder erst gar nicht auszusprechen? Die beiden machten so gar nicht den Eindruck, als wären sie sich spinnefeind. Kannte Saya noch immer nichts als einen kleinen Teil der Wahrheit?

Yukichi machte einen Schritt auf sie zu. Die Blutlinie zwischen ihnen verkürzte sich. Er streckte die Hand nach ihr aus.

Saya reagierte. Vielleicht war es die Furcht, er könne ihr den Splitter aus der Hand schlagen, die einzige Waffe, die sie hatte – jedenfalls machte sie eine abwehrende Bewegung, stieß ihren Vorfahren zurück und durchtrennte *in voller Absicht* die Verbindung zwischen ihnen. Sie hatte den Anblick der Blutlinie nicht mehr ertragen können. Der fette rote Strang löste sich von der Schnittstelle her auf. Der Erfolg ihrer Aktion spornte Saya an. Ohne eine Sekunde zu verlieren, stürzte sie zu Hitomi und ihrem schmucken Ahnen hinüber. Doch Hitomi duckte sich und rempelte sie. Saya, die einige Pfund leichter war und mit dieser Attacke nicht gerechnet hatte, taumelte zurück, konnte einen Sturz vermeiden, prallte jedoch heftig gegen Yukichi.

Der lachte kehlig und legte seinen Arm um sie. Saya riss sich los, um bereit zu sein für Hitomis nächsten Angriff. Als das Mädchen zögerte, suchte Saya nach einer Tasche an ihrem Happi, wollte den Zahnsplitter dort verschwinden lassen. Exakt in dem Moment, als sie die Tasche gefunden und ihre Hand hineingesteckt hatte, stolperte sie über etwas. Auch Yukichi hatte die schwere Haspel, an der er seinen Drachen führte, auf der Wiese abgelegt. Da sein Tako den Zug vermisste und allmählich herabsank, war die Leine zu einem Fallstrick geworden.

Kaum lag Saya am Boden, saß Hitomi schon auf ihrem Rücken und versuchte den Splitter an sich zu reißen. Saya wusste selbst nicht genau, wo das winzige Stück Zahn war. Sie war auf ihren Arm gestürzt, der heftig schmerzte. Dabei musste ihr der Splitter entglitten sein – ob er in die Tasche gerutscht oder auf den Grasboden gefallen war, hatte sie nicht mitbekommen.

»Sei doch vernünftig!«, presste Saya hervor. »Wozu haben wir denn diese Strapazen auf uns genommen? Wir dürfen jetzt nicht kneifen!«

»Ich hatte keine Zeit zum Nachdenken!«, keuchte Hitomi, die alles tat, um Saya auf den Rücken zu drehen. »Ich möchte nicht hierbleiben! Ich möchte nicht!«

Saya versuchte zu verhindern, dass sie und Hitomi wegrollten, weg von der Stelle, an der ihr Splitter vielleicht im Gras lag, doch es gelang ihr nicht. Während sie zu verhindern versuchte, dass Hitomis Hand in ihre

Tasche griff, breitete sich ein schreckliches Gefühl der Verzweiflung in ihr aus.

»Bitte!«, stöhnte sie, als sie gegen die Füße eines Mannes stießen. »Bitte nehmen Sie sie weg …«

Da sah sie die Blutlinie, den Strang, der Hitomi mit Senzaburô verband und einige Sekunden lang wenige Zentimeter über ihrem Gesicht verlief. Das Ding glänzte. Sie wollte sehen, wie es zerriss, aber der Splitter war fort. Selbst wenn sie ihn zufällig in die Hand bekommen sollte, würde Hitomi dafür sorgen, dass sie ihn nicht zum Einsatz brachte.

Saya kam eine verwegene Idee. Sie hob den Kopf vom Boden und streckte ihn vor, bis die Muskeln in ihrem Nacken vor Schmerz brannten, öffnete den Mund, schnappte mit den Zähnen nach der Blutlinie und biss zu. Wenn der Zahnsplitter auf magische Weise den Strang durchschnitt, vermochten ihre Zähne dann nicht dasselbe?

Saya spürte nichts und schmeckte nichts, doch die beiden Enden des magischen Fadens tanzten in der Luft, als ihr Kopf wieder zu Boden sank. Es hatte geklappt!

Hitomi heulte auf. Fassungslos griff sie nach ihrer Seite der Schnur, die in ihren Fingern rasch zu nichts wurde.

Zu den körperlichen Schmerzen, die der kurze, aber heftige Kampf Saya zugefügt hatte, kam eine andere Art von Pein. Sie war alles andere als überzeugt, das Richtige getan zu haben.

Doch sie *hatte* es getan.

Hitomi sah aus, als wolle sie vor Wut noch einmal

auf Saya einschlagen, dann ließ sie von ihr ab und fiel aufs Gras. Beide blickten sie zum Himmel hoch. Einige Drachen kreisten noch dort.

»Von hier aus sieht es beinahe aus wie zu Hause, in unserer Zeit«, wisperte Saya.

»Wir sind gefangen«, kam Hitomis Antwort ebenso leise. »Wir müssen unser Leben im achtzehnten Jahrhundert verbringen.«

Saya hatte keine Worte mehr. Langsam wich die Verzweiflung in ihr einer gewaltigen stummen Trauer, so groß und tief wie der Ozean.

*

Es war ein Grab.

Ein Grab für einen Lebenden.

Die Bambusgitter, mit denen die beiden Grubenöffnungen verschlossen waren, ließen zwar Licht herein, aber auch Regen, und von unten stieg das Grundwasser herauf. Zur Latrine – ein unsichtbarer Tümpel aus Gestank im Zwielicht – kam man durch einen engen Stollen. Während der schlimmsten Winterkälte hatte man ihn nach oben geholt und in ein Haus gesperrt, doch da hatte sich die Krankheit schon in seinem Körper eingenistet, und als das Fieber endlich nachließ und nur noch der Husten ihn schüttelte, begann die Erde zu tauen, und man steckte ihn wieder zurück in die Silbergrube.

Nach Monaten dieser Tortur hatte Yukichi aufgehört wie ein Mensch zu denken. Er klagte wie ein sterbendes Tier, das den Grund seines Leidens nicht versteht.

Er sann auf Rache, aber nicht in klaren, folgerichtigen Gedanken, nicht in Plänen oder Visionen – sein ganzes Wesen wurde zu Rache, und er verfluchte die Welt, die diese Ungerechtigkeit zuließ. Er verfluchte Menschen und Götter.

Wenn der Samurai ihn aufsuchte, spürte er dessen von Hass verzehrte Seele; es war fast, als könne er sie riechen. Er roch auch die Krankheit im Leib des Kriegers, der keinen Krieg mehr führen durfte. Ja, Senzaburôs Vater war krank, körperlich, geistig und seelisch. Und Yukichi sollte seine Medizin sein, ein Gebräu aus Leiden in einem irdenen Topf, ein wahnwitziger Versuch, durch Ungerechtigkeit jene Gerechtigkeit wiederherzustellen, die man ihm genommen hatte.

Der Gefangene spürte, dass sein Peiniger nicht mehr lange zu leben hatte. Jede Reise, die er nach Edo unternahm, um seine Familie zu sehen, konnte die letzte sein. Was würde aus Yukichi werden, wenn der Samurai starb?

Der Bushi brachte neue dämonische Ideen von seinen Reisen mit. Eines Tages ließ er ein robustes, grobmaschiges Bambusgitter in den Kerker hinab und verankerte es in der Erde. Es teilte das Gefängnis in zwei Hälften. Auf der einen Seite, die Zugang zur Latrine hatte, verblieb Yukichi, in den anderen Teil, durch ein feineres Gitter abgedeckt, wurden weiße Vögel gesperrt. Junge Möwen waren es, neugierige, aufgeregte Tiere, die tagsüber umherflatterten. Sie passten mühelos durch das grobe Gitter zwischen den beiden Kerkerhälften, und wenn ihm seine kärgliche Nahrung herabgeworfen wurde, hatte er sich fortan gegen ihre Angriffe zur Wehr zu setzen und das wenige, was er erhielt, gegen sie zu verteidigen.

Doch der Samurai sperrte die Möwen nicht deshalb zu ihm, damit sie ihm das Essen stahlen. Bald öffnete er ihre Seite des Gefängnisses. Nach und nach flogen sie davon, und wenn Yukichi durch die enge Öffnung über ihm einen weißen Vogel sah, der sich am Himmel auflöste wie Zucker in Wasser, war das unerträglich.

Und wenn er sich wimmernd zusammenkrümmte, stand der Samurai an der Grubenöffnung und lachte. Es war ein gezwungenes, übertriebenes Gelächter, ein krankes und künstliches Kichern, aber wahrscheinlich wusste der Krieger das nicht. Er für sich dachte wohl, er amüsiere sich, und hielt die seelische Folter für ein Meisterwerk, ein Stück Kunst wie ein Gedicht oder ein Bild.

»Gib mir einen Tako«, krächzte Yukichi in solchen Momenten. »Nur einen Tako.« Der Junge wusste, die Leine in der Hand zu halten, den Zug zu spüren, das Schaukeln des Drachens am Blau des Himmels zu sehen, würde alle seine Schmerzen fortnehmen. Natürlich hütete sich der Samurai, dem Gefangenen diesen Wunsch zu erfüllen. Stattdessen sperrte er immer wieder Vögel zu ihm und gewährte ihnen nach wenigen Tagen die Gnade der Freiheit.

Schreckliche Albträume suchten Yukichi nicht nur während des Schlafens heim, sondern waren auch tagsüber seine ständigen Begleiter, Schatten hinter der Wirklichkeit. In solchen Träumen schien es ihm, als wäre die Oberfläche der Erde selbst ein Tako, als könne er die Welt von hier unten aus lenken wie einen Drachen, als wären die Menschen und Tiere nur bunte Malereien auf Stoff.

Knochen und Haut.

Bambus und Seide.

Nach einem Jahr kehrte Senzaburôs Vater nicht mehr zurück. Yukichi erfuhr von einem Wächter, der merklich erschüttert war, der Samurai sei auf dem Weg von Edo nach Hause in einer Lache aus Blut gestorben, nicht Blut aus einer Wunde, die ihm im Kampf zugefügt worden war, sondern Blut, das er gespuckt hatte, ganz von alleine, als die Krankheit seine Organe zerfressen hatte.

Man ließ Yukichi zunächst nicht frei – seine Aufpasser waren wie gelähmt von dem Ereignis und unfähig, selbst eine Entscheidung zu treffen. Doch der Junge schwor sich, nicht zu sterben. Es war sein erster menschlicher Gedanke seit langer, langer Zeit.

Er schwor sich auch, seine Albträume nicht zu vergessen. Die Welt war ein Drachen, und er hielt die Leine. Er mochte in einem Erdloch dahinsiechen, in Finsternis vegetieren, doch es schien ihm, als könne er, wenn er nur wollte, von hier aus die dünne Schicht, die die Menschen Welt nannten, führen und zum Fliegen bringen. Er musste es nur lernen, wie man lernen musste einen Drachen steigen zu lassen. Es war keine Kunst, nur Gefühl und Übung. Und so wie der Tako von der Erdoberfläche mit ihren Beschränkungen und Grausamkeiten zu einem Himmel hinaufstieg, in dem alles gut und frei und gleichberechtigt war und nur der Wind zählte, nicht die Farben und Muster auf den Segeln, so würde er die

Welt in eine Zeit hineinsteuern, die gut und frei und voller Gerechtigkeit war.

Und in der nur der Wind zählte.

Der Wind – das Leben, sonst nichts.

Der Mensch in ihm hatte Ideale. Das Tier, zu dem er geworden war, hatte Kraft. Beides zusammen würde seine Albträume in Träume verwandeln, seine Träume in Wirklichkeit. Aber er war nicht dumm. Er wusste, dass es nicht ohne Gewalt gehen würde. Ein Tako stieg nur, wenn man ihn festhielt. Er konnte die Freiheit nur schmecken, wenn er versklavt wurde. Das war nun einmal der Weg des Tako, so wie es Bushidô gab, den Weg des Kriegers, Shintô, den Weg der Götter, Kendô, den Weg des Schwerts, und viele mehr. Die Welt würde sich Yukichi nicht ohne Weiteres unterordnen, so wie sie sich nicht kampflos jedem unterwarf, der sich selbst einen Krieger nannte.

Träume und Schwüre waren nicht genug. Träume und Schwüre waren persönliche Dinge, innere Dinge.

Ein Fluch musste es sein.

Der Fluch verband das Innere mit dem Äußeren, zwang die Welt unter den Willen eines Menschen.

Ein Fluch war wie ein Tako. Der Fluch band und befreite zugleich. Fesselte die Materie, befreite den Geist.

Der Fluch war der Weg des Tako.

Einen Monat nach dem Tod des Samurai reiste eines seiner Kinder in seine Heimat, eine Heimat, die es nie gesehen hatte. Da der Vater tot war, hielt das Gesetz Senzaburô nicht mehr in Edo fest. Lediglich sein ältester Bruder hatte sich an des Vaters statt verpflichten müssen, dessen Herrn zu dienen. Zum ersten Mal erfuhr Senzaburô, was aus Yukichi geworden war, er kam nach Inogi und stand schließlich selbst vor der Silbermine. Nach langem, starrem Warten ließ er die Abdeckung abnehmen und blickte hinunter zu dem Wesen in der Tiefe. Von außen sah es ebenso sehr nach einer Mischung aus Mensch und Tier aus, wie es sich für Yukichi von innen anfühlte.

Wie ein nackter weißer Wurm krümmte sich der Junge in seinem Erdloch. Senzaburô erschrak über den Anblick. Yukichi wiederum nahm nichts so deutlich wahr wie dieses Zusammenzucken und den Ekel auf der Miene des Samurai-Jungen.

»Ich wusste nichts von … all dem«, sagte Senzaburô, während er ein sehr unkriegerhaftes Schluchzen niederkämpfte. »Als du meine Drachenleinen durchtrennt hast, fühlte es sich an, als würde deine Schnur nicht die Leine, sondern meine Hand treffen. Wie eine Peitsche. Ich war tief verletzt, aber ich hätte nie gewollt, dass du so dafür bestraft wirst. Du musst mich verflucht haben …«

»Nicht dich«, erwiderte Yukichi ruhig. Zu viel war geschehen, um jetzt in Zorn auszubrechen. »Die Welt habe ich verflucht. Und es ist ein guter Fluch. Er wird uns an einen besseren Ort geleiten, wie ein Tako die Seele seines Lenkers an einen besseren Ort führt.«

Senzaburô streckte seine Hand hinab, wie um ihm heraufzuhelfen, eine törichte Geste, deren Sinnlosigkeit ihm nicht auffiel. Zehn Armlängen lagen zwischen ihm und Yukichi. »Ich bringe dir einen Drachen«, würgte er hervor.

»Das ist nicht nötig«, lehnte Yukichi ab. »Wir werden

einen Drachen haben, jeder von uns, aber nicht jetzt. In einer fernen Zukunft werden wir gegeneinander antreten, in einer Welt, in der alle Unterschiede zwischen uns zu nichts geworden sind. Wir werden auf gleicher Augenhöhe sein. Weder unser Rang noch unsere Abstammung wird den Kampf entscheiden. Es mag Jahrhunderte dauern, aber wir werden unseren gerechten Kampf haben. Unser … Spiel …«

»Aber in Hunderten von Jahren werden wir nicht mehr am Leben sein!«

»Ein Drachen kann unendlich hoch steigen«, erklärte Yukichi. »Es kommt nur auf die Länge der Leine an. Und auf den Wind, das Leben.«

Das Gesicht in der Öffnung verschwand. Yukichi fürchtete schon, Senzaburô verärgert zu haben, da kehrte dieser mit einem Tau zurück, das er ihm zuwarf. Yukichi wartete, bis Senzaburô sein Seilende an einem Pflock befestigt hatte, und hangelte sich dann an die Oberfläche. Er sah das Tageslicht auf seine nackten Arme fallen und ihre Blässe bestürzte ihn. Diese Blässe, sagte er sich, war ein wichtiges Zeichen. Sie durfte nicht verloren gehen. Die Sonne durfte sie nicht auslöschen, sie musste bestehen bis an sein Lebensende. Und darüber hinaus. Falls er Kinder hatte und Enkel, dann sollte ihre Haut so bleich und fahl sein, wie seine in dem Jahr unter der Erde geworden war.

Bei der Öffnung angelangt streckte er Senzaburô die Hand hin, dieser ergriff sie und zog ihn herauf. »Ich besiegle den Fluch«, krächzte der Sohn des toten Samurai.

Von diesem Moment an waren sie Freunde.

Der Fluch stand nicht zwischen ihnen, sondern über

ihnen. Sie empfanden ihn niemals als Fluch, vielmehr als Segen, denn er hatte ihren Hass und Zorn vollständig in sich aufgesogen, nährte sich davon, wurde groß in seinem Beet aus Wut und verankerte seine Wurzeln in der Welt und in der Wirklichkeit, um eines Tages zu keimen, Blätter und Blüten zu treiben, Früchte zu tragen.

Yukichi und Senzaburô brachten die Tradition der Drachen aus Edo nach Inogi. Sie fanden einen enthusiastischen jungen Handwerker, der einige Kutschen gebaut hatte, die nicht fuhren, und der sich bereitwillig, fast schon dankbar auf den Drachenbau verlegte. Seine Tako flogen so gut wie gar nicht, aber sie weckten die Begeisterung in den Bewohnern von Inogi, und diese begannen selbst Drachen zu bauen oder solche aus benachbarten Provinzen zu erwerben. Yukichi und Senzaburô begründeten das Drachenfest und den Drachenkampf in Inogi, und es heißt, der Wind, der in dieser nördlichen Region Japans ohnehin munter daherwehte, habe mit jedem Jahr der Freundschaft zwischen ihnen kraftvoller und beständiger geblasen.

Jeder von ihnen fand eine Frau in Inogi und beide wurden sie bald Vater. Yukichis erstes Kind war ein Mädchen. Als die Röte des Neugeborenen verschwand, zeigte es blasse, nahezu weiße Haut ...

*

Saya konnte sich an den Gedanken, auf ewig hierbleiben zu müssen, nicht gewöhnen. Stumm hatten sie sich von den Männern aufhelfen lassen. Es hätte wunderbar abenteuerlich sein können, sich mit ihnen zu verständigen, ihnen Fragen zu stellen, ihnen von der Zukunft zu erzählen, diese Welt in Ruhe zu betrachten. Keiner der sechs Milliarden Erdenbewohner außer ihnen beiden würde je die Chance erhalten, in Fleisch und Blut durch die Vergangenheit zu wandern.

Doch Saya wollte das alles nicht. Sie *konnte* es nicht! Sie gehörte nicht hierher. Ihr fiel nichts ein, was sie hätte sagen oder tun sollen. Sie wollte nach Hause, nach Kôbe, nach Inogi, ganz gleich wohin, solange es nur Fernsehen und Schokolade und Klaviere und all den Kram gab, den sie kannte. Und ihre Familie. Plus Kaito.

Hitomi schien es ähnlich zu gehen. Saya wusste nicht, ob sie ihr immer noch böse war und ihr immer böse sein würde. *Wenigstens*, sagte sie sich, um sich aufzumuntern, *ist der Fluch jetzt unterbrochen, und die Leute in Inogi müssen nicht mehr vor Amok laufenden Pianos davonrennen.*

Nein, es munterte sie nicht auf. Sie konnte ohnehin nicht mit eigenen Augen überprüfen, ob der Frieden nach Inogi zurückgekehrt war. Vielleicht nagte das am meisten an ihr.

Senzaburô, Yukichi und die anderen Männer brachen das Tako-age ab und führten sie ins Dorf. Saya hielt den Kopf gesenkt, verschloss ihre Augen vor den historischen Details. Nichts davon wollte sie sehen.

Selbst als man sie und Hitomi in ein Haus brachte und ihnen dampfenden Tee vorsetzte, bekam sie es kaum mit. Yukichi sagte etwas, sie hörte nicht hin. Senzaburô sagte etwas, sie gab sich Mühe, es nicht zu verstehen. Auf Fragen antwortete sie nicht. Einer der Männer lächelte ihr sogar zu. Sie lächelte nicht zurück. Ihr Lächeln hatte sie im 21. Jahrhundert gelassen, in einem von vielen Täschchen an einer khakifarbenen Jacke. *Pech, meine Herren.* Jemand brachte ein blaues Einschlagtuch mit Blumenmuster. Es war hübsch, ein Geschenk. Sie nahm es nicht an.

Als Nächstes legte jemand einen Drachen vor ihr auf die Matte.

Zum ersten Mal sah sie genau hin.

Es war ein merkwürdiges gelbes Ding, kein Tako, wie sie je einen gesehen hatte, sondern ein verrücktes Konstrukt mit mehreren kleinen Tragflächen aus dünnem Holz, schräg gegeneinandergestellt.

»Ich brauche keinen Tako«, rang sie sich zu einer Antwort durch. »Mit den Drachen hat das Unglück begonnen.«

»Er sieht nicht aus, als könne er fliegen«, brach auch Hitomi, die neben ihr saß, ihr Schweigen.

Jetzt blickte Saya auf.

Ein junger Mann lächelte sie schüchtern an.

»Kuroboshi«, flüsterte Saya.

Möglich, dass der Mann dem alten Drachenbauer, den sie kannte, ein wenig ähnelte. In jedem Fall gab es an ihm etwas weitaus Auffälligeres, als es auch die größte Ähnlichkeit hätte sein können: Aus seiner Magengrube wuchs, für sie deutlich sichtbar, ein dicker roter Strang und führte durch eine der Holzwände nach draußen …

Das war unmöglich! Es existierten nur zwei Blutlinien, eine dritte würde keinen Sinn ergeben.

Aber *musste* denn alles einen Sinn ergeben?

Saya wollte zurück in ihre Zeit, und hier war die Tür. Sie brauchte nur hindurchzugehen. Warum zögerte sie noch?

»Siehst du das auch?«, zischte sie Hitomi zu.

Diese schluckte. »Ich glaube, ja.«

Saya schloss die Augen. »Wir sind Tako, nicht wahr?«

»Tako«, murmelte Hitomi nur.

Als die Männer mit einem vielstimmigen Aufstöhnen aufsprangen, wusste Saya, dass sie sich bereits aufzulösen begann. Allmählich wurde sie richtig geschickt in dieser Art des Reisens.

Trotzdem war es gut, dass es kein nächstes Mal geben würde.

*

Der Pfad durch die ausnahmslos männliche Ahnenreihe der Drachenbauerfamilie verlief überraschend ruhig. Im Gegensatz zu Sayas eigenen Vorfahren waren die Kuroboshis gegen negative Gefühlsregungen wie Hass, Neid oder Verzweiflung gefeit. Mit Gelassenheit fristeten sie ein Dasein im Schatten des in Inogi grassierenden Tako-Enthusiasmus. Es schien sie nicht zu stören, verspottet und erniedrigt zu werden. Jahrhundert um Jahrhundert bauten sie ihre Drachen, die nicht fliegen wollten, aber in den Herzen der Kuroboshis, da flogen sie doch, die ganze Zeit über. Saya war für kurze Augenblicke zugegen, wenn hagere Hände sich mit neuen, immer hoffnungsloseren Konstruktionen abmühten. Sie begann die Schönheit dieser Gebilde zu erkennen.

Sie schienen – was für ein verrückter Gedanke! – die Geschichte des menschlichen Unvermögens darzustellen, die Geschichte des Versagens, des Nichtfliegens ... Es war ein echtes Kunststück, etwas zu bauen, das in diesem Wind nicht flog – die Kuroboshis, und nur sie, beherrschten diese Kunst.

*Manchmal*, dachte Saya, *kann es ungeheuer beruhigend sein, etwas nicht zu können.*

Während sie die Generationen passierte, spürte sie ständig Hitomis Nähe. Ihr musste der Start ebenfalls geglückt sein. Jetzt verstand sie auch das Geheimnis der Kuroboshis, ihre Rolle in diesem Spiel.

Sie waren nicht nur Chronisten, sie waren auch Beobachter. Unbeteiligte, neutrale Beobachter. Dass sie Drachen bauten, hielt sie in Inogi, dass ihre Drachen nicht flogen, hielt sie aus den Rivalitäten der anderen heraus. So waren sie dazu prädestiniert, das Geschehen zu verfolgen, ohne dabei Partei zu ergreifen.

Es schien Saya, als wohne eine gewaltige Macht in jedem einzelnen Kuroboshi, umso mehr, je weiter die Ahnenreihe fortschritt, eine Kraft, die proportional war zu den erfolglosen Drachenmodellen, die ihre Werkstatt verließen. Nie setzte einer von ihnen diese Macht ein, und Saya hatte keine Vorstellung, worin sie bestand und wie weit sie reichte. Aber auf der langen Reise durch die Kette der Drachenbauer-Generationen verstärkte sich in ihr die Ahnung, dass die Kuroboshis eine Art von letzter Instanz darstellten, dass sie eingegriffen *hätten*, wenn alles aus dem Ruder gelaufen wäre.

Vielleicht hätte der alte Kuroboshi in letzter Sekunde

verhindert, dass Hitomi Saya tötete. Vielleicht. Auf jeden Fall spürte sie in ihm einen Wächter, einen Beschützer im Hintergrund.

So gesehen war Kuroboshi – *jeder* Kuroboshi – die wichtigste Figur in diesem seltsamen Spiel. Nicht Saya, nicht Hitomi. Die dritte Blutlinie hatte einen tieferen Sinn.

Ihre Ankunft in der Zukunft (nein, Gegenwart!) verlief ebenso unkompliziert wie die gesamte Rückreise. Von einem Moment zum anderen stand sie Kuroboshi auf der Wiese gegenüber, dem alten, dem glatzköpfigen, dem aktuellen Kuroboshi. Neben sich erkannte sie Hitomi, und der Drachenbauer blinzelte nur ein wenig von einem Mädchen zum anderen und rief mit der lauten Stimme eines Schwerhörigen: »Ich muss in Gedanken gewesen sein. Ich habe euch gar nicht kommen sehen.«

Sie blickten sich um, und die Welt war ... in Ordnung. Keine Monster. Auch das Gewirr aus Fäden und Strängen, das Sayas Gesichtsfeld so lange behindert hatte, war verschwunden. Sie sah die Menschen, wie sie sie früher gesehen hatte.

Aber war die Wirklichkeit noch wie zuvor? Hieß es nicht immer, Veränderungen in der Vergangenheit hätten unvorhersehbare Auswirkungen auf die Zukunft?

Scharen von Tako bevölkerten den Himmel – sie kämpften nicht, sondern tanzten, jeder für sich, mit einem wechselhaften, aber freundlich gesinnten Wind. Nur ein Teil der Drachen zeigte die traditionellen Formen und Muster Japans, einige waren Vögeln, Schmetterlingen oder Libellen naturgetreu nachempfunden, offenbar chinesische Exemplare, die sich durch die Luft bewegten wie Fische im Wasser, andere wirkten malaysisch, hatten die Form von Mondsicheln und waren mit komplizierten Mustern bemalt. Auch europäische Drachen mischten mit, wendige Flugobjekte von ausgeklügelter Aerodynamik, aber meist schmucklos und ein bisschen ordinär in ihrem grellen Zitronengelb und Giftgrün.

Die beiden Mädchen lösten sich mit einem verwirrten Lächeln von Kuroboshi. Im Nachhinein fiel Saya auf, dass bei all den schrecklichen Ereignissen in Inogi kein Mensch ums Leben gekommen war. Selbst Kasumi war bei ihrem schweren Absturz mit einem blauen Auge davongekommen, und die Striemen, die sich Hitomi zugezogen hatte – Saya griff nach ihrer Hand und sah nach – waren verschwunden. Hatte der alte Kuroboshi als Beobachter und Beschützer seine behütende Hand über sie gehalten?

Auf dem Gras war ein Fest im Gange. Viel mehr Menschen, als Inogi Einwohner haben konnte, drängten sich, und die von Reihen parkender Autos gesäumten Wiesen hatten sich stellenweise in Matschgruben verwandelt. Als Saya und Hitomi sich dem Rummel näherten, weckten die vielen fremden Gesichter Furcht in ihnen. Dickbäuchige Amerikaner und Europäer benutzten lachend eine Hand, um doppelte und dreifache Portionen Hühnerspieße zu balancieren, während sie in der anderen mächtige Haspeln hielten. Mehrmals wurden die beiden Mädchen auf Englisch angesprochen, doch in ihrer Verfassung verstanden sie nichts davon.

Es war, wie Saya befürchtet hatte: Indem sie den Fluch aufhob, hatte sie ihre Gegenwart mehr beeinflusst als beabsichtigt. Ihr war flau im Magen. Die Angst vor Veränderungen, die sie nicht verkraften würde, wuchs von Sekunde zu Sekunde.

»Ich muss dir etwas sagen«, meldete sich Hitomi an ihrer Seite. »Du hast dich ...«

»Später!« Saya winkte ab. Sie sah ein bekanntes Gesicht und es gehörte Torayama. Der Meister der Drachenbauer stand etwas abseits, hatte jugendliche Zuhörer um sich versammelt und erklärte ihnen mit gönnerhafter Beredsamkeit, worauf man beim Tako-age achten musste und welche unerträgliche Pein es ihm bereitete, dass sie nicht die geringste Ahnung davon hatten. Saya wollte ihn eben grüßen, um festzustellen, ob sie beide sich in dieser neuen Realität überhaupt kannten (und ob sie auch hier Schulden in schwindelerregender Höhe bei ihm hatte), da kam eine groß gewachsene, füllige Frau angetrippelt. Die Leute machten Platz für sie wie für einen Star. Sie trug einen prachtvollen Kimono in wundervoll leuchtenden Farben, ihre rötlichen Haare waren hochgesteckt. »Du musst mein Stören entschuldigen«, begann Sakura in altmodischem Japanisch, durch dessen gezierte Wortwahl nur der Hauch eines Akzents schimmerte, »aber man erwartet deine Grußworte zur Siegerehrung.«

Ungläubig sah Saya die Amerikanerin an. Sandy Warwick war mit Torayama schon lange in der Menge verschwunden, ehe die Starre von den beiden Mädchen wich.

»Wie schön, dass es mit Sakura Eins geklappt hat«, flüsterte Hitomi.

»Stimmt. Sakura Zwei war irgendwie nicht das Ideale.«

»Definitiv nicht. Gehen wir zur Siegerehrung? Sieht ganz so aus, als hätten die Drachenkämpfe doch stattgefunden.«

»Und wer ist wohl der strahlende Sieger?«

Hitomi feixte. »Jedenfalls nicht du und nicht ich.«

»Was mich ungemein beruhigt.«

Da in diesen Minuten alles zur Siegerehrung strömte, war der Ort nicht zu verfehlen. Saya trat in einen Pappteller, an dem noch fingerdick Soße klebte. Als sie kurz stehen blieb, um sich die Pappe vom Schuh zu ziehen, wurde sie von jemandem angerempelt, der sich nicht einmal entschuldigte. Es tat richtig weh. »Irgendwie fand ich das Drachenfest, so wie es vorher war, nicht *nur* schlecht«, gestand sie mit einem Augenzwinkern. »Es gab weniger Leute, dafür hübsche Geistervögel und magischen Aufwind ...«

»Nicht zu vergessen Unfälle und Morddrohungen«, ergänzte Hitomi mit einem bitteren Grinsen.

»Ich bitte dich, was wäre ein gelungenes Fest ohne Morddrohungen?«

»Saya! Hitomi-chan! Da seid ihr ja!« Der Ruf stammte von Sayas Mutter. Sie kam mit großen Schritten angelaufen, eine Tragetasche in der Hand, aus der ein Drachen ragte. Offenbar hatte sie ihn bei einem der Händler gekauft. »Ihr zwei kommt gerade noch rechtzeitig. Ich dachte schon, ihr wärt ernsthaft sauer, weil es bei euch nicht ganz so perfekt gelaufen ist.«

Saya umarmte ihre Mutter und freute sich, dass sie genauso aussah, wie sie sie in Erinnerung hatte. »Wir sind bestimmt am zweiten Wettkampftag ausgeschieden, oder?«

»Am ersten.« Kâ-chan kniff die Augen zusammen. »Weißt du das nicht mehr?«

»Verdrängt«, half Hitomi aus. Lachte.

»Verdrängt, genau«, sagte Saya. Lachte ebenfalls. »Wo ist Tô-chan?«

»Irgendwo im Gewühl. Mit den Kollegen.«

Sie ließen sich weiter zum Ort der Siegerehrung drängen. Wieder wollte Hitomi ihr etwas sagen und wieder wurden sie unterbrochen, denn diesmal trafen sie Hitomis Familie. Herr Takeno und seine Frau Kasumi standen mit dem Drachenbauer Abe zusammen und unterhielten sich. Das heißt, Abe redete eifrig auf Kasumi ein, das Gesicht gerötet, die Stimme heiser, Kasumi hörte zu und hatte ein narkotisierendes Lächeln auf den Lippen, während ihr Mann sich leicht abgewandt darüber beschwerte, dass zu viele zu schlecht angezogene und zu wohlgenährte Ausländer anwesend waren, die viel zu wenig kauften und sich viel zu gut amüsierten.

*Takeno-san, Sie sind geflogen,* dachte Saya, als Kasumi sie kurz ansah, *ganz alleine, ohne Hilfsmittel.* Sie sehnte sich danach, es ihr zu sagen, aber natürlich konnte sie das nicht. In Hitomis Augen sah sie eine bittersüße Mischung aus Freude und Enttäuschung: Freude darüber, dass ihre Eltern auch in dieser Realität wohlauf waren, Enttäuschung, weil sie sich ganz offensichtlich auch hier nicht viel zu sagen hatten.

»Ah, meine Leidensgenossinnen«, grüßte Abe die Mädchen mit theatralisch trauriger Miene, aber fröhlichen Augen. »Am ersten Tag aus dem Turnier zu fliegen, ist eine Schande, die wir möglichst schnell vergessen müssen! *Cheers, ladies!*« Und er prostete ihnen mit einem Sakeschüsselchen zu.

»Abe ist auch am ersten Tag rausgeflogen«, wisperte Saya in Hitomis Ohr. »Einfach unglaublich.«

»Und tröstlich.«

Allmählich war kein Weiterkommen mehr. Eine Menschenwand hatte sich um eine Stelle gebildet, an der offenbar die Siegerehrung stattfinden würde. Trommler sandten krachende Salven in die Luft, Fanfaren krähten, und selbst aus dem Gedränge heraus führten noch die Leinen Unverbesserlicher in die Höhe, die gar nicht daran dachten, mit dem Tako-age aufzuhören. Saya stellte sich vor, wie diese Leute auf dem Klo saßen, die Drachenschnur in der Hand …

»Wir beide werden wohl als Letzte erfahren, wer das Rennen gemacht hat«, meinte Hitomi schulterzuckend. »Das macht mich jetzt aber todunglücklich!«

Saya imitierte die Geste. »Ich bin auch am Boden zerstört.«

»Zutiefst betrübt.«

»Fertig mit der Welt.«

Und dann geschah etwas, das Saya tatsächlich aus der Bahn warf. Eine kleine Band, die dort vorne irgendwo versteckt sein musste, spielte – mehr schlecht als recht, aber doch hörbar um Harmonie bemüht – ein Lied. Ein Keyboard breitete eine Klangfläche aus, ein elektrischer

Bass brummte zum talentlosen Schlagzeug, ein engagiertes Saxofon näselte eine einfache Weise, und ein Mädchen sang zu laut und zu hoch.

Fünf Sekunden lang dachte sie: *Die Melodie habe ich schon tausendmal gehört, aber der Titel fällt mir jetzt nicht ein.*

Bei Sekunde sechs ging die Welt unter. Nicht nur der Titel war plötzlich in ihrem Kopf: *Ein Tag im Mai.* Sie erinnerte sich auch daran, wann sie die Melodie geschrieben hatte, gar nicht im Mai, sondern an einem verregneten Dezemberabend vorletzten Jahres. Nachts war sie aufgestanden, um den Text zu notieren. Das Stück gehörte eindeutig zu ihren Lieblingsliedern und ja, JA, sie hatte es tatsächlich selbst komponiert.

»Das ist von mir«, raunte Saya.

»Ehrlich?« Hitomi starrte sie entgeistert an. »Ich wusste nicht, dass du ...«

»Das Monster, das eben Amok lief«, murmelte sie, »das war einmal mein Klavier. Dieses Lied habe ich darauf geschrieben.« Allmählich begann ihr beides gleichermaßen unwirklich vorzukommen, das, was vorher gewesen war, und das, was jetzt ablief.

»Wir müssen nach vorn!«, entschied Hitomi überschäumend vor Stolz. »Du *musst* in der ersten Reihe sein, wenn sie dein Lied spielen.« Und Hitomi bahnte ihnen einen Weg durch die Menge, den sie nicht nur mit Höflichkeiten pflasterte.

Sie kämpfte sich bis zur vordersten Reihe durch und drückte sich zusammen mit ihrer Freundin gegen die Absperrung, ein flatterndes weißes Plastikseil. Es gab eine kleine Bühne, neben der die Band spielte und sich gerade mächtig *ver*spielte. Vor der Bühne standen ein paar Leute beieinander und besprachen sich offenbar wegen der Siegerehrung. Saya erkannte einen Menschen unter ihnen, der ihr sehr gefehlt hatte, seit sie wieder in der Gegenwart angekommen war. Vom ersten Augenblick ihrer Rückkehr an hatte sie ihn insgeheim gesucht.

Kaito war mit einem sehr hübschen Mädchen zusammen, das ein chinesisches Kleid trug und schneeweiße Zähne hatte. Kaito lachte, vielleicht glücklich, auf jeden Fall stolz. Legte einen Arm um das Mädchen. Jemand fotografierte. Kaito nahm den Arm sofort wieder weg.

Trotzdem.

Saya suchte Hitomis Hand. *Jetzt kommt der Schlag. Diese Realität* scheint *nur besser als die andere. Hier habe ich alles, eine Freundin, meinen Frieden, sogar Anerkennung als Musikerin, die ich wahrscheinlich nicht verdient habe ... Nur eines bleibt mir hier versagt: Kaito.* Und sofort begann sie zu vergleichen und abzuwägen – Monster gegen Klaviere, Morddrohungen gegen unerwiderte Liebe ...

Kaitos Eltern waren bei ihm. Seine Mutter, die sie bisher nur im Hello-Kitty-Pyjama gesehen hatte, trug ein dezentes westliches Kleid, Meister Ioka war kaum wiederzuerkennen, so zufrieden wirkte er, wenn auch ein bisschen nervös.

Als er Saya entdeckte, strahlte er sie an. In diesem Moment spielte die Band den Schlussakkord, offen und schwebend, genau wie sie ihn geschrieben hatte.

»Wo warst du die ganze Zeit?«, polterte Ioka mit

freundlicher Strenge. »Wir haben dich gesucht wie wahnsinnig.«

Wahnsinnig. Das Wort hakte sich fest.

»Komm schon, Saya-chan!« Und er holte sie. Packte ihre Hand. Zerrte sie von Hitomi weg. Stellte sie vor. Die Komponistin des Songs, den er sich gewünscht hatte. Noch nicht lange in Inogi. Begabtes Mädchen. Eine vielversprechende Zukunft vor sich.

Saya stutzte. Warum wünschte Ioka sich eigentlich ein Lied?

Sie merkte, dass sie neben Kaito stand. Kaito stellte ihr das Mädchen vor. Eine Reporterin aus China. Auf den zweiten Blick sah sie nicht mehr ganz so jung aus hinter ihrer dicken Schminke. Kaito versuchte sich dreimal an ihrem Namen, scheiterte dreimal. Sie lächelte verzeihend.

Dann legte Kaito den Arm um Saya. »Meine Freundin«, erklärte er. »Yokoi Saya. Sie hat das Lied geschrieben, das wir eben gehört haben.«

»Das hatte ich schon gesagt.« Sein Vater. »Ich bin stolz auf sie, als wäre sie meine eigene Tochter.« Etwas leiser. Schüchtern. Nicht alle hörten es. Saya schon.

»Was meinst du denn dazu?«, wollte Kaito von ihr wissen.

Wozu sollte sie etwas meinen? Sie konnte dem Gespräch nicht folgen. »Ich weiß nicht. Es ging alles so ... schnell.« Ging es schnell? Wohl nur für sie und Hitomi, die kurz mal sechshundert Jahre Wegstrecke zurückgelegt hatten. Dreihundert Jahre hin. Und dreihundert wieder zurück.

Kameras klickten. Jemand hielt Kaito ein Mikro ins Gesicht.

»Die Presse ist ganz aus dem Häuschen«, flüsterte er Saya zu, als das Mikro wieder verschwunden war. »Kommt wohl nicht alle Tage vor, dass Vater und Sohn im Endduell eines Drachenkampfes aufeinandertreffen ...«

»Und dass dann auch noch der alte Vater den Sieg davonträgt«, lachte Ioka. »Ich habe das – und das möchte ich in aller Deutlichkeit sagen – nur meinem Meister zu verdanken, Torayama-Sensei. Ich glaube, da kommt er. Ja, da ist er!«

Ioka erklomm die Bühne und winkte den großen Meister zu sich. Torayama hielt eine kurze improvisierte Rede, in der er betonte, wie wichtig es sei, die Seele des Tako zu erkennen. Natürlich sagte er nicht, was die Seele des Tako war.

Dann feierten sie Ioka Sôyô, den Sieger des diesjährigen Drachenkampfes von Inogi. Tränen flossen ihm über die Wangen und er ließ den Pokal in Drachenform zweimal fallen. Ein Mann aus dem Rathaus erinnerte über Lautsprecher daran, dass die Tradition der Drachenkämpfe nahezu dreihundert Jahre alt sei und dass man in Inogi eine der besten Lagen Japans habe, was den Wind anging, weshalb auch die Kraftwerke hier lokalisiert seien, die den Besuchern aus nah und fern natürlich zur Besichtung offen stünden. Und überhaupt sei es ein schönes Dorf. Ähem. Nur nette Leute. Und ein gesundes Klima. Frau Kimura sei hundertzwei und betreibe noch einen Laden. Man könne sie auch besichtigen. Besuchen.

»Abe habe ich gesehen«, sagte Ioka zu Kaito, Saya und Hitomi, als der Applaus nach langer Zeit abebbte und er von der Bühne stieg. »Aber wo ist der vierte Drachenbauer von Inogi abgeblieben? Wo ist Kuroboshi-Sensei?«

»Ich weiß, wo er vor einer Viertelstunde war«, antwortete Saya und wies zu der Stelle hinüber, an der sie ihn zurückgelassen hatte. Wegen der Menschenmenge konnte man nicht viel erkennen, also machten sich die vier auf den Weg.

Kaito umklammerte ihre Hand, als wolle er sie nie wieder loslassen. Er sah abgehoben aus, ausgeklinkt, der Bewohner einer anderen, schöneren Welt. Konnte es möglich sein, dass sie eine solche Wirkung auf ihn hatte? »Wie wäre es«, flüsterte er, »mit dem zweiten Kuss?«

»Kuss?« Aber sie hatten sich doch noch nie geküsst. Noch nie! *Sie* musste es doch wissen! Sie hatten sich umarmt, hatten einmal im selben Zimmer geschlafen, ja, aber nicht …

»Ich meine, wo wir doch schon … Jetzt wäre so ein Moment, an dem man … Ach, egal!« Er tat sich schwer, war schüchtern, wollte es nicht zerreden.

Mit spürbar glühenden Wangen blieb Saya stehen und rief sich in Erinnerung, dass die Realität eine andere war. Die Ereignisse überschlugen sich – eigentlich logisch, denn sie musste sich erst in die neue Wirklichkeit eingliedern, in der einige Dinge anders abgelaufen waren. Aber dass sich Kaito und sie schon geküsst haben sollten … Der Gedanke machte sie aufgeregt und glücklich zugleich.

Und ein bisschen traurig.

Der erste Kuss zwischen ihnen war also schon passiert. Und obwohl sie natürlich daran teilgenommen hatte, war er im Grunde ohne sie über die Bühne gegangen. Sie hatte keine Erinnerung daran, konnte keine haben.

Und jene Saya, die mit ihrem Mund Kaitos Mund berührt hatte – wo war sie jetzt? Lebte sie noch unbemerkt in ihr fort oder war sie verschwunden? Wohin gingen die vielen Sayas, die andere Wege eingeschlagen, andere Entscheidungen getroffen, andere Lebenspfade beschritten hatten? Würde sie eines Tages wieder mit ihnen vereinigt werden, nach dem Tod vielleicht?

Falls es dazu kam, durfte sie nicht vergessen zu fragen, wie der erste Kuss mit Kaito gewesen war …

*Ja, ich möchte dich küssen*, dachte Saya. *Ganz gleich, das wievielte Mal es auch ist.*

»Jetzt muss ich dir aber endlich etwas sagen«, fuhr Hitomi dazwischen, ehe sich ihre Gesichter einander nähern konnten, und sie hörte sich leicht angefressen an. »Damit dir das Herz nicht stehen bleibt, wenn du in den Spie…«

»Tô-chan!« Unvermittelt entdeckte Saya ihren Vater. Er stand tatsächlich mit Kollegen zusammen und winkte ihr zu. Dabei sah er sehr ausgelassen und zufrieden aus.

Aber … er wirkte verändert.

Normalerweise war ihr Vater so bleich wie sie und wurde mindestens so oft zu seinem Gesundheitszustand befragt. Die Familie Yokoi hatte sich längst daran gewöhnt, dass Kollegen und Freunde ihm zu jedem Anlass Großpackungen mit Stärkungsmitteln schenkten.

Doch *dieser* Tô-chan hatte einen dunklen Teint, als halte er sich viel im Freien auf. Es sah so ungewohnt aus, dass sie nicht entscheiden konnte, ob es ihm stand oder nicht.

»Seine ... seine Haut«, stammelte sie.

»Genau darüber wollte ich die ganze Zeit schon mit dir reden«, beschwerte sich Hitomi. »Aber du hast einfach nicht zugehört. Du selbst bist auch kein blasses Gespenst mehr, weißt du ...«

Saya betrachtete ihre Hände: eine kräftige dunkle Farbe! Sie schielte nach ihrer Nase, packte ihre Wangen mit den Fingern, als könne sie sie so gewaltsam in ihr Blickfeld ziehen.

»Tu dir bloß nicht weh«, mahnte Hitomi mit gerunzelter Stirn.

Zutiefst irritiert machte Saya einen Bogen um ihren irgendwie unecht wirkenden Vater und folgte den anderen. Als sich die Reihen der Menschen lichteten, sahen sie Kuroboshi, der sich nicht von der Stelle gerührt hatte. Er wandte ihnen den Rücken zu, denn dreißig Meter weiter lief seine Urenkelin Moe über ein freies Wiesenstück und gab fröhlich glucksende Laute von sich. Dazu hatte sie allen Grund: In ihrer Hand lag eine kleine Haspel, und die Leine, die sich von dort aus spannte, führte in den Himmel hinauf.

»Meine neueste Konstruktion«, kommentierte Kuroboshi, als sie bei ihm waren. »Ich glaube, sie fliegt ganz passabel.«

Genau genommen waren es zwei Drachen, die durch ein kurzes Band miteinander verbunden waren und wie die beiden Tragflächen eines Flugzeugs wirkten. Der Tako flog ruhig und sicher in beachtlicher Höhe, während Moe rannte und rannte und rannte, als würde sie nie müde werden.